한국 민요의 유형과 성격

박 경 수

국학자료원

책 머리에

민요의 세계는 참으로 넓고도 깊은 바다와 같다는 생각을 하게 된다. 지상의 인간이 겪는 삶의 온갖 애환을 저 아득한 역사의 시간부터 심연의 깊이로 모아들게 하면서, 때로는 솟구치고 때로는 잔잔한 물결을 이루어 변화무궁한 세계를 펼쳐 보인다.

필자가 이 변화무궁한 민요의 세계에 조금씩 눈뜨기 시작한 것은 대학원 석사과정에 들어가면서부터이다. 1980년 한국학중앙연구원(구 한국정신문화연구원) 부속 한국학대학원에 입학한 후 조동일 선생님의 강의를 듣게 되었고, 장차 쓸 학위논문에 관해서도 선생님과 의논할 수 있었다. 그때 선생님께서는 현대시를 전공하고자 하는 필자에게 현대시와 민요가 만나는 지점에 있는 민요시를 공부해 볼 것을 조언해 주었다. 물론 이런 조언은 당시 여러 가지 사정을 감안하여 내려준 것이었다. 현대시 전공자가 민요를 모르고, 민요 전공자가 현대시를 모르는 한계를 극복해야 민요시 연구를 제대로 할 수 있는데, 연구원의 대학원생들이 이런 노력을 할 수 있는 유리한 위치에 있음을 강조했다. 당시 연구원은 전국구비문학조사연구 사업을 펼치고 있었고, 1981년부터 그 결과가 『한국구비문학대계』로 간행되어 나오기 시작했다. 민요에 관심을 가질 수 있는 좋은 조건이 분명 주어져 있었던 셈이다.

그러나 필자는 이런 조건에도 불구하고, 민요에 관한 얕은 지식에 민요의 현장조사 체험조차 한번도 가지지 못한 형편이었다. 따라서 민요를 공부하기가 무척이나 두려웠고, 그런 형편에 민요시에 관한 공부를 바로 해낼 수 있는 자신이 없었다. 이점을 조동일 선생님과 또한 필자의 지도교수였던 박철희 선생님과 솔직히 의논했다. 그 결과 민요시 작품보다 우선 민요시론에 관하여 공부해보는 것이 좋겠다는 결론을 얻었다. 따라서 석사논문은 민요시를 바로 연구하지 못하고, 민요시론을 분석해보는 것으로 대신했다.

그런데 민요의 세계와 가까이 하지 않으면 안될 계기가 대학원 졸업 후에 주어졌다. 연구원 어문연구실에서 공부하면서 전국구비문학조사사업의 행정을 보는 한편 『한국구비문학대계』와 《구비문학》 등의 편찬과 간행 일을 맡아 보게 되었던 것이다. 매해마다 전국 각 지역에서 구비문학조사사업을 담당한 교수들이 힘들게 조사해서 보고해온 구비문학 원고들을 테이프와 함께 일일이 챙겨 보아야 했고, 책을 간행하기 위해서는 다시 테이프를 들으며 꼼꼼히 원고를 검토해야 했다. 이런 과정에서 민요에 관한 관심이 자연스럽게 배가되었고, 민요의 현장조사 경험도 가질 수 있었다. 여기다 민요 공부에 매달리지 않을 수 없는 일이 일어났다. 전국의 민요를 체계적으로 분류할 수 있는 분류안을 마련해 보라는 연구과제가 조동일 선생님의 반강제적(?) 독려로 주어졌다. 사실이지 이 과제는 필자에게 너무나 벅찬 과제였다. 당연히 사양했지만 받아들여지지 않았다. 어떻게든 이 과제를 해내지 않으면 안되었다. 전국구비문학조사사업을 마무리하기 위해서는 『한국구비문학대계』의 민요 자료를 마땅히 분류하는 작업을 진행해야 했기 때문이다. 이 작업을 하기 위해 그동안 조사 보고된 전국의 민요자료를 두루 검토하고, 그 자료들을 유형적 성격에 따라 판별할 수 있는 공부를 함께 진행해야 했다. 엄청난 심리적 부담감을 안고, 1985년부터 1991년까지 무려 7년이 걸려서 실제 민요자료의 분류까지 겨우겨우 완성할 수 있었다. 이 성과가 이 책의 제1부에 수록한 <한국 민요의 기능별 분류체계>이다. 연구원에서의 민요 공부는 한편으로 박사과정에서 민요시를 연구하는 데 커다란 힘이 되어 주었다. 민요와 현대시가 만나는 자리에 말뚝을 박고 필자 나름의 연구 영역을 분명히 정할 수 있었던 것도 당시의 힘들었던 공부 덕분이었다. 그런데 민요분류 작업을 한 이후 솔직히 민요 연구에 그렇게 적극적이지 못했다. 현대시를 일단 전공 분야로 삼다 보니, 민요 자체에 관한 관심은 아무래도 소홀할 수밖에 없었다. 다행히 현대시 공부의 상당 부분이 민요와 연결되어 있었던 덕분에, 간간히 자발적인 관심에서 또는 주위의 요청에 의해서 민요 관계 논문을 쓸 수 있었다.

이 책은 이렇게 쓴 글들을 모아서 엮은 것이다. 그런데 민요에 관한 일정한 관심을 지속적으로 가진 바탕 위에서 쓴 글들이 아니기 때문에, 아무래도 관심이 이곳 저곳으로 분산되어 있다. 비유해서 말하자면, 민요 세계의 넓은 바다에 그저 손길이 닿이는 대로 물길을 헤저어 본 것이라고 할 수 있다.

제2부의 <민요의 특성과 구성원리>는 민요의 일반적 성격을 개관한 글, 민요의 사설과 여음의 구성 형식을 논의한 글, 민요의 서술성을 '서사 민요'의 장르적 성격과 관련하여 재검토하고 그 구성원리를 밝히고자 한 글, 그리고 민요 연구의 성과와 앞으로의 과제를 모색해본 글 등을 함께 묶었다. 이 중에서 특히 민요의 서술성에 관한 논의는 민요 연구의 관점을 새롭게 제기할 수 있다는 점에서 애착을 가진다. 제3부의 <잡가의 유형과 성격>은 잡가의 유형적 성격을 개관한 글 다음에 잡가의 장르가 갖는 문학사적 성격을 패러디에 의한 현대시학의 관점에서 재검토한 글을 보태어 잡가의 중요성을 재인식할 필요가 있음을 말했다. 그리고 마지막 제4부인 <근대시의 민요 수용>은 필자의 평소 관심이었던 민요와 근대시가 만나서 이루어지는 시의 성격을 구체적으로 밝혀보고자 한 것으로, 그 전체적 면모를 다룬 글과 함께 특히 민요 <아리랑>의 근대시 수용에 관한 글을 통해 민요시 작품들의 실제적 문제들을 주체적 시각에서 차분히 되짚어보는 성과를 거둘 수 있었다.

이 책에서 수록된 글들은 각부에 따라 공통의 논의 대상과 관심사를 가지기도 하지만 또한 독자적인 성격을 지니기도 한다. 『한국 민요의 유형과 성격』이란 책 제목이 다소 헐거운 옷을 입은 듯한 느낌을 주는 것도 이 때문이리라. 그렇지만 그런대로 모양새를 갖추어 한권의 책을 굳이 내고자 한 것은 부족한 대로 스스로를 되돌아 보고 반성하기 위해서이다. 학문의 과정에는 어차피 틈새가 남겨지는 법이라고 변명을 삼으면서, 다음 단계의 발전적인 노력이 이루어질 수 있도록 스스로 반성하는 계기로

4

삼겠다.

　부끄럽지만 이 책이 나오기까지 많은 분들의 도움을 받았다. 민요와 민요시에 관해 눈뜨게 해주신 조동일 선생님, 박철희 선생님, 민요조사와 민요시 연구에 많은 가르침을 주신 김승찬 선생님, 김준오 선생님, 양왕용 선생님께 특히 고개 숙여 감사드린다. 그리고 나태하기 쉬울 때 서로 간에 학문적 자극과 도움이 되어주고 있는 현대시학회 회원들에게도 고마움을 전한다. 아울러 오래전에 쓴 글들을 다시 디스켓에 담을 수 있도록 바쁘게 키보드를 눌러준 필자의 제자들 ―강옥남, 김태희, 박은주, 이계숙, 장남주, 주의순에게도 고맙다는 말을 남겨둔다. 참, 요즈음 같은 어려운 여건에도 불구하고 급하게 부탁한 책의 출간을 선뜻 맡아준 국학자료원 정찬용 사장께 어떻게 신세를 갚아야 할지 걱정이다. 우선 말이라도 고맙다고 할 수밖에. 무엇보다 이 책을 내면서 가장 미안하고 고마운 사람들은 우리 집 식구들이다. 글을 쓴다는 핑계로 함께 할 수 있는 시간들을 최소한으로 줄인 채 그저 참아주기를 바랬던 이기심에 정말 미안, 미안이다. 그래도 아빠를 항상 믿고 사랑하듯이, 아빠 또한 꼭 같이 한결된 마음이라고 말해두고 싶다. 이래저래 신세진 모든 분들과 이 책의 출간 기쁨을 함께 나누고 싶다.

1998년 4월 19일 동트는 새벽에
'책 머리에' 쓸 글을 마무리하며

박 경 수

차   례

제3부 잡가의 유형과 성격

제1장 잡가론

제1부
한국 민요의 기능별 분류체계

한국 민요의 기능별 분류체계

I. 서 론

이 글은 민요의 분류에 관련된 기본적인 사항들을 검토하면서, 『한국구비문학대계』의 수록 민요[1]를 중심으로 한국 민요의 전반을 합당하게 분류하는 방법을 찾고자 진행한 것이다.

분류는 자료를 단순히 정리해 두기 위한, 한갓 방편으로 생각해서는 될 일이 아니다. 자료의 효율적인 이용과 체계적인 이해를 위해서, 분류는 그 유용성과 타당성을 갖추어야 한다. 유용성과 타당성은 폭넓은 자료의 검토를 근거로 자료의 실상과 합치될 수 있는 분류안의 설정을 통해 이룩되는 것이다. 이 점에서 민요의 분류도 결국 민요의 성립, 존재, 전승, 그리고 그 전체적인 양상을 올바로 이해한 바탕 위에서 합당한 분류기준과 분류체계의 진지한 탐색을 통해 이루어질 수 있는 것이

---

1) 한국정신문화연구원 어문연구실에서 1981년부터 간행한 이 책은 총 82책이 발간되었으며, 수록된 민요의 편수는 6,187편이다. 『한국구비문학대계』 자료 수집의 자세한 내용은 이 책의 별책부록(Ⅰ)에 게재된 조동일의 <『한국구비문학대계』자료 수집과 설화분류의 기본원리>를 참조할 것.

다.

민요의 분류는 그 동안 여러 차례 민요자료집이 간행되면서 나름대로의 시안에 따라 시도되어 왔으며, 더러는 분류방법에 관한 집중적인 연구의 성과로 나타났다. 그러나 한국 민요의 전반에 적용할 수 있는 체계적인 분류시안으로서 널리 인정할 만한 것이 아직 마련되지 못했다는 것이 앞선 견해이다. 분류방법상의 문제가 있다면 어디에 있는 것인지, 문제를 따져서 극복할 수 있는 대안의 마련이 긴요한 과제이다. 그렇다고 외국에서 이루어진 민요분류안을 한국 민요의 분류에 그대로 적용할 수는 없다. 민요분포의 실태와 종류는 나라마다, 지역마다 고유한 생활방식과 풍습에 따라 상당히 달리 나타나기 때문이다.

설화분류의 사정은 민요의 경우와 사뭇 다르다. 설화는 대체로 일정한 내용 즉 줄거리가 있어서, 이 줄거리를 기준으로 안티 아르네(Antti Aarne)와 스티스 톰슨(Stith Thompson)이 세운 『민담의 유형』(The Types of the Folktale)[2]이 국제적으로 통용되고 있는 실정이다. 물론 이것은 자료의 적용에서 지역적인 한계를 가지고 방법론적 한계 또한 지녔기 때문에, 우리 자료의 실정에 맞으면서 방법론적으로 한층 나은 분류체제를 모색해야 한다는 과제를 안고 있다.[3] 그런데 설화의 분류는 지역적 특성에 크게 의존되는 기능이나 창곡의 문제에 상관하는 바가 없기에, 기능이나 창곡이 매우 중시되는 민요의 분류에 비해 자료의 지역적 특성이 심각할 정도로 문제되지는 않는다. 그러나 기능이나 창곡 등이 중시되는 민요의 분류는 일단 지역단위로 그 지역의 민요 전승 상황을 충실히 반영할 수 있는 분류체계의 설정에서 진전될 수 있다.

---

2) Antti Aarne and Stith Thompson, *The Types of the Folktale*(Second Revision, Helsinki: Academia Scientiarum Fennica, 1961).
3) 조동일의 설화분류 작업이 이러한 측면에서 진행되어 왔다. 설화 분류의 결과는 한국정신문화연구원 어문연구실에서 간행한 『한국구비문학대계』별책부록(Ⅰ), (Ⅱ)로 나와 있다.

이 글에서 집중적으로 논의될 것은 민요의 기능별 분류인데, 이것은 오늘날 전승되는 한국 민요를 기능이란 관점에서 종류별로 가능한, 포괄할 수 있는 분류체계를 마련하기 위한 것이다. 그러면서 기존 민요분류를 검토하고, 새삼 민요분류의 일반문제를 거론하는 까닭은, 기존 민요분류가 방법론상에서 한계를 가지거나, 한국 민요의 전승 상황을 두루 포괄하지 못하고 있다는 이유에서이다.

Ⅱ. 기존 민요분류의 검토

민요의 분류는 민요 조사가 본격적으로 시작된 1930년대 이후에 조사의 성과가 상당한 양으로 축적되면서 이를 바탕으로 여러 차례 시도되었다. 그러나 대부분의 민요 분류 시안은 분류방법에 관한 깊이 있는 논의를 통해 마련된 것이 아니라, 수집된 자료를 편의대로 항목을 정해 배열해 놓은 정도를 벗어나지 못했다고 해도 과언이 아니다. 김소운(金素雲)은 일찍이 일문(日文)으로 된 『조선민요선』(朝鮮民謠選)에서 민요, 동요, 부요를 창자별로 구분한 바 있으며,4) 뒤에 『언문조선구전민요집』(諺文朝鮮口傳民謠集)에서는 지역별로 구분한 바 있다.5) 이는 단지 편의상의 민요 구분이라는 이상의 의미를 부여할 수 없다. 임화(林和)의 『조선민요선』(朝鮮民謠選)6)에 제시된 민요의 구분은 김소운의 경우에 비해 민요가 지닌 성격을 다소 구체적으로 파악하려는 열의를 보인 것이다. 서정가, 결혼·가정에 관한 가요, 사친가, 자탄가, 서경요, 풍유요, 노동가요, 서사가요, 잡요 등 장르, 내용, 기능 중에서 두드러

---

4) 김소운, 『조선민요선(일문)』(태문관, 1929. 7).
5) 김소운, 『언문조선구전민요집』(동경: 제일서방, 1933).
6) 임화, 『조선민요선』(이재욱 교주, 학예사, 1939. 3).

진 성격에 따라 민요를 분류했다. 이와 유사한 방식으로 민요를 구분
한 것이 김사엽(金思燁)·최상수(崔常壽)·방종현(方鍾鉉)이 『조선민요
집성』(朝鮮民謠集成)[7]에서 한 작업이다. 임화의 작업과 다른 점이 민요
를 먼저 부요, 남녀공요, 남요, 동요, 기타요로 나누고, 영남 내방가사
와 제주도 민요를 별도로 첨가하면서, 부요에 대해서만은 다음 항목까
지 분류한 것이다. 그러나 전체적으로 보아 『조선민요선』의 결과와 대
동소이한 것으로 분류에 진전을 보이지 못하였다.

　민요의 분류에 관한 진지한 논의는 고정옥(高晶玉)의 업적에 와서야
비로소 이루어졌다고 할 것이다. 고정옥의 업적을 비롯하여 지금까지
나온 민요 분류에 관한 중요한 업적을 발표순으로 제시하면 다음과 같
다.

　① 고정옥, 『조선민요연구』(정음사, 1949).
　② 임동권, 『한국민요집』 I (동국문화사, 1961)., Ⅱ～Ⅵ(집문당, 1975～
　　　1981).
　③ 김영돈, 『제주도민요연구』상 (일조각, 1965).
　④ 장덕순 외 3인, 『구비문학개설』(일조각, 1971).
　⑤ 조동일, 『경북민요』(형설출판사, 1977).

　①의 저자는 민요의 분류가 문학의 분류와 마찬가지로 여러 가지 기
준에서 가능하다고 하면서, 특히 '내용상 차별에 의한 것', '가자(歌者)
의 성·연령상 차별에 의한 것', '노래와 민족생활의 결합면의 차별에
의한 것'을 종합한 분류법을 채택하여 어떠한 내용의 노래를, 누가, 무
엇을 할 때 부르는 것인지 밝히려 한다고 했다.[8] 말하자면, 내용, 창자,
기능의 삼자 관계를 한꺼번에 고려하는 종합적 분류를 택한 셈이다.

---

7) 김사엽·최상수·방종현, 『조선민요집성』(정음사, 1948. 11).
8) 고정옥, 『조선민요연구』(수선사, 1949), pp.97～102.

그런데 실제로는 내용, 창자, 기능 이외에도 '근대요'의 시대, '문답체요'의 형식 등 다양한 기준을 함께 분류에서 적용하여 총 23개의 상위단위 분류항목을 설정했다.

이러한 ①의 분류방법과 거의 일치하면서 자료를 보완하여 분류항목을 더욱 세분화한 것이 ②의 분류이다. ②의 저자는 <민요분류의 방법>이란 글에서 창자의 연령과 성별, 주제 및 내용, 가창과정의 세 조건을 고려해서 분류하는 것이 타당한 방법이라는 견해를 제시했다.[9] 그러니까 ①과 마찬가지로 창자, 내용, 기능 등의 기준을 동시에 고려한 종합적 분류를 선택한 것이다. ②에 나타난 '한국민요분류표'를 보면, 민요와 동요로 크게 나눈 다음, 기능 또는 내용을 고려한 중간단위의 분류항목을 설정하고, 다시 각 분류항목을 하위단위로 세분화해서 총 362개의 종류로 민요를 분류했다. 그런데 이들 ①과 ②의 종합적 분류는 민요의 존재 양상을 다면적으로 파악하는 데에는 큰 도움이 되나, 여러 가지 성격을 지닌 민요를 어느 한 기준에 의한 분류항에만 소속시키려 하니 결국 자료의 성격을 무리하게 단일화하거나, 아니면 이중·삼중 소속의 오류를 범할 수밖에 없었다. 이를테면, 삼삼기를 할 때 시집살이의 내용을 가진 노래를 부른다고 하자. 종합적 분류에서는 삼삼기 노래와 시집살이 노래가 각각 '노동요', '내방요'로 상위단위의 소속항이 다르면서, 하위단위가 같은 분류항으로 설정되어 있다. 그래서 제시한 예의 노래는 삼삼기 노래, 시집살이 노래 중 어느 한쪽의 분류항으로만 분류될 수밖에 없다. 이러한 처사는 기능과 내용 중 어느 한쪽을 무시해야만 되니, 민요의 다양한 측면을 한꺼번에 고려하겠다는 분류원칙과 실제 분류된 결과가 모순을 보이게 된다. 그렇지 않으면 이중·삼중 소속이 불가피한데, 자료에 따라 분류하는 방식이 달라지기 쉬워 결국 무원칙한 자료 분류의 혼란에서 벗어날 수 없다. 종합적

---

9) 임동권, "민요분류의 방법", 《어문학》 8(한국어문학회, 1962. 3), p.28.

분류의 결과가 이러한 혼란을 야기한다면 다른 분류방법을 모색해야
마땅하다. 민요의 중요한 특징을 파악할 수 있는 기준을 면밀하게 검
토하여 설정하고, 각 기준에 따라 자료를 거듭 분류하는 방법, 즉 단계
별 분류방법을 택한다면, 종합적 분류에서 기대하는 효과를 무리없이
달성할 수 있으리라 본다.10)

　③은 일정한 기준을 미리 정해서 제주도 지역의 민요를 실제 분류한
것이다. 여러 기준 중에서 가장 기본이 되는 것이 기능이라 판단하여,
노동요, 타령요, 동요로 3대분한 다음, 사설의 내용을 부분적으로 다시
고려했다. 그러니까 ①과 ②의 종합적 분류와는 달리 기능과 사설의
내용을 단계적으로 고려한 분류를 했다. ③에서 드러난 분류의 기본입
장은 저자가 제주도민요에 관한 일련의 논문을 발표하는 가운데 계속
견지되었으나, 분류항목의 새로운 첨가와 조정이 있어서 처음과 다소
차이가 났다. <제주민요의 분류>11)를 보면, ③에서 타령요의 한 하위항
목으로 처리되었던 만가(輓歌)가 의식요로 독립되어 상위항목이 됨으
로써 결과는 노동요, 의식요, 타령요, 동요의 4대분으로 되었다. 그런데
③에 관련된 제주도 민요의 분류는 제주도 지역 이외의 민요에도 확대
적용될 수 있어야 일반적인 의의를 얻을 수 있겠는데, 그렇게 분류항
목이 체계화되고 세분화되지 못했다. 특히 처음 단계에서 기능별로 분
류한다는 원칙을 정해 놓고도 유희요를 동요의 하위항목으로만 설정한
점, 기능별 분류항목이 아닌 동요를 다른 민요와 구분해서 상위항목으
로 독립시킨 점은 분류안 자체의 흠으로 지적된다.

　④는 여러 기준에서 가능한 분류시안을 제시했는데, 기능별 분류의
문제에 관하여 비교적 많은 논의를 하고 있다. 민요를 기능의 유무에

---

10) 이와 같은 의견은 조동일, 『구비문학의 세계』(새문사, 1980), p.182에서 개
　　진된 바 있다.
11) 김영돈, "제주민요의 분류", 《구비문학》 7(한국정신문화연구원 어문연구실,
　　1984. 1).

따라 기능요와 비기능요로 나눈 다음, 기능요는 다시 노동요, 의식요, 유희요의 세 가지로 나누고, 다음 단계의 분류항까지 체계있게 논의했다. 그러나 이 분류안은 실제 자료를 폭넓게 검토해서 분류항목을 민요의 실상에 맞게 더욱 세분화해야 한다는 과제를 안고 있다. ⑤는 경북지역의 민요를 ④의 기능별 분류시안에 따라 실제 분류를 시도하면서, 기능과 관련된 제반 문제를 깊이 있게 논의했다. 그러나 분류 대상 자료가 경북 지역의 민요에 한정되어 있기 때문에 세분화된 분류가 이루어질 수 없었다.

　이상의 민요 분류사를 돌아 보면, 몇 가지 분류원칙이 제기되고 그 원칙에 따라 실제 분류까지 이루어졌지만, 한국 민요의 전반에 적용할 수 있는 합당한 분류시안이 아직 마련되지 못했음을 알 수 있다. ②와 ④의 분류시안이 자주 활용되고 있으나, ②는 분류기준이 일정하지 않아 분류항목의 체계화를 이룩하지 못했으며, ④는 분류항목이 세분화되지 못해 민요를 종류별로 포괄할 수 없다는 결점이 있다. ③과 ⑤에서 한 작업처럼 일정한 분류기준을 정해서 지역별 자료를 면밀히 검토하여 분류항목의 체계화와 세분화를 위한 작업을 확대해야 할 것이다. 이 글에서 제시하는 민요의 기능별 분류시안도 이 점을 중요하게 인식하여 『한국구비문학대계』의 수록 민요들뿐만 아니라, ②, ③, ⑤의 수록 자료, 각 군지, 논문집, 보고서 등에 수록된 자료들까지 두루 검토하여 세분화된 분류항목의 설정과 그 체계화를 구체적인 목표로 삼은 것이다.

Ⅲ. 민요분류의 일반문제

1. 민요의 존재양상

민요의 분류는 우선 민요의 성립과 존재에 대한 올바른 이해에서부터 출발해야 한다. 말하자면, 민요의 실상을 제대로 파악한 바탕에서 민요를 분류해야 유용하고도 실질적인 결과를 얻을 수 있다.

잘 알고 있듯이, 민요는 기록에 의해서가 아니라 현장에서 창자가 구연함으로써 이루어지는 구비문학으로 존재한다. 이 때 창자가 구연하는 노래는 기본적으로 기능, 사설, 창곡의 세 요소를 갖추고 있다. 그런데 모든 구비문학이 그렇듯이, 민요는 구연을 통해 끊임없이 재창조되는 유동성을 지니기 때문에 기능, 사설, 창곡의 요건을 같이 갖춘 민요라 하더라도 구연시기나 장소, 창자의 구연태도나 능력, 그리고 청중의 반응 등에 의해서 노래 모습의 세부적인 차이는 물론, 사설의 붙임과 줄임, 이동, 바뀜 등의 차이까지도 나타나는 것이다. 민요는 이렇게 구비문학이기 때문에 그러한 유동성이 허락되며, 어떤 한 가지 노래가 구연에 의해 부분적인 차이를 보이더라도 동일한 작품의 변이형들로서 나름대로 그 의의가 인정되는 개별적인 작품이다. 여기서 구연에 의해 이루어지는 개별적인 작품을 '각편'(version)이라 하자. 각편은 시간적으로 공간적으로 구연의 기회가 많으면 많을수록 그 만큼 수효를 늘려갈 수 있다. 민요의 지역별 분포나 시대적 변화 등 민요의 변이에 관한 연구에서는 이러한 각편의 존재가 더없이 주목할 사항이다. 민요의 분류 역시 각편의 다양한 존재에 대해 일차적인 관심을 가져야 하나, 각편 사이의 미세한 차이까지 고려할 수는 없는 일이다. 설사 이를 고려했다 하더라도 민요의 분류가 각편의 무한정한 나열이 아닌 이상 별다른 의의를 찾을 수 없다.

민요는 한편 각편들의 공통된 구조·내용과 그 특징들의 총합으로 이루어진 '유형'(type)[12]으로도 존재한다. 이 유형은 창자나 청중들이 실제로 작품들을 유별해서 이해하는 단위로써, 어떤 작품을 기억하고 전승하는 데 있어서 전체적인 윤곽을 잡는데 기여하는 단위이다. 각편이 민요 구연의 현장성을 바탕으로 한 실재적이고 현상적인 단위라면, 유형은 이러한 각편이 모아져서 나타나는 구조적이고 추상적인 단위이다. 그러므로 창자가 민요 사설의 대체적인 전개방식이나 내용, 창곡 등을 기억하여 구연한다고 했을 때, 이는 창자가 민요의 유형을 기억해서 구연한다는 뜻이며, 구연의 결과인 각편의 문제와는 일단 구별되는 것이라 하겠다. 유형은 비록 추상적이고 구조적인 단위이지만, 각편처럼 그 자체가 유동적인 것은 아니다. 대체로 유형의 존재양상과 범위는 전승자의 생활방식이나 지역적 특성에 따라 한정되어 있는 것이 일반적이다.

이러한 민요 유형의 파악은 우선 민요 조사가 철저하고도 광범위하게 이루어진 마당에서 충분한 효과를 거둘 수 있다. 민요 조사가 미진한 상황에서 이루어진 민요의 분류가 새로운 유형의 자료가 나타날 때마다 수정·보완을 불가피하게 겪어야 하는 까닭은 바로 이 때문이다. 그런데 한국의 민요 조사는 식민지시대 이후 지금까지 전에 없이 활발히 진행되었고, 그 성과도 상당한 양에 이르렀다. 전체 82권으로 발간된 『한국구비문학대계』의 수록 민요 자료, 임동권의 『한국민요집』(전 6

---

12) '유형'이란 용어가 설화의 경우 일정한 줄거리나 내용구조를 가진 일군의 유사한 이야기란 뜻으로 널리 사용되고 있으나, 민요의 경우 이 용어의 쓰임이 그렇게 적절한 편이 못된다. 아직 다른 적절한 용어가 개발되지 못했으니 '유형'이란 용어를 우선 그대로 사용한다. 김흥규·김우창 공편, 『문학의 지평』(고려대출판부, 1984. 1), pp.337~338에서 민요의 경우에도 '각편'과 '유형'이란 용어를 사용하고 있다.

책)의 수록 자료, 그리고 개인 또는 단체가 조사해서 보고한 자료까지
망라하면, 민요 유형의 전체적인 양상을 파악하는 데에는 자료의 양이
문제될 만큼 부족한 편이 아니라고 본다. 그런데 문제는 민요 유형의
전체적인 양상을 파악하는 데에서 민요의 분류작업이 완결되는 것이
아니라는 점이다. 민요의 유형별 양상을 실상에 맞게 포괄하여 분류할
수 있는 분류기준과 분류체계가 마련되어야 기대하는 결과에 이를 수
있다.

2. 분류기준

민요를 분류하는 기준에는 여러 가지가 있을 수 있다. 여러 분에 의
해 지적되어 왔듯이, 기능, 사설의 내용이나 주제, 구연방식, 율격, 창
자, 시대, 지역 등 여러 가지 기준에서 민요의 분류가 가능하다. 그만큼
민요는 기능이나 사설, 가락이 함께 어우러져 있는 복합적인 성격을
지니면서, 시대나 지역, 창자의 가창방식과 언어 선택, 그리고 구연의
주변 조건에 의해 다채로운 각편으로 존재한다. 따라서 다양한 기준들
이 제각기 분류의 필요한 목적에 따라 선택될 수 있는데, 이들 기준들
이 기본적으로 민요의 변화에 어떤 측면으로 영향을 미치는 것인지를
파악하는 데에서 분류기준에 대한 다양한 논의를 좁힐 수 있다.

민요를 분류할 수 있는 다양한 기준들을 검토해 보면, 민요의 기본
적인 구성요소이면서 민요 변화의 직접적인 변수로 작용하는 경우와
민요 변화의 외부적인 원인이나 배경으로 작용하는 경우의 두 가지로
크게 나누어 볼 수 있다. 전자의 경우 기준으로 제시되는 것이 기능,
사설, 창곡이며, 후자의 경우 기준으로 제시되는 것이 창자, 가창방식,
시대, 지역 등이다. 그런데 창자, 가창방식, 시대, 지역 등의 기준은 민
요의 성립과 존재에 뺄 수 없는 요건이 되기는 하나, 민요의 변화에 다

만 자극이 되거나 영향을 주는 외부적인 원인이나 배경으로 작용한다. 이런 까닭에 이들 기준은 모든 민요의 유형변화에 직접적인 변수로 작용하는 것은 아니다. 물론 특정한 부류의 창자, 특정의 가창방식, 특정의 시대와 지역에 따라서 고유하게 존재하는 민요가 있는 것도 사실이다. 이를테면, 해녀 노래는 제주도에 전승되는 특유의 민요로 주목된다. 그러나 모든 민요가 이러한 특정의 요건에 의해서 구분되는 것은 아니다. 실제의 구연자료가 이미 세운 기준에 어긋나는 경우가 허다하기에 더욱 그렇다. 가령 여성 고유의 노래로 알려진 민요가 남성에 의해서도 훌륭히 불려지는 경우가 있으며,13) 구연의 분위기에 따라 창자가 가창민요(歌唱民謠)를 음영민요(吟詠民謠)로 혹은 음영민요를 가창민요로 부를 수도 있으며, 특정 지역의 민요로 존재했던 것들이 창자의 이동이나 전달매체에 의해 다른 지역에서 불려지는 경우가 흔히 있다. 예외가 많다 보면 기준 자체의 적합성 여부에 논란이 일어날 수밖에 없다.

그래서 민요의 분류에서 가능한 논란을 배제하고 유형 변화에 전반적으로 관련, 적용할 수 있는 분류기준의 모색이 요구된다. 여기서 민요의 기본적인 구성요소이면서 민요 변화의 직접적인 변수로 작용하는 기능, 사설, 창곡에 관심이 집중된다. 기능, 사설, 창곡은 서로 어우러져서 민요로 성립되며, 긴밀한 상호 관련성 속에서 제각기 필요한 구실을 한다.

그런데 민요의 분류에서 기능, 사설, 창곡의 세 요소를 함께 문제삼

---

13) 이러한 예를 보이는 자료는 『대계』7-8, 낙동 18, p.224의 '베틀 노래'와 『대계』7-9, 서후 28, p.628의 '시집살이 노래'를 들 수 있다. 베틀 노래와 시집살이 노래는 여성 고유의 노래로 알려진 민요인데, 남성 창자가 훌륭히 부르고 있다. 이와 반대의 경우도 쉽게 예상된다. 자료를 면밀히 조사해 보면 이러한 예를 더러 발견할 수 있을 것이다. 여기서 『대계』란 『한국구비문학대계』를 편의상 줄여서 표기한 것이다. 본문과 각주에서는 계속 『대계』란 명칭을 사용한다.

는 것은 바람직한 일이나, 그것은 이상이다. 기존 분류에서도 드러난
바와 같이, 종합적 분류는 자료의 실상에 맞게 일정한 분류체계를 세
우기가 어려우며, 실제 분류를 한다 하더라도 의도한 바와 어긋나기
쉬운 것이다. 더우기 연구자가 기능, 사설, 창곡을 함께 다룰 만한 능력
을 온전하게 갖추기 어렵다는 점에서 종합적 분류의 해결 가능성은 불
투명하다. 특히 분류의 대상으로 삼는 자료가 기록된 자료일 경우에는
창곡의 특징 같은 것을 구체적으로 파악하기 곤란하며, 이 글에서와
같이 음악적 이해보다 문학적 이해가 앞서는 경우, 창곡의 문제는 매
우 소홀하게 다루어질 수밖에 없다.

　이미 밝혔듯이, 본 민요의 분류는 단계별 분류방식을 택하면서 기능
과 사설에 의한 분류를 차례로 진행해서 그 결과를 종합하는 방식을
취하고자 한다. 여기서 창곡의 문제는 논의의 진행을 위한 보조로서
다루어질 것이다. 사실 기능과 사설에 의한 분류는 기존 분류에서도
거듭 강조되어 왔다. 기능과 사설이 민요 분류의 여러 기준 중에서 왜
특히 주목해야 할 기준인지 설득력있게 논증했던 것은 아니지만, 민요
를 조사하고 검토하여 얻은 경험으로 자연스럽게 강조된 것이다. 그런
데 기능과 사설 중 어느 한 기준에 의한 분류만 하더라도 매우 주의깊
은 노력이 따라야 하는 방대한 작업이기에, 이 글에서는 우선 민요의
기능별 분류안을 마련하는 데 논의를 집중하고자 한다.

3. 분류원칙

　분류기준이 설정되면 그 기준에 따른 실제 자료의 판별을 어떻게 할
것인가에 관한 방법상의 원칙을 정할 필요가 있다. 민요가 불려지는
상황도 다양하고 종류도 다양한 만큼, 분류원칙을 정해야 분류를 체계
적으로 진행할 수 있다. 분류항목의 타당한 설정 역시 자료마다 일관

된 분류원칙을 적용했을 때 가능한 것이다.

이 글에서 말하는 분류원칙이란 민요의 기능별 분류원칙이다. 기능은 바로 민요 구연의 현장적 의미를 나타내는 것인데, 민요 생성의 바탕이면서 전승의 주요 동인이기도 하다. 물론 민요는 기능에 의해서만 존재하고 전승되는 것은 아니다. 기능에 상관하는 사설이나 창곡이 결합됨으로써 민요의 온전한 모습이 갖추어진다는 것은 잘 아는 바이다. 그러므로 민요의 존재양상과 전승의 실태를 파악하기 위해서는 기능, 사설, 창곡의 상호 결합관계를 검토하는 일이 중요하다. 기능, 사설, 창곡의 상호 결합관계는 『구비문학개설』에서 다섯 가지 경우로 명료하게 제시된 바 있는데,[14] 논의의 진행을 위해 이 다섯 경우를 다시 들어본다.

① 기능＝창곡＝사설
② 기능＝창곡≠사설
③ 기능＝사설≠창곡
④ 기능≠창곡＝사설
⑤ 기능≠창곡≠사설

이상에서 ＝은 고정적 결합을, ≠은 유동적 결합을 나타낸다. 위의 다섯 가지 경우는 기능을 위주로 보았을 때 크게 두 경우로 나눌 수 있다. 고정된 기능이 전제되는 ①~③의 경우와 고정된 기능이 전제되지 않는 ④~⑤의 경우가 그것이다. 엄밀히 따지자면, ④는 비기능으로서 ⑤는 유동기능으로서 다시 구분된다. 민요를 기능별로 분류할 때 사실 ①~③의 경우는 크게 문제되지 않는다. ②, ③처럼 사설이나 창곡이 기능과 유동적인 결합을 하지만, 이는 사설에 의한 분류, 창곡에

14) 장덕순 외 3인, 『구비문학개설』(일조각, 1971), pp.79~81.

의한 분류에서 고려해야 할 사항이다. ④와 ⑤의 경우는 이와 사정이
좀 다르다. ④에 해당하는 민요는 이른 바 비기능요(非機能謠)로서, 창
곡이나 사설을 위주로 한 분류에서는 여러 가지로 구분되지만, 기능별
분류에서는 일정한 기능을 가진 기능요(機能謠)에 대응되는 것으로 뭉
뚱그려 처리할 수밖에 없다. ⑤의 유동기능(流動機能)인 경우도 창곡이
나 사설을 두고 말한다면 비기능요일 수 있는 것이지만, 기능을 두고
말한다면 기능요일 수 있는 것이다. 이를테면, '시집살이 노래'나 '정선
아리랑'은 본래 사설이나 창곡이 중심이 되는 비기능요의 성격을 지닌
민요이나, 어떤 기능의 수행 현장에서 불려질 때는 기능요의 구실을
맡게 되는 것이다. 이런 경우 사설이나 창곡에 의한 분류도 필요하겠
지만, 기능요로서의 구실을 맡게 될 때는 기능별 분류에서 마땅히 고
려해야 할 사항이다. 그래야 민요 구연의 실상이 기능의 현장성을 바
탕으로 파악될 수 있기 때문이다.

　민요의 기능별 분류에서는 위에 제시된 사항 이외에도 고려해야 할
사항이 더 있다. ①~③의 경우와 같이 일정한 기능이 전제되는 사항
이지만, 그 기능이 단일기능이 아닌 복합기능(複合機能)이나 유사기능
(類似機能)을 포괄할 경우 세심한 주의가 요구된다.

　먼저 복합기능을 가진 민요의 한 예로 '상여 노래'를 들 수 있다. 상
여 노래는 장례의식을 거행하는 과정에서 불려진다는 점에서 의식요로
서의 성격을 지니며, 상여를 메고 옮기며 부르는 노래라는 점에서는
운반노동이 관련된 노동요로서의 성격도 지닌다. 이와 같이 기능상 복
합적인 성격을 지니는 민요는 적지 않은 편인데, 이 경우 민요를 어느
쪽 기능에 소속시켜 분류해야 할 것인지에 관한 의문이 제기된다. 본
민요의 분류에서는 사설의 구성, 전승자의 인식에서 비중이 크다고 판
단되는 쪽으로 민요를 분류하고자 한다. 따라서 예의 상여 노래는 크
게 보아 장례의식의 수행이란 궁극적인 목적 아래에 운반노동이 부수

되면서 불려지는 것으로, 사설의 구성, 전승자의 인식에서 망자에 대한 생자의 아쉬움과 망자의 극락천도를 기원하는 의식요로 분류된다. 그렇지만 분류항목의 설정 단계에서 복합기능의 성격이 가능한 한 드러날 수 있도록 하는 편이 바람직하다고 판단되어 '상여 노래'의 분류에는 '장례운구요'(葬禮運柩謠)란 중간단위의 분류항목을 설정한다.

다음 유사기능을 가지는 경우의 민요를 생각해 보자. 기능의 수행 방법이 유사한 여러 작업현장에서 사설과 창곡의 유형이 한 가지인 민요가 불려지는 예가 그것이다. 이를테면, 논을 갈 때, 논을 밟을 때, 밭을 갈 때, 밭을 밟을 때, 연자방아를 돌릴 때 등에서 부르는 민요로 이들 민요는 한결같이 소를 몰아치는 일로 이끌어지는 작업현장의 노래란 점에서 공통된다. 이 노래를 편의상 '소모는 노래'로 범칭하자. 소모는 노래는 사설과 창곡에서 부분적인 변이를 보이기는 하나, 전체적으로 보아 한 가지 민요라고 규정할 수 있다. 그러나 소모는 노래는 실제 기능의 수행에서 서로 다른 목적과 성격을 띠고 있는 작업현장의 노래이기 때문에 기능별 분류에서는 관련되는 현장의 기능에 따라 개별 분류항목을 잡아 구분해 주어야 합당할 것이다. 이는 이미 언급한 ⑤의 경우와 더불어 현장기능의 원칙이라 할만한 분류원칙이 적용되는 것이다.

이상에서 단일기능, 복합기능, 유사기능, 유동기능, 비기능에 관련된 민요를 기능별 분류에서 어떻게 고려할 것인지 제시해 보았다. 그런데 기존 민요분류에서 이러한 고려는 구체적으로 진행되지 못했다. 그렇게 된 주요한 원인은 분류의 대상으로 삼은 자료가 구연상황을 알 수 없는 민요 자료들이었기 때문이다. 그런데 다행히 『대계』의 자료는 구연상황이 부기되어 있어, 현장을 바탕으로 한 민요 구연의 다양한 사정을 파악하는데 큰 도움을 준다.

4. 분류항목의 명칭

구전되는 민요는 대개 이름이 본래부터 정해져 있는 것이 아니며, 이름이 있다 해도 지역과 창자에 따라 여러 가지로 불려지고 있다. 그래서 조사자마다 한 가지의 같은 노래에 명칭을 다양하게 붙이고 있음을 쉽게 발견할 수 있다. 한 예를 들어보자. 보리타작 노래, 보리모질 노래, 타맥요(打麥謠), 도리깨질 노래, 도깨질 소리, 마당질 소리, 옹혜야, 어야홍 등 실로 다양한 명칭이 한 가지 노래를 일컫는 것으로 나타난다.15) 이뿐만이 아니라, '~가', '~요', '~노래', '~소리', '~타령', '~풀이' 등으로 민요의 각 명칭이 다양하게 불려지는 현상도 대수롭게 여길 사항이 아니다.

민요의 명칭은 첫째, 널리 통용되는 것으로 정한다. 강강술래, 아리랑, 창부타령, 노랫가락 등은 언중 사이에 이미 굳어진 민요의 명칭들이기에 굳이 다른 명칭을 창안해서 쓸 필요가 없다.

둘째, 민요의 명칭은 널리 통용되는 것으로 하되, 구체적인 기능이나 내용이 드러날 수 있는 것으로 통일하여 표준화한다. 보리타작 노래 이하 예를 든 민요의 명칭을 다음과 같이 구분해 보자.

작업대상·방법 : 보리타작 노래, 보리모질 노래, 타맥요(打麥謠)
작업도구·방법 : 도리깨질 노래, 도깨질 소리'
작업장소·방법 : 마당질 소리
여음·후렴 : 옹혜야, 어야홍

기능요는 일반적으로 작업대상과 작업방법이 무엇인가에 따라 여러 종류로 나누어진다. 작업도구, 작업장소가 다른 점은 민요의 종류를 달

---

15) 이상의 명칭은 『대계』의 자료 제목 조사를 통해 파악된 것이다.

리하는 필요조건은 될지언정 충분조건은 될 수 없다. 그렇다면 작업대
상·방법과 관련된 노래 이름들이 우선적으로 고려할 대상이겠는데,
보리모질 노래는 특정지역의 방언으로, 타맥요(打麥謠)는 한자어로 표
현된 것이어서 표준화를 위한 명칭으로 적절하지 못하다. 보리타작 노
래가 널리 통용되면서, 기능상의 특징을 구체화해서 보여주는 표준적
용어로 합당할 것이다.

　셋째, 분류항목 설정의 일관성을 유지하기 위해 개별 민요의 명칭으
로 '~노래'를 쓰고, 개별 민요의 총합을 일컫는 상위 분류항목, 중간
분류항목의 명칭은 '~요'로 정리한다.

　먼저 '노래'와 '소리'에서, 음악학 쪽에서는 시조, 가사(歌辭), 가곡
등 정악을 '~노래'라 하고 민요, 잡가, 판소리 등 민속악은 '~소리'라
해서 구분하고 있으나, 문학적 측면의 이해에서는 이와 다른 견해가
제기될 수 있다. 이는 '소리'가 '노래'보다 광범위한 개념인데다 인간정
서의 형상화, 표현이라는 문학 본래의 의미가 약하기 때문이다. 그리고
경북지방에서의 조사에 의하면,[16] 개화기 이후 널리 불려진 유행가나
잡가를 기반으로 퍼져나간 유행민요는 '중년 소리'라 하고, 옛날부터
있어 온 기능 중심의 민요는 '옛날 노래'라 하여 구분되고 이들 민요의
담당계층도 다르다고 한다.[17] 이러한 사실은 민요의 추세 변화를 보여
주는 것이기도 하지만, '노래'와 '소리'의 관계를 시사하는 것이기도 하
다. 즉 '노래'와 '소리'는 다같이 민요를 지칭하는 것이겠으나, '노래'는
'소리'에 비해 앞선 시대의 민요이면서 본래의 기능에 밀착된 민요를
말하는 것으로 파악된다. 따라서 민요가 가지는 본래의 기능적 측면과
더욱 밀착되면서, 음악과 시로서의 양면적인 의의를 더욱 부각시킬 수

---

16) 조동일, 『서사민요연구』(증보판, 대구: 계명대출판부, 1978. 8), pp.146~148.
17) 민요의 현지조사에서 흔히 들을 수 있는 "소리 한마디 한다"는 표현은 주
　　로 '중년 소리'를 두고 이르는 말이라 생각된다.

있는 개별 민요의 명칭으로 '~노래'가 '~소리'보다 바람직하리라 생각된다.

　다음 '~가'와 '~요'에서, 고정옥은 일찍이 노래 이름을 붙임에 있어 "慣習上 或은 語調上 '謠'字 代身 '歌'字를 쓰기도 한다"고 했으나, 이것은 엄밀히 따지면 부당한 용법이라 자인한 바 있다.18) 그는『시경』(詩經)에 있는 '我歌且謠'란 구를 주희(朱熹)가 '合曲曰 歌, 徒歌曰 謠'라 주석한 것을 들면서 "'歌'는 樂器의 音曲의 支配下에서 詞가 그로 因하여 固定된 것을 意味하는 것이요, '謠'는 興에 겨워 直興的으로 口唱하는 것을 말한다"고 하여 '요'가 민요의 본질을 드러내 주는 것이라 했다.19) 이렇듯 '요'는 '가'에 비해 악기와 창곡이 전제되지 않고도 성립되는 민요의 구연성을 강조해 주는 것으로 파악된다. 이러한 '요'의 구연성은 다시 말해 세련된 창법이나 표현을 의식적으로 추구하지 않는 창과 표현의 자유스러움이라고도 이해된다. 민요에서 뛰어난 표현과 수사, 절창이 있다면, 그것은 민요의 오랜 전승과정에서 축적된 민중의 기교가 능력이 있는 창자를 만나 나타나는 것이다. 물론 '가'와 '요'가 개념상 엄밀히 구분되는 것으로 항상 사용되지는 않았을 것이다. 때로는 유사한 개념으로 혼용되었을 것이다. 그런데 여기서 '가'와 '요'를 구분하며, 개별 민요의 총칭으로 '~요'를 쓸 것을 내세운 이유는 민요의 본질을 한층 가깝게 이해하기 위해서이다.

---

18) 고정옥, 앞의 책, p.102.
19) 고정옥, 앞의 책, p.102.

Ⅳ. 민요의 기능별 분류

1. 기능요와 비기능요

민요는 구비문학의 다른 어느 것보다도 민중생활과 밀착되어 존재하면서 생활상의 일정한 필요성에 따라 불려지는 노래와 생활상의 일정한 기능은 없지만 사설이나 가락 자체의 공감에 의해 흥을 내거나 심회를 풀기 위해 불려지는 노래가 있다. 여기서 생활상의 일정한 기능을 수행하는 과정에서 불려지는 민요를 기능요라 한다면, 일정한 기능이 전제되지 않지만 노래 자체의 즐거움 때문에 불려지는 민요를 기능요에 대응하는 것으로 비기능요라 할 수 있다.[20]

기능요는 지금까지 일반적으로 나누어 왔던 방식대로 기능의 성격에 따라 노동요(勞動謠), 의식요(儀式謠), 유희요(遊戱謠)의 셋으로 크게 나눌 수 있다. 노동요는 노동을 하면서, 의식요는 의식을 거행하면서, 유희요는 놀이를 진행하면서 부르는 민요라고 간단히 말할 수 있겠는데, 각 민요는 나름대로 기능의 수행에서 필요한 구실을 한다. 즉, 노동요는 작업의 능률화를 위해, 의식요는 신에게 생존과 관련된 소망을 표현하기 위해, 유희요는 놀이를 즐겁고 흥겹게 하기 위해 불려지며, 궁극적으로는 삶의 지속과 인간 존재의 확인이라는 방식으로써 노동, 의식, 유희의 세 가지 중요한 생활양식과 함께 하는 것이다. 그런데 이러한 기능요 중에는 생활방식의 변화나 지역간의 전파과정에서 본래의 기능을

---

20) 기능요(functional song)와 비기능요(non-functional song)로 민요를 대별한 견해는 Maria Leach ed., *Standard Dictionary of Folklore V. 2* (New York: Funk & Wagnall, 1950)의 'Song' 항목에 나타나 있다. 장덕순 외 3인, 앞의 책, p.83에서도 이 견해를 따랐다.

상실하여 아예 없어지기도 하고, 다른 민요와 교섭되면서 사설과 창곡이 변화하여 비기능요로 전환하는 것도 있다. 이를테면, 기능요인 '방아찧기 노래'는 곡식을 방아에 찧는 전래의 노동이 거의 사라지자, 이제는 쉽게 들을 수 없는 노래가 되었다. 그러자 본래의 방아찧기 노래는 **다른** 민요와 교섭되면서 사설과 창곡이 매우 **다른** 비기능요인 '**방아 타령**'으로 불려지고 있다. 기능의 상실과 더불어 사설의 내용이 풍부하여 **감동적**이거나, 창곡이 다채로운 기능요도 비기능요로 전환되기 쉽다. 보리타작 노래, 뱃노래, 쾌지나 칭칭나네 등의 민요가 이에 해당한다.

비기능요는 이렇게 기능요의 전환에서 새로운 노래가 첨가되기도 하고, 조선 후기 이른바 잡가가 널리 일반화하여 개방됨으로써, 이제는 민요에서 상당한 비중을 차지하게 되었다. 그런데 기능요가 비기능요로 전환이 되는가 하면, 비기능요가 기능요의 구실을 하는 수도 흔히 있다. 이미 '분류원칙'에서 언급했듯이, 유동기능을 가지는 민요들이 이에 해당한다. 시집살이 노래나 신세타령 노래가 길쌈을 하거나 맷돌·방아를 찧을 때 또는 밭매기를 할 때 불려지는 경우가 유동기능을 가지는 경우이다. 시집살이 노래와 신세타령 노래는 본래의 성격을 따진다면 비기능요라 하겠지만, 특정 기능의 수행에서 불려지기도 한다는 점에서 때로 기능요의 구실을 하는 셈이다. 이렇게 비기능요가 기능요의 구실을 할 때, 본 민요의 분류에서는 기능상의 해당 분류항에서 일단 분류된다.

민요는 이상의 설명을 바탕으로 기능의 유무와 성격에 따라 다음과 같이 크게 나누어진다.

1 기능요
  11 노동요   12 의식요   13 유희요
2 비기능요

2. 노동요의 분류

민요는 노동요에서 비롯되었다 할 만큼, 노동요는 민요의 기본이 되며 주종을 이룬다. 노동을 할 때, 노동의 일정한 리듬에 동작을 맞추어 힘을 조금이라도 적게 들이고 흥을 내어 일하기 위해서, 또는 공동노동을 하는 경우 행동 통일을 유지하여 능률적으로 일을 진행하기 위해서 이에 알맞은 노래를 할 필요가 있다. 이렇게 노동요는 노동에 리듬과 활력을 주는 요긴한 구실을 하면서, 일하는 사람의 이런 저런 생각을 다양하게 표현한다. 일하는 즐거움과 괴로움, 일의 성과를 기대하는 마음, 일을 빨리 하고 싶은 심정 등 노동과 직접적으로 관련이 있는 내용뿐만 아니라 노동하는 이들이 일상생활에서 겪고 느끼는 여러 다양한 내용을 노래로 표현한다. 노동요는 처음에 조흥(調興)이 반복되어 나타나는 여음(餘音)이 위주가 된 단순한 형식이었으나, 점차 여음에 의미있는 사설이 붙어져서 문학적 내용이 풍부해지고 형식도 다채로와졌다. 대체로 힘이 많이 들고 행동 통일이 요구되는 노동일수록 여음이 위주가 된 민요가 불리며, 혼자서 오랫동안 지속적으로 작업을 해야 하는 노동일수록 여음보다 의미있는 사설이 위주가 된 민요가 불려진다. 이 경우, 전자의 민요보다 후자의 민요가 문학적 서정성을 풍부히 지닌다는 것은 당연하다. 이는 혼자서 장시간 하는 단순노동에서 노동하는 이가 시적 상상력을 펼 수 있는 기회를 더 많이 가질 수 있기 때문이다. 길쌈노동과 같은 여성노동에서 불려지는 노래가 사설의 내용이 다양하고 문학적 형상화가 뛰어나다는[21] 사실은 바로 노동 자체의 성격에서 기인하는 바가 크다고 하겠다.

노동요는 노동의 종류와 그 성격에 따라 실로 다양하게 존재한다.

---

21) 조동일, 앞의 책, 『서사민요연구』, p.38.

이렇게 다양한 노동요를 우선 유형별로 크게 나누어 본다면, 전래의 생활에서 대다수의 사람이 참가하는 주요한 생활 방편이자 생계의 수단이 되는 노동에서 불려지는 노래와 이에 비해 부차적 또는 방계적이라 할 노동에서 불려지는 노래로 구분할 수 있다. 이를 각각 주요노동요와 잡역노동요라 하자. 주요노동요는 다시 농업노동요, 어업노동요, 벌채노동요, 길쌈노동요, 제분노동요로 그 성격에 따라 구분할 수 있겠는데, 이들 민요는 노동요의 대부분을 차지하면서 비교적 전국적으로 분포하고 있다는 특징을 지닌다. 농업, 어업, 임업(벌채노동)은 전래의 주요한 생활이자 일이었고, 길쌈노동, 제분노동은 부녀자들에게 항상 따르는 일과였으니, 이에 관련된 노래 역시 다양하고 널리 분포하는 것은 당연하다. 이에 비해 잡역노동요는 노동 자체의 성격이 규칙적으로 지속되거나 일정하지 않은 경우가 많고, 노동에 참가하는 대상도 제한적이며, 특정한 지역에서 전승되거나 또는 드물게 전승된다는 특징을 지닌다. 이러한 잡역노동요에는 운반노동요, 토목노동요, 수공노동요, 관망노동요, 제염노동요, 가사노동요가 포함될 수 있겠으며, 마소를 몰거나 새를 쫓는 몰이노동요, 물건을 헤아리는 산술노동요도 잡역노동요로 처리될 수 있겠다.

　이상 노동의 성격과 종류에 따른 노동요의 큰 유형을 보이면 다음과 같다.

　11　노동요
　　111　농업노동요
　　112　어업노동요
　　113　벌채노동요
　　114　길쌈노동요
　　115　제분노동요

116   잡역노동요

1) 농업노동요

농업노동을 논농사와 밭농사로 크게 나눌 수 있듯이, 농업노동요도
논농사요와 밭농사요로 2대분할 수 있다. 논농사를 위주로 하는 평야
지대에서는 논농사요가 다양하게 발달되어 있고, 밭농사를 위주로 하
는 산간지방이나 해안지방에서는 상대적으로 밭농사요가 풍부하게 전
승되고 있다. 이렇게 논농사요와 밭농사요의 분포와 양상은 지리적 특
성에 크게 의존한다.
    논농사와 밭농사에서 중요한 농사일의 진행순서에 따라 불려지는 민
요를 종류별로 구분하여 분류한 것이 아래 분류표이다.

111   농업노동요
 1111   논농사요
   1111-1   논 가는 노래
   1111-2   논 삶는 노래
   1111-3   모찌는 노래
   1111-4   모내기 노래
   1111-5   논매기 노래
   1111-6   벼베기 노래
   1111-7   볏단 나르는 노래
   1111-8   벼타작 노래
 1112   밭농사요
   1112-1   밭 일구는 노래
   1112-2   밭 가는 노래

1112-3 밭 곰방메질 노래

1112-4 밭 밟는 노래

1112-5 밭매기 노래

1112-6 보리 훑는 노래

1112-7 보라타작 노래

1112-8 곡식 나비질 노래

1111-1 논 가는 노래 : 논농사에서 먼저 해야 할 일은 겨우내 묵혀 두었던 단단한 논바닥을 모를 심기에 앞서 소를 쟁기에 매어 가는 일이다. 이때 부르는 민요가 논 가는 노래이다. 논 가는 노래는 소를 몰거나 부리면서 부르기 때문에 소 모는 노래(소리)라 하기도 한다. 분류 원칙에서 언급한 바 있듯이, 소 모는 노래의 유형으로는 논 삶는 노래, 밭갈이 노래, 밭 밟는 노래 등이 있다. 이들 민요는 모두 소를 모는 소리인 여음이 반복되어 나타난다는 공통점을 지니고 있다. 사설만 보고 이들 민요를 구분짓기 곤란하나, 구연 현장이 다르고 기능상의 목적에서 서로 차이가 있다는 점에서 기능별로 구분해 주는 것이 바람직하다.

1111-2 논 삶는 노래 : 논 가는 노래와 같이 소를 몰며 부리는 소리인 여음이 위주가 된 노래이나, 기능상의 성격에서 논 가는 노래와 구분된다. 논 삶는 일은 논을 갈고 난 다음의 일이기에, 논 가는 노래 다음에 논 삶는 노래가 분류된다.

1111-3 모찌기 노래 : 못자리에서 일정한 크기의 단으로 모를 찌면서 부르는 노래이다. 모찌기 노래의 일반적인 가창방식은 노래하는 사람이 두 패로 나뉘어서 앞소리와 뒷소리를 주고 받는 교환창의 형식이나, 선후창이나 공동제창의 형식일 때도 있다. 모내기 노래도 교환창으로 흔히 불려지는데 이 점에서 모찌기 노래의 사설은 모내기 노래의 사설과 서로 넘나드는 관계에 있다. 그러나 모찌기 노래는 모내기 노래처

럼 아침 소리, 점심(낮) 소리, 저녁 소리로 사설이 구분되는 것이 아니다. 이 노래는 '모뜬 소리', '먼들 소리'라 하기도 한다.

1111-4 모내기 노래 : 모를 내어 모심기를 하면서 부르는 노래이다. 이 노래를 경북과 경남지역에서는 단순히 '모 노래'라 부르기도 한다. 전 지역에 걸쳐 널리 분포한다는 점에서 논매기 노래와 더불어 논농사요의 주축을 이룬다.

모내기 노래는 조선 후기 이앙법(移秧法)이 전국적으로 확대 실시된 이후 일반화되었다고[22] 하겠는데, 근래에 불려지는 모내기 노래는 전래의 다른 노동요를 차용해서 변형하기도 하고, 다른 서정적 계열의 민요를 수용해서 매우 다양한 각편으로 전승되고 있다. 노래의 일반적인 가창방식은 교환창인데, 노래 부르는 사람이 두 패로 나뉘어 대구(對句)나 문답으로 이루어진 사설을 교대로 주고 받는다. 사설은 대체로 1행이 4음보로 된 2행 형식이며, 전 1행과 후 1행이 대구나 문답으로 이루어져 있다. 또한 이 노래는 아침 소리, 점심 소리(낮 소리), 저녁 소리라 하여 때에 따라 부르는 노래로 구분되기도 한다.

1111-5 논매기 노래 : 모내기 노래만큼 전국적으로 널리 분포하고 있는 노래이다. 이 노래는 앞소리군이 소리를 메기면 일하는 사람들이 여음으로 소리를 받는 선후창의 방식으로 진행된다. 모내기 노래와는 달리 이 노래에서는 앞소리군의 역할이 매우 크다. 앞소리군은 일을 하지 않고도 자신이 가진 노래의 역량을 충분히 발휘하는 것만으로도 임무를 다한다. 그렇다 보니, 논 매기 노래의 사설은 고정되어 있지 않으며, 어떠한 내용의 사설이라도 여음에 맞추어 자유롭게 불려진다. 이 노래는 여음에 따라 '절로 소리', '단호리', '싸데', '둘레', '내머리 노래', '상사 소리', '방아 소리' 등 그 명칭도 다양하다. 또한 이 노래는 곡조에 따라 '메나리' 또는 '미나리'라고도 하며, 강원도 동부 해안지방

22) 윤여탁, "이앙요연구", 《국문학연구》 제68집(서울대 대학원 국문학연구회, 1984).

에서는 '오독떼기'[23)라 부르기도 한다. '논 뜯는 노래'라 하는 것도 논
매기 노래의 다른 이름이다.

논매기는 일년에 세 번 정도 하는 것이 보통인데, 이에 따라 노래도
'아이(초벌) 논매기 노래', '이듬(두벌) 논매기 노래', '세벌 논매기 노
래'로 나누어지기도 한다. 그렇지만 각 노래의 사설에서는 큰 차이가
없는 듯하며, 여음의 구성이 달라지는 현상이 보인다.[24)

1111-6 벼베기 노래 : 논에서 여럿이 벼를 베면서 부르는 노래인데,
선후창 또는 공동 제창의 형식으로 많이 불려진다. 벼베기는 힘이 비
교적 적게 드는 작업이기에 노래의 가락이 흥겹게 진행되는 것이 특징
이다. 강원도에서 이 노래를 '벼베기 홍조'[25)라 하는 까닭도 여기에 있
다. 이 노래는 또한 '불림', '베불림' 혹은 '불림노래'라 하기도 하는데,
이는 벼를 베어 수확한다는 의미이나, 한단 두단 볏단으로 불려간다는
뜻으로 붙여진 이름이 아닌가 한다.

1111-7 볏단 나르는 노래 : 벼베기를 한 후 볏단으로 묶어 날라서 낟
가리를 만들며 부르는 노래이다. 이 노래는 볏단을 서로 주고 받으며
부른다는 데 특징이 있다. 볏단을 주는 사람이 선창을 하면, 받는 사람
이 후렴으로 받아 선후창으로 부른다. 드물게 전승되는 민요이다.[26)

---

23) '오독떼기'에 관한 자세한 설명은 『대계』2-1, 강릉 1, p.315의 자료 해설을
    참고하기 바람.
24) '초벌 논매기 노래'의 여음이 『대계』1-6, 이죽 2, p.832에서 "얼럴럴 상사디
    야"로, '두벌 논매기 노래'의 여음은 『대계』1-6, 이죽3, p837에서 "어화칭칭
    고렸네"로, '세벌 논매기 노래'의 여음은 『대계』1-6, 일죽 4, p.605에서 "어
    하 에일러구 하세"로 되어 있다. 세 번 논매기를 하면서 나타나는 이러한
    여음의 차이는 조동일, 『경북민요』(형설출판사, 1982), pp.60~61에서 언급
    한 바 있다.
25) 『대계』2-1, 강릉 47, p.382.
26) 『한국민속종합조사보고서』(농요, 풍어제, 민요편) 제13책(문화재관리국,
    1982), p.301에 충남 부여의 자료로 1편 채록된 것이 있다. 앞으로 이 책은
    『민조』로 줄여서 표기한다.

1111-8 벼타작 노래 : 벼를 훑거나 털면서 부르는 논농사요다. 보리 훑는 노래나 보리타작 노래에 비견될 수 있는 노래이다. 매통이나 홀 태기에 벼를 털거나 훑는 재래식의 노동이 사라지자, 오늘날 쉽사리 들을 수 없는 민요가 되었다. 이 노래는 작업도구의 이름을 따서 '가락 홀태기 소리' 또는 '매통질 소리'라 부르기도 한다. 전라도에서는 벼를 터는 일을 '개장친다'고 하기 때문에, 이 노래를 '개장치는 소리'라 하 기도 한다.[27]

1112-1 밭 일구는 노래 : 강원도의 산간지방 같은 데서 화전을 일구 거나 제주도에서 따비로 밭을 개간하면서 부르는 노래이다. 오늘날 밭 일구는 일이 거의 사라지자, 이에 따른 노래의 전승도 중단되다시피 했다.

1112-2 밭 가는 노래 : 논 가는 노래와 마찬가지로 소를 부리고 몰면 서 부르는 노래이다. 제주도에서는 소 대신 말을 부리기도 한다. 다른 소 모는 노래와 구분되는 점은 기능상의 목적이 다르다는 데 있다.

1112-3 밭 곰방메질 노래 : 제주도에서도 드물게 전승되는 노래이다. 밭을 밟기에 앞서 곰방메(곰베: 제주 방언)로 흙덩이를 바수면서 부르 는데, 노래의 가락이 곰방메를 내리치는 연속 동작과 관련되어 단조로 운 편이며, 사설의 내용도 작업의 실태를 나타내는 정도이다. 제주도에 서 이 노래를 '곰베질 소리' 또는 '흙 벙뎅이 부시는 소리'라 한다.[28]

1112-4 밭 밟는 노래 : 제주도 특유의 민요이다. 제주도에서 조를 파

---

27) 『대계』6-2, 엄다 7, p.291의 '개장치는 소리.', 엄다 8, p.293의 '가락 홀태기 소리.', 엄다 9, p.295의 '매통질 소리'가 벼를 훑거나 털면서 부르는 벼타작 노래에 속한다.

28) '흙덩이 바수는 노래'로 『대계』9-3, 안덕 144, p.967의 자료가 있으나, 이 자 료는 풀무질을 할 때 '바슴' 혹은 '댕이'라고 하는 틀을 만들 흙을 바수면 서 부르는 노래이기 때문에 밭 곰방메질과는 아무런 관련이 없다. 이 노래 는 1163의 수공노동요에서 분류된다.

종한 다음 마소 떼를 몰면서 이 노래를 부르는데, 마소를 모는 여음이
위주가 된 매우 단순한 형식의 노래이다. 다른 마소 모는 노래와 구별
하는 까닭은 역시 기능상의 목적이 다르다는 데 있다. 제주도에서는
이 노래를 '밧 불리는 소리'라 한다.

1112-5 밭매기 노래 : 밭농사요 중에서 보리타작 노래와 더불어 가장
널리 분포하면서 다양하게 전승되는 민요이다. 그리고 기능과 사설이
유동적으로 결합하는 민요의 한 예를 보여준다. 밭매기는 주로 여성들
이 힘을 비교적 적게 들이며 오랜 시간 쉬엄 쉬엄 하는 일이기 때문에
힘을 내거나 동작을 맞추기 위한 여음이 꼭 필요하지 않으며, 일하는
사람의 처지나 생활에 공감되는 서정적, 서사적 계열의 비기능요가 흔
히 불려진다. 조사된 자료에 의하면 밭매기를 하면서 부르는 노래로
'시집살이 노래', '꽃노래', '사랑 노래', '부부 노래' 등이 있다. 밭매기
노래는 논매기 노래처럼 2음보 1행의 사설과 여음을 서로 주고 받는
선후창의 형식이 본래의 가창방식이라 하겠으나, 점차 노래가 기능과
의 관련성에서 멀어지자 흔히 여음없이 혼자서도 부르는 노래로 변화
되었다 하겠다. 이 노래는 제주도 현지에서 '사디(사데)' 또는 '검질매
는 소리'로 통하기도 한다.

1112-6 보리 훑는 노래 : 매우 희귀하게 전승되는 밭농사요이다. 『대
계』에 제주도 민요로 1편 채록된 것[29] 이외에는 다른 자료를 찾을 수
없었다. 이 노래는 밭에서 베어들인 보리를 마당 구석에 쌓아 두었다
가 마당에 설치해 놓은 '보리클'이란 농기구에 여러 사람이 보리를 훑
으며 노래하는 것이다. 보리를 건네주는 사람이 앞소리군이 되고, 보리
클에 보리를 훑는 사람이 뒷소리군이 된다. 선후창으로 부른다.[30]

---

29) 『대계』9-3, 남원 4. p.1142.
30) 김영돈, "제주도의 노동요", 《한국문화인류학》 제8집(한국문화인류학회, 1976.
12), p.46 참고.

1112-7 보리타작 노래 : 보리타작을 하는 기능과 매우 밀착된 사설을 지니고 있는 노래이다. 보리타작은 빠른 속도로 진행되면서, 힘이 많이 들며 일하는 사람의 행동통일이 필수적으로 요구되는 노동이기에, 노래 자체도 노동과 밀착될 수밖에 없다. 따라서 노래의 형식도 1음보 또는 드물게 2음보의 사설이 일정한 여음을 받으며 되풀이되는 단순한 형식이다. 그리고 이 노래는 일을 지휘하는 '목도리깨군'이 앞소리를 하면 여러 사람의 '종도리깨군'이 여음으로 받는 형식의 선후창으로 흔히 진행된다. 여음은 지역에 따라 약간씩 차이를 보이는데, '옹혜야'형과 '요오 요오'형, 그리고 '어야홍'형, '에헤'형 등으로 나누어진다. 때로 다른 민요에서 편입된 여음인 '나무야에미타불'이나 여음과 사설이 결합하여 변이된 "에헤~ 마댕이여" 등이 불려지기도 한다. 이 노래는 여음을 이름하여 '옹혜야', '어야홍'이라고도 하며, 작업도구를 이름하여 '도리깨(도깨)질 노래'라 부르기도 한다. '보리모질 소리', '마당질 소리'도 작업방식과 작업현장을 이름한 보리타작 노래의 명칭이다. 보리타작 노래의 여음을 이용하여 놀 때 부르는 노래는 이 분류항에서 제외한다.

1112-8 곡식 나비질 노래[31] : 곡식에 섞인 검부러기나 먼지같은 것을 키로 쳐서 날리며 부르는 노래이다. 여기서 나비질이란 키로 나비 날개치듯 부쳐 바람을 내는 일이란 뜻이다. 이 나비질은 특히 밭농사에서 생산된 보리, 콩, 조 등에 관련된 일이기 때문에, 이에 따른 민요를 농업노동요 중 밭농사요에서 분류하는 것이다. 이 노래는 쉽게 들을 수 없는 민요에 해당한다.

---

31) 『민조』3, p.3의 '베 부치는 노래'를 근거로 설정한 항목이다.

2) 어업노동요

어업노동요는 농업노동요와 함께 노동요에서 큰 비중을 차지하고 있는 민요이다. 삼면이 바다로 둘러쌓인 지리적 조건에서 어업에 종사하는 어민도 상당수이고 이들의 노래 또한 많다. 그런데 해안지방과 도서를 두루 다녀야 하는 조사상의 어려움 때문에 어업노동요의 수집은 오랫동안 매우 부진했으며, 따라서 민요의 전체적인 양상을 제대로 파악할 수 없었다. 어업노동요를 고정옥은 뱃노래, 해녀 노래로 매우 단순하게 분류했으며,32) 임동권도 노젓는 노래, 어부 노래, 뱃노래, 해녀요로 그 대강의 종류만 분류에서 고려했다.33) 이런 상황에서 다행히 김영돈이 제주도의 해녀 노래를 집중 조사하여 정리하고,34) 김순제가 전국의 해안을 두루 다니면서 조사한 여러 종류의 민요를 악보와 해설까지 붙여 보고해서35) 어업노동요를 이해하는 데 새로운 전기가 마련되었다.

어업노동은 남성들이 하는 어부어업과 여성들이 하는 해녀어업으로 크게 나눌 수 있다. 이렇게 구분하는 근거는 어부와 해녀라는 집단의 성격 차이 이외에도 작업의 성격과 양상에서 어부어업과 해녀어업이 서로 구별된다는 것이다. 이러한 어업노동의 구분은 어업노동요를 기능상의 종류별로 분류하는 기준이 된다. 이 기준에 의해 어업노동요를 세부항목으로 분류하면 다음과 같다. 분류방법은 농업노동요의 경우와

---

32) 고정옥, "조선민요분류일람표", 『조선민요연구』(수선사, 1949), p.495참조. 앞으로 이 책의 표시는 본문에서나 각주에서 편의상 '고-『조민』'으로 줄인다.

33) 임동권, "한국민요분류표", 『한국민요집』제6권(집문당, 1981), pp.533～534 참조. 앞으로 이 책의 표시는 '임-『한민』'으로 줄인다.

34) 김영돈, 『제주도민요연구』(일조각, 1965).

35) 김순제, 『한국의 뱃노래』(호악사, 1982. 5). 앞으로 이 책을 인용할 경우에는 '김-『한뱃』'으로 줄여 표기한다.

마찬가지로 작업의 진행순서를 주로 따랐다.

    112   어업노동요

     1121   어부어업요

      1121-1   배 올리는 노래

      1121-2   배 닦는 노래

      1121-3   그물 싣는 노래

      1121-4   배 띄우는 노래

      1121-5   닻 감는 노래

      1121-6   노젓는 노래

      1121-7   그물 내리는 노래

      1121-8   고기잡이 노래

      1121-9   고기낚시 노래

      1121-10   고기 푸는 노래

      1121-11   고기 터는 노래

      1121-12   시선뱃노래

      1121-13   배치기 노래

     1122   해녀어업요

      1122-0   해녀 노래

   1121 어부어업요의 분류는 출항에서 귀항까지의 조업과정에서 불려지는 민요가 주요 대상으로 된다. '배올리는 노래'와 '배닦는 노래'는 조업과정에서 직접 불려지는 민요는 아니나, 어업노동과 밀접한 관련이 있는 어부들의 노동에서 불려지는 민요인 점을 감안하여 어부어업요로서 분류했다. 조업과정에서 불려지는 노래로는 위에서 분류한 노래 외에도 '풍파 재우는 노래'가 있다. 그런데 풍파 재우는 노래는 노

동요로서의 성격이 아니라 의식요로서의 성격을 띠기 때문에 어부어업요에서 제외된다.

1121-1 배 올리는 노래36) : 이 노래는 풍파에서 대비하여 뭍으로 배를 올리는 작업에서 불려지는 것이다. 배를 올리는 작업은 여러 사람이 하는 일종의 운반노동이기 때문에 행동을 통일하여 힘을 일제히 들여야 한다. 따라서 노래가 작업의 성격에 알맞게 한 사람이 힘을 부추기는 앞소리를 하면 나머지 사람들은 힘을 내기 위한 여음을 뒷소리로 받는다. 이 노래는 작업과 매우 밀착된 사설과 가락으로 구성되어 있다.

1121-2 배 닦는 노래37) : 조업을 나가기 전이나 뱃고사를 거행하기 전에 배를 말끔히 닦으면서 부르는 노래이다. 배 닦는 일은 본격적인 어로작업은 아니라 하겠으나, 결국 어부들의 어업노동인 점을 고려한다면, '배 닦는 노래'를 여기서 분류하는 것이 적절하리라 본다.

1121-3 그물 싣는 노래 : 출항 전 배 위에서 그물을 실으면서 부르는 노래이다. 이 노래는 여럿이 그물을 배 위로 잡아 당기면서 부른다는 점에서 고기잡이할 때 그물을 당기며 부르는 노래와 기능상에서 공통점이 있다. 그러나 두 노래는 작업의 순서와 상황이 다른 데서 불려지기 때문에 기능상 다른 민요로 구분하여 주는 것이 마땅하다. 노래의 사설은 행동통일을 하여 힘을 일제히 주기 위한 여음을 위주로 구성하고 있으며, 1121-6 고기잡이 노래와 그 구성이 유사하다. 자료로 김-『한뱃』, p.247, 악보번호 72의 1편이 채록된 것이 있는데, 그 전승이 드문 편이라 하겠다.

1121-4 배 띄우는 노래 : 출어하기 위해 육지에 올려 놓았던 배를 끌어 내려서 바다에 띄우며 부르는 노래이다. 어로작업 중 운반노동에

36) 『대계』6-7, 흑산 10, p.663의 자료를 근거로 설정한 항목이다.
37) 김-『한뱃』, p.246, 악보번호 71.

관련된 노래라 하겠는데, 배를 끌어 내리기 위해 '어하'라는 여음이 반복해서 들어가는 점이 특징이다. 선후창으로 불려지며, 역시 드물게 전승되는 어부어업요라 하겠다.[38]

1121-5 닻 감는 노래 : 출항시 정박해 두었던 배를 움직이고자 닻을 감아 올리면서 부르는 노래이다. 일면 '닻 올리는 노래' 또는 '닻 내리는 노래'라 하기도 한다. 조석간만의 차가 심한 서해안 일대에서 이 노래가 많이 불려지고 있는 편이다.[39] 가창방식은 닻을 감아 올리는 속도에 따라 일정한 여음을 넣어 부르는 선후창의 형식이다.

1121-6 노젓는 노래 : 노를 저으며 물결을 헤치고 나아갈 때 부르는 노래이다. 노젓는 일은 오랫 동안 되풀이되는 단순한 동작이면서, 여럿이 할 때 규칙적으로 반복되는 동작에 어울리는 2음보의 율격을 지니는 것이 보통이며 여음을 일정하게 넣는 선후창으로 불려진다. 제주도에서 해조류 등을 채취하기 위해 떼(筏)를 저으며 부르는 '터우(테위, 테배) 젓는 소리'가 있는데 노젓는 노래와 기능상에서 차이가 없으며 사설에서도 상통하는 점이 많기 때문에 여기서 함께 처리하기로 한다. 그리고 노젓는 노래의 여음을 이용한 유흥적인 뱃노래는 여기서 제외하며, 이는 비기능요로 처리한다. 노젓는 노래는 동해안 동북부 지방에서 '지어소리'라고도 한다.

1121-7 그물 내리는 노래 : 노를 저어 어장에 도착하면, 배에서 그물을 내려 물속에 풀어 넣는다. 이때 부르는 노래가 '그물 내리는 노래'이다. 이 노래는 여음이 위주로 된 노래이나, 부분적으로 어획에 대한 기대를 사설로 표현하기도 한다. 노래의 가창방식은 어부어업요의 일반적인 가창방식인 선후창으로 되어 있다. 드물게 전승되는 민요에 해

---

38) 조동일, 『경북민요』, p.91, 197번 작품. 앞으로 이 책의 자료 인용은 '조-『경민』'으로 줄여서 표기한다.
39) 김-『한뱃』, pp.16~17에서 전남 고흥을 경계로 남해안과 동해안 일대에서 '닻 감는 노래'를 찾아보기 힘들었다고 한다.

당한다.40)

1121-8 고기잡이 노래 : 고기를 잡을 때 그물을 당기면서 부르는 것
으로, 작업의 속도에 알맞게 힘을 내기 위한 여음을 일정하게 메기면
서 부른다. 노래의 구성이 닻 감는 노래와 유사한데, 그물을 당겨 올리
는 일과 닻을 감아 올리는 일이 기능면에서 상통하기 때문이다. 이 분
류항의 민요 중에는 일본어로 된 여음과 사설을 사용한 작품이 많은데,
일제 식민지 시대 이후 우리 어부들이 일본의 저인망 어선을 많이 탄
영향인 듯하다.

이 노래는 기본적으로 그물을 이용해서 조기나 멸치 등 고기를 잡아
올릴 때 부르는 노래이다. 그래서 '멸치 후리는 노래', '고기잡이 노래',
'방어잡이', '마개소리' 등 그물을 이용한 고기잡이 노래는 모두 이 유
형에 소속된다. 이중 특히 '멸치 후리는 노래'는 바다에 나갈 때부터
멸치를 잡아 배에 싣고 올 때까지 고기잡이 순서에 따라 다양한 구성
으로 이루어져 있다.

1121-9 고기낚시 노래 : 낚시를 이용한 고기잡이 노래이다. 위
1121-8의 고기잡이 노래와는 사설의 구성에서 많은 차이가 있는 민요
이다. 고기잡이 노래에는 그물을 당기는데 필요한 힘내기의 여음이 필
수적이라면, 이 노래는 여음을 넣을 필요가 없다.

낚시를 이용해서 고기를 잡는 일은 오징어나 갈치 등을 잡을 때 이
루어진다. 현재까지 채록된 자료에서 '갈치잡이 노래'41)는 볼 수 있으
나, 오징어 잡이 노래는 보이지 않는다. 울릉도 등에서 낚시로 오징어
잡이를 할 때 이런 종류의 노래가 불려질 법하나, 채록된 자료가 없으

40) 『대계』2-4, 현남 6, p.822의 자료와 『민조』13, p.271의 자료가 현재까지 조
    사한 자료의 전부이다.
41) 김- 『한뱃』, p.252, 악보번호 40의 작품. 이 외에 서준섭, 『강원도 동해안
    항포구 향토문화 조사보고』(구비문학부문) 제3집(강원대 강원문화연구소,
    1983. 12), p.147에 <낚시줄 당기는 소리>가 1편 채록되어 있다.

니 아쉬움이 남는다.

1121-10 고기 푸는 노래 : 그물에 잡힌 고기를 바다나 가래 등의 도구에 퍼담아 배에 옮겨 실을 때 부르는 노래이다. 그래서 이 노래는 바다나 가래의 명칭을 딴 '바디 소리' 또는 '가래 소리'로 흔히 통한다. 서해안 일대에서는 이 노래를 또한 '테질 소리' 혹은 '슬비(술비, 술배) 소리'라 하기도 하는데, 여기서 '테'는 바다와 같이 고기를 퍼 담는 도구의 이름이나, '슬비(술비, 술배)'의 정확한 뜻은 아직 밝혀지지 않았다. 그리고 남해안 일대에서는 고기를 많이 잡았다는 뜻으로 '사리'란 말을 쓰는데, 고기 푸는 노래를 '사리 소리'라 부르기도 한다.

이 노래의 여음은 노래 이름이 여러 가지로 불리듯이, 흥이나 힘을 내기 위한 소리 뒤에 "가래야", "바디야", "슬비(술비, 술배)야" 또는 "사리야"하는 사설을 지역에 따라 다양하게 붙이는 점이 특색이다. 그러나 여음을 붙이는 것은 구연상황에 따른 유동성이 있기 때문에 위와 같은 여음이 불려진다고 해서 모든 노래가 고기 푸는 노래는 아니다. 고기 푸는 노래의 여음으로 "(어이야) 받차라" 또는 "어야디야차" 등 다른 방식으로 표현되기도 한다.

1121-11 고기 터는 노래 : 고기를 배 위로 퍼 실은 다음, 아직도 그물에 걸려 남아 있는 고기를 털면서 부르는 노래이다. 고기를 털어내는 과정에서 노래를 즐겨 부르지 않은 편인지 채록된 자료는 별로 없다. 김-『한뱃』, pp.189~193에서 다행히 5편 채록된 자료가 있어서 이 노래의 구성을 대강이나마 파악할 수 있다. 5편의 자료 중 3편은 노래의 사설에서 "잡아 털어라 뚝뚝 떨어지게" 또는 "고기털기가 재미난다"는 등으로 고기를 터는 행위와 직접 관련된 내용을 보이고 있어 이 분류항의 노래임을 알 수 있다. 나머지 2편의 자료는 노래의 여음에서 고기 터는 노래임을 판별하기 어려운데, 강원도 북부와 함경도 해안지방에서 고기 터는 것을 '빼기기'라 한다고 해서 여음이 "빼기구 내자

(보자)"로 되어 있다.

1121-12 시선뱃노래 : 시선배라 불리는 고기 운반선이 잡은 고기를 목적지까지 운반하는 과정에서 불려지는 노래이다. 잘 알려진 시선배는 강화도에서 목적지인 마포에 이르기까지 한강을 오르내리던 운반선인데, 이 시선배를 타고 부르는 노래가 '한강 시선뱃노래'이다. 다른 시선뱃노래로 알려진 것이 없으니 시선뱃노래라면 으례히 '한강 시선뱃노래'를 말한다. 한강 시선뱃노래가 단순히 유흥을 위한 뱃노래와 구별되는 것은 노를 저어서 고기를 운반한다는 기능을 포함하고 있기 때문이다. 대체로 메기는 소리가 받는 소리와 대등한 입장에서 노래되면서 느린 가락으로 진행되는 것이 바로 시선뱃노래의 특징이다.

1121-13 배치기 노래 : 만선 귀항할 때나 풍어놀이를 할 때 부르는 노래이다. 이 노래는 다른 어부어업요에 비해서 유희적인 성격이 매우 강한 노래이다. 장고·북·징 등이 노래의 반주악기로 동원되면서, 매우 흥겨운 가락42)에 춤까지 곁들여진다. 그리고 이 노래는 풍어와 관련된 신력(神力)이나 감응력에 바탕을 두고 있다는 점에서 의식요로서의 성격도 지니고 있다.43) 이처럼 배치기 노래는 유희요적인 성격과 의식요적인 성격을 함께 지니고 있지만, 그렇다고 이 노래가 어로작업과 무관한 것은 아니다. 어로작업의 실제적인 마감이 어장배의 무사한 귀항까지를 포함한다고 한다면, 배치기는 그동안의 어로작업과 연속성을 지닌 마무리 행위인 것이다. 따라서 배치기 노래를 어업노동과 관련된 어부어업요에 소속시켜 분류해도 큰 무리는 없다고 생각된다.

배치기 노래는 어부들 사이에 '이물양(에밀양)', '봉죽타령', '봉기타

---

42) 김-『한밧』, pp.197~225에서 배치기 노래가 뱃노래 중에서 가장 흥겹고 음악적인 구조를 보이면서, 교창방식(交唱方式), 음계구성(音階構成)에서 일반 뱃노래와 전혀 다르다고 했다.

43) 김장호, "봉죽 타령에 대하여", 《기전문화연구》 제4집(인천교육대학 기전문화연구소, 1974, 6), pp.153~154.

령' 등 여러 이름으로 불려진다. 여기에 이물(에밀)이란 배의 선수(船首)를 말하는데, 잡은 고기는 이 이물에 싣는다고 한다. 봉죽(奉竹)은 이물에 담겨진 고기의 양을 재기 위한 눈금이 새겨진 막대의 명칭이며, 봉기(奉旗)는 봉죽에 매단 기이다. 따라서 이러한 명칭을 딴 노래 이름은 만선과 풍어를 상징하는 것이라 볼 수 있다.

1122 해녀어업요는 세계에서도 우리나라의 제주도에 집중적으로 분포하고 있는 노래이다. 일본에서도 해녀어업요가 일부 채록되어 독립된 종류의 민요로 정립하자는 논의가 일고 있으나,[44] 채록된 자료의 편수나 이에 관한 논의가 우리의 경우에 비할 바가 못된다.

해녀어업요는 해녀들이 연해에서 'ᄀᆞᆺ물질'하러 헤엄쳐 나가면서 이따금 부르기도 하지만, 먼 바다로 '뱃물질'하러 갈 때 노를 저으면서 노젓는 동작에 맞추어 주로 부른다고 한다. 따라서 해녀어업요는 어부어업요처럼 여러 작업상황을 소재로 하고 있지만, 현실적으로 물 속에서 이루어지는 작업상황에서 노래가 불려질 수 없는 일이다. 구연시기와 작업장소가 서로 일치하는 경우는 헤엄쳐 나갈 때의 노래와 노를 저어 갈 때의 노래이다. 그런데 이 두 경우의 노래는 사설이나 가락에서 뚜렷이 구분되지 않는다. 이런 점에서 해녀어업요의 기능별 분류는 결국 '해녀 노래'라는 단일 항목으로 처리된다.

1122-0 해녀 노래 : 이 분류항에는 해녀들이 작업할 때 부르는 노래의 전반이 포괄된다. 분류항목 자체가 기능상의 순서나 종류를 표현하는 것이 아니기 때문에 분류의 단위를 0으로 두었다. 해녀 노래의 세부적인 내용은 내용별 분류에서 고려해야 할 사항이다.

---

44) 세게야마(關山 寺)는 <민요와 해녀의 전승>(民謠と海女の傳承),《일본민속학》제116호(1978)에서 해녀어업요에 해당하는 20여편의 자료를 조사해서 분석한 다음, 이 민요들을 독립된 노래의 종류로 인정하자는 주장을 했다. 김영돈, "제주도민요연구", 동국대 박사학위 논문(1982), p.71 참고.

3) 벌채(伐採)노동요

벌채노동요는 산에 가서 나무를 할 때나 나물을 캘 때, 들에서 풀
(꼴)을 벨 때, 또는 갯가에서 해조류나 어패류를 채취할 때 등의 일에
서 불려지는 기능상의 민요를 말한다. 이러한 벌채노동요는 노동의 대
상과 성격에 따라 벌목(伐木)노동요와 채취(採取)노동요로 크게 나눌
수 있다. 벌채노동요를 종류별로 분류하면 다음 표와 같다.

        113   벌채노동요
         1131   벌목노동요
          1131-0   나뭇군 노래
          1131-1   나무 찍는 노래
          1131-2   나무 켜는 노래
          1131-3   나무 쪼개는 노래
          1131-4   나무 깎는 노래
         1132   채취노동요
          1132-1   풀베기 노래
          1132-2   풀썰기 노래
          1132-3   나물 캐는 노래
          1132-4   목화 따는 노래
          1132-5   열매 따는 노래
          1132-6   송피 벗기는 노래
          1132-7   해물 채취 노래

1131 벌목노동요는 산에서 나무를 하는 등 제반 벌목작업에서 불려
지는 노래이다.

　1131-0 나뭇군 노래 : 나뭇군이 산에 나무하러 가서 또는 나무를 해서 지게에 지고 산을 내려오면서 부르는 노래이다. 흔히 '어사용', '어새이'라고 하는 나뭇군의 신세타령 노래가 여기에 해당한다. 나뭇군이 자신의 신세를 을시년스런 가마귀의 모습에 기탁하여 처량하게 부르는 것이다. '갈가마구 노래', '까마구 타령', '신세타령'이라 하는 것도 모두 한가지이다. 이 나뭇군 노래는 지게목발을 두드리며 부르기도 해서, '지게목발 두드리는 노래' 또는 '지게동발'이라고도 한다.

　·나뭇군이 부르는 노래에는 '어사용'류의 노래만 있는 것이 아니다. 『대계』의 자료에 의하면, '강릉 아리랑', '노랫가락', '담방구 타령' '정노래' 등이 나무할 때 부르는 노래로 채록되었다. 이들 자료는 나뭇군 노래가 일정하게 고정되어 있지 않음을 예증한다. 이렇게 나뭇군 노래는 1131-1~4의 민요와는 달리 일정한 기능에 일정한 사설의 노래로 존재하지 않는다. 따라서 분류의 단위를 0로 두어 구체적인 기능이 드러나는 노래와 구분했다.

　한편 산에 소를 치러 가서도 '어사용'류의 노래를 부르는데, 이 경우의 노래는 나뭇군 노래와 따로 구분하지 않는다. 임-『한민』2, p.140에 '목동노래'가 채록되어 있고, 이를 나뭇군 노래와 구분했으나, 노래 명칭상의 목동이 신분상 나뭇군과 구별되는 것은 아니다. 과거 우리의 사정에서 나뭇군이 나무를 하기도 하고 소를 치기도 한 것은 다반사였기 때문이다.

　1131-1 나무 찍는 노래 : 도끼로 나무를 찍어 넘어뜨리면서 부르는 노래이다. 도끼로 찍어 나무를 하는 작업은 힘든 작업이면서 흔히 볼 수 없는 일이므로 노래를 듣기도 힘들다. 제주도의 '낭 끈치는 소리'가 이 노래에 해당한다. 노래의 사설은 작업의 실태와 직결되어 있다.

　1131-2 나무 켜는 노래 : 톱으로 나무를 켜면서 부르는 노래이다. 나무 찍는 노래와 마찬가지로 작업실태와 직결된 사설을 노래한다. 큰

나무를 켤 때는 두 사람이 마주 앉아서 톱질을 하며 노래를 부르기도
한다. 이 노래는 톱질을 하면서 부르므로 '톱질 노래(소리)'라고도 하
며, 제주도에서는 '낭 싸는 소리'라 이름하기도 한다.

1131-3 나무 쪼개는 소리 : 도끼로 땔나무를 쪼개면서 부르는 노래이
다. 역시 작업과 직결된 내용의 사설을 노래한다. 노래의 가창방식과
구성은 보리타작 노래나 망깨 노래와 유사한데, 도끼로 나무를 쪼개는
시늉이 도리깨질이나 망깨질과 비슷하기 때문이다. 2음보 1행의 사설
을 앞소리군이 메기면 뒷소리군이 '이헤', '히이' 또는 '홍'이라는 짧은
여음으로 받는데, 메기고 받는 박자가 매우 규칙적이다. 이 노래는 현
재 제주도에만 전승되고 있는데, 전승률이 매우 낮은 민요이다. 제주도
말로 이 노래를 '낭 깨는 소리', '낭 깨는 도치질 소리'라 한다.

1131-4 나무 깎는 노래 : 자귀로 나무를 깎고 다듬으면서 부르는 노
래이다. 작업도구의 이름을 따서 '자귀질 노래'라고도 한다. 사설의 내
용은 작업실태와 직결되어 있다. 이 노래로 임-『한민』1, p.42, 264번의
자료 1편을 볼 수 있다.

1132 채취노동요는 풀, 열매, 나무껍질, 해초류, 어패류 등을 채취하
면서 부르는 노래의 총칭이다.

1132-1 풀베기 노래 : 마소에게 줄 꼴을 베거나 논밭의 풀을 제거하
면서 부르는 노래이다. 풀을 베는 일은 나무를 하는 일과 작업의 대상
만 다를 뿐 작업방식에서는 차이가 없고, 풀을 베는 사람이 바로 나무
를 하는 사람이기도 해서, 풀베기 노래와 나뭇군 노래는 사설의 구성
이나 가락을 거의 같이 한다. 그래서 풀베기 노래를 '어사용'이라 하는
곳도 있다.45) 그렇지만 모든 풀베기 노래가 나뭇군 노래와 구분이 모
호한 것은 아니다. 제주도의 '촐 비는 소리', '홍애기(소리)'는 바로 풀

---

45) 『대계』7-4, 대가 189, p.467.

베는 작업실태를 구체적으로 보여주는 사설로 이루어져 있다. 비록 나무군 노래와 외형상 구분이 어려운 경우도 있지만, 풀(꼴)을 벤다는 기능이 전제되는 한 이 노래의 유형으로 분류될 사항이다.

1132-2 풀썰기 노래 : 풀을 작두로 잘게 썰면서 부르는 노래이다. 풀썰기는 빠른 속도로 되풀이되는 단순한 노동이면서, 일하는 사람끼리 호흡을 맞추어 실수가 없도록 해야 한다. 따라서 노래도 1음보 또는 길어야 2음보의 사설을 메기면 짧은 여음으로 일정하게 받는 형식을 취한다.46) 작도에 풀을 들이는 사람이 사설을 부르는 앞소리군이 되고, 작두로 풀을 써는 사람이 여음을 부르는 뒷소리군이 된다. 노래의 사설은 작업실태와 밀착되어 있다.

1132-3 나물 캐는 노래 : 주로 부녀자들이 고사리나 쑥, 주치 등 나물을 캐면서 부르는 노래이다. 산에서 약초를 캐면서 부르는 노래도 이 분류항에 소속시킨다.

나물 캐는 일은 여럿이 함께 산을 올라가도 결국 혼자서 하는 일이기에 노래도 혼자서 부르는 것이 보통이다. 따라서 나물 캐는 노래가 일정하게 고정되어 있지 않으며, 일하는 사람이 가진 갖가지 심정들을 다양하게 노래한다. 시집살이 노래가 나물을 캘 때 불려지기도 한다. 이 점은 밭매기 노래의 경우와 같다.

나물을 캐면서 부르는 노래 중에 나물 바구니를 돌리면서 나물을 더 많이 캘 수 있도록 영동신, 즉 영동할머니에게 기원하는 '나물 불리는 노래'가 있다. 그런데 이 노래는 노동요로서의 성격보다 의식요로서의 성격이 강하기 때문에 의식요에서 분류하기도 한다.

1132-4 목화 따는 노래 : 목화를 따면서 부르는 노래이다. 오늘날 구전되는 목화 따는 노래는 기능적인 면이 매우 약화되어 목화 따는 일이 단지 제재로 된 정도이다. 주로 불리는 노래의 사설은 총각이 목화

---

46) 조-『경민』, p.64.

따는 처자를 희롱하면서 문답으로 수작하는 것이다. 이 노래는 이렇게 문답체의 남녀 애정요이기 때문에, 때로는 기능이 전혀 다른 모내기 노래에 삽입되어 불려지기도 하며, 아예 기능을 떠나 유흥을 위한 비기능요로 불려지기도 한다. 이런 경우 기능별 분류에서는 서로 다른 항목에서 분류될 것이다. 물론 내용별 분류에서는 동일한 유형으로 처리될 사항이다.

1132-5 열매 따는 노래 : 뽕, 머루, 밤, 대추 등 열매를 따는 일에서 불려지는 노래이다. 목화 따는 노래처럼 본래의 기능적인 측면은 매우 약화된 상태로 오늘날 전승되고 있다. 노래 자체가 기능에서 점차 멀어지자 비기능요로 독립해서 불려지는 경우가 많다.

1132-6 송피 벗기는 노래 : 소나무의 속껍질을 벗기면서 부르는 민요이다. 과거 양식을 구하기가 어려웠을 때, 송피를 벗겨 부드러운 속을 씹어 먹거나, 송피떡을 해서 먹기도 했다. 고정옥은 이런 사정을 반영한 민요를 '송구 노래'라고 했다. 이 노래는 특히 일제시대에 많이 불려졌다고 한다.[47]

1132-7 해물 채취 노래 : 바닷가에서 어패류나 해조류를 채취하면서 부르는 민요이다. 이 민요가 해녀어업요로 분류될 수 없는 이유는 해녀라는 특수 집단에 의해 불려지는 노래가 아니기 때문이다. 『대계』 8-2, 일운 14, p.194의 <큰애기 노래>가 이에 해당하는 노래인데, 노래의 사설은 기능이 소재가 된 정도이다.

　4) 길쌈노동요

　길쌈노동요는 삼을 삼거나, 물레질을 하거나, 베틀에 베를 짜면서 부르는 모든 노래를 총칭하는 것이다. 과거 길쌈일은 여성들이 담당했던

---

47) 고-『조민』, p.148.

일 중에서 가장 비중이 컸던 일이다. 남자들이 주로 밖에서 농사일을
했다면, 여성들은 밤잠을 설치면서까지 길쌈을 해야 했다. 길쌈은 남자
의 일만큼 많은 힘이 드는 일은 아니지만, 오랜 시간 해야 하는 지루한
일이었다. 여성들은 이렇게 지루한 일을 하면서 그 고충을 잊고 흥을
내어 일을 하기 위하여 자연 노래도 많이 불렀다.

길쌈일에서 불려지는 노래의 종류는 매우 다양하면서, 사설의 문학
적 내용도 풍부하다. 흥미로운 내용이 잘 짜여 있으면서 긴 교술민요
와 서사민요가 길쌈노동요로서 많이 불려진다는 것도 길쌈노동요의 성
격 자체에 기인한다. 일을 하면서 창자들은 노래부르는 것을 의식하고,
노래의 내용과 심리적 거리를 유지시켜, 자신들의 심정을 객관화할 만
한 여유를 가질 수 있기 때문이다.[48]

길쌈노동에서 불려지는 노래는 다음과 같이 분류하기로 한다.

114 길쌈노동요
1140 길쌈노동요
1140-0 길쌈 노래
1140-1 삼삼기 노래
1140-2 물레질 노래
1140-3 베짜기 노래

114 길쌈노동요는 농업노동요나 어업노동요처럼 중간 단위의 분류항
으로 다시 나누어지지 않기 때문에, 중간 단위의 표제를 상위 단위의
표제와 동일하게 표시하되 그 단위를 1140으로 한다.

1140-1 길쌈 노래 : 분류항목의 단위를 0로 둔 것은 두 가지 이유에
서다. 첫째, 특정의 기능이 명시되지 않고 단순히 '길쌈 노래'라 한 자

48) 조동일, 『서사민요연구』, p.38.

료를 분류하기 위해서이다. 둘째, 한 노래가 이중, 삼중의 기능과 관련 되는 경우, 이를 합리적으로 처리하기 위해서이다. 이를테면, 한 노래 를 삼을 삼을 때도 부르고, 물레질을 할 때도 부른다고 하자. 이런 경 우의 노래는 어느 한 쪽으로만 분류할 수 없다. 사실 길쌈노동요로 불 리는 노래 중에는 여러 길쌈일에서 두루 불려지는 것이 대부분이다. 그래서 단일기능과 관련된 노래는 해당 기능의 노래로 분류하되, 그렇 지 않고 구체적인 기능이 명시되지 않거나 이중, 삼중의 기능과 관련 된 노래는 1140-0의 길쌈 노래로 처리하기로 한다.

1140-1 삼삼기 노래 : 삼을 삼는다는 말은 삼을 잇는다는 뜻인데, 삼 삼기 노래는 삼의 껍질을 물에 축여서 째고, 짼 삼을 말린 다음 다시 한 묶음씩 묶어 이으면서 부르는 노래이다. 삼삼기는 보통 두레삼이라 하여 여럿이 일을 분담해서 집집마다 돌아가며 하는 경우가 많다. 이 렇게 여자들끼리 모여 두레삼을 삼을 때면, '시집살이 노래'와 같은 애 처롭고 한탄스런 노래도 즐겨 부르지만, 평소에는 부를 수 없는 파격 적이고 골계적인 내용의 노래도 거침없이 부른다. 그래야 웃으면서 지 겨운 일을 재미있게 해낼 수 있다.

길쌈노동은 일하는 사람들 사이의 행동 통일을 필수적으로 요구하는 것은 아니다. 행동 통일이 필요한 노동요는 선후창이나 교환창으로 부 르는 것이 일반적인데, 길쌈노동은 그럴 필요가 없으니 율격도 자유로 운, 여음없는 연속체로 되어 있다. 길쌈노동요의 한 유형인 삼삼기 노 래도 이와 마찬가지이다. 다만 삼삼기 노래가 다른 유형의 노래와 구 별되는 한 가지 특징은 삼삼기 일을 주요한 소재로 끌어들이고 있다는 점이다. 물론 삼삼기 일을 소재로 한 모든 노래가 삼삼기 노래는 아니 다. 물레질을 하거나 베틀에 베를 짜면서 그런 노래를 부를 수도 있다. 그런데 이들 노래는 창자들이 보통 삼삼기 노래로 의식하면서, 실제로 삼삼기 할 때 많이 부른다는 점이다. 따라서 삼삼기 노래의 분류는 구

연자의 노래 의식과 구연 현장성이 합치되는 경우를 고려의 대상으로
삼는다.

1140-2 물레질 노래 : 실을 자아내기 위해 물레를 돌리면서 부르는
노래이다. 물레질은 일정한 동작을 되풀이하는 일이지만, 일의 속도는
일하는 사람이 자유롭게 할 수 있는 것이다. 노래도 자유롭게 진행되
는 일의 속도에 알맞게 불려지기 때문에 그 율격이 규칙적일 필요는
없다.

물레질 노래 중에는 이른바 '물레 노래'라 하는 것이 무엇보다 큰 비
중을 차지한다. 물레질이 노래의 주요한 소재로 반영된 노래인데, 다른
길쌈노동요에 비해 비교적 기능과의 관련성이 높은 편이다. 물레 노래
가 유흥적인 노래로 전이된 '물레타령'은 비기능요로 처리하여 기능요
인 물레 노래와 구별하기도 한다. 물레질 노래에는 물레 노래 이외에
도 부를 수 있는 노래의 범위가 매우 넓다. 시집살이 노래와 같은 비극
적 내용의 노래나, '금강산 조리장수'와 같은 희극적 서사민요도 물레
질을 할 때 불려진다.

1140-3 베짜기 노래 : 베틀에 베를 짜면서 부르는 노래이다. 흔히
'베틀 노래'라 하는 것이 베짜리 노래의 대표적인 노래이다. 어 노래는
베틀을 차려 놓고 베틀의 부분품 하나하나를 자세하게 거론하면서 베
를 짜는 과정을 흥미롭게 부르는 것이다. 베를 많이 짜 본 사람이면 어
렵지 않게 부를 수 있는 노래로, 일반적으로 베틀의 부분품을 미세하
게 관찰하고 그 움직임을 적절하게 표현할 수 있는 능력을 요구하는
노래라 하겠다. 베를 짜면서 이러한 베틀 노래를 부르는 것은 일과 일
하는 사람의 의식의 혼연일체가 될 수 있기 때문이다. 이 노래는 또한
길쌈과는 관계없이 창자의 기억력과 표현력을 자랑할 수 있는 일환으
로 불려지기도 하는데,[49] 이 경우의 노래는 베틀 타령이라 하여 비기

---

49) 조-『경민』, pp.110~112.

능요로 분류한다.

베짜기 노래도 길쌈노동요의 한 부류에 속한다는 점에서 베틀 노래를 포함하여 부를 수 있는 노래의 범위는 매우 넓다. 『대계』의 자료에 의하면, '정사완네 맏딸애기'같은 서사민요나 사랑가, 쌍가락지 노래 등 서정민요가 베짜기 노래로 나타나 있다. 베짜기 노래는 결국 베를 짜면서 부르는 모든 노래를 기능상의 측면에서 포괄하는 것이다.

5) 제분(製粉)노동요

제분노동요는 곡식을 방아로 찧거나 맷돌에 갈면서 부르는 민요를 말한다. 제번노동은 길쌈노동 다음으로 여성들이 담당했던 중요한 작업이었다. 제주도 지역은 길쌈노동이 흔하지 않아서 제분노동이 오히려 여성들에게 주어진 대중의 일이었다. 김영돈이 조사한 바에 의하면, 제분노동요는 제주도 전체 노동요의 7할이 넘을 정도로 폭넓게 전승된다고 한다.[50] 이처럼 제분노동요는 특히 제주도에서 집중적으로 전승되고 있다.

제분노동은 일정한 장소에서 이루어지는 비교적 안정된 작업이면서, 오랜 시간 단조롭게 되풀이되는 지루한 작업이니 만큼 지루함을 잊고 흥을 내어 일을 할 수 있는 노래이면 어떤 내용의 노래라도 부를 수 있다. 이 점에서 제분노동요는 길쌈노동요에 비견된다 하겠다. 내용이 흥미로우면서도 일하는 사람들의 생활에 공감되는 서정민요와 서사민요가 널리 불려지는 것도 길쌈노동요와 마찬가지이다. 말하자면, 제분노동요는 작업실태를 노래하는 것보다 작업과는 상관없이 창자들의 생활 전반에 걸친 감정이나 의식을 노래하는 것이 더 많다. 따라서 그 표

---

50) 김영돈, "제주도 민요 맷돌 · 방아노래", 《국어국문학》 제82호(국어국문학회, 1982), p.29.

현에 있어서도 문학적 치밀성과 풍부성이 길쌈노동요에서 처럼 강조될 만하다.

제분노동요는 일의 종류와 성격을 바탕으로 방아노동요와 맷돌노동요로 일차 중간 단위의 분류항으로 설정될 수 있다. 각 중간 단위의 분류항에 속하는 민요를 다시 종류별로 분류하여 정리하면 다음과 같다.

　　115　제분노동요
　　　1151　방아노동요
　　　　1151-0　방아 노래
　　　　1151-1　절구방아 노래
　　　　1151-2　디딜방아 노래
　　　　1151-3　물방아 노래
　　　　1151-4　연자방아 노래
　　　1152　맷돌노동요
　　　　1152-0　맷돌 노래

1151 방아노동요는 방아를 찧으면서 부르는 노래 일체를 포괄한다. 방아의 종류에 따라 절구방아 노래, 디딜방아 노래, 물방아 노래, 연자방아 노래로 나눌 수 있다.

1151-0 방아 노래 : 방아노동요에서 이 방아 노래의 분류항이 별도로 필요한 이유는 길쌈노동요에서 길쌈 노래를 별도의 분류항으로 설정했던 첫 번째 이유와 같다. 그러니까 절구방아 노래, 디딜방아 노래와 같이 특정의 기능이 명시되지 않고 단순히 '방아 노래' 또는 '방아찧기 노래'로 채록된 민요를 분류하기 위해서이다. 다만 제주도의 '방아 노래'는 '남방에'라는 절구방아를 찧으면서 부르는 노래이기 때문에 1151-1의 절구방아 노래로 분류한다. 그리고 방아 노래가 유흥적인 비

기능요로 전이된 것은 '방아타령'이라 하여 비기능요에서 분류하며, 모내기나 논매기 등 다른 기능의 수행과정에서 불리는 방아 노래는 해당 기능요로 분류한다.

1151-1 절구방아 노래 : 위에서 언급한 제주도의 '방아 노래'가 이 유형의 민요에 해당한다. 이 노래는 내용에서 생활 전반의 소재를 담고 있고, 표현에서도 매우 뛰어나다는 지적을 받고 있다.51) 제주도 외의 다른 지역에서 '방아 노래'로 채록된 노래 중에 절구방아 노래가 상당수 있겠으나, 기능 표시가 없는 노래가 많아 가부를 가리기가 곤란하다. 방아노동요의 전반적인 비교와 검토로 어느 정도 사실 판단이 가능하나, 노래의 사설만 보고 유형을 가려낸다는 것은 어려운 일이다.

1151-2 디딜방아 노래 : 디딜방아를 발로 밟아서 곡식을 찧으며 부르는 노래이다. 디딜방아 찧기는 절구방아 찧기와 더불어 비교적 힘이 드는 방아노동이기 때문에 노래의 사설에서 고된 일의 사정이 반영되어 있다.

1151-3 물방아 노래 : 물방아를 찧을 때 곡식을 집어 넣으면서 부르는 노래이다. 물방아 찧기는 절구방아나 디딜방아를 찧는 경우와는 달라서 물의 힘을 이용하기 때문에 사람의 힘이 그다지 소요되는 것은 아니다. 그래서 "빙빙도는 물레방아/너의 힘이 장하도다/한섬두섬 찧어내니/백옥같이 흰쌀일세"라고 물의 힘을 경탄해 하는 노래를 부른다.52) 그리고 물의 이용하여 일정하게 방아를 찧기 때문에, 노래이 사설 또한 2음보로 규칙적이다.

1151-4 연자방아 노래 : 인력을 이용해서 방아를 돌릴 때와 마소를 이용하여 방아를 돌릴 때의 두 경우에 부르는 노래가 사설과 가락에서 서로 다르다. 전자의 경우는 여러 사람이 함께 작업을 하는데, 한 사람

---

51) 김영돈, 위의 글, p.52
52) 『대계』5-2, 동상 5, p.673

이 2음보의 사설을 메기면 나머지 사람들이 일정한 여음으로 받는다. 사람의 힘이 직접 드는 일이므로 힘을 맞추어 내는 여음이 필요한 것이다. 이와는 달리 마소를 이용해서 방아를 돌릴 때는 마소를 재촉하며 모는 소리가 노래의 주가 된다. 부분적으로 의미있는 사설이 여음 대신 들어가기도 하나 작업실태를 그저 말하는 정도이다. 사람의 힘이 직접 소요되지 않으니 이렇게 마소 모는 노래를 연자방아를 찧으며 부르게 된 것이다.

오늘날 연자방아 노래는 제주도 지역에만 전승되고 있는데, 다른 지역에서는 연자방아 찧는 일과 함께 노래가 사라진 때문이라 생각된다. 연자방아는 제주도의 경우 '몰방에' 또는 '몰ᄀ레'하여 조밀하게 분포하고 있었던 편이며, 아직도 연자방아가 남아있는 곳이 더러 있다고 한다. 그래서 노래 또한 일부의 창자들에 의해 전승의 맥을 잇고 있는 것이다. 제주도에서는 연자방아 노래를 '몰방에 찧는 소리', '몰ᄀ레 찧는 소리'라 부른다.

1152 맷돌노동요는 맷돌을 돌리면서 곡식을 갈거나 쪼개는 일에서 불려지는 노래를 말한다. 방아로찧은 보리와 조는 맷돌에 다시 쪼개어야 일상 밥을 짓는데 편리하므로 맷돌노동은 특히 제주도에서 여인들의 중요한 일거리였다. 그래서 제주도에서는 맷돌노동에 따른 노래가 방아노동요와 더불어 여성노동요의 중추를 이루고 있다. 주로 제주도의 남서쪽 지방에서 맷돌노동요가 잘 전승되고 있는 편이다.

1152-0 맷돌 노래 : 맷돌노동요는 방아노동요처럼 일의 종류에 따라 여러 가지로 나누어지지 않는다. 따라서 맷돌노동요는 단일 분류항으로 성립되기 때문에 분류의 단위를 0로 둔 것이다. 맷돌노래의 내용은 각편에 따라 다양하면서 표현을 세련되게 한 것이 많다.

6) 잡역노동요

생활에서 대중의 주된 일이 아니라 부차적이면서 일시적인 일들의 잡역노동이라 한다면, 이 잡역노동에서 불려지는 노래를 잡역노동요라 할 수 있다. 물론 잡역노동이라 하는 것도 그 일에 전념하면서 생계를 유지하는 사람에게는 잡역노동이 될 수는 없다. 그러나 그것이 대중의 일이 아니거나 생활에서 지속되는 일로 볼 수 없을 경우에는 전체 노동의 비중으로 보아 잡역노동으로 파악한다.

잡역노동에서 노래가 따르는 것들을 노동의 성격 차이에 따라 우선 다음과 같이 크게 나눌 수 있다.

    116   잡역노동요
      1161   운반노동요
      1162   토목노동요
      1163   수공노동요
      1164   관망노동요
      1165   가사노동요
      1166   제염노동요
      1167   몰이노동요
      1168   산술노동요

1161 운반노동요는 무거운 짐이나 사물을 사람의 힘으로 어떤 위치에서 다른 위치로 옮기면서 부르는 민요이다. '볏단 나르는 노래', '배 올리는 노래', '배 띄우는 노래'도 한편으로 운반노동에 따른 민요라 하겠으나, 넓게 보면 농업노동과 어업노동에 따른 민요이기에 이 분류항에서 제외시켰다. 그리고 '상여 노래'도 운반노동요의 성격을 띠고

있으나, 장례의식요로서의 성격이 앞서는 것이기에 이 분류항에서 제
외시켰다.

운반노동요는 노동의 종류에 따라 다음과 같이 나누어진다.

> 1161 운반노동요
> 　　1161-1 목도메기 노래
> 　　1161-2 가마메기 노래
> 　　1161-3 등짐노래
> 　　1161-4 방앗돌 굴리는 노래
> 　　1161-5 물 푸는 노래

1161-1 목도메기 노래 : 무거운 나무나 돌덩이 등 물건을 밧줄로 꿰
어 둥근 막대, 즉 목도에 연결하여 어깨에 메고 옮기면서 부르는 노래
이다. 흔히 2사람, 4사람이 짝이 되어 맞메고 발을 맞추어 가면서 노래
를 한다. 한 사람이 소리를 메기면 나머지 사람이 동작을 맞추는 여음
을 붙이거나 같은 소리를 되풀이 한다. 노래의 율격은 대체로 1음보 또
는 2음보로 이루어져 있다. 이 목도메기 노래에는 제주도에서 '솔기 소
리'라 하는 '나무 내리는 노래'가 포함된다. 작업의 성격과 노래의 성
격이 목도메기 노래의 전반적인 특징과 같기 때문에 별도의 항으로 분
류하지 않는다.

1161-2 가마메기 노래 : 어깨에 가마를 울러 메고 가면서 부르는 노
래이다. 가마 메는 일이 이미 사라진지 오래여서 그 노래 또한 전승이
중단되다시피 했다.[53] 가마메는 일은 상여 메는 일과 성격이 유사하나
그 노래의 사설과 가락은 서로 매우 다르다. 상여메기 일에 부르는 '상
여 노래'는 의식요로서의 성격이 강하기 때문에 의식요 중에 장례의식

---

53) 임-『한민』1, p.61, 311번 작품.

요로 분류하기로 한다.

1161-3 등짐 노래 : 무거운 짐을 등에 지고 옮기면서 부르는 노래이다. 혼자서 짐을 지고 가면서 노래를 할 때는 자신의 신세를 한탄하는 내용의 사설을 구성지게 한다. 여럿이 짐을 지고 갈 때는 한 사람이 사설을 메기면 다른 사람이 힘내기 위한 여음을 일정하게 넣으면서 노래한다.

1161-4 방앗돌 굴리는 노래 : 제주도 특유의 운반노동요이다. 이 노래는 연자방아를 만들 돌을 산에서 다듬어 이를 작업장소까지 운반해 오면서 부른다. 많은 사람이 동원되어야 방앗돌을 움직여 내릴 수 있기 때문에 노래에 참가하는 사람도 여럿이다. 한 사람의 앞소리군이 사설을 부르면 다른 사람이 일제히 '어야홍' 또는 '어기영차'하면서 후렴을 받는 선후창의 방식으로 부른다. 사설의 내용은 작업실태와 직결되어 있다.

1161-5 물 푸는 노래 : 논에 물을 대기 위해 웅덩이나 냇물을 막은 곳에서 물을 푸면서 부르는 노래이다. 물을 풀 때 파래란 도구를 사용하므로 이 노래를 '파래 소리', '파래 타령'이라고도 한다. 여럿이 파래를 푸는 경우에 노래를 하는데, 가창방식은 선후창이다. 노래의 사설은 작업실태와 밀착되어 있다.

1162 토목노동요는 토목공사 일에서 불려지는 노래이다. 힘이 많이 드는 남성노동에 따른 노래이다. 토목노동에 노래가 수반되는 것을 그 종류별로 분류하면 다음과 같다.

1162 토목노동요
　1162-1 흙뜨기 노래
　1162-2 땅다지기 노래

1162-3   말뚝박기 노래
1162-4   다리놓기 노래
1162-5   상량(上樑) 없는 노래

1162-1 흙뜨기 노래 : '가래'란 도구로 흙을 파헤치고 뜨면서 부르는
노래이다. 가래는 양편에 줄을 매어 당기는데, 한 사람이 자루를 잡고
두 사람이 줄을 잡아 당기면서 작업을 한다. 행동통일이 필수적으로
요청되는 작업이다. 작업을 하며 노래를 할 때는 가랫자루를 잡은 사
람이 앞소리군이 되고, 가랫줄을 잡은 두 사람이 뒷소리군이 된다. 작
업이 비교적 빠른 속도로 진행되고 행동통일이 요구되는 만큼 앞소리
를 2음보 정도 짧게 하고 힘을 함께 통일하는 여음을 뒷소리로 한다.
  흙뜨기 노래는 가래를 사용하기 때문에 '가래소리', '가래질 소리' 또
는 '가랫장구'로 부르기도 한다. 그런데 가래를 사용하여 흙을 뜨는 일
에는 묘터를 파는 일이 있는데, 여기서 불려지는 노래는 장례의식이란
의식의 수행이 노동보다 더욱 강조된다고 판단하여 장례의식요에서 분
류하기로 한다.
  1162-2 땅다지기 노래 : 집터나 논바닥 또는 저수지의 둑 등을 다지
면서 부르는 노래이다. 땅을 다질 때는 '달구'란 도구를 사용하는데, 달
구 끝에 달린 줄을 여러 사람이 당겨 달구를 들었다 내렸다 하여 땅을
다진다. 땅다지기 역시 여러 사람이 하는 토목노동이기 때문에 노래
또한 여럿이 부르는 선후창의 방식으로 전개된다.
  땅다지기는 작업의 구성에서 '망깨'를 사용하는 말뚝박기와 유사하
며, 노래의 진행도 말뚝박기 노래와 비슷하다. 그러나 땅다지기는 일
자체에만 목적을 두는 것이 아니고 다진 땅에 축복과 풍요가 있기를
빌어 주는 일도 중요한 목적으로 삼는다. 이 점에서 땅다지기 노래는
말뚝박기 노래와 크게 다르다.

땅다지기 노래는 여러 다른 이름으로 불리는데, '터다지기 노래', '지점(地點)소리', '지경(地境)소리', '지짐이 소리' 등이 유사한 뜻의 노래이름이며, '달구(덜구, 딸구) 소리'는 도구의 명칭을 딴 이름이다. '달구소리'란 이름의 노래 중에는 '회 다지는 노래'가 있는데, 이는 장례의식을 거행하는 과정에서 불려지는 것이다. 회를 다지는 일은 토목노동의 일종이기는 하나 노동보다 의식이 앞선다고 보아 회 다지는 일을 하며 부르는 '달구소리'는 장례의식요로 분류하기로 한다.

1162-3 말뚝박기 노래 : 저수지의 둑이나 논둑같은 데 말뚝을 '망깨'로 박으면서 부르는 노래이다. 흔히 '망깨 소리'로 통한다. 노래의 가창방식은 선후창인데, 앞소리군이 노래에서 중요한 역할을 한다. 앞소리군은 일에 직접 참가하지 않고도 일하는 사람들이 흥을 내어 일을 할 수 있도록 노래로써 역량을 대신 발휘한다. 노래의 사설은 앞소리군이 부르는 노래에 따라 다양한 내용으로 이루어진다. 이 점에서 말뚝박기 노래의 구성과 진행은 논매기 노래의 경우와 유사하다.

1162-4 다리놓기 노래 : 다리를 놓는 작업에서 불려지는 노래이다. 기능과 매우 밀착된 노래이며, 힘을 일제히 내기 위한 여음이 들어가는 선후창의 방식으로 부른다. 『대계』6-4, 송광1, p.866의 작품이 '울력소리'란 이름으로 채록되었는데, 이 분류항에 속하는 노래이다. 여기서 울력 소리란 여러 사람이 힘을 합하여 하는 일에서 부르는 노래란 뜻이다.

1162-5 상량(上樑) 얹는 노래 : 집을 지을 때 상량을 얹으면서 부르는 노래이다. 『대계』6-4, 황전 33, p.989에 '상량(上樑)소리'로 채록된 자료가 있다.

1163 수공노동요는 손을 사용해서 무엇을 만들거나 하여 소기의 성과를 달성하는 일, 즉 수공노동에서 불려지는 민요이다. 1164의 관망노

동요도 넓게 보면은 수공노동에 따른 노래라고 할 수 있으나, 관망노
동이 여러 경우로 다시 나누어지면서 별도의 노래군을 형성하고 있기
때문에 수공노동요로 구별하기로 한다.

수공노동에서 불려지는 민요를 종류별로 정리하면 다음과 같다.

  1163   수공노동요
    1163-1   풀무질 노래
    1163-2   낫 가는 노래
    1163-3   흙덩이 바수는 노래
    1163-4   흙 이기며 두드리는 노래
    1163-5   짚 두드리는 노래
    1163-6   집줄 놓는 노래

  1163-1 풀무질 노래 : 솥이나 농기구 등을 만드는 일에서 불려지는
노래이다. 풀무질 노래가 온전하게 전승되는 지역은 제주도이다. 다른
지역에서 풀무질 노래가 일부 채록되지만, 그 대부분이 본래의 풀무질
기능과는 관련없이 애기 어를 때의 노래로 전이된 것이다. 풀무질은
정성을 들여서 귀한 물건을 만드는 일이기에 그 의미가 애기를 어를
때와 쉽게 관련될 수 있다. 더구나 풀무질이 기계화 작업에 밀려 사라
지자, 본래의 풀무질 노래가 '애기 어르는 노래'로 전이되어 불려지게
된 것이다. 애기 어르는 노래는 가사 노동요로 분류하기로 한다.

  제주도의 풀무질 노래는 작업방식의 차이에 따라 '디딤불미 노래',
'청탁불미 노래', '똑딱불미 노래'의 세 가지로 다시 나눌 수 있다. 그
런데 세 가지 풀무질 노래는 가락과 가창방식에서 차이가 있으나, 내
용면에서 사설이 서로 넘나들어 뚜렷한 구분을 하기가 힘들다. 따라서
세 가지의 노래는 작업 방식의 차이에도 불구하고 노래의 성격이 유사

하기에 별도의 분류항으로 나누지 않는다.

1163-2 낫 가는 노래 : 숫돌에 낫을 갈면서 부르는 노래이다. 오늘날 전승되는 노래는 낫가는 일이 소재가 된 정도인데, 본래의 기능적 성격이 매우 약화된 때문이라 생각된다. 『대계』7-4, 성주 2, p.79의 민요가 낫 가는 노래로 채록된 것인데, 이 노래는 문답체로 된 남녀 애정요의 성격을 지니고 있다. 따라서 모심기나 길쌈일 등에서도 이 노래가 불려지기도 한다. 물론 이 경우는 해당 기능요로 분류된다.

1163-3 흙덩이 바수는 노래 : 풀무질을 할 때 '바슴' 혹은 '댕이'라는 틀을 만들기 위해 진흙덩이를 바수면서 부르는 노래이다.[54] 흙덩이를 바수면서 부르는 노래로는 이미 언급한 1112-3 밭 곰방메질 노래가 있다. 그런데 본 분류항의 노래와는 기능상의 구체적인 목적이 다르고 구연장소도 다르다는 점에서 구별된다. 그리고 밭 곰방메질 노래는 그 가락이 매우 단조로운데 비해 본 분류항의 노래는 가락이 길게 이어지면서 제법 구성지다는 점에서도 차이가 난다.

1163-4 흙 이기며 두드리는 노래 : 옹기를 만들 흙을 이길 때 이를 두드리며 부르는 노래이다. 작업의 순서에서 보면 흙덩이 바수는 일 다음에 이어지고, 노래도 그런 순서대로 진행된다. 사설의 내용은 기능과 밀착되어 있다. 『대계』9-3, 대정 19, p.1056의 민요가 이 분류항에 속하는 자료이다. 이 노래의 제보자는 이를 '질뜨림 노래'라 했다.

1163-5 짚 두드리는 노래 : 짚신을 삼기 전에 물에 축여진 짚을 '덩드렁'이란 돌판에 방망이로 두드리면서 부르는 노래이다. 이 노래의 가락은 단조로운 편이며, 사설도 단순한 구성으로 작업실태를 직접 노래하는 정도이다.

1163-6 집줄 놓는 노래 : 바람이 많은 제주도에서 지붕을 이을 띠줄을 꼬면서 부르는 노래이다. 집줄을 놓고 지붕을 이우는 일은 마을 사

---

54) 『대계』9-3, 안덕 144, p.967.

람들이 여럿이 모여 치루게 되는데, 이 노래를 부르면서 일을 즐겁게 진행한다. 이 노래는 매우 구성진 가락으로 이루어져 있으며, 앞소리군이 길게 선창을 하면 나머지 사람들이 '여호오~랑사'라는 후렴으로 후창을 하는 방식으로 불려진다. 사설은 작업실태를 노래하는 것으로 짜여져 있다.

1164 관망(冠網)노동요는 수공노동요에 귀속시킬 수 있으나, 기능상에서 관망노동이라 묶을 수 있는 작업에서 불려지는 일군의 노래로 보아 수공노동요에서 따로 독립시켜 분류항을 설정한 것이다.

관망노동에 관련된 민요를 종류별로 정리하면 다음과 같다.

1164 관망노동요
　　1164-1 망건 노래
　　1164-2 탕건 노래
　　1164-3 양태 노래

1164-1 망건 노래 : 말총으로 망건을 뜨면서 부르는 노래로 제주도에서 주로 전승되고 있다. 이는 제주도가 말총 생산이 많은 지역으로 망건 뜨는 일과 같은 관망노동이 성행했기 때문이다. 망건 뜨는 일은 보통 한 사람이 작업을 할 때보다 여러 사람이 모여 작업을 하는 수가 많기 때문에 노래도 여럿이 부르는 선후창의 방식으로 진행된다. 노래의 사설은 시집살이 노래의 사설이 끼어들기도 하지만, 작업실태를 노래하는 부분이 많다. 『대계』8-2, 둔덕 4, p.515의 민요는 제주도가 아닌 지역에서 채록된 자료인데, 노래의 구성이 제주도의 노래와는 매우 다르다. 제보자는 이 노래를 망건 뜰 때도 부르고 놀 때도 부른다고 했는데, 이로 보아 이 노래는 비기능요화하는 과정에 있음을 알 수 있다.

1164-2 탕건 노래 : 역시 말총으로 탕건을 뜨면서 부르는 노래인데, 제주도에서 주로 전승되고 있다. 탕건 뜨는 일은 손놀림이 퍽 잦은 일이기 때문에 노래가 별로 불려지지 않는데다 근래에는 작업 자체가 거의 사라진 상황이어서 이 노래의 전승자를 만나기가 무척 어렵다고 한다.55) 노래는 선후창으로 부르는데, 양태 노래와 사설의 구성이 유사하다. 작업실태와 밀착된 노래이다.   .

1164-3 양태 노래 : 대오리로 갓양태를 뜨면서 부르는 노래이다. 다른 지역에서도 몇 편 채록된 것이 있으나,56) 제주도에서 채록된 자료가 대부분이다. 탕건 뜨는 일과 마찬가지로 손이 많이 가는 작업이며, 근래 작업 자체가 소멸 직전에 있기 때문에 쉽게 들을 수 없는 노래이다. 노래의 사설은 작업실태와 직결되어 있으며 주로 선후창으로 불려진다.

1165 가사노동요는 주로 부녀자들이 틈을 내어 하는 가사일에서 불려지는 민요이다. 부녀자들의 가사일 중에는 길쌈노동과 제분노동이 큰 비중을 차지하는데, 이들은 잡역노동으로 볼 수 없는 부녀자들의 주요 노동이기에 가사노동에서는 제외했다.

부녀자들의 가사일에 따른 민요를 일의 차이에 바탕을 두고 종류별로 분류하면 다음과 같다.

    1165   가사노동요
       1165-0   가사 노래
       1165-1   바느질 노래
       1165-2   빨래 노래

---

55) 김영돈, "제주도의 노동요", p.48.
56) 『민조』3, pp.853~851, 31~35번의 작품 '갓일 노래'가 그것이다.

1165-3 다듬이질 노래

1165-4 부엌일 노래

1165-5 애기 어르는 노래

1165-6 자장 노래

1165-7 감자 깎는 노래

1165-8 누에 치는 노래

1165-9 마소 죽 먹이는 노래

1165-0 가사 노래 : 집안일의 구체적인 기능을 밝히지 않고 집안일을 두루 하면서 부르는 노래일 경우에 이 항목에서 분류한다.

1165-1 바느질 노래 : 바느질을 하면서 부르는 부녀자들의 노래이다. 바느질은 그 일에만 몰두해야 할 만큼 힘든 일은 아니며, 바느질을 하면서 자신과 주위의 생활을 새삼 돌아보고 생각하는 여유를 가질 수 있다. 이런 까닭에 바느질을 하면서 부르는 노래도 다양하다.

혼히 부르는 바느질 노래로는 작자 미상의 수필인 <조침문>(弔針文)이 민요화한 것으로 생각되는 '바늘 제문 노래'가 있다. 이 밖에 시집살이와 관련된 노래, '주머니 노래', '치마 노래' 등도 바느질 노래로 자주 불려지는 것이다. 그리고 바느질이 오랜 시간 혼자 하는 작업이기 때문에 긴 서사민요도 때로 불려진다.

1165-2 빨래 노래 : 빨래를 하며 부르는 부녀자들의 노래이다. 빨래도 바느질을 할 때처럼 자유롭게 한담을 하고 노래도 할 수 있는 좋은 기회이다. 빨래하는 일이 소재가 된 노래가 많이 불려지나, 다른 내용의 노래라도 상관하지 않고 자유롭게 불려질 수 있다. 말하자면, 부녀자들이 자주 부르던 노래이면 빨래할 때도 얼마던지 부를 수 있다는 것이다. 길쌈할 때 자주 불리는 '진주낭군 노래', '쌍가락지 노래', '첫날밤 노래', '빨래 씻는 처녀 노래' 등이 빨래 노래로 채록되는 것은 모

두 이러한 이유에서이다. 빨래할 때 물론 서사민요도 불려진다.

1165-3 다듬이질 노래 : 빨래한 옷을 방망이로 다듬이질을 하면서 부르는 부녀자들의 노래이다. 다듬이질은 빨래일과 그 작업방식이 유사해서, 불려지는 노래의 범위도 빨래노래의 경우와 비슷하다. 흔히 부르는 노래가 "홍두깨방망이 팔자가 좋아/큰애기 손목에 다 놀아나네"라는 사설의 노래이나, 부를 수 있는 노래가 고정된 것은 아니다.

1165-4 부엌일 노래 : 부엌일을 하면서 부르는 부녀자들의 노래이다. 특별히 정해진 노래가 있는 것이 아니며, 부엌에서 음식을 만들며 '음식노래'를 하는 정도이다. 고-『조민』, p.364의 243번 작품인 '메밀떡 노래'가 부엌일 노래로 정리되어 있다.

1165-5 애기 어르는 노래 : 애기를 어르고 보면서 또는 우는 아이를 달래면서 부르는 노래이다. 자장 노래와 분류항을 달리한 까닭은 기능상의 구체적인 목적이 서로 다르기 때문이다. 애기 어르는 노래는 자장 노래로 부를 수는 있으나, 자장 노래를 애기 어를 때 부른다는 것은 노래의 성격상 적합하지 않다.

애기 어를 때 부르는 노래의 종류는 여럿이다. "둥게야 둥게야"로 시작되는 이른바 '둥게 노래', "알강달강"으로 시작되는 '밤한톨 노래', "금자동아 옥자동아"라고 부르는 노래, 그리고 '타박네 노래', 풀무질 노래에서 전이된 '불무(풀무)노래' 등이 모두 애기 어를 때 부르는 노래이다. 이렇게 애기 어르는 노래가 다양하지만 그 가락이 모두 조용하게 진행된다는 점에서 공통된다.

1165-6 자장 노래 : 애기를 재우기 위해 낮은 목소리로 부르는 노래이다. 애기 어를 때 부르는 노래가 자장 노래로 전용될 수 있는데, 그 가락이 애기 재우는 데에도 어울릴 수 있기 때문이다. 자장 노래에서 가장 큰 비중을 차지하지 노래가 "자장자장…" 하면서 시작되는 노래이다. 사설과 가락이 애기를 재우는 일에 가장 잘 어울리기 때문이다.

'금자동아 옥자동아'라는 노래 역시 자장 노래로 흔히 불리는데, 애기를 소중히 하고 보배롭게 여기는 내용이 애기를 재우는 사람의 의식과 조응되기 때문이다. 자장 노래는 애기를 재우기 위한 것이 근본 목적이 있지만, 애기를 소중하고 귀하게 여기는 의식도 크게 작용한다.

1165-7 감자 깎는 노래 : 충청북도 편, 『민담민요지』(충청일보사, 1983. 2) p.525에 실린 자료를 근거로 해서 설정한 분류항이다. 이 노래는 감자 깎는 사람의 신세를 늘어 놓으면서 감자를 깎고 놀아보자고 하는 내용을 표현했다. 본래의 기능적인 성격이 약화되면서 비기능요로 전환하는 단계에 있는 노래임을 알 수 있다.

1165-8 누에치기 노래 : 누에치는 양잠일을 하면서 부르는 노래이다. 이 노래는 양잠일이 성행되었던 경북, 경남 지역에서 주로 채록되는데,[57] 이 지역은 길쌈노동요가 많이 전승되는 곳이기도 하다. 이는 양잠일이 길쌈노동과 직결되어 있기 때문이다. 누에치기 노래는 다른 가사노동요에 비해서 노동과 밀착된 사설로 이루어져 있다. 뽕잎을 따는 일에서부터 누에가 고치를 치고 그 고치에서 실을 뽑아 베를 짜기까지의 과정을 나열식으로 보여주는 것이 이 노래의 전형이라 할 수 있다. 누에를 치면서 앞일을 기대하는 심리까지 반영되었다고 하겠다. 이 노래는 작업실태를 사실적으로 표현한 교술민요에 속한다.

1165-9 마소 죽 먹이는 노래 : 김소운이 일찍이 이 민요를 '죽 노래'라 설정한 바 있으며,[58] 고정옥도 이 자료를 근거로 하여 남성노동요의 하나로 역시 '죽 노래'를 설정했다.[59] 이 노래는 다른 민요집에서 더 이상 찾을 수가 없는데, 노래의 전승이 중단된 듯하다. '죽 노래'는

---

57) 경북·경남지역에서 채록된 '누에치기 노래'는 다음과 같다.
   ① 『대계』7-4, 성주 9, p.89 ② 『대계』8-4, 미천 6, p.346 ③ 『대계』8-6, 북상 7, p.233. ④ 『대계』8-11, 유곡 1, p.41.
58) 김소운, 『언문조선구전민요집』(동경: 제일서방, 1933), 1831번 작품.
59) 고-『조민』, pp.147~148.

매우 단순한 형식으로 되어 있는데, 그 사설이 마소에게 죽을 먹어라
는 명령조로 이루어져 있다.

1166 제염노동요는 염전에서 소금을 만드는 일을 하면서 부르는 민
요이다. 기능의 세분화에 따르는 노래가 발견되지 않아, 제염노동요를
다음과 같이 단일 분류항으로 처리하고자 한다.

    1166   제염노동요
    1166-0   제염 노래

1166-0 제염 노래 : 임-『한민』2, p.137의 675번 작품으로 채록된 '소
금밭 노래'를 근거로 설정한 분류항이다. 이 노래는 여음이 없이 불려
지는 것으로 고된 일을 하는 일군의 신세한탄을 내용으로 하고 있다.

1167 몰이노동요는 마소나 새 등 동물을 다른 장소로 쫓으면서 부르
는 민요이다. 가벼운 몸짓이 수반되기도 하지만, 노래 자체가 직접 기
능의 수행에 이바지한다. 몰이노동요는 노동이라 하기이에는 매우 가
벼운 일의 수행에서 불려지는 것으로, 힘이 많이 들고 행동통일이 필
수적으로 요청되는 운반노동에 따른 민요와 구별되는 것이라 하겠다.
    몰이노동을 하면서 부르는 민요에는 다음 두 유형이 있다.

    1167   몰이노동요
    1167-1   마소 모는 노래
    1167-2   새 쫓는 노래

1167-1 마소 모는 노래 : 마소가 정해진 방향으로 가도록 단순히 몰

아치며 부르는 노래이다. 이미 여러 차례 언급했던 논 가는 노래, 논 삶는 노래, 밭갈이 노래, 밭 밟는 노래, 연자방아 노래로 그 사설이 마소를 모는 소리로 되어 있으나, 별도의 기능상 목적에서 불려지는 노래이기에 본 분류항의 노래와 구분된다.

1167-2 새 쫓는 노래 : 논의 곡식을 먹지 못하도록 새를 쫓으며 부르는 노래이다. 농사일과 관련이 있는 노래이나 농사일에 부수되는 잡역 노동에 따른 민요라 보아 몰이노동요에서 분류한 것이다. 이 새 쫓는 노래는 고정옥이 '새 날리는 노래'라는 항목에서 언급한 바 있다. 여기서 녹두장군과 관련이 있다는 '파랑새 노래'가 새 쫓는 노래로 불려지기도 한다고 했다.[60]

1168 산술노동요는 어떤 사물을 셈하는 일에서 불려지는 민요이다. 이 민요는 노동요 중에서 가장 가벼운 노동에 따른 노래라 할 수 있다. 그만큼 노래 자체가 기능의 수행에 큰 역할을 한다.

산술노동요에 해당하는 민요를 종류별로 분류하면 다음과 같다.

> 1168 산술노동요
>   1168-1 두량(斗量) 노래
>   1168-2 고기 헤는 노래

1168-1 두량(斗量) 노래 : 말이나 되로 곡식을 되면서 부르는 노래이다. 두량은 방언으로 '두랑'이라고도 해서 이 노래를 '두랑 소리'라고도 한다. 임-『한민』5, p.71의 420번의 '말 되는 노래'가 이에 해당하는 노래이다.

1168-2 고기 헤는 노래 : 고기를 한 마리씩 헤아리면서 부르는 노래

---

60) 고-『조민』, pp.146~147.

이다. 『민조』3(경남편), p.853에 '대구 헤는 노래'가 실려 있는데, 노래
의 사설은 "두엄 시이/시이 너이/…"라고 하여 셈하는 기능과 밀착되어
있다.

3. 의식요의 분류

의식요란 의식을 거행하면서 부르는 민요를 말한다. 의식을 거행하
면서 부르는 노래에는 무가, 불가, 그리고 민요로서의 의식요가 있는
데, 그 기능이 의식의 수행과 직결되어 있다는 점에서 공통점이 있다.
그런데 무가나 불가는 종교적 특수집단의 노래이나, 민요로서의 의식
요는 비전문적인 서민·대중의 노래라는 점에서 차이가 있다. 물론 민
요로서의 의식요 중에는 무가나 불가에서 파생된 것도 있다. 이를테면
무가인 '성주풀이'가 민요화하여 '성주풀이 노래'로 불린다거나, 불가인
'회심곡'이 민요인 '상여 노래'로 불리는 경우이다. 그러나 이 경우는
본래의 무가나 불가와는 그 성격이 다른 것이다. 민요화의 과정에서
민중의 취향과 요구에 알맞게 본래의 무가나 불가가 변형 또는 변개되
었기 때문이다. 본 민요 분류에서 거론되는 의식요란 이렇게 비전문적
인 민중의 노래로서 존재하는 민요로서의 의식요를 말한다.

의식을 거행하면서 부르는 민요 중에는 의식 자체의 미분적인 성격
으로 말미암아 기능상 복합적인 성격을 지니는 것들이 있다. 이를테면,
'지신밟기 노래'는 가운(家運)을 축원하고 지신을 누르는 행사에서 불
려지는 민요이지만, 풍물을 치고 춤추며 노래한다는 유희적인 성격도
지니고 있다. 그리고 '상여 노래'와 '회다지기 노래'는 모두 장례의식에
서 불려지는 민요이지만, 전자는 상여를 메고 옮긴다는 운반노동이, 후
자는 달구질을 하는 토목노동이 각각 관련되어 있다. '강강술래', '놋다
리밟기 노래'도 세시에 불려지는 것으로 유희적인 성격과 더불어 의식

요로서의 성격도 지니고 있는 것이다. 문제는 이런 경우의 민요가 노동, 의식, 유희의 세 기능 중에서 어느쪽 기능에 더욱 밀착되어 있느냐이다. 판단의 여하에 따라 민요의 소속이 달라질 수가 있으나, 이미 '분류원칙'에서 언급한 바에 따라 사설의 구성, 전승자의 의식에서 비중이 큰 쪽으로 소속을 정한다면 심각히 논란될 만한 문제는 아니라고 생각한다. 여기서 의식요의 판단은 의식을 거행하면서 부르는 노래로서 주술적인 사설의 내용을 빌어 가창자가 신이나 신성의 세계에 인간 존재의 생존을 위한 소망을 소원하는 노래라고 규정하는 데 의거한다. 따라서 '지신밟기 노래', '상여 노래', '회다지기 노래'는 유희나 노동보다는 인간 존재의 소망을 기원한다는 의식에 더욱 밀착되어 있다는 점에서 의식요에 소속된다. 반면에 '강강술래', '놋다리 밟기 노래'는 노래 자체의 성격이 의식보다 유희를 한다는 기능에 더욱 밀착되어 있기에 의식요로 보지 않고 유희요에서 분류한다.

　이상의 판단에 따라 규정되는 의식요는 의식의 성격에 따라 우선 세가지로 크게 나눌 수 있다. 그 중의 하나가 세시풍속과 관련된 세시의식요이다. 인간은 자연과 더불어 생활하면서 자연의 변화에 따른 재앙을 극복하고 풍요와 다복을 기원하는 의식을 거행한다. 이러한 의식은 일년 중에서도 특히 세시명절에 거행되기 때문에 이를 세시의식이라 하고, 세시의식에 따른 민요를 세시의식요라 하는 것이다.

　세시의식 이외에도 인간이 살아가는 중요한 고비마다 거행되는 이른바 통과의례가 있다. 이 통과의례 중에서 민요가 동반되어 의식의 수행에 큰 역할을 하는 것이 장례의식이다. 혼례의식 때나 회갑연 때에도 민요가 불려지는 경우가 있지만, 이 경우의 민요는 의식의 수행보다 분위기에 맞추어 놀고 즐긴다는 의미가 강하기 때문에 의식요로 보기 어렵다.

　의식은 신과 신성의 세계에 인간의 소망과 믿음을 알리고 그것이 실현되기를 기원하는 신앙행위라 할 수 있다. 이렇게 보면 세시의식이나 장례의식도 넓게는 신앙행위에 바탕을 둔 것이다. 즉 세시의식은 민간 신앙으로서의 가신신앙(家神信仰), 동신신앙(洞神信仰)을 바탕으로 한 신앙행위이며,61) 장례의식은 의식 자체가 일단 유교의식에서 비롯된 것이어서 유교의식에 민간신앙이 결합된 일종의 신앙행위라고 할 수 있다. 그런데 세시의식은 주기적으로 되풀이되는 신앙행위이며, 장례의 식은 유교의식에 민간신앙이 결합된 민간풍속이란 나름대로의 특징을 지닌다. 이와는 달리 주기적으로 되풀이되는 세시의식도 아니며, 유교 의식에 바탕을 둔 통과의례도 아닌 신앙 그 자체를 중요시하면서 인간 의 소망을 신성의 세계에 기탁하는 의식이 있다. 이를 세시의식이나 통과의례와 구별해서 신앙의식이라 이름 붙이면서, 의식의 수행에 불 려지는 민요를 신앙의식요라 통칭하기로 한다. 물론 여기서 말하는 신 앙의식이란 일정한 신앙체계를 가진 것은 아니다. 그것은 민간의 전승 신앙이며 생활신앙으로서 민간에 토착화된 불교신앙, 무속신앙, 그리고 일반 민간속신에 해당하는 민속적 종교의식이다.62)

의식요에 관한 이상의 논의를 근거로 설정되는 의식요의 상위단위 분류항목은 다음과 같다.

12   의식요
121   세시의식요

---

61) 김태곤, 『한국민간신앙연구』(집문당, 1983. 8), pp.18~20에서 민간신앙의 주 요 형태 중에 가신신앙(家神信仰)과 동신신앙(洞神信仰)을 구분하여 설명했 으며, 박계홍, 『한국민속학개론』(형설출판사, 1983. 8), p.162에서 이를 집단 신앙(集團信仰)과 가신신앙(家神信仰)으로 구분해서 설명했다. 가정의식요, 부락의식요의 구분은 이들 견해를 참고했다.
62) '미신'(迷信)이란 용어가 민간속신(民間俗信)의 뜻으로 사용되기는 하나, 미 신은 부정적인 측면을 강조하는 것으로 적합한 용어가 아니다. 박계홍, 위 의 책, pp.112~113 참조.

122 장례의식요
123 신앙의식요

1) 세시의식요

세시명절에 행해지는 전통적 생활풍속으로서 주기성을 띠고 연례적으로 되풀이 되는 풍속을 우리는 세시풍속이라 한다. 이러한 세시풍속에서 의식과 놀이, 즉 유희는 형태상 중요한 측면을 이룬다고 하겠는데, 전자를 세시의식이라 한다면 후자는 세시유희라고 할 수 있다. 그런데 세시의식과 세시유희는 본래부터 서로 엄격히 구분되어 존재한 것이 아니라 상호관련성 속에서 미분화된 양상을 띠며 전승되어 왔다. 즉 세시의식이라 하더라도 거기에는 풍요와 다산을 예측하거나 감사하는 놀이가 곁들어지는 것이 다반사이다. 그러나 이러한 미분화된 성격이 내재됨에도 불구하고 세시의식과 세시유희는 그 본질적인 기능이 다르다는 데서 형태상의 구분도 가능하다. 의식이 신성의 세계에 의지하여 인간의 소망과 기대를 기원하는 주술적인 행사라면, 유희는 궁극적으로 즐거움이나 흥을 얻고자 하는 인간 행위이다. 여기서 의식은 '복'(福), 유희는 '재미'라는 본질적인 요건을 추구한다. 의식과 유희의 이러한 차이는 결국 세시의식과 세시유희를 구분하는 기준이 될 뿐만 아니라, 이에 따르는 민요를 기능별로 대별하는 근거가 된다.

세시의식에 따르는 민요, 즉 세시의식요는 이렇게 해서 의식에 내포된 유희적인 요소에도 불구하고 인간 생존의 필요 요건인 '복'을 언어적 수단에 의하여 추구한다는 점에서 '재미'를 요구하는 유희에 바탕을 둔 세시유희의 민요와 구별되는 것이다.

세시의식요는 의식의 거행장소, 참가자의 성격, 그리고 기원의 내용을 바탕으로 다시 가정의식요와 부락의식요로 나눌 수 있다. 가정의식

요는 주로 가정에서 가정의 연장자가 가족성원의 개인이나 전체에 관
련된 소원성취나 제액초복(除厄招福)을 기원하는 노래이다. 부락의식요
는 이와는 달리 부락의 일정한 장소에서 부락민의 대부분이 참가하여
마을 전체를 대상으로 부락의 수호와 안전, 그리고 마을의 풍농이나
풍어를 기원하는 의식에서 불려지는 노래이다. 가정의식요와 부락의식
요의 이러한 구분에서 세시의식요의 분류는 다음과 같이 된다.

    121   세시의식요
      1211   가정의식요
      1212   부락의식요

  1211 가정의식요는 가택 내에 존재하는 신 즉 가신(家神)에 대한 신
앙을 바탕으로 한 노래가 주류를 이룬다. 이를테면, 가정의식요에 드는
성주풀이 노래는 가정의 성주신앙에서 말미암은 노래이며, 안택 노래
역시 집안의 가신에게 제액초복을 기원하는 노래라는 점에서 마찬가지
이다. 그런데 '달맞이 노래'는 가신신앙에 따른 노래이다.
  따라서 이들 노래의 중요한 특징은 가정의 일과 가족의 문제에 수렴
되는 내용으로 사설이 이루어져 있다는 점이다. 비록 가정 밖의 여러
상황과 사실이 언급된다 하더라도 그것은 대체로 가정 내의 일과 문제
에 이르는 과정을 나타내는 것이다. 이와 같은 가정의식요는 의식의
거행 시기를 고려하여 다음과 같이 분류된다.

    1211   가정의식요
      1121-1   안택 노래
      1211-2   성주풀이
      1211-3   풍신제 노래

1211-4 농신제 노래
1211-5 달맞이 노래

　이상에서 풍신제 노래와 농신제 노래는 직접 가신신앙(家神信仰)에 관계된 노래는 아니나, 가내 태평이나 농사의 풍년을 기원하는 노래로 가사 중심의 개인의식을 주로 표현하는 것이기에 가정의식요로 분류했다. 그리고 달맞이 노래 역시 가신신앙에 따른 노래가 아니라는 점에서 의심의 여지가 있으나 비손으로 진행되는 의식의 형태나 가족성원의 소원성취를 기원하는 내용에서 다른 가정의식요와 별로 차이가 없다고 보아 가정의식요에서 분류했다.
　1211-1 안택 노래 : 안택은 새해를 맞이하여 1년 동안 가정에 탈이 없도록 하는 가정의식이다. 안택은 무당을 청해서 굿으로 하는 경우와 가정주부에 의해서 식구끼리 지내는 양식의 두 경우가 있다.[63] 여기서 말하는 안택 노래는 가정에서 주부에 의해 치루어지는 안택의식에서 불려지는 노래이다. 안택의식의 대상신은 성주신을 비롯하여 지신, 조왕신, 삼신 등 가신의 전반인데, 이들 신을 대상으로 가정의 제액초복을 축원하는 노래가 바로 안택 노래이다.
　1211-2 성주풀이 : 무가인 '성주풀이'에서 파생한 노래이다. 성주신은 흔히 최고의 가택신으로 신앙되는데, 대개 정월 보름, 초파일, 칠석, 섣달 그믐 등에 택일하여 성주제를 지낸다.[64] 집을 새로 지을 때에도 성주제를 지내며 이 노래를 한다. 성주제는 무당을 청해서 하는 경우도 있지만, 의식을 치를 줄 아는 가정의 연장자가 맡아 하는 경우가 많다. 무당을 청해서 하는 경우의 노래는 무가이기에 여기서 제외되며, 가정에서 연장자가 비손의 형태로 의식을 치루며 부르는 노래가 본 분류항

63) 한국문화인류학회, 『한국의 풍속』상(문화재관리국, 1970. 11), pp.32~33.
64) 박계홍, 앞의 책, pp.166~167.

에 해당된다. 노래의 내용은 주로 가사만복과 평안, 그리고 풍작을 기원하는 것이다. 지신밟기나 걸립 또는 걸궁을 행할 때도 성주풀이 노래를 하지만, 이 경우는 해당 의식의 노래로 따로 분류한다.

1211-3 풍신제 노래 : 이월 초에 풍신인 '영동할머니(영동 할만네)'에게 아침 일찍 바가지에 물을 담아 장독대, 광, 부엌 등에 올려놓고 소원을 빌면서 부르는 노래이다. 이 때 부르는 노래의 내용은 주로 가내태평과 풍년을 축원하는 것이다.

1211-4 농신제 노래 : 백중이나 추석에 농신제를 지내면서 불려지는 노래이다. 사설의 내용은 풍년이나 가내태평을 기원하는 것이다. 지역에 따라 농신을 용신(龍神)이라 하는 곳이 있어서 '용신제 노래'65)라 하기도 한다.

1211-5 달맞이 노래 : 정월 보름이나 팔월 보름 등에 집 마당이나 들판 또는 산에 올라가서 소원성취를 비는 주문형식의 노래이다. 사설은 대개 가정의 무사만복을 기원하는 내용으로 되어 있다.

1212 부락의식요는 부락민이 의식에 대거 참가하여 부르는 노래이다. 가정의식요가 가정이나 가족의 길흉화복을 대상으로 한 노래라면, 부락의식요는 부락민의 공동이익을 대상으로 한 노래라고 할 수 있다. '지신밟기 노래'도 어떤 한 가정의 복덕을 비는 노래로 시작되는 것이지만, 그 의식이 부락민의 공동참여에 의해 마을 전체로 확산되며 결국은 부락민 전체의 안전과 복덕을 비는 것으로 나아가기 때문에 부락의식요의 성격을 지닌다.

부락의식은 일단 많은 부락민의 참가가 있어야 제대로 수행되는 것이기에 일년 중 일정한 날을 잡아 치루는 것이 일반적이다. 이 점에서

---

65) 『대계』8-4, 명석 1, p.736에 '용신님 노래'로 채록된 것이 있다. 박계홍, 앞의 책, p.254에 의하면 경북, 경남 일원에서는 농신을 '용신'이라 한다고 했다.

부락의식요는 가정의식요보다 세시의식요의 성격을 더욱 분명히 한다
고 하겠다. 부락의식요는 다음과 같이 종류별로 분류할 수 있다.

1212 부락의식요
    1212-1 지신밟기 노래
    1212-2 고사반 노래
    1212-3 걸궁 노래
    1212-4 서낭굿 노래
    1212-5 기우제 노래
    1212-6 뱃고사 노래
    1212-7 용왕제 노래

그런데 이상에서 1212-1의 지신밟기 노래, 1212-2의 고사반 노래,
1212-3의 걸궁 노래는 주로 정월 보름, 백중, 추석을 전후한 농경세시
에서 불려지는 것으로, 농악대를 앞세워 마을의 민가를 돌면서 걸립(乞
粒)하며 부른다는 점에서 공통적인 성격을 지닌다. 그런데 이 걸립의식
은 지역에 따라 혼재현상이 있기는 하나, 서로 다른 명칭으로 불려진
다. 이 걸립을 영남지방에서는 주로 지신밟기라 하고, 호남지방에서는
걸궁(乞窮), 매귀(埋鬼), 매굿, 또는 답장(踏場)굿으로, 경기·충북·강원
등 중부지방에서는 고사반(告祀盤), 고사풀이 등으로 일컫는다. 이들 의
식에서 불려지는 노래 역시 형식, 내용 등에서 상당한 차이를 보이기
때문에 유형상 서로 구분되는 노래로 설정하는 것이 타당하다.66)
    1212-1 지신밟기 노래 : 대지의 신인 지신(地神)을 위로하고 농가의
안택초복(安宅招福)과 농사의 풍작을 비는 농경세시에서 불려지는 노

---

66) 류종목, 『한국민간의식요연구』(집문당, 1990), pp.71~108에서 이와 같은 근
    거에서 지신밟기 노래, 걸립 노래, 걸궁 노래로 구분하여 논의했다.

래이다. 지신밟기는 주로 영남지방에서 행해지는 걸립의식으로 농악대를 앞세우고 마을의 민가를 돌면서 부엌, 우물, 광 등 여러 장소를 차례로 찾아 다니면서 치루어진다. 이때 농악대는 풍물을 치며 그 소리에 맞추어서 노래도 하고 춤도 춘다. 지신밟기 노래는 일반적으로 거행장소에 따라 다양한 내용의 사설로 이루어진다. 성주풀이를 중심으로 조왕풀이, 장독풀이, 샘풀이, 마굿간풀이 등의 순서로 이루어지며 각종 축원의 사설이 보태어진다. 이 노래는 농악대의 지휘자인 상쇠가 앞소리군이 되고, 나머지 구성원들이 뒷소리군이 되어 선후창으로 부른다. 집터를 다질 경우에도 이 노래를 부르기도 한다.[67]

1212-2 고사반 노래 : 이 노래는 주로 경기, 강원, 충북 등지에서 정월 보름이나 팔월 추석 때를 즈음하여 각종 잡귀를 쫓고 집안의 복덕과 풍농을 기원하는 고사에서 불려지는 것이다.

고사는 가정에서 소규모로 치루어지는 경우가 있는가 하면, 농악대가 집집마다 돌며 각 집안의 복덕을 빌며 대규모로 치루어지기도 한다. 이러한 고사의식에서 불려지는 노래는 주로 덕담으로 이루어지기 때문에 '고사덕담 노래' 또는 '덕담가락'이라 하며, 단순히 '고사반 노래'로 부르기도 한다. 이 고사반 노래는 특히 대규모 걸립의식으로 행해질 경우 '언제→어디서→누가→무엇을→축원한다'라는 유형구조를 지니고 있는데,[68] 장소를 아뢰고, 걸립고사를 하는 가족들을 나열한 다음, 농사치례, 손님치례, 과거치례, 성주풀이 등 각종 치례와 축원이 이어지면서, 마지막으로 고사풀이를 하여 마감하는 형식을 취한다. 여기에 경기도 이천지방을 중심으로 행해졌던 거북놀이[69]나 경기도 황해도 일원에서 행해졌던 소멕이 놀이[70]에 따른 걸립노래도 포함된다.

---

67) 조-『경민』, p.131.
68) 류종목, 앞의 책, p.108.
69) 최상수, 『한국민속놀이의 연구』(성문각, 1985. 1), p.217.
70) 이두현, 『한국민속학논고』(학연사, 1984. 7), pp.49~50.

1212-3 걸궁 노래 : 이 노래는 걸궁패가 마당에 입장하여 한바탕치고 난 다음 각종 고사풀이(또는 성주풀이)로부터 액막이를 비롯한 여러 가지 소리를 하는 순서로 진행된다. 노래는 주로 상쇠에 의해 독창 위주로 불리며, 지신밟기와 달리 신 부르기, 신의 거소 및 신명(神名) 나열하기 등의 서두가 없는 대신 사설의 내용이 비교적 풍부하고 세련되어 있다.71) 따라서 이 걸궁 노래는 지신밟기 노래나 고사반 노래에 비해 주술적 성격이 약화되어 있는 대신 오락적 요소가 사설에 첨가되어 문학성이 높은 편이다.

1212-4 서낭굿 노래 : 서낭신 또는 성황신(城隍神)이라는 신을 신앙하는 의식에서 불려지는 노래이다. 서낭신앙의 목적은 부락수호와 기풍(祈豊), 초복(招福), 치병(治病) 등에 있고, 본질적으로 현실적인 생활문제를 전제로 한 공리적 신관(神觀)에 의한 종교적인 기능을 가진다.72) 서낭신앙의 이러한 종교적인 기능으로 말미암아 서낭신이 무신으로 숭앙되고, 서낭굿과 함께 서낭무가가 형성되었으며, 서낭무가는 다시 민요화하여 서낭굿 노래로 전승하게 된 것이다. 그런데 서낭의식은 점차 유교식 제사로 바뀌게 되자 서낭굿 노래도 자연 듣기 힘들게 되었다.

1212-5 기우제 노래 : 기우제를 지내는 과정에서 불려지는 노래이다. 기우제에서 노래를 부르는 경우는 드문 편인데, 『신안군지』(1981. 2), pp.395~396에 의하면 신안군 고하도에서 기우제를 지낼 때 부르던 노래로 '탕건바위 노래'가 채록되어 있다. 이 노래는 기우제의 한 과정으로 탕건 바위에 줄을 걸어 당기면서 부르는 것인데, 여기에는 농악까지 동원된다.

1212-6 뱃고사 노래 : 배 진수시, 첫 출어시나 어획시, 풍·흉어시,

---

71) 류종목, 앞의 책, p.95.
72) 김태곤, 앞의 책, p.117.

마을 당제시 이외에도 조금날 등 각종 고사에서 불려지는 노래이다.
뱃고사의 대상신을 흔히 '배서낭' 또는 '배선왕'이라 하기 때문에 뱃고
사 노래를 '배서낭굿 노래' 또는 '배선왕굿 노래'라 하기도 한다. 물론
여기서 말하는 뱃고사 노래는 무가가 민요화한 것이다.

1212-7 용왕제 노래 : 어로작업의 무사와 풍어를 기원하는 용왕제에
서 불려지는 무가가 민요화한 것이다. 뱃고사가 어부들이 배서낭을 향
하여 거행하는 의식이라면, 용왕제는 어부들의 부인이 용왕을 향하여
거행하는 의식이다.

2) 장례의식요

장례의식은 통과의례 중에서 의식요가 불려지는 유일한 의식이다.
통과의례 중 혼례의식이나 환갑에서도 노래가 불려지기도 하지만, 의
식의 분위기를 축하하면서 흥겹게 논다는 유희적인 성격이 강한 편이
다. 여하튼 장례의식은 일단 유교식으로 거행되는 엄숙한 의식이지만,
많은 사람들이 의식에 참가해서 일도 하고 노래도 불러서 민속적인 행
사로 다시 치루어지는 것이다. 장례의식요는 상가에서 상두군들이 상
여를 메고 발인지까지 가면서 부르는 장례운구요와 무덤을 가래로 파
거나 회를 달구로 다지면서 부르는 장례토목요로 크게 나누어 생각할
수 있다. 여기서 설정되는 장례운구요와 장례토목요의 분류명칭은 의
식요로서의 성격과 운반노동, 토목노동이 개입되는 노동요로서의 성격
을 함께 고려한 것이다. 각 분류항에 따른 민요를 종류별로 정리하면
다음과 같다.

122 장례의식요
1221 장례운구요

1221-0   상여 노래
1222   장례토목요
1222-1   가래질 노래
1222-2   달구질 노래

1221-0 상여 노래 : 상여를 메고 발인지까지 옮기면서 부르는 노래이다. 상가에서 상여를 메고 어룰 때의 노래와 행상길을 가면서 부르는 노래가 그 사설에서 조금씩 차이가 있으나, 가락이 거의 일정하면서 전체로 보아 서로 변별할 만한 것은 아니다. 이 상여 노래의 사설은 '산염불'이나 불가에서 파생한 '회심곡' 등이다. 이들 노래는 장례의 슬픔과 인생의 허무함을 중심적인 내용으로 삼고 있다. '운상가' '행상 노래' '향두가' '상여메기 노래' 등이 상여 노래의 다른 이름들이다.

1222-1 가래질 노래 : 가래질하는 여러 경우 중에서도 묘터를 가래질하는 경우의 노래이다. 다른 경우의 가래질 노래와 유사한 격식의 노래이나, 그 사설이 주로 장례의식과 관련되어 있고, 가락이 구성지면서 비장하게 진행된다는 점에서 구별된다. 제주도의 '진토굿 (파는) 소리'도 이 분류항에 해당하는 노래이다. 노래의 가창방식은 토목노동요인 1162-1의 흙뜨기 노래와 같은 선후창이다.

1222-2 달구질 노래 : 광중에 관을 넣고 그 사이에 회를 넣어 다질 때나 봉분을 다질 때 부르는 노래이다. 노동이라는 측면에서 본다면 1162-2의 땅다지기 노래에 포괄시킬 수도 있지만, 이 노래가 특히 장례의식과 관련된 의식요로서의 성격을 두드러지게 지니기에 분류항을 따로 독립시켰다. 회나 봉분을 다질 때는 '달구(덜구)'를 사용하기 때문에 이 노래를 흔히 '달구(덜구)소리' 또는 '달구질 소리'라 한다. 그리고 '회 다지기 노래' '무덤 다지기 노래'도 많이 사용되는 노래 이름이다.

3) 신앙의식요

신앙의식요는 주기적으로 되풀이되는 의식에서 불려지는 노래가 아닌 점에서 세시의식요와 다르고, 일정한 절차가 강조되는 통과의례가 아닌 신앙 행위 그 자체를 중요시하는 노래라는 점에서 장례의식요와 다르다. 말하자면 신앙의식요는 때에 따라 거행되는 의식에서 신앙 즉 믿음을 중요시한 노래이다. 여기서 신앙 즉 믿음은 나름의 근거를 가지는데, 그 근거가 불교인가 무속신앙인가 아니면 일반 속신인가에 따라 불교의식요, 무속의식요, 속신의식요로 나눌 수 있다. 이들 신앙의식요는 신앙 자체의 혼재성으로 말미암아 서로 명확하게 구분되지 않지만, 각 의식요가 기본적으로 어떤 신앙의식과 관련되어 전승되는 것이냐의 판단은 어느 정도 가능하리라 생각된다. 그래서 신앙의식요는 다음 분류표와 같이 일단 정리된다.

　　　123 신앙의식요
　　　　1231　불교의식요
　　　　1232　무속의식요
　　　　1233　속신의식요

1231 불교의식요는 불교의식에 관계된 의식요로서 민간생활에 불교가 널리 전파되어 토착화됨에 따라 형성된 노래이다. 이 노래는 **본격적인** 불교의식을 시행하면서 부르는 불가 즉 범패(梵唄)나 **화청(和請)** 과는 다르다. 범패는 어려운 한문이나 범어(梵語)로 되어 있으면서 그 가락도 민요가락과는 매우 달라서 전문적인 가창 능력이 요구되는 승려들의 고유한 노래이다. 화청은 범패와는 달리 민요와의 교섭이 많고 민요가락에 가까워 민중들도 즐겨 들을 수 있도록 되어 있으나, 그 **형**

식이 우리말 가사체로 되어 있다는 점에서 민요는 아닌 셈이다. 화청
은 조선조에 성행되었던 가사와 맥락을 같이하는 것으로 파악되고 있
다.[73] 여기서 말하는 불교의식요는 절 밖의 사가(私家)에서 탁발승(托
鉢僧)이나 걸립승(乞粒僧)들이 부르는 노래와 불교가 민중의 생활 속으
로 파고 들면서 형성된 노래에 한정되는 것이다. 이에 따라 불교의식
요는 종류별로 다음과 같이 정리된다.

> 1231 불교의식요
>> 1231-1 회심곡(回心曲)
>> 1231-2 염불 노래
>> 1231-3 보념(報念)
>> 1231-4 찬불 노래
>> 1231-5 탑돌이 노래
>> 1231-6 극락 비는 노래

　1231-1 회심곡(回心曲) : 불교 포교의 가사로 널리 알려진 '회심곡'이
민요화한 것이다. 본래 이 '회심곡'은 본격적인 불교의식에서 범패를
부르고 난 다음 불전에 올리던 화청에서 부르던 노래이다. 본 분류항
의 회심곡은 이러한 본래의 '회심곡'이 민중에의 전파과정에서 민요화
하여 불려지는 것이다. 이 노래는 인생의 허망함을 바탕으로 한 망자
탄식의 노래라 할 수 있으며, 생전에 공덕을 많이 쌓아야 저승에 가도
극락에 갈 수 있다는 교훈적인 내용도 포함하고 있다. 이러한 내용 때
문에 회심곡은 장례의식요로 자주 불려지는데, 이 경우의 노래는 별도
의 기능상 역할을 지니는 것이기에 따로 구분하기로 한다.
　1231-2 염불 노래 : 본래 절에서 수행의식의 일환으로 낭송되던 염불

---

73) 문화재관리국,『화청(무형문화재 조사보고서)』제65호(1969), p.28.

이 민간신앙이나 무속과 결합하여 전이됨으로써 일종의 기원의식으로
불려지는 노래가 염불 노래이다. 염불 노래는 소원성취를 기원하거나
공덕을 다짐하는 '기원 염불 노래'와 걸립승들이 걸립패를 데리고 걸립
할 때 시주집에서 고사를 치루며 부르는 '고사 염불 노래'로 편의상 가
를 수 있다. '기원 염불 노래'는 민간의 생활불교에 따른 신앙심의 표
현으로 개인의 기원의식요라면, '고사 염불 노래'는 걸립승들이 걸립패
와 함께 집집이 돌며 걸립할 때, 시주집에서 고사를 치루며 부르는 노
래이다. 이 때에는 꽹과리, 북 등의 반주악기가 동원된다. '고사 염불
노래'에는 '고사 선염불 노래'와 '고사 뒷염불 노래'가 있는데, 먼저
'고사 선염불 노래'를 부르고 시주집에서 시주를 더 하면 '고사 뒷염불
노래'까지 한다. 이들 노래는 내용에 따라 '살풀이' '액풀이' 등 여러
과정의 노래로 나누어지는데, 이는 무속이나 민간속신에 영향을 크게
받은 것이다. 그런데 노래의 전승과정에서 고사진행에 따른 세부과정
의 노래는 점차 축약되어 단일구성으로 된 것이 대부분이다. 이러한
점은 지신밟기 노래의 경우와 동일한 것이다. '고사 염불 노래'는 민간
에서 단순히 '중염불 노래'라 하기도 한다.

한편 노래 이름에 염불이란 용어가 있어 염불 노래로 오해할 소지가
있는 '산염불'이 있다. 이 노래는 서도민요의 하나로 노래 명칭에 염불
이란 용어가 있어도 실제 내용에서는 불교와 거의 무관한 노래이다.
이 노래는 장례의식요의 사설로 불려지기도 하나, 유흥을 위해 놀 때
더욱 자주 불려지는 비기능요이다.

1231-3 보념(報念) : 보념은 보시염불(報施念佛)의 약자인데, 불교의
교리를 노래로 한 것이다. 한문투로 된 사설이 대부분이어서 부르기가
몹시 힘든 편이다. 이 노래는 오늘날 남도민요의 하나로 불려진다. 과
거 사당패들이 다른 노래와 함께 이 노래를 불렀다고 이야기되는데,
이 사당패의 본래 신분은 조선 후기 불교의 쇠퇴로 인하여 거리로 나

서게 된 탁발승이나 걸립승이었으리라 생각된다.[74] 따라서 보념은 '고
사 염불 노래'와 마찬가지로 탁발승이나 걸립승들이 사가에서 보시를
구하며 불렀던 노래로 볼 수 있다.

1231-4 찬불 노래 : 부처의 공덕을 찬양하고 기리면서 불교에 귀의하
고자 하는 마음과 극락염원을 노래한 것이 찬불 노래이다. 일종의 기
원의식에 따른 노래라 할 수 있다.

1231-5 탑돌이 노래 : 불교의식의 하나로 탑의 주위를 돌며 거행하던
의식에서 불려지던 불가가 민요화한 것이다. 공덕을 다짐하며 소원성
취를 기원하는 노래이다.

1231-6 극락 비는 노래 : 죽어서 극락에 갈 수 있도록 염원하거나 죽
은 자를 위해 그 혼이 극락에 갈 수 있도록 비는 불교적인 노래이다.
아미타불이나 관세음보살 등 부처나 보살의 명호를 부르며 진행되는
노래가 많다.

이상의 민요 이외에도 임동권의 『한국민요집』에는 '신앙성요' 중에
'불교요'로 '창세기'가 올려져 있다.[75] 그런데 이 '창세기'는 처음 손진
태가 무가로 채록하여 『조선신가유편』(朝鮮神歌遺篇)에 게재한 것인
데,[76] 임화가 『조선민요선』(朝鮮民謠選)에 재록했던 데서 오해가 일
어나게 되었다.[77] 그런데 임동권이 이 자료를 재검토하지 않고 『한국
민요집』에 다시 올렸던 데에서 오해가 확대되었다. '창세기'는 서사무
가이며, 민요로 볼 수 없을 뿐만 아니라 불교요로는 더욱 볼 수 없다.

1232 무속의식요는 무속의식에 따른 무가가 민요화하여 불려지는 노

---

74) 『한국민속대관 -민속예술, 생업기술』5(고려대 민족문화연구소, 1982. 6),
  pp.88~89.
75) 임- 『한민』1, p.86, 413.
76) 손진태, 『조선신가유편』(동경 : 향토연구사, 1930).
77) 임화, 『조선민요선』(학예사, 1939. 3).

래를 주로 일컫는다. 무가와 명확하게 구분하기 어려운 경우도 있으나, 『대계』에서 일단 민요로 채록된 것은 모두 분류의 대상으로 삼고자 한다. 임동권도 이런 기준에서 민요를 정리했으나, 민요로 인정하기에 곤란한 자료가 더러 있다. 이를테면, '다리굿요' '배뱅이굿요' 등인데, 이들 자료는 실제 구연의 무가와 거의 같은 구성으로 되어 있는 데다 채록지방만 표시되어 있어서 민요라고 판단할 만한 근거가 없다. 말하자면, 민요로 보기에는 자료의 성격이 충분한 뒷바침이 되지 못한다는 것이다. 그런데 『대계』의 자료는 제보자에 관한 사항, 조사상황의 설명이 나와 있어 민요인가 무가인가의 판가름이 어렵지 않다. 그래서 본 무속의식요의 설정은 일단 『대계』의 자료를 기본으로 해서, 다른 편의 자료를 재검토하여 보완한 것이다.

>   1232   무속의식요
>   1232-1   조상굿 노래
>   1232-2   대감풀이 노래
>   1232-3   샘굿 노래
>   1232-4   산 재(齋) 노래
>   1232-5   해원풀이 노래
>   1232-6   명당풀이 노래
>   1232-7   시루굿 노래
>   1232-8   점복(占卜) 노래
>   1232-9   대마지 노래

1232-1 조상굿 노래 : 조상굿에서 불려지던 무가가 민요화한 것이다.

1232-2 대감풀이 노래 : 무가 '대감풀이'가 민요화한 것이다.

1232-3 샘굿 노래   : 샘굿에서 불려지던 무가가 민요화한 것이다. 샘

에서 고사를 치루는 일을 용왕 먹인다고 해서 이 노래를 '용왕 먹이는 노래'라 하기도 한다.

1232-4 산 재(齋) 노래 : 생시에 재를 올리며 죽어서 극락천도하도록 기원하며 부르는 노래이다. 이 노래는 산 재(齋)란 무속의식을 수반하는 것이기에 불교의식요인 1231-6의 극락 비는 노래와 구별했다.『대계』7-2, 외동 72, p.566에 이에 해당하는 노래가 채록되어 있다.

1232-5 해원풀이 노래 : 죽은 넋의 원(冤)을 풀어주는 해원풀이에서 불려지는 무가 즉 '해원경'이 민요화하여 불려지는 것이다.

1232-6 명당풀이 노래 : 명당풀이의 과정에서 불려지는 무가인 '명당경'이 민요화한 것이다. 명당신앙은 본래 풍수신앙에서 연유한 것이겠으나, 무속과의 결합과정에서 이런 노래가 이루어졌으리라 생각한다.

1232-7 시루 굿노래 :『대계』7-2, 외동 12, p.442에 '시리굿 노래'가 있는데, 시루굿을 해서 할머니의 병을 낫게 했다는 부대설화가 있다. 굿의 한 절차로 존재하는 '시루풀이'와 관련성이 있다고 보아 설정한 유형이다.

1232-8 점복(占卜) 노래 : 점복을 하는 무속에서 불려지는 노래이다. 점복은 주로 독경무(讀經巫)가 하는 것이기에 이에 따른 노래를 무속의식요에서 분류한 것이다. 주문조의 노래라 하겠다.

1232-9 대마지 노래 :『대계』2-9, 영월 80, p.523의 '대왕인산(大王因山)'의 민요 자료에 근거하여 설정한 유형이다. 이에 의하여 강원도 영월지방에서 호상의 장례를 치루고 난 뒤 상여군을 위안하는 놀이를 하는데, 이를 '대마지' 또는 '대마지 놀이'라 한다 했다. 여기서 장례날 선소리를 했던 좌상이 영월에 귀양와서 승하한 단종의 넋을 위로하고 혼을 달래기 위해 다시 인산(因山)을 하는 것처럼 노래를 한다. 이 노래는 단종의 일대기를 선소리로 엮어 가다가 나중에 회심곡으로 바꾸어 불려진다. 이 노래는 민간신앙적 의식요의 측면이 강하기에 여기서

분류했다.

1233 속신의식요는 민간의 속신의식에 따른 노래이다. 속신이라 하면 다른 말로 민간신앙이라 할 수도 있겠지만, 여기서는 다른 각도에서 속신이란 용어를 사용하고자 한다. 즉 속신을 민간의 불교신앙이나 무속신앙과 같이 민간신앙의 하위범주로 이해한다는 것이다. 민간에 토착화된 불교신앙이나 무속신앙은 그것이 비록 여러 신앙의 혼합상을 보인다고 하더라도 불경이나 무경 등 일정한 믿음의 근거를 가질 만한 것을 지니고 있다. 이와는 달리 일정한 신앙체계를 가진 것도 아니면서 민간에서 널리 보편화된 믿음으로 존재하는 신앙이 있다. 이를 미신이란 말로 표현할 수도 있겠으나, 미신은 부정적인 측면을 강조한 용어이기 때문에 적합하지 않으며, 속신이란 용어로 표현하면 적절할 것이라 생각된다. 그래서 본 민요 분류에서는 속신에 따른 의식에서 불려지는 노래를 속신의식요라 한 것이다. 그런데 이미 언급한 세시의식요의 대부분도 한편으로 속신의식과 관련된 것이라 하겠지만, 의식의 주기적 반복에 따른 노래라는 별도의 특징을 지닌 것이어서 여기서의 속신의식요와 서로 구별한 것이다. 따라서 세시의식요가 아니면서 때에 따라 불려지는 속신의식요를 종류별로 분류하면 다음과 같다.

    1233 속신의식요
      1233-1 산신에 비는 노래
      1233-2 삼신에 비는 노래
      1233-3 장승에 비는 노래
      1233-4 동토잡이 노래
      1233-5 액풀이 노래
      1233-6 귀신 쫓는 노래

1233-7 객귀(客鬼) 물림 노래

1233-8 눈 삽 내리는 노래

1233-9 눈 티 없애는 노래

1233-10 두드래기 없애는 노래

1233-11 볼거리 퇴치 노래

1233-12 학질떼기 노래

1233-13 이갈이 노래

1233-14 호랑이 쫓는 노래

1233-15 나물 불리는 노래

1233-16 풍파 재우는 노래

1233-17 주문(呪文) 노래

1233-1 산신에 비는 노래 : 산신에게 치성을 드리며 소원성취를 비는 노래이다. 산신제는 보통 부락민들의 안전과 풍작을 기원하는 동제로서 거행되는 것인데, 여기에는 유교식으로 축문을 읽는 것이 상례이며 별도의 노래를 하지 않는다. 다만 본격적인 산신제가 끝나고 나서 개인적으로 치성을 드리며 각 가정의 소원성취를 빌 기회를 가지는데, 이 때 주문조의 '산신에 비는 노래'를 한다. 물론 이 경우 외에도 필요한 때에 개인적으로 산신당을 찾아 가서 치성을 드리며 이 노래를 하는 수도 있다. 산신신앙은 본래 도교에서 비롯된 것이라 하겠으나, 불교나 무속과 습합하면서 민간의 생활신앙으로 보편화된 것이라 할 수 있다. 그래서 산신신앙은 불교나 무속 중 어느 하나로 말하기 어려운 까닭에, 민간에 보편화된 생활신앙으로서의 속신에 해당시켜 이 노래를 속신의식요에서 분류한 것이다.

1233-2 삼신에 비는 노래 : 아기의 점지나 순조로운 출산, 그리고 아기의 건강 등을 삼신에게 빌며 부르는 노래이다. 삼신은 흔히 삼신 할

머니라고 해서 산신(産神)을 말하기도 하는데, 이러한 삼신신앙 역시 여러 민간신앙에서 나타나는 보편화된 속신이라 할 수 있다.

1233-3 장승에 비는 노래 : 부락의 수호신적인 의의를 지니고 있으면서 방어적 기능을 지닌 것이 장승이다. 이러한 장승에게 부락민들은 정월 보름 등 정해진 날에 마을 단위로 장승제를 지내고 제사한다. 그런데 이 경우에는 특별히 노래가 불려지지는 않는다. 여기서의 '장승에 비는 노래'는 개인적으로 장승신에게 소원을 빌며 부르는 것이다. 장승제가 비록 부락제로 치루어지지만, 그에 따른 노래는 개인적인 의식에서 불려지는 것이기 때문에 부락의식요에서 분류하지 않고 속신의식요에서 분류한 것이다.

1233-4 동토잡이 노래 : 동토잡이란 집안에 동토(動土, 동티)가 생겨서 재앙이 일어나는 것을 미리 막기 위한 의식이다. 여기서 동토란 흙을 다루는 일을 잘못하다가 지신의 성냄을 입어 재앙을 받는 일을 말한다. 동토잡이는 민간신앙에 바탕을 둔 의식이라 하겠는데, 주기적으로 베풀어지는 의식은 아니다. 그래서 동토잡이 노래를 세시의식요 중 가정의식요에서 분류하지 않고 신앙의식요 중 속신의식요에서 분류한다. 근래에 들어 동토잡이의 의식이 거의 사라지자 노래도 잘 들을 수 없게 되었다.

1233-5 액풀이 노래 : 액을 물리치는 민간의식에서 불려지는 노래이다. 액풀이 노래로 흔히 불려지는 노래의 형식은 달거리의 연장체 형식이다. 그래서 이 노래를 '달거리 액풀이 노래'라 하기도 한다.

1233-6 귀신 쫓는 노래 : 잡신이나 원귀(寃鬼)를 쫓는 축귀의식(逐鬼儀式)에서 불려지는 노래이다. 축귀의식은 무당을 불러 거행하기도 하지만, 가정에서 연장의 부녀자가 이 노래를 부르며 수행하는 경우도 흔히 있다. 축귀의식은 민간에 보편화된 귀신관에서 말미암은 것이라 할 수 있다. 무당에 의해 불려지는 '축귀경'은 무가로서 존재한다.

1233-7 객귀(客鬼)물림 노래 : 객귀물림이란 치병의식(治病儀式)의 하나인데, 배가 아픈 환자가 있을 때 그 병이 잡귀가 든 때문이라고 믿어 이런 의식이 치루어지고 주문조의 노래도 부르는 것이다. 객귀물림 때에는 무당을 청해서 하는 경우도 있지만, 가정의 여성 연장자가 하는 것이 보통이다. 객귀는 지역말로 '객구'라고도 해서 이 노래를 '객구 물리는 노래'라 하기도 한다.

1233-8 눈 삼 내리는 노래 : 눈에 삼이 섰을 때 이를 내리며 부르는 노래이다.

1233-9 눈 티 없애는 노래 : 눈에 티가 들어갔을 때 혀로 이를 핥아 내면서 부르는 노래이다.

1233-10 두드래기 없애는 노래 : 몸에 두드래기가 생기면 이를 없애기 위해 주문조의 노래로 부르는 것이다.

1233-11 볼거리 퇴치 노래 : 볼에 종기가 생기거나 부어오른 것을 볼거리라 하는데, 이 볼거리를 낫게 하게 위해 부르는 주술적인 노래이다. 이 노래는 아이들이 부르는 동요이다.

1233-12 학질떼기 노래 : 학질에 걸린 사람에게 으슥한 밤에 물을 끼얹고 돌아오는 길에 이 노래를 부르면 학질이 떨어진다는 속선에서 생긴 것이다. 학질은 경남 진양에서 '푸심'이라고도 해서 이 노래를 '푸심떼기 노래'라 하기도 한다.[78]

1233-13 이갈이 노래 : 이갈이를 할 때, 흔들려 빠진 이를 지붕에 던지며 헌 이를 가져가고 새 이가 빨리 나게 해 달라고 비는 노래이다. 이 노래는 아이들이 부르는 동요이다.

1233-14 호랑이 쫓는 노래 : 호랑이를 쫓아 호환을 예방한다는 주술적인 노래이다.

1233-15 나물 불리는 노래 : 나물 바구니를 돌리면서 영동할머니에

---

78) 『대계』8-3, 사봉 12, p.413.

게 나물을 많이 캘 수 있도록 해 달라고 비는 주술적인 노래이다.

1233-16 풍파 재우는 노래 : 풍파를 만나면 용왕신인 '사해왕(四海王)'을 부르며 풍파를 멈추게 해 달라고 비는 주술적인 노래이다.

1233-17 주문(呪文) 노래 : 어떤 술법을 행할 때 외는 주문을 노래로 한 것이거나, 동지날 팥죽을 뿌리며 소원을 비는 노래이다.

이상 신앙의식요의 종류는 한정된 자료를 바탕으로 작성한 것이기에 앞으로의 민요 조사에 따라 새로운 종류가 추가될 수도 있을 것이다. 그러나 새로운 종류의 추가도 기존 분류체계 내에서 조정될 수 있을 것이라 본다.

4. 유희요의 분류

놀이를 하면서 놀이의 진행을 위해 혹은 놀이에다 즐거움을 더하기 위해 부르는 노래가 유희요이다. 놀이 즉 유희는 그 자체가 삶의 지속을 저해하는 고통이나 역경을 극복하고 삶에 활기와 즐거움을 준다는 기능을 가지고 있다. 이러한 유희에 노래는 삶의 활기와 즐거움을 극대화시키면서 의미를 부여하게 된다. 이는 노래가 자기표현의 한 방법인 이상 유희의 즐거움을 고조시키는 데에 머무르지 않고 궁극적으로 인간의 삶에 대한 문제와 만나는 자기성찰의 계기가 되기 때문이다.

유희라고 해서 모두 노래를 동반하는 것은 아니다. 유희의 성격에 따라 노래를 동반하는 것이 있고 그렇지 않은 것이 있다. 대체로 개인유희보다 집단유희, 도구유희보다 비도구유희, 남성유희보다 여성유희에서 노래가 동반되는 비율이 높다.[79] 이는 개인유희보다 집단유희에서 노래할 수 있는 여건이 더욱 쉽게 조성되며, 도구유희보다 비도구유희에서 유희의 진행을 위해 노래를 더욱 필요한 몫으로 요구하기 때

---

79) 조-『경민』, pp.164~165.

문이다. 그리고 남성유희보다 여성유희에서 노래가 동반되는 비율이
높은 까닭은 여성이 남성보다 유희를 하면서 노래를 통해 자기표현을
하고자 하는 욕구를 더욱 강하게 지닌다는 유희의 상대적 성격에 기인
한다. 한편 유희를 성인유희와 아동유희로 편의상 구분한다면, 아이들
의 경우 유희를 하면서 지내는 시간이 전체 생활의 대부분을 차지하는
만큼 이에 따른 유희요가 성인유희요에 비해 당연히 높은 비중을 차지
하게 된다.[80]

그러면 이와 같이 나타나는 유희요는 구체적으로 어떻게 분류할 수
있는가? 이 물음에 대해 개인유희와 집단유희, 도구유희와 비도구유희,
남성유희와 여성유희, 그리고 성인유희와 아동유희 등 유희의 주체나
대상에 근거한 단순 구분은 그 자체가 직접 유희요의 분류에 적용되기
는 곤란하다. 이들 구분은 기능상의 분류원칙과는 일단 거리가 있는
것이면서 유희를 지나치게 단순화한 관점에서 파악한 것이어서 기능상
의 다양한 성격을 이해하는 데에는 적절하지 못하기 때문이다. 유희요
의 분류도 노동요와 의식요의 경우처럼 기능상의 구체적인 특징을 파
악할 수 있는 각도에서 방법을 모색해야 한다면, 언제, 어떠한 수단과
방법을 통해, 유희가 어떤 양상으로 전개되는가에 관한 고려에서 해결
의 실마리를 찾을 수 있다.

유희의 양상은 우선 유희가 언제 이루어지는가에 따라 세시풍속과
관련하여 주기적으로 성립되는 세시유희와 일상적으로 형성되는 일상
유희로 크게 나눌 수 있으며, 이에 따른 민요를 각각 세시유희요와 일

---

80) 기존의 민요분류에서는 동요를 민요와 구별하여 별도로 분류했다. 기능이
    란 관점에서는 동요와 성인민요를 서로 구분하는 것이 모순이다. 창자별
    분류에서는 그러한 구분이 가능하나, 기능별 분류에서는 동요도 넓게는 민
    요에 포함되는 것으로 보아야 하고, 그런 관점에서 세부 분류가 이루어져
    야 한다. 동요 중에는 일부 의식요('이갈이 노래' 등)의 성격을 지니는 것
    이 있으나, 대부분 유희요에 해당되는 것들이다.

상유희요라 할 수 있다. 그런데 유희, 유희요의 이러한 구분은 단순히 시기상의 차이점을 보여주는 데 머무르지 않고 그 성격과 양상의 차이까지 밝혀주는 것으로 확대된다. 즉 세시유희, 세시유희요는 일상유희, 일상유희요와는 달리 풍요와 다산을 예축하거나 감사하는 '민속적' 의미를 강하게 지닌다는 것이다. 이 점에서 세시유희요는 세시의식요와 공통점을 지닌다고 하겠으나, 궁극적으로 '복'을 기원하는 형식이 아닌 '재미'와 '흥'을 추구하는 형태로 존재한다는 점에서 세시의식요와 크게 다르다.

한편 일상유희요는 일상의 전승놀이에서 불려지는 노래라는 뜻으로 몽뚱그려 이해할 수 있지만, 놀이의 방식과 그 목적이 무엇인가에 근거하여 경기유희요, 조형유희요, 풍소유희요, 언어유희요의 네 가지로 크게 나눌 수 있다.

경기유희요는 이기고 지거나 잘하고 못하는 등의 다툼이나 경쟁의식이 개입되는 유희, 즉 경기유희에 따른 민요이며, 조형유희요는 어떤 사물을 재료로 조작하여 어떤 형상을 만들어서 소기의 성과를 달성하는 놀이에서 불려지는 민요이다. 그리고 풍소유희요는 인물이나 동물 등 사물의 특징이나 사람의 유별난 버릇을 대상으로 해서 이를 해학적으로 묘사, 풍자하는 놀이에서 불려지는 민요이다. 언어유희요는 일정한 대상이 없으면서 노래의 사설, 즉 언어 자체가 놀이의 중요한 수단이 되거나 대상이 되는 민요이다. 그래서 언어유희요는 다른 유희요와는 달리 평이한 사설로 이루어지지 않고 부르기 까다로운 사설로 구성되거나 파격적인 논리로 진행된다는 특징을 지닌다.

이상에서 유희요를 유희의 실제적인 진행 양상, 그리고 유희의 수단이나 방법이 무엇인가에 근거하여 분류한 결과를 정리하면 다음과 같다.

13 유희요
  131 세시유희요
  132 경기유희요
  133 조형유희요
  134 풍소유희요
  135 언어유희요

1) 세시유희요

세시유희요는 해마다 주기적으로 베풀어지는 민속놀이로서 한편으로 풍요와 다산을 예축하고 감사하는 축제로서 이루어지는 세시유희에서 불려지는 민요라고 앞에서 규정했다. 이러한 세시유희요를 유희의 수단이나 방법이 어떻게 다른가 하는 점에 기준을 두어 다음 단위로 분류하면 도구유희요, 무용유희요, 축제(祝祭)유희요의 세 가지로 나눌 수 있다.

  131 세시유희요
    1311 도구유희요
    1312 무용유희요
    1313 축제유희요

1311 도구유희요는 세시민속의 일환으로 베풀어지는 놀이 중에서도 도구를 이용한 놀이에서 불려지는 노래이다. 도구유희라 하더라도 으레히 몸동작이 수반되는데, 몸동작이 도구를 잘 다루기 위한 보조역할을 한다는 점에서 특별한 몸동작 즉 무용이 중심이 되는 무용유희와는 분명이 구별된다. 이러한 도구유희에 수반되는 노래를 종류별로 분류

하면 다음과 같다.

    1311 도구유희요
       1311-1 그네뛰기 노래
       1311-2 널뛰기 노래
       1311-3 윷놀이 노래
       1311-4 줄다리기 노래
       1311-5 고싸움 노래
       1311-6 용호놀이 노래
       1311-7 가마싸움 노래
       1311-8 쇠머리대기 노래

1311-1 그네뛰기 노래 : 그네뛰기는 대개 5월 단오나 명절을 전후로 하여 부녀자들 사이에서 성행되어 온 민속놀이이다. 허공을 힘차게 박차고 오르는 그네뛰기는 여인의 싱싱한 생명력을 상징하는 행위라고 한다. 그네뛰기에는 '외그네뛰기'와 '쌍그네뛰기'가 있는데, '쌍그네뛰기'일 때는 선후창으로 노래를 하기도 한다. 그네뛰기 노래의 내용은 하늘을 높이 오르는 여인네의 아름다운 모습을 주로 노래하는 것이다.

1311-2 널뛰기 노래 : 널뛰기는 정월 초, 오월 단오, 팔월 한가위 등 큰 명절에 행해지는 놀이로 주로 부녀자들 사이에서 성행되어 온 민속놀이이다. 널뛰기 역시 몸을 공중에 솟아오르게 한다는 점에서 그네뛰기와 마찬가지로 여인네들의 생명력을 상징하는 놀이로 볼 수 있다. 이러한 널뛰기에 불려지는 노래는 널뛰기 하는 모습이나 재미, 혹은 일년의 만복을 기원하는 것을 주요한 내용으로 삼고 있다.

1311-3 윷놀이 노래 : 윷놀이는 주로 새해 초에 즐기던 놀이인데, 편을 갈라 4개의 '말'을 도, 개, 걸, 윷, 모 중의 하나에 맞추어 던지면서

승패를 결정한다. 윷놀이의 진행 중에 노래를 부르는 일은 드문 편인데, 때로 윷을 던지기 전이나 던진 후에 윷에 관련된 노래를 하는 수도 있다. 이렇게 부르는 노래의 소재는 주로 도, 개, 걸, 윷, 모이다. 윷놀이를 지역에 따라 '저포'(樗蒲)라 하기도 하며, 점수를 내는 것을 '동을 낸다'고 하여 '동몰이' 또는 '동뛰기'라고도 한다. 노래도 이에 따라 '저포 노래', '동몰이 노래', '동뛰기 노래'라 하기도 한다.[81]

1311-4 줄다리기 노래 : 줄다리기는 팔월 추석 등 명절에 좌우 또는 동서로 편을 갈라 큰 줄을 잡아당겨 승패를 겨루는 놀이이다. 이 놀이는 농어민들이 자연에 대해 그들의 공동체의식을 일깨우는 한편 풍요를 기대하는 생활의지를 보여주는 것으로 생각된다. 줄다리기 노래는 주로 놀이판을 향해가며 또는 결전을 하며 농악대 가락에 맞추어 부른다. 노래의 내용은 자기편의 기세를 올리고 상대편의 기세를 꺾어 승리를 예견하는 것이다.

1311-5 고싸움 노래[82] : 고싸움은 줄다리기와 놀이의 시기가 같으면서 놀이방식이 유사하나, 고를 맞부딪쳐 싸우면서 고 위에 지휘자가 올라타서 싸움을 지휘한다는 점에서 줄을 당기기만 해서 승부를 가리는 줄다리기와 다르다. 고싸움에서 불려지는 노래에는 고싸움을 하기 전에 아이들이 상대편 마을 앞을 오가면서 부르는 '승전가'가 있고, 횃불을 앞세우고 결전장에 가면서 고 위에 지휘자(줄패장)가 앞소리를 하면 놀이군들이 뒷소리를 하는 느린 가락의 노래와 상대편의 고가 결전장에 보이면 빠른 가락으로 하는 노래가 있다.

1311-6 용호놀이 노래 : 용호놀이는 경남 밀양에서 명절 보름에 행해지는 일종의 줄싸움 놀이이다.[83] 용호놀이는 '앞마당' '놀림마당' '부름

81) 심우성, 『한국의 민속놀이』(삼일각, 1975. 5) p.26.
82) 최상수, 『한국 민속놀이의 연구』(성문각, 1985. 1), pp.142~143과 심우성, 위의 책, p.114.
83) 『민조』3(경남편), p.780.

마당' 등 여러 마당으로 나누어지는데, 상대편 마을에서 농악과 춤으로 가장행렬을 하면서 시위하는 '놀림마당'에서 노래가 주로 불려진다. 노래의 내용은 승전을 예고하는 것인데, 여음으로 '쾌지나 칭칭나아네'가 들어간다.

1311-7 가마싸움 노래 : 가마싸움은 경북 의성지방에서 전해지는 것으로 과거 서당의 학동들이 중심이 되어 매년 추석에 명절놀이로 벌어졌다 한다.84) 노래는 가마를 끌고 마을을 누비고 다니며 기세를 올릴 때 부르는데, 가마 행렬의 뒤를 따르는 호위학동대와 가마 앞을 끄는 공격학동대가 교대로 주고 받으며 노래한다.

1311-8 쇠머리대기 노래 : 쇠머리대기는 경남 창녕에서 정월 보름 놀이로 줄다리기와 함께 전해오는 것이다. 쇠머리댕기는 일명 '나무쇠 싸움'이라고도 하는데, 나무로 만든 소의 머리를 맞대고 밀어 내어서 승부를 가리는 놀이이기 때문이다.85) 노래는 이 놀이가 본격적으로 시작하기 전 놀이장으로 가면서 부른다.

1312 무용유희요는 특별한 몸동작 즉 무용이 놀이의 중심이 되는 무용유희에서 불려지는 노래이다. 이러한 무용유희요는 놀이의 진행과 밀접한 관련을 가지며 불려지는데, 대부분 부녀자들의 노래라는 점에 또한 특징이 있다. 무용유희요를 종류별로 분류하면 다음과 같다.

　　　1312　무용유희요
　　　1312-1　쾌지나 칭칭나네
　　　1312-2　월워리 청청
　　　1312-3　놋다리밟기 노래

---

84) 심우성, 앞의 책, p.77.
85) 심우성, 앞의 책, p.172.

1312-4   둥당이 노래

1312-5   강강술래

1312-6   기와밟기 노래

1312-7   덕석몰이 노래

1312-8   청어엮기 노래

1312-9   대문놀이 노래

1312-10   꼬리따기 노래

1312-11   남생이 노래

1312-12   가마타기 노래

1312-13   고사리꺾기 노래

1312-14   둥둥데미 노래

1312-15   실감기 노래

1312-16   동애따기 노래

1312-17   외따기 노래

1312-18   돈돌라리

1312-19   꼭두각시놀이 노래

1312-1 쾌지나 칭칭나네 : 강강술래, 월워리 청청이 여성 무용의 노래라면 쾌지나 칭칭나네는 여성들이 참가하기도 하지만 남성 위주의 무용을 동반하는 노래이다. 이 노래는 경남지방에서 특히 많이 불려지며, 경북지방에서도 '칭칭이 노래'라 하여 부르기도 한다. 팔월 보름 등 명절에 동네 사람들끼리 모여서 춤추며 부르는 것이다. 그리고 경남 밀양지방에서 이 노래가 띠줄놀이를 할 때 불려지는데, 노래의 발생과 관련하여 깊이 숙고할 과제이다. 지역마다 부르는 여음이 조금씩 다르기는 하지만 '쾌지나 칭칭나네'류의 여음을 붙이면 선창을 하는 사람은 자유롭게 사설을 넣어 부른다.

1312-2 월워리 청청 : 월워리 청청은 강강술래와 같이 부녀자들이 원무를 하면서 부르는 노래이다. 이 노래는 경북 동해안 지역에서 주로 팔월 보름날 부르는 것인데, 가창방식도 전남 서해안 지역의 강강술래와 대동소이하다. 노래는 춤을 추는 박자에 따라 느리게 할 수도 있고 빠르게 할 수도 있으며, 어떤 사설이라도 곡과 사설에 맞추어 부를 수가 있다. 강강술래 역시 이점에서 동일하다.

1312-3 놋다리밟기 노래 : 놋다리밟기는 경북 안동에서 전승되는 민속놀이로, 정월 초순에서 보름을 전후한 시기까지 부녀자들 사이에서 행해지는 놀이이다. 놋다리밟기에도 강강술래처럼 여러 놀이가 부수되는데, 여기서도 중심되는 놀이인 '놋다리밟기'에서 불려지는 노래만 이 유형에 소속시키기로 하고, 부수되는 여러 놀이에서 불려지는 노래는 유형을 독립시키기로 한다. 놋다리밟기 노래는 강강술래와는 달리 여음을 받으며 진행되지 않고 문답형식으로 불려진다.

1312-4 둥당이 노래 : 주로 전남 해안지방에도 명절 때나 즐거운 날에 활방구 장단에 맞추어 무용을 하면서 부르는 노래이다. 선후창으로 불리며, 후창은 "둥당에다 둥당에다/당기둥당에 둥당에다"란 흥겨운 후렴으로 구성된다.

1312-5 강강술래 : 강강술래는 전남지방에서 정월 보름이나 팔월 한가위 때 행해지는 원무형식(圓舞形式)을 취한 여성유희이면서, 이 유희에서 불려지는 노래 이름이기도 하다. 그런데 강강술래라 하면 원무형식의 놀이뿐만 아니라 여러 가지 부수되는 놀이를 아울러 말하기도 하지만 여기서는 놀이의 중심을 이루는 원무형식의 놀이에 일단 한정시켜 파악하기로 한다. 그 이유는 노래로서의 강강술래가 원무형식의 놀이에서 불려지는 것이며, 부수되는 여러 놀이는 그 놀이에 따라 별도의 노래가 불려질 뿐만 아니라, 놀이가 노래와 함께 따로 독립해서 존재하기도 하기 때문이다. 그래서 여타의 부수놀이에서 불려지는 노래

는 별도의 항목으로 분류하기로 한다. 노래로서의 강강술래는 전체적으로 보면 2음보의 사설에 '강강술래'란 여음을 일정하게 엮어가는 형식을 취하고 있다. 사설의 붙임은 즉흥적인 면이 많기 때문에 비교적 유동적인 성격을 띠게 된다.

1312-6 기와밟기 노래 : 기와밟기에는 경북 의성에서 독립해서 전승되는 놀이가 있고, 강강술래에서 부수되는 놀이로 존재하는 것이 있다. 놋다리밟기를 일명 '기와밟기'라 하기도 하나, 의성의 기와밟기와는 등태우는 것 외에는 놀이의 양상이 다르기 때문에 서로 구별하기로 한다. 의성의 기와밟기 노래와 강강술래의 기와밟기 노래는 사설이 서로 다르기는 하나, 문답형식의 노래인 점이 동일하며 놀이 모습이 서로 유사하기에 같은 유형으로 분류하는 것이다.

1312-7 덕석몰이 노래 : 덕석몰이는 강강술래에서 부수되는 놀이이다. 선두에 선 사람이 멍석을 말 듯 원을 그리며 돌면 나머지 놀이군들이 차례로 선두를 따라 돌아간다. 이 때 선두가 앞소리군이 되어 선창을 하면 뒤따르는 놀이군들이 이를 되받아서 노래한다.

1312-8 청어엮기 노래 : 이 노래도 강강술래 놀이에 부수되는 놀이인 '청어엮기'에서 불려지는 노래이다. 청어엮기는 청어를 엮는 모의유희라고 할 수 있는데, 선두가 '청청 청애영자'등의 사설을 부르며 둘째 사람과 셋째 사람의 맞잡은 팔 밑으로 꿰어가면, 다른 놀이군들이 이를 차례로 따라 하며 사설을 되받아서 노래한다.

1312-9 대문놀이 노래 : 대문놀이 노래는 강강술래에서 부수되는 놀이인 대문놀이에서 불려지는 노래와 놋다리밟기에서 부수되는 놀이인 대문놀이에서 불려지는 노래를 포괄한다. 두 대문놀이는 매우 유사한 놀이이며, 노래도 유사한 격식으로 불려진다는 점에서 그렇게 한 것이다. 이 노래는 다른 노래와 마찬가지로 문답형식으로 이루어져 있다.

1312-10 꼬리따기 노래 : 꼬리따기 놀이는 여러 지역에서 전승되고

있다. 전남의 강강술래에서 행해지는 '줸줸새끼 놀이'(일명 닭삵이, 닭
살이, 닭쟁이), 안동의 놋다리밟기에서 놀게 되는 '꼬리따기', 경남 지
역의 '달구잡이 놀이'가 모두 유사한 방식으로 진행되는 놀이이다. 여
기서는 이들 놀이를 '꼬리따기'라 총칭하면서, 이에 따르는 노래를 꼬
리따기 노래라 한다. 노래의 가창방식은 문답식의 선후창이다.

1312-11 남생이 노래 : 강강술래의 한 놀이로 행해지는 '남생이 놀
이'에서 불려지는 노래이다. 이 남생이 노래는 원형으로 춤을 추는 사
람들이 "남생아 놀아라/절래절래 잘논다"라고 반복해서 부르는 것이다.

1312-12 가마타기 노래 : 강강술래에서 행해지는 '가마타기 놀이'(흔
히 '가마둥둥'이라 함)와 독립해서 노는 가마타기 놀이에서 불려지는
노래이다.

1312-13 고사리꺾기 노래 : 강강술래에서 행해지는 '고사리꺾기 놀
이'에서 불려지는 노래이다.

1312-14 둥둥데미 노래 : 놋다리밟기는 이 둥둥데미 노래로 시작하
는데, 놀이마당에 모인 부녀자들이 각기 손을 잡고 원형을 이루어 앉
으면 둥둥데미 노래를 합창하면서 선두의 부녀자로부터 차례대로 다음
사람의 잡은 손을 원형으로 타 넘는다. 노래는 "어화유리 둥둥데미/둥
둥데미 어화유리/저달봤다 난도봤다"란 짧은 사설의 반복으로 이루어
진다.[86]

1312-15 실감기 노래 : 앞의 둥둥데미가 끝나면 이 실감기 노래의 합
창에 맞추어 원을 풀게 된다. 노래는 "집실로 감아라/당대실로 풀어라"
의 짧은 사설로 이루어져 있는데, 원을 다 풀기까지 반복해서 부른다.
이 노래 다음에 본격 놋다리밟기 놀이를 한다.[87]

---

86) 최정여 외 4인, "안동 놋다리밟기 연구", 『한국민속연구논문집(Ⅱ)』(김택규
· 성병희 공편, 일조각, 1982. 9), pp.133~134.
87) 최정여 외 4인, 위의 책, pp.133~134.

1312-16 동애따기 노래 : 놋다리밟기에서 대문놀이를 하고 난 다음, 놀이군들이 양편으로 나뉘어 동애따기를 하면서 부르는 노래이다.

1312-17 외따기 노래 : 놋다리밟기의 외따기 놀이에서 행해지는 노래이다. 동애따기 노래와 그 사설과 놀이가 다른 양상을 보이기에 서로 구분했다.

1312-18 돈돌라리 : 함경도 북청군을 비롯하여 여러 지역에서 전해 오는 무용유희요이다. 돈돌라리 춤은 원형으로 둘러싸인 춤판에 몇 사람이 북장단에 맞추어 추게 되는데, 춤사위가 손목을 놀리며 잔가락을 쓰는 것이 특징이다. 이는 현재 '북청 사자놀이'에서 '넋두리춤'이라 불리는 것과 같다 한다. 이러한 돈돌라리의 춤사위와 가락에 원형으로 앉은 사람들이 "돈돌라리 돈돌라리 돈돌라리요/리아 리라리 돈돌라리요"의 여음구를 반복해서 부르게 된다. 이때 '리라 리라리' 대신 다양한 사설을 지어 부를 수 있다.88)

1312-19 꼭두각시놀이 노래 : 정월에 부녀자들이 방안에 원형으로 둘러 앉아 중앙에 꼭두각시를 뽑아 앉힌 다음 둘러 앉은 사람이 합창으로 '꼬댁각시 노래'를 부르면, 중앙의 꼭두각시는 신령이 내렸다 하여 제정신이 아닌 듯 노래하고 춤춘다고 한다. 이 노래는 모의적인 무속행위의 놀이에 따른 것이라 하겠다.89)

1313 축제(祝祭)유희요는 주로 세시유희요 중에서 집단제의의 성격을 강하게 띠는 유희에서 불려지는 노래이다. 세시유희요 일반이 각종 세시의례와 밀접한 관련을 맺고 있는 유희에서 불려지는 민요지만, 그 중에서 축제유희요는 도구유희요와 무용유희요에 비해 집단제의로서의

---

88) 돈돌라리에 관한 자세한 설명은 최철 · 전경욱 공저, 『북한의 민속예술』(고려원, 1990. 1), pp.139~143에 나와 있다.

89) 『민조』6(충남편), pp. 687~688.

축제적 성격을 강하게 띠는 민요이다. 그렇지만 이 민요는 기본적으로
흥을 추구한다는 유희요의 성격을 지니고 있다. 축제유희요에서 그 의
례는 대부분 농경의례에 관련된 것인데, 농경의례 중에서도 기풍의례
(祈豊儀禮)와 추수를 하고 나서 신에게 감사드리는 추수감사제(秋收感
謝祭)에 깊이 관련되어 있다. 이밖에도 축제유희요에는 통과의례의 한
가지인 환갑 때 부르는 '환갑 노래', 그리고 장례 후 상주와 혼령을 위
로하기 위해 베풀어졌던 '밤달애 놀이'의 노래를 포함시키기로 한다.
그것은 이들 노래가 세시유희요의 성격을 지닌 것은 아니지만, 축제의
례란 공통적 인자를 근거로 하여 다른 축제유희요와 함께 분류하는 것
이 적절하다고 생각했기 때문이다.

축제유희요에 따르는 의례는 한편으로 부락민의 공동축제이기도 해
서 춤과 노래가 곁들인 다양한 놀이가 따르는 것이 일반적이다. 따라
서 부르는 노래가 일정하게 정해져 있지 않고 판의 분위기에 따라 여
러 종류의 노래가 불려질 수 있다는 특징을 지닌다.

축제유희요를 종류별로 분류하면 다음과 같다.

> 1313   축제유희요
>> 1313-1   화전놀이 노래
>> 1313-2   호미씻이 노래
>> 1313-3   장원질 노래
>> 1313-4   길놀이 노래
>> 1313-5   서우젯 노래
>> 1313-6   환갑 노래
>> 1313-7   밤달애 노래

1313-1 화전놀이 노래 : 봄에 부녀자들이 모여 화전놀이를 하면서 부

르는 노래이다. 흔히 '화전노래'라 하는 것이 화전놀이에서 불려지는 대표적인 노래이겠으나, 화전놀이에서 일정한 노래를 부르는 것은 아니다. 그리고 '화전 노래'도 화전놀이 이외의 경우에 유흥을 위해 자유롭게 부를 수 있는 것이다.

1313-2 호미씻이 노래 : 호미씻이란 농가에서 논매기의 만물 즉 세벌 김매기를 끝낸 음력 칠월에 일정한 날을 잡아 일군들의 노고를 위로하기 위해 즐겨 노는 것을 말한다. 이 호미씻이는 '호미걸이', '만드레씻기', '술멕이놀이', '파결이' 등 지역에 따라 다양하게 불리는데, 놀이 방식이 특이한 경우도 있다. 전남 진도에서 행해지는 '길꼬냉이'라고 하는 일종의 호미씻이 즉 장원질 놀이가 이에 해당한다. 다른 경우의 놀이에는 특별히 정해진 노래가 있는 것이 아니라 분위기에 따라 자유롭게 춤을 추며 노래하지만, '장원질 놀이'에서 부르는 노래는 '길꼬냉이 노래' 또는 '장원이 노래'라 하여 일정하게 부르는 것이 있다. 그래서 일반 호미씻이계 노래와 장원질 노래는 서로 구분할 필요가 있기에 항목을 달리 잡은 것이다.

1313-3 장원질 노래 : 장원질 놀이란 호미씻이계의 놀이로 전남 진도에서 일명 '길꼬냉이'라고 하는 놀이를 말한다. 길꼬냉이 노래는 논매기의 만물이 끝나고, 마을에서 농사가 가장 잘된 집을 골라 장원(壯元)으로 뽑은 뒤 그 집 머슴을 소에 태워 분장시키고 농악대를 앞세워 주인집으로 가며 부르는 것이다.[90] 따라서 이 노래를 '장원이 노래' 또는 '길꼬냉이 노래'라고도 한다. 이 노래는 소를 모는 사람이 앞소리군이 되어 선창을 하면 나머지 일군들이 "아하 아하 아하 헤에 헤에"라는 여음을 후창으로 부른다.

1313-4 길놀이 노래 : 이 노래는 흔히 야유시 길놀이를 하면서 부르는 것이다. 길놀이를 하면서 부르는 노래는 여러 가지인데, '길군악'은

---

90) 『민조』1(전남편), p. 661.

잘 알려진 대표적인 노래이다. 길군악은 '질군악', '길고락'이라고도 하고, 경남 함양, 거창, 산청 등지에서는 이를 '질꾸내기' 또는 '짓(직)구내기'라 부르기도 한다.[91] 이들 노래의 가락은 대체로 일정하지만, 사설의 내용에 있어서는 지방에 따라 다소 차이가 나타난다. 가창방식은 선후창이다.

1313-5 서우젯 노래 : '시우젯 소리', '허우뎃 소리'라고도 하는 제주도 특유의 민요이다. 이 노래는 본래 도깨비 귀신과 관련된 굿 즉 '영감놀이'를 할 때 불려졌다. 노래의 사설은 도깨비 신을 인격화해서 그 차림과 거동을 묘사하고 있다. 도깨비 귀신은 제주도에서 '영감', '참봉', '야채'라 하여 바다 위를 관장한다고 믿어, 이를 잘 모시면 고기를 잘 잡도록 도와준다고 한다. 출어시나 어획시 큰 굿을 치른 후에 마을 사람들이 모두 모여 흥겹게 춤을 추며 이 노래를 부른다. 이 노래는 또한 그 가락이 빼어나기 때문에 밭매기 노래 등의 노동요로도 불려지며, 어울려 즐겁게 놀 때도 부른다고 한다.[92]

노래의 본래 기능은 의식과 관련된 것이었으나, 점차 유희적 성격이 강한 노래로 변화한 것으로 파악하여 축제유희요의 한 유형으로 설정한 것이다.

1313-6 환갑 노래 : 환갑잔치 때 환갑을 맞이한 노인이 흥에 겨워 부르는 노래이다. 사설은 주로 환갑을 맞이한 기쁨을 노래하는 것으로 되어 있다.

1313-7 밤달애 노래 : 전남 해안지방에서 불려지는 것으로, 장례가 끝난 뒤 상주와 혼백을 위로하기 위해 밤새도록 남사당패와 풍각쟁이들이 가무하며 놀았는데, 이를 밤달애 놀이라 하고, 그때 부르는 노래를 밤달애 노래라 한다고 했다. 『대계』6-7, 비금 1, p.723에 채록된 민

---

91) 『민조』3(경남편), pp.562~563.
92) 『대계』9-1, 구좌 6, pp. 236~237의 해설 참조.

요가 이에 해당한다.

  2) 경기유희요

  경기유희요는 세시유희가 아닌 일상유희 중에서 이기고 지거나 잘하
고 못하는 등의 다툼이나 경쟁의식이 개입되는 유희 즉 경기유희에서
불려지는 노래이다. 경기유희는 도구의 사용 여부, 몸기술이나 동작의
비중에 따라 세 가지의 유희로 나눌 수 있다. 첫째, 도구유희이다. 도구
유희는 도구를 사용하는 유희인데, 몸기술이나 동작보다는 운이나 도
구를 다루는 지혜가 따르는 일종의 경기유희이다. 둘째는 곡예유희이
다. 곡예유희 역시 도구를 사용하는 유희이나, 운이나 지혜보다는 몸기
술과 동작이 매우 중요한 유희이다. 셋째는 동작유희이다. 동작유희는
도구를 사용하지 않고 하는 유희인데, 몸기술보다는 동작 자체가 필수
적으로 요구되는 유희이다. 따라서 경기유희요는 도구유희, 곡예유희,
동작유희로 나누어지는 세 가지의 유희방식에 근거하여 다음과 같이
분류할 수 있다.

        132   경기유희요
          1321   도구유희요
          1322   곡예유희요
          1323   동작유희요

  1321 도구유희요는 다시 도구 사용의 차이에 따른 놀이 방식에 근거
하여 종류별 분류를 하면 다음과 같이 된다.

        1321   도구유희요

1321-1 장기 노래

1321-2 화투 노래

1321-3 투전 노래

1321-4 골패 노래

1321-5 살냉이 노래

1321-6 곱새치기 노래

1321-1 장기 노래 : 장기를 두면서 부르는 노래이다. 장기알인 차마 포상장사졸(車馬包象將士卒)의 기능에 관련된 노래가 많으며, 장기를 두는 심정 등이 반영되어 있다.

1321-2 화투 노래 : 화투를 치면서 부르는 노래이다. 화투장은 열두 달의 그림으로 이루어져 있으니, 노래는 이와 관련하여 월령체로 엮어지는 것이 보통이다.

1321-3 투전 노래 : 노름의 일종인 투전놀이를 하면서 부르는 노래이다.

1321-4 골패 노래 : 골패는 투전과 아울러 민간의 중요한 노름방법이었다. 골패 노래는 이러한 골패놀이에 따른 민요이다.

1321-5 살냉이 노래 : 살냉이는 전남 진도에서 전해지는 일종의 투전놀이이다. 1에서 10까지의 숫자가 쓰인 상평통보(常平通寶)를 사용해서 하는 놀음인데, 살냉이 노래는 숫자에 대한 풀이를 내용으로 하고 있다. 『민조』1(전남편), pp.686~691에 '살냉이 노래'로 채록된 자료가 있다.

1321-6 곱새치기 노래 : 곱새치기는 그 근원지가 북한이었던 것으로 추정되나, 근래 경기도 양평과 강화 등지에서 조사된 바가 있는 일종의 투전놀이이다. 이 곱새치기를 하면서 끗수에 따라 여러 가지 노래를 하게 되는데, 대개 한끗에서 열끗까지의 숫자풀이에 관한 노래를

끗수를 내거나 맞추면서 부르게 된다. 끗수에 따라 부르는 사설은 일정하지 않다.[93]

1322 곡예유희요는 도구를 사용하면서도 특별한 몸기술이 요구되는 놀이의 노래라는 점에서 도구유희요와도 다르며 동작유희요와도 구별된다. 이러한 곡예유희요에는 다음의 종류가 있다.

> 1322　곡예유희요
> 1322-1　줄타기 노래
> 1322-2　줄넘기 노래
> 1322-3　고무줄 놀이 노래
> 1322-4　공놀이 노래
> 1322-5　오자미 놀이 노래

1322-1 줄타기 노래 : 광대의 줄타기 재주에 따라 불려지는 노래이다. 채록된 자료에 의하면 줄타기에는 여러 종류의 노래가 따르는 것으로 나타난다.

1322-2 줄넘기 노래 : 아이들이 줄넘기를 하면서 부르는 노래이다. 양편에 줄을 잡은 아이들이 줄을 넘기는 동작에 맞추어 노래를 한다. 2박자 또는 4박자의 노래이면 사설에 관계하지 않고 자유롭게 부른다는 특징이 있다.

1322-3 고무줄 놀이 노래 : 아이들이 고무줄 놀이를 하면서 부르는 노래이다. 이 노래 역시 줄넘기 노래와 마찬가지로 놀이에 알맞은 박자에 따라 자유롭게 불려질 수 있다는 특징이 있다.

1322-4 공놀이 노래 : 주로 여자 아이들이 공놀이를 하면서 부르는

---

93) 『대계』1-7, 삼산 4, p.241의 해설 참조.

노래이다. 줄넘기 노래나 고무줄 노래와 마찬가지로 일정한 박자에 맞춘 다양한 종류의 노래가 있다.

1322-5 오자미 놀이 노래 : 여자 아이들이 오자미 놀이를 하면서 부르는 노래이다.

1323 동작유희요에 해당하는 노래의 종류는 다음과 같다.

1323 동작유희요
1323-0 놀이노래
1323-1 군사놀이 노래
1323-2 죽마타기 노래
1323-3 호박놀이 노래
1323-4 술래잡기 노래
1323-5 숨박꼭질 노래
1323-6 다리헤기 노래
1323-7 뜀뛰기 노래
1323-8 맴돌기 노래
1323-9 어깨동무 노래
1323-10 뒤따르기 노래
1323-11 뛰어내리기 노래
1323-12 다리 걸고 돌기 노래
1323-13 씨름 노래
1323-14 몸 말리기 노래
1323-15 가위바위보 노래
1323-16 놀귀 노래
1323-17 꼬집기 노래

1323-18 손뼉치기 노래
1323-19 실꾸리 노래
1323-20 기차놀이 노래
1323-21 발치기 노래
1323-22 담넘세 노래
1323-23 개울 건너기 노래

1323-0 놀이 노래 : 놀이의 구체적 종류는 알 수 없지만, 어려서 놀 때 부른 노래라고 한 경우 이 항목에서 분류한다.

1323-1 군사놀이 노래 : 아이들이 두 패로 갈라 군사놀이를 하면서 부르는 노래이다. 노래는 서로 전진 후퇴하면서 문답식으로 부른다. 이 노래가 끝나면 본격적인 놀이에 들어간다.

1323-2 죽마타기 노래 : 아이들이 죽마타기를 하면서 부르는 동요이다. 이 노래는 한편으로 아이들이 무엇이든지 탈 것이 있으면 타고 말 타는 흉내를 내며 부르기도 한다.

1323-3 호박놀이 노래 : 아이들이 호박놀이를 하면서 부르는 문답식의 노래이다.

1323-4 술래잡기 노래 : 아이들이 술래잡기를 하면서 부르는 동요이다. 다른 아이들이 술래를 보고 부르기도 하고, 술래와 다른 아이들이 문답식으로 부르기도 한다.

1323-5 숨박꼭질 노래 : 아이들이 숨박꼭질을 하면서 부르는 노래이다. 술래잡기 노래와는 달리 술래가 된 아이가 뒤를 돌아 눈을 가리고 다른 아이들을 상대로 노래를 한다.

1323-6 다리헤기 노래 : 아이들이 다리를 교대로 뻗고 마주 앉아서 다리를 헤면서 부르는 노래이다. 노래는 대개 1에서 10까지 해당되는 사설을 짧게 이어 부르는 것이다. 노래의 사설은 지역마다 다양하게

나타난다. 다리헤기에서 다리를 먼저 오므린 아이가 '원님', '군수', '대 감', '감사' 등 지역마다 여러 이름으로 불리는데, 이에 따라 이 놀이를 '원님놀이', '군수놀이', '대감놀이', '감사놀이', '용냥거리' 등 다양하게 불린다. 노래 이름도 이와 마찬가지이다.

1323-7 뜀뛰기 노래 : 아이들이 한쪽 발을 들고 '깨금'을 뛰면서 부르는 동요이다.

1323-8 맴돌기 노래 : 아이들이 두 손을 꼬아 한 손은 코를 잡고 다른 손은 땅을 짚고 맴을 돌면서 부르는 노래이다.

1323-9 어깨동무 노래 : 아이들이 어깨동무를 하고 가면서 부르는 노래이다.

1323-10 뒤따르기 노래 : 한 아이가 다른 아이의 어깨를 팔로 짚고 땅만 보고 뒤따르며 부르는 동요이다.

1323-11 뛰어내리기 노래 : 아이들이 높은 곳에서 뛰어 내리며 부르는 동요이다.

1323-12 다리 걸고 돌기 노래 : 두 아이가 서로 다리를 맞걸고 돌면서 부르는 노래이다.

1323-13 씨름 노래 : 아이들이 씨름을 하기 전 상대편을 어르고 솜씨를 뽐내면서 부르는 문답식의 노래이다. 어른들이 씨름을 할 때는 노래를 부르지 않는데, 아이들은 가끔 이런 노래를 부르며 씨름을 한다. 충청북도 편, 『민담민요지』(충청일보사 출판국, 1983), p.640에 '씨름 노래'로 채록된 자료가 있다.

1323-14 몸 말리기 노래 : 아이들이 수영을 하고 난 후 몸을 말리며 부르는 노래이다. 때로 누가 먼저 몸을 말리고 옷을 입느냐 하는 경쟁의식이 개입되기에 경기유희요 중 동작유희요에서 분류했다.

1323-15 가위바위보 노래 : 아이들이 가위바위보를 하면서 부르는 노래이다.

1323-16 놀귀 노래 : 한 아이가 다른 아이의 두 귀를 손으로 잡고 놀리면서 부르는 노래이다. 문답으로 진행되는 동요이다.

1323-17 꼬집기 노래 : 아이들이 손으로 상대편을 꼬집으며 문답식으로 부르는 노래이다.

1323-18 손뼉치기 노래 : 아이들이 마주 보고 짝맞추어 손뼉을 치면서 부르는 노래이다.

1323-19 실꾸리 노래 : 아이들이 손을 서로 마주 잡고 감았다 풀었다 하면서 부르는 노래이다.

1323-20 기차놀이 노래 : 아이들이 새끼줄 속에 들어가 기차놀이를 하면서 부르는 동요이다.

1323-21 발치기 노래 : 아이들이 서로 손을 맞잡고 발치기를 하면서 부르는 노래이다.

1323-22 담넘세 노래 : 아이들이 여럿이서 손을 서로 잡고 놀면서 부르는 노래이다. 한 사람씩 돌아가며 선창을 하고 나머지는 따라서 후창을 한다. 『대계』1-1, 미아 12, p.183에 채록된 자료가 있다.

1323-23 개울 건너기 노래 : 아이들이 개울을 건너며 부르는 노래이다.

3) 조형유희요

조형유희요는 어떤 것을 조작하여 변형시켜 이를 이용하여 놀거나 새로운 형상을 만들면서 부르는 노래이다. 이러한 조형유희요는 조작유희요와 그림유희요로 크게 나누어 볼 수 있다. 조작유희요는 실제의 사물을 조작하여 변형시키거나 새로운 형상을 만들며 노는 놀이에서 부르는 노래이며, 그림유희요는 실제의 사물을 묘사하여 그림을 그리면서 노는 놀이에서 부르는 노래이다. 이에 따라 조형유희요는 다음과 같이 크게 정리된다.

     133   조형유희요
       1331   조작유희요
       1332   그림유희요

  1331 조작유희요는 다시 유희의 종류에 따라 항목별로 다음과 같이
분류된다.

     1331   조작유희요
       1331-1   흙장난 노래
       1331-2   두꺼비집 짓기 노래
       1331-3   소꿉장난 노래
       1331-4   돈 벼리기 노래
       1331-5   풀각시 놀이 노래
       1331-6   피리 만들기 노래
       1331-7   풀줄기 마는 노래
       1331-8   풀물들이기 노래
       1331-9   풀냄새 맡기 노래
       1331-10   풀잎 흔들기 노래
       1331-11   꽈리 속 파기 노래

  1331-1 흙장난 노래 : 아이들이 흙이나 모래로 장난을 하면서 부르는
동요이다.
  1331-2 두꺼비 집짓기 노래 : 두꺼비집을 짓는다고 모래 속에 손을
넣고 위를 두들기며 부르는 동요이다.

1331-3 소꿉장난 노래 : 아이들이 소꿉장난을 하면서 부르는 동요이다.

1331-4 돈 벼리기 노래 : 아이들이 동전을 돌멩이로 벼리며 부르는 동요이다.

1331-5 풀각시 놀이 노래 : 주로 여자아이들이 풀로 각시인형을 만들며 놀 때 부르는 노래이다.

1331-6 피리 만들기 노래 : 보리피리나 버들피리를 만들어 불면서 놀 때 부르는 노래이다.

1331-7 풀줄기 마는 노래 : 풀줄기를 입에 물고 그것이 말리는 것을 보고 부르는 동요이다.

1331-8 풀물들이기 노래 : 색시풀을 뜯어 손으로 문지르거나 쇠비름 뿌리를 돌멩이로 두드려서 점차 붉게 물드는 것을 보고 부르는 동요이다.

1331-9 풀냄새 맡기 노래 : 아이들이 '외참외'라는 풀을 뜯어 냄새를 맡으며 부르는 동요이다.

1331-10 풀잎 흔들기 노래 : 실거리나무 잎을 따서 손에 넣고 흔들면서 부르는 동요이다.

1331-11 꽈리 속 파기 노래 : 꽈리 속을 파면서 놀 때 부르는 동요이다.

다음 1332 그림유희요는 그리는 그림의 종류에 따라 다음과 같이 나눌 수 있다.

1332 그림유희요
    1332-1 얼굴 그리기 노래
    1332-2 사람 그리기 노래

    1332-3 새 그리기 노래
    1332-4 집 그리기 노래

  1332-1 얼굴 그리기 노래 : 아이들이 사람의 얼굴 세부를 하나씩 차
례대로 그리면서 그림에 알맞은 사설을 부르는 것이다.
  1332-2 사람 그리기 노래 : 사람 모습을 얼굴부터 팔, 치마, 다리 등
으로 연속하여 그리면서 부르는 노래이다. 하나 하나의 그림에 어울리
는 사설을 넣어 부르는 것이 특징이다.
  1332-3 새 그리기 노래 : 새의 모습을 한 가지씩 연속하여 그리면서
부르는 동요이다. 역시 그림에 어울리는 사설을 넣어 부른다.
  1332-4 집 그리기 노래 : 창문, 지붕 등을 차례로 그려 집그림을 완
성하면서 부르는 동요이다.

  4) 풍소유희요

  풍소유희요는 어떤 대상을 놀리거나 풍자하기 위한 놀이에서 부르는
노래이다. 그래서 노래의 내용은 자연 놀이의 대상을 우스꽝스럽거나
혹은 특이하게 묘사하는 것으로 이루어진다. 풍소유희요는 풍소의 대
상이 무엇이냐에 따라 다음과 같이 크게 나누어진다.

    134 풍소유희요
      1341 인물유희요
      1342 신체유희요
      1343 버릇유희요
      1344 동물유희요
      1345 곤충유희요

1346   자연유희요

1341 인물유희요는 인물의 모습이나 신분 등을 해학적으로 묘사하거
나 풍자하기 위해 부르는 노래이다. 이러한 인물유희요는 놀림과 풍자
의 대상이 되는 인물의 차이에 따라 다음과 같이 종류별로 나누어진다.

1341   인물유희요
　　1341-1　처녀 총각 노래
　　1341-2　신랑 노래
　　1341-3　각시 노래
　　1341-4　큰애기 노래
　　1341-5　막동이 노래
　　1341-6　형 노래
　　1341-7　아저씨 노래
　　1341-8　아주머니 노래
　　1341-9　영감 할멈 노래
　　1341-10　상주 노래
　　1341-11　패자 노래
　　1341-12　나으리 노래
　　1341-13　멋장이 노래
　　1341-14　훈장 노래
　　1341-15　중 노래
　　1341-16　못된 아이 노래

1341-1 처녀 총각 노래 : 처녀, 총각을 놀리면서 부르는 노래이다.
1341-2 신랑 노래 : 나이 어리거나 못생긴 신랑을 놀리거나 흉보면서

부르는 노래이다.

1341-3 각시 노래 : 나이 어린 각시나 얼굴이 못생긴 처자를 놀리거나 흉보면서 부르는 노래이다.

1341-4 큰애기 노래 : 처녀나 큰애기를 놀리면서 부르는 동요이다.

1341-5 막동이 노래 : 막내 아이를 보고 놀리며 부르는 노래이다.

1341-6 형 노래 : 형을 놀리면서 부르는 노래이다.

1341-7 아저씨 노래 : 자기보다 나이 적은 삼촌이나 다른 아저씨를 놀리기 위해 부르는 노래이다.

1341-8 아주머니 노래 : 아주머니를 놀리기 위해 부르는 노래이다.

1341-9 영감 할멈 노래 : 연세 높은 노인을 "영감아 땡감아…"라고 놀리며 부르는 노래이다.

1341-10 상주 노래 : 아이들이 지나가는 상주를 보고 놀리거나 아이들끼리 상주가 되는 순서에 따라 놀리며 부르는 노래이다.

1341-11 패자 노래 : 놀이에서 진 아이를 상대편이 놀리면서 부르는 노래이다.

1341-12 나으리 노래 : 놀이 중에서 '나으리'가 된 아이를 놀리면서 부르는 노래이다.

1341-13 멋장이 노래 : 멋을 내고 다니는 사람을 아이들이 놀려주기 위해 부르는 노래이다.

1341-14 훈장 노래 : 서당아이들이 훈장을 놀리거나 두려워해서 부르는 노래이다.

1341-15 중 노래 : 어린 상좌 중이나 사가에 내려온 중을 보고 놀리며 부르는 노래이다.

1341-16 못된 아이 노래 : 성격이나 행동이 못된 아이를 놀리면서 부르는 노래이다.

1342 신체유희요는 신체의 비정상적인 모습이나 특이한 모습을 희롱하기 위해 부르는 노래이다. 따라서 노래는 대체로 해학적인 사설로 이루어져 있다. 유희의 대상인 신체의 여러 모습에 따라 다음과 같이 종류별로 나눌 수 있다.

1342　신체유희요
　　　1342-1　결치 노래
　　　1342-2　곰보 노래
　　　1342-3　중머리 노래
　　　1342-4　코흘 노래
　　　1342-5　눈흘 노래
　　　1342-6　꼬부랑 노래
　　　1342-7　뚱뚱이 노래
　　　1342-8　귀먹이 노래
　　　1342-9　봉사 노래
　　　1342-10　상투 노래
　　　1342-11　똥구멍 노래
　　　1342-12　음부 노래

1342-1 결치 노래 : 이가 빠진 아이를 놀리면서 부르는 노래이다.

1342-2 곰보 노래 : 얼굴이 얽은 곰보를 아이들이 놀리며 부르는 노래이다.

1342-3 중머리 노래 : 머리를 중머리처럼 깎은 아이를 놀리며 부르는 동요이다.

1342-4 코흘 노래 : 코흘리개나 코딱지가 많이 낀 아이를 놀리면서 부르는 노래이다.

1342-5 눈흉 노래 : 눈다래끼가 있는 아이 등을 놀리며 부르는 노래
이다.

1342-6 꼬부랑 노래 : 허리가 꼬부라진 사람의 모습을 보고 놀리는
노래이다.

1342-7 뚱뚱이 노래 : 몸이 뚱뚱한 아이를 놀리며 부르는 노래이다.

1342-8 귀먹이 노래 : 말을 잘 알아듣지 못하는 아이를 놀리며 부르
는 노래이다.

1342-9 봉사 노래 : 봉사나 눈이 어두운 아이를 놀리며 부르는 노래
이다.

1342-10 상투 노래 : 상투를 튼 모습을 해학적으로 부르는 노래이다.

1342-11 똥구멍 노래 : 발가벗은 아이를 보고 놀리며 부르는 노래이
다.

1342-12 음부 노래 : 남녀의 음부를 대상으로 해학적으로 부르는 노
래이다.

1343 버릇유희요는 버릇이 유별난 아이를 흉보거나 골리면서 부르는
노래이다. 버릇유희요에는 다음의 종류가 있다.

　　　1343　버릇유희요
　　　　1343-1　방귀 노래
　　　　1343-2　똥오줌싸개 노래
　　　　1343-3　입내장이 노래
　　　　1343-4　우는 아이 노래
　　　　1343-5　성난 아이 노래
　　　　1343-6　싸움질 노래
　　　　1343-7　입싸개 노래

1343-8   혼유 노래

1343-9   왔다봐라 노래

1343-10   혼자먹기 노래

1343-11   거지버릇 노래

1343-12   노래 재촉 노래

1343-13   재담 노래

1343-14   욕설 노래

1343-15   비방 노래

1343-1   방귀 노래 : 방귀를 뀐 아이를 보고 놀리거나 방귀를 뀐 아이가 미안스러움을 감추려고 부르는 노래와 방귀 자체를 웃음의 대상으로 삼아 부르는 노래를 포함한다. 후자는 흔히 '방귀 타령'이라 하는 것이다.

1343-2   똥오줌싸개 노래 : 똥오줌싸개를 보고 놀리는 노래이다.

1343-3   입내장이 노래 : 남의 말이나 몸짓을 흉내내는 아이를 놀리는 노래이다.

1343-4   우는 아이 노래 : 울려고 하는 아이나 우는 아이를 놀리며 부르는 노래이다.

1343-5   성난 아이 노래 : 화를 낸 아이를 골리며 부르는 노래이다.

1343-6   싸움질 노래 : 누가 때리면 지지 않고 더 때려주며, 또는 여자아이들이 입다툼을 하며 부르는 노래이다.

1343-7   입싸개 노래 : 어떤 사실을 이른다고 하는 아이를 놀리며 부르는 노래이다.

1343-8   혼유 노래 : 남자아이와 여자아이가 함께 노는 것을 보고 이를 놀리며 부르는 노래이다.

1343-9   왔다봐라 노래 : 자신을 박대하는 아이에게 분풀이조로 부르

는 노래이다.

1343-10 혼자먹기 노래 : 무엇을 혼자 먹는 아이를 놀리며 부르는 노래이다.

1343-11 거지버릇 노래 : 무엇을 주워 먹는 아이를 놀리며 부르는 노래이다.

1343-12 노래 재촉 노래 : 놀이할 때 노래를 부르지 않고 있을 때, 이 노래를 불러 노래 부르기를 재촉한다.

1343-13 재담 노래 : 사설에 재담을 섞어 해학적으로 부르는 노래이다.

1343-14 욕설 노래 : 상대편을 비방하거나 나무라는 욕설조의 노래이다.

1343-15 비방 노래 : 상대편을 놀릴 때나 상대편이 뜻에 어긋난 행동을 할 때 부르는 비난조의 노래이다.

1344 동물유희요는 동물을 놀리며 부르는 노래라 할 수 있는데, 동물의 유별난 모습이나 소리를 풍자하거나 모방하는 놀이의 노래가 이에 해당한다. 동물을 대상으로 한 노래는 많지만, 유희적인 성격을 지닌 노래는 주로 동요이다. 이러한 동물유희요는 다음의 항목으로 분류할 수 있다.

    1344   동물유희요
     1344-0   짐승 노래
     1344-1   꿩 노래
     1344-2   꾀꼬리 노래
     1344-3   산비둘기 노래
     1344-4   버꾸기 노래

1344-5   까치 노래

1344-6   까마귀 노래

1344-7   부엉이 노래

1344-8   두견새 노래

1344-9   솔개 노래

1344-10   황새 노래

1344-11   제비 노래

1344-12   종달새 노래

1344-13   소 노래

1344-14   말 노래

1344-15   개 노래

1344-16   고양이 노래

1344-17   토끼 노래

1344-18   닭 노래

1344-19   다람쥐 노래

1344-20   박쥐 노래

1344-21   쥐 노래

1344-22   개구리 노래

1344-23   두꺼비 노래

1344-24   뱀 노래

1344-25   자라 노래

1344-26   오징어 노래

1344-27   게 노래

1344-28   가제 노래

1344-29   고동 노래

1344-30   미꾸라지 노래

1344-0 짐승 노래 : 여러 짐승들을 한꺼번에 나열하여 그 특징을 해학적으로 부르는 노래이다.

1344-1 꿩 노래 : 꿩의 소리를 흉내내며 부르는 아이들의 유희적인 노래이다. 세련된 사설로 구성된 '장끼 타령'은 비기능요로 처리한다.

1344-2 꾀꼬리 노래 : 꾀꼬리 소리를 흉내내며 부르는 아이들의 유희적인 노래이다.

1344-3 산비둘기 노래 : 산비둘기의 구슬픈 소리에 사설을 붙여 부르는 아이들의 유희적인 동요이다.

1344-4 버꾸기 노래 : 버꾸기 소리를 흉내내어 사설을 붙여 부르는 아이들의 동요이다.

1344-5 까치 노래 : 까치를 보고 해학적으로 부르는 동요이다.

1344-6 까마귀 노래 : 까마귀의 소리를 흉내내어 사설을 붙여 부르는 아이들의 동요이다.

1344-7 부엉이 노래 : 부엉이의 소리를 흉내내어 사설을 붙여 부르는 아이들의 동요이다.

1344-8 두견새 노래 : 두견새의 구슬픈 소리를 흉내내어 부르는 아이들의 동요이다.

1344-9 솔개 노래 : 솔개가 하늘에 원을 그리며 나는 것을 보고 아이들이 부르는 노래이다.

1344-10 황새 노래 : 황새가 날아가는 것을 보고 아이들이 부르는 동요이다.

1344-11 제비 노래 : 제비가 지저귀는 소리를 흉내내며 부르는 아이들의 동요이다. "제비제비 초록제비"로 시작하는 노래도 여기에 포함된다. 다만 판소리 '흥부가' 중에 나오기도 하는 '제비 타령'은 비기능요로 처리한다.

1344-12 종달새 노래 : 종달새의 울음을 듣고 흉내내면서 부르는 아

이들의 동요이다.

1344-13 소 노래 : 소를 몰면서 또는 소 울음을 흉내내면서 부르는 아이들의 유희적인 노래와 소의 가련한 신세를 풀이한 노래가 여기에 속한다.

1344-14 말 노래 : 말이나 나귀의 사타구니를 들여다보면서 부르는 유희적인 동요이다.

1344-15 개 노래 : 개를 어루면서 부르는 아이들의 동요이다.

1344-16 고양이 노래 : 고양이를 어루거나 놀리면서 부르는 아이들의 노래이다.

1344-17 토끼 노래 : 토끼에게 밥을 주면서 또는 토끼를 놀리면서 부르는 아이들의 노래이다. 편의상 판소리 '수궁가'에서 토끼 화상을 그리는 대목이 민요화한 노래를 여기에 소속시켜 분류한다.

1344-18 닭 노래 : 닭을 쫓아다니면서 또는 닭의 모습을 보고 부르는 노래이다.

1344-19 다람쥐 노래 : 다람쥐를 잡으러 쫓아다니면서 부르는 아이들의 노래이다.

1344-20 박쥐 노래 : 박쥐를 잡으려고 하면서 부르는 노래이다.

1344-21 쥐 노래 : 쥐를 잡거나 볼 때 부르는 동요이다.

1344-22 개구리 노래 : 개구리를 잡아 입을 벌리게 하면서 부르는 동요와 "개굴개굴 개구리/……/개구리를 잡으려면/미나리 방죽을 더듬어라"라고 해학적으로 부르는 개구리 노래가 여기에 속한다. 후자의 개구리 노래는 본래 모찌기 할 때 불려지던 것인데, 해학적인 사설 때문에 놀 때도 불려진다.

1344-23 두꺼비 노래 : 두꺼비의 모습을 보고 놀리면서 부르는 아이들의 노래이다.

1344-24 뱀 노래 : 뱀을 잡아 놀리면서 부르는 아이들의 노래이다.

1344-25 자라 노래 : 자라의 모습을 해학적으로 부르는 노래이다.

1344-26 오징어 노래 : 말리고 있는 오징어를 보면서 부르는 아이들의 노래이다.

1344-27 게 노래 : 게를 잡거나 구으면서 또는 게가 거품을 내는 것을 보면서 부르는 아이들의 노래이다.

1344-28 가제 노래 : 가제를 잡아 놀리면서 부르는 아이들의 노래이다.

1344-29 고동 노래 : 고동의 종류에 따른 생김새를 해학적으로 풀이하며 부르는 노래이다.

1344-30 미꾸라지 노래 : 미꾸라지를 잡아 풀꾸리에 꿰면서 부르는 아이들의 노래이다.

1345 곤충유희요는 곤충을 잡거나 놀리면서 부르는 노래인데, 이들 노래에는 다음의 종류가 있다.

　　　1345   곤충유희요
　　　　1345-1   잠자리 노래
　　　　1345-2   매미 노래
　　　　1345-3   풍뎅이 노래
　　　　1345-4   나비 노래
　　　　1345-5   메뚜기 노래
　　　　1345-6   개똥벌레 노래
　　　　1345-7   귀뚜라미 노래
　　　　1345-8   거미 노래
　　　　1345-9   진드기 노래
　　　　1345-10   도롱이 노래

1345-11 달팽이 노래

1345-12 이 노래

1345-13 개미 노래

1345-14 바꾸미 노래

1345-15 굼벵이 노래

1345-16 모기 노래

1345-1 잠자리 노래 : 잠자리를 잡을 때 잠자리가 도망가지 못하도록 어루면서 부르는 동요이다.

1345-2 매미 노래 : 매미를 잡을 때 매미가 도망가지 못하도록 어루면서 부르는 동요이다.

1345-3 풍뎅이 노래 : 풍뎅이를 잡아서 몸을 엎어놓은 다음 풍뎅이의 몸짓을 보고 부르는 동요이다.

1345-4 나비 노래 : 나비의 나는 모습을 보며 또는 나비를 잡기 위해 뒤를 따르며 부르는 동요이다. "나비야 청산가자"로 시작하는 나비 노래도 여기에 소속시킨다.

1345-5 메뚜기 노래 : 방아깨비(방언으로 '땅깨비'라 함) 등 메뚜기의 두 뒷다리를 잡고 놀리면서 부르는 아이들의 노래이다.

1345-6 개똥벌레 노래 : 개똥벌레를 잡아서 놀리며 부르는 아이들의 노래이다.

1345-7 귀뚜라미 노래 : 귀뚜라미가 슬피 우는 모습을 노래한 것이다.

1345-8 거미 노래 : 거미가 집을 치는 것을 보고 또는 거미를 잡아서 놀리며 부르는 아이들의 노래이다.

1345-9 진드기 노래 : 소 등에 진드기를 보고 아이들이 부르는 노래이다.

1345-10 도롱이 노래 : 땅 속의 도롱이라는 벌레를 낚으면서 부르는 아이들의 노래이다.

1345-11 달팽이 노래 : 달팽이가 껍데기에서 몸을 빼어 나아가는 것을 보고 아이들이 부르는 노래이다.

1345-12 이 노래 : 이(虱)를 잡아죽이면서 또는 잡은 이를 놀리면서 부르는 노래이다.

1345-13 개미 노래 : 개미를 잡아죽이면서 부르는 아이들의 노래이다.

1345-14 바꾸미 노래 : 땅속에 있는 바꾸미라는 벌레집을 꼬챙이로 건드리면서 아이들이 부르는 노래이다.

1345-15 굼벵이 노래 : 보릿대 등으로 땅속의 굼벵이를 낚으면서 아이들이 부르는 노래이다.

1345-16 모기 노래 : 모기를 쫓으며 부르는 노래이다.

1346 자연유희요는 아이들이 놀면서 자연을 대상으로 부르는 노래이다. 자연유희요에는 다음의 노래들이 있다.

1346   자연유희요
  1346-1   해 노래
  1346-2   구름 노래
  1346-3   눈 노래
  1346-4   비 노래
  1346-5   바람 노래
  1346-6   물 노래
  1346-7   바위 노래
  1346-8   산울림 노래

1346-9 연기 노래

1346-1 해 노래 : 해가 구름 속에 가리워지면 해가 빨리 나오기를 바라면서 아이들이 부르는 노래이다.

1346-2 구름 노래 : 구름의 갖가지 모습을 보며 부르는 동요이다.

1346-3 눈 노래 : 눈이 내리는 모습을 보면서 아이들이 부르는 노래이다.

1346-4 비 노래 : 비가 내리면 멈추기를 바라면서 아이들이 부르는 노래이다.

1346-5 바람 노래 : 대추 등을 따기 위해 바람이 불어주기를 바라면서 아이들이 부르는 노래이다.

1346-6 물 노래 : 냇가 등에서 아이들이 물장난을 하고 놀 때 부르는 노래이다.

1346-7 바위 노래 : 아이들이 바위를 배경으로 뛰어 놀면서 부르는 동요이다.

1346-8 산울림 노래 : 산에 올라 산울림을 내면서 아이들이 부르는 노래이다.

1346-9 연기 노래 : 불장난 등을 하다가 연기가 자기 쪽으로 오면 손으로 저어 막으면서 부르는 아이들의 노래이다.

5) 언어유희요

언어유희요는 노래의 사설을 유희의 직접적인 방법으로 삼아 진행되는 노래이다. 따라서 노래의 사설은 평범한 구성보다는 파격적인 구성을 이루는 것이 보통이고, 평범한 구성으로 이루어졌다 하더라도 단숨에 불러야 하는 등의 조건이 따르기 마련이다. 그래야 노래가 유희로

서의 의의를 지닐 수 있기 때문이다. 이러한 언어유희요는 주로 아이
들의 노래인 동요로써 불려지는데, 유희의 방법이 문자풀이를 위주로
하느냐, 아니면 말대답, 말 잇기, 소리 흉내 등 말과 소리의 해학적 처
리를 위주로 하느냐에 따라 다음의 두 가지로 크게 나눌 수 있다.

    135 언어유희요
      1351 문자유희요
      1352 말소리유희요

  1351 문자유희요는 한글, 천자, 숫자, 성명, 지명 등의 풀이를 해학적
인 내용의 사설로 노래하는 것이다. 이러한 문자유희요에는 다음과 같
은 종류의 노래가 있다.

    1351 문자유희요
      1351-1 한글풀이 노래
      1351-2 숫자풀이 노래
      1351-3 천자풀이 노래
      1351-4 성명풀이 노래
      1351-5 요일풀이 노래
      1351-6 지명풀이 노래
      1351-7 간지풀이 노래

  1351-1 한글풀이 노래 : '가갸거겨…'로 이어지는 한글 순서에 짝을
맞춘 사설을 넣어 부르는 노래이다. 한글의 순서를 재미있게 외기 위
한 방법으로 이런 노래를 지어 불렀으리라 생각된다. 한글풀이 노래는
아이들이 부르는 짧은 사설로 이루어진 단순한 구성의 노래에 성인들

이 부르는 사설이 잘 짜여진 노래를 함께 포괄한다. 다만 후자의 한글 풀이 노래는 유희요로서의 성격이 미약하지만, 유사한 성격의 노래로 보아 같은 분류항에서 분류하는 것이다.

1351-2 숫자풀이 노래 : '일이삼사…'로 이어지는 숫자의 머리 글자를 따서 사설을 해학적으로 붙여 부르는 노래이다. 다만 투전놀이에서 불려지는 숫자풀이 노래나 다리헤기 놀이에서 불려지는 숫자풀이 노래는 별도의 놀이가 수반되는 것이므로 본 분류항의 노래와는 구별하기로 한다. 그리고 '각설이 타령'이나 '장 타령'에서 불려지는 숫자풀이 노래도 본 분류항의 노래와 구분하여 비기능요로 처리한다. 본 숫자풀이 노래는 아이들 사이에서 놀이의 한 방법으로 불려지는 단순한 구성의 노래이다.

1351-3 천자풀이 노래 : 아이들이 천자문을 해학적으로 묘사하여 부르는 노래이다. 서당아이를 놀릴 때 부르기도 했다 한다.

1351-4 성명풀이 노래 : 김씨, 이씨, 박씨 등 성명을 해학적으로 묘사한 노래이다.

1351-5 요일풀이 노래 : 월요일에서 토요일까지의 요일을 순서대로 해학적으로 묘사한 노래이다.

1351-6 지명풀이 노래 : 각 지명을 해학적으로 연결해서 부르는 노래이다.

1351-7 간지풀이 노래 : 10간(干) 12지(支)의 간지를 풀어 부르는 노래이다.

1352 말소리유희요는 우스개조의 말대답으로 상내편을 놀리거나 어떤 소리를 흉내내는 등의 놀이에서 불려지는 노래이다. 말소리유희요는 다음과 같은 항목으로 분류할 수 있다.

1352 말소리 유희요
   1352-1 말대답 노래
   1352-2 말 잇기 노래
   1352-3 말 회피 노래
   1352-4 말 희롱 노래
   1352-5 한숨에 외기 노래
   1352-6 소리 흉내 노래

1352-1 말대답 노래 : 상대편이 '왜', '뭐', '나도 나도', '좋다' 등의 말대답을 하면 이를 받아서 해학적으로 부르는 아이들의 노래이다.

1352-2 말 잇기 노래 : 아이들이 끝말잇기를 노래로 부르는 것이다.

1352-3 말 회피 노래 : 이야기를 해달라고 아이들이 보채면 이를 회피하기 위해 우스갯소리로 부르는 노래이다.

1352-4 말 희롱 노래 : 유사한 앞말이나 끝말을 연결하여 변화, 반복시키거나 모순어법의 사설을 열거하여 해학적으로 부르는 노래이다.

1352-5 한숨에 외기 노래 : 부르기 까다로운 사설이나 평범한 사설이라도 길게 연결해서 한숨에 외어 부르기를 경쟁하는 노래이다.

1352-6 소리 흉내 노래 : 기차 소리 등 어떤 소리를 흉내내어 그 소리 대신에 다른 사설을 연결하여 부르는 노래이다.

V. 남는 과제

기능요는 이상과 같이 기능상의 종류나 성격에 따라 적절한 노래 이름을 정하고 일정한 체계에 맞추어 분류할 수 있다. 그런데 비기능요는 말 그대로 노동, 의식, 유희와 같은 기능이 전제되지 않는 민요이기 때문에 기능이란 관점에서 더 이상 분류할 수 없는 일이다. 민요의 내용별 분류에서 비기능요의 구체적인 양상이 어느 정도 드러나겠지만, 민요의 기능별 분류에서는 비기능요를 2의 단위로 뭉뚱그려 처리할 수밖에 없다. 흔히 '타령'이라 부르는 노래군이 비기능요의 상당한 부분을 차지한다고 해서 '짐승 타령', '조류 타령' 등으로 나누고 있으나, '타령'인 노래와 '타령' 아닌 노래의 실제적인 차이를 가리기가 곤란한 한편 노래 이름이 일정한 원칙 없이 제보자 또는 조사자의 임의에 의해 붙여진 경우가 다반사여서 비기능요의 편의상 하의분류는 받아들일 수 없다. 그래서 비기능요의 분류는 그 실상을 가능한 포괄할 수 있는 별도의 기준을 설정할 필요가 있고, 그 기준이 기능요에도 동일하게 적용될 수 있도록 하는 일관된 방법 모색이 요구된다. 어떠한 노래나 그것이 기능요이든 비기능요이든 일정한 내용 또는 주제를 가지기 마련인데, 민요의 내용별 또는 주제별 분류는 이러한 점을 다각도로 고려할 수 있는 적절한 방법이라 생각된다. 특히 비기능요의 경우 그 노래 이름이 내용 또는 주제를 바탕으로 한 것이 대부분이어서 민요의 내용별 분류에서 비기능요의 실상이 표면에 제시될 수 있다는 유리한 점이 인정된다.

지금까지 민요 분류의 일반문제에 관한 논의를 거치면서 작성한 민요의 기능별 분류안은, 민요의 중요한 특징을 파악할 수 있는 기준을 설정해서 그 기준에 따라 자료를 거듭 분류하는 단계별 분류방식의 첫

단계 작업으로 진행된 것이다. 사설의 내용별 분류가 다음 단계의 작업으로 이어져야 할 것이며, 필요한 목적에 따라 다른 기준에서 민요를 분류하는 작업도 추가될 수 있다. 그러나 민요의 분류에서 학계의 많은 관심을 끌면서 그 노력이 집중된 문제는 기능의 양상별, 사설의 내용별 분류라 하겠는데, 본 민요 분류의 논의에서 제시된 것처럼 기능별 분류에 내용별 분류가 면밀한 검토를 통해 더해지고, 그 결과가 종합된다면, 기능과 내용에 따른 한국 민요의 전체적인 양상이 뚜렷이 파악될 수 있으리라 본다.

본 논의에서 제시된 민요의 기능별 분류안은 합당한 분류기준의 모색, 일관된 분류기준의 적용을 위한 분류원칙의 제시, 분류항목의 통일과 표준화를 통해 나름대로 그 체계화와 세분화에 주력한 것이나, 실제 결과에서 더러 부족한 점이 있을 것이다. 그러나 기존의 민요 분류가 폭넓은 민요 자료의 검토는 물론 민요 분류를 위한 일반문제를 깊이있게 논의한 결과로 얻은 성과가 아니라는 점에서 상당한 한계를 지니는 것이다. 본 민요의 분류안은 이러한 한계를 나름대로 극복하기 위해 실제적인 대안을 마련하고자 했다는 점에서 중요한 의의를 지닌다고 하겠다. 분류안의 미비한 점에 대해서는 계속적으로 보완해 갈 것을 다짐해 둔다.

* 이 글은『한국구비문학대계』의 별책부록(III)으로 간행된『한국민요·무가유형분류집』(박경수·서대석 공저, 한국정신문화연구원, 1992)에 처음 발표되었으며, 실제 민요분류의 작업도 함께 이루어졌다.

〈한국 민요의 기능별 유형분류표〉

1 기능요

11 노동요
　111 농업노동요
　　1111 논농사요
　　　1111-1 논가는 노래
　　　1111-2 논 삶는 노래
　　　1111-3 모찌기 노래
　　　1111-4 모내기 노래
　　　1111-5 논매기 노래
　　　1111-6 벼베기 노래
　　　1111-7 볏단 나르는 노래
　　　1111-8 벼타작 노래

　　1112 밭농사요
　　　1112-1 밭 일구는 노래
　　　1112-2 밭가는 노래
　　　1112-3 밭 곰방메질 노래
　　　1112-4 밭 밟는 노래
　　　1112-5 밭매기 노래
　　　1112-6 보리 훑는 노래
　　　1112-7 보리타작 노래
　　　1112-8 곡식 나비질 노래

112   어업노동요

1121   어부어업요

1121-1   배 올리는 노래

1121-2   배 닦는 노래

1121-3   그물 싣는 노래

1121-4   배 띄우는 노래

1121-5   닻 감는 노래

1121-6   노젓는 노래

1121-7   그물 내리는 노래

1121-8   고기 잡는 노래

1121-9   고기낚시 노래

1121-10 고기 푸는 노래

1121-11 고기 터는 노래

1121-12 시선 뱃노래

1121-13   배치기 노래

1122   해녀어업요

1122-0   해녀 노래

113   벌채노동요

1131   벌목노동요

1131-0   나뭇군 노래

1131-1   나무 찍는 노래

1131-2   나무 켜는 노래

1131-3   나무 쪼개는 노래

1131-4   나무 깎는 노래

1132   채취노동요

　1132-1 풀베기 노래

　1132-2 풀썰기 노래

　1132-3 나물 캐는 노래

　1132-4 목화 따는 노래

　1132-5 열매 따는 노래

　1132-6 송피 벗기는 노래

　1132-7 해물 채취 노래

114   길쌈노동요

　1140   길쌈노동요

　1140-0 길쌈 노래

　1140-1 삼삼기 노래

　1140-2 물레질 노래

　1140-3 베짜기 노래

115   제분노동요

　1151   방아노동요

　1151-0 방아 노래

　1151-1 절구방아 노래

　1151-2 디딜방아 노래

　1151-3 물방아 노래

　1151-4 연자방아 노래

　1152   맷돌노동요

　1152-0 맷돌 노래

116   잡역노동요

  1161   운반노동요

    1161-1   목도메기 노래

    1161-2   가마메기 노래

    1161-3   등짐노래

    1161-4   방앗돌 굴리는 노래

    1161-5   물 푸는 노래

  1162   토목노동요

    1162-1   흙 뜨기 노래

    1162-2   땅다지기 노래

    1162-3   말뚝박기 노래

    1162-4   다리 놓기 노래

    1162-5   상량(上樑) 얹는 노래

  1163   수공노동요

    1163-1   풀무질 노래

    1163-2   낫 가는 노래

    1163-3   흙덩이 바수는 노래

    1163-4   흙 이기며 두드리는 노래

    1163-5   짚 두드리는 노래

    1163-6   집줄 놓는 노래

  1164   관망노동요

    1164-1   망건 노래

    1164-2   탕건 노래

    1164-3   양태 노래

1165   가사노동요
  1165-0   가사 노래
  1165-1   바느질 노래
  1165-2   빨래 노래
  1165-3   다듬이질 노래
  1165-4   부엌일 노래
  1165-5   애기 어르는 노래
  1165-6   자장 노래
  1165-7   감자 깎는 노래
  1165-8   누에치는 노래
  1165-9   마소 죽 먹이는 노래

1166   제염노동요
  1166-0   제염 노래

1167   몰이노동요
  1167-1   마소 모는 노래
  1167-2   새 쫓는 노래

1168   산술노동요
  1168-1   두량(斗量) 노래
  1168-2   고기 헤는 노래

12 의식요
 121   세시의식요
  1211   가정의식요
   1211-1   안택 노래

1211-2 성주풀이
1211-3 풍신제 노래
1211-4 농신제 노래
1211-5 달맞이 노래

1212 부락의식요
1212-1 지신밟기 노래
1212-2 고사반 노래
1212-3 걸궁 노래
1212-4 서낭굿 노래
1212-5 기우제 노래
1212-6 뱃고사 노래
1212-7 용왕제 노래

122 장례의식요
1221 장례운구요
1221-0 상여 노래

1222 장례토목요
1222-1 가래질 노래
1222-2 달구질 노래

123 신앙의식요
1231 불교의식요
1231-1 회심곡
1231-2 염불 노래
1231-3 보념(報念)

1231-4 찬불 노래
1231-5 탑돌이 노래
1231-6 극락 비는 노래

1232 무속의식요
  1232-1 조상굿 노래
  1232-2 대감풀이 노래
  1232-3 샘굿 노래
  1233-4 산 재(齋) 노래
  1232-5 해원풀이 노래
  1232-6 명당풀이 노래
  1232-7 시루굿 노래
  1232-8 점복(占卜) 노래
  1232-9 대마지 노래

1233 속신의식요
  1233-1 산신에 비는 노래
  1233-2 삼신에 비는 노래
  1233-3 장승에 비는 노래
  1233-4 동토잡이 노래
  1233-5 액풀이 노래
  1233-6 귀신 쫓는 노래
  1233-7 객귀물림 노래
  1233-8 눈 삼 내리는 노래
  1233-9 눈 티 없애는 노래
  1233-10 두드래기 없애는 노래
  1233-11 볼거리 퇴치 노래

1312-8   청어엮기 노래

1312-9   대문놀이 노래

1312-10 꼬리따기 노래

1312-11 남생이 노래

1312-12 가마타기 노래

1312-13 고사리 꺾기 노래

1312-14 둥둥데미 노래

1312-15 실감기 노래

1312-16 동애따기 노래

1312-17 외따기 노래

1312-18 돈돌라리

1312-19 꼭두각시 놀이 노래

1313 축제유희요

1313-1   화전놀이 노래

1313-2   호미씻이 노래

1313-3   장원질 노래

1313-4   길놀이 노래

1313-5   서우젯 노래

1313-6   환갑 노래

1313-7   밤달애 노래

132 경기유희요

1321 도구유희요

1321-1   장기 노래

1321-2   화투 노래

1321-3   투전 노래

1321-4 골패 노래
1321-5 살냉이 노래
1321-6 곱새치기 노래

1322 곡예유희요
1322-1 줄타기 노래
1322-2 줄넘기 노래
1322-3 고무줄 놀이 노래
1322-4 공놀이 노래
1322-5 오자미 놀이 노래

1323 동작유희요
1323-0 놀이 노래
1323-1 군사놀이 노래
1323-2 죽마타기 노래
1323-3 호박놀이 노래
1323-4 술래잡기 노래
1323-5 숨박꼭질 노래
1323-6 다리헤기 노래
1323-7 뜀뛰기 노래
1323-8 맴돌기 노래
1323-9 어깨동무 노래
1323-10 뒤따르기 노래
1323-11 뛰어내리기 노래
1323-12 다리 걸고 돌기 노래
1323-13 씨름 노래
1323-14 몸 말리기 노래

1323-15 가위바위보 노래

1323-16 놀귀 노래

1323-17 꼬집기 노래

1323-18 손뼉치기 노래

1323-19 실꾸리 노래

1323-20 기차놀이 노래

1323-21 발치기 노래

1323-22 담넘세 노래

1323-23 개울 건너기 노래

133 조형유희요

　1331 조작유희요

　　1331-1 흙장난 노래

　　1331-2 두꺼비집 짓기 노래

　　1331-3 소꿉장난 노래

　　1331-4 돈 벼리기 노래

　　1331-5 풀각시 놀이 노래

　　1331-6 피리 만들기 노래

　　1331-7 풀줄기 마는 노래

　　1331-8 풀물들이기 노래

　　1331-9 풀냄새 맡기 노래

　　1331-10 풀잎 혼들기 노래

　　1331-11 꽈리 속 파기 노래

　1332 그림유희요

　　1332-1 얼굴 그리기 노래

　　1332-2 사람 그리기 노래

1332-3 새 그리기 노래
1332-4 집 그리기 노래

134 풍소유희요
 1341 인물유희요
  1341-1 처녀 총각 노래
  1341-2 신랑 노래
  1341-3 각시 노래
  1341-4 큰애기 노래
  1341-5 막동이 노래
  1341-6 형 노래
  1341-7 아저씨 노래
  1341-8 아주머니 노래
  1341-9 영감 할멈 노래
  1341-10 상주 노래
  1341-11 패자 노래
  1341-12 나으리 노래
  1341-13 멋장이 노래
  1341-14 훈장 노래
  1341-15 중 노래
  1341-16 못된 아이 노래

 1342 신체유희요
  1342-1 결치 노래
  1342-2 곰보 노래
  1342-3 중머리 노래
  1342-4 코홍 노래

1342-5   눈흘 노래
1342-6   꼬부랑 노래
1342-7   뚱뚱이 노래
1342-8   귀먹이 노래
1342-9   봉사 노래
1342-10 상투 노래
1342-11 똥구멍 노래
1342-12 음부 노래

1343   버릇유희요
1343-1   방귀 노래
1343-2   똥오줌싸개 노래
1343-3   입내장이 노래
1343-4   우는 아이 노래
1343-5   성난 아이 노래
1343-6   싸움질 노래
1343-7   입싸개 노래
1343-8   혼유 노래
1343-9   왔다봐라 노래
1343-10 혼자먹기 노래
1343-11 거지버릇 노래
1343-12 노래 재촉 노래
1343-13 재담 노래
1343-14 욕설 노래
1343-15 비방 노래

1344   동물유희요

1344-0   짐승 노래

1344-1   꿩 노래

1344-2   꾀꼬리 노래

1344-3   산비둘기 노래

1344-4   버꾸기 노래

1344-5   까치 노래

1344-6   까마귀 노래

1344-7   부엉이 노래

1344-8   두견새 노래

1344-9   솔개 노래

1344-10 황새 노래

1344-11 제비 노래

1344-12 종달새 노래

1344-13 소 노래

1344-14 말 노래

1344-15 개 노래

1344-16 고양이 노래

1344-17 토끼 노래

1344-18 닭 노래

1344-19 다람쥐 노래

1344-20 박쥐 노래

1344-21 쥐 노래

1344-22 개구리 노래

1344-23 두꺼비 노래

1344-24 뱀 노래

1344-25 자라 노래

1344-26 오징어 노래

1344-27 게 노래
1344-28 가제 노래
1344-29 고동 노래
1344-30 미꾸라지 노래

1345 곤충유희요
　1345-1 잠자리 노래
　1345-2 매미 노래
　1345-3 풍뎅이 노래
　1345-4 나비 노래
　1345-5 메뚜기 노래
　1345-6 개똥벌레 노래
　1345-7 귀뚜라미 노래
　1345-8 거미 노래
　1345-9 진드기 노래
　1345-10 도롱이 노래
　1345-11 달팽이 노래
　1345-12 이 노래
　1345-13 개미 노래
　1345-14 바꾸미 노래
　1345-15 굼벵이 노래
　1345-16 모기 노래

1346 자연유희요
　1346-1 해 노래
　1346-2 구름 노래
　1346-3 눈 노래

1346-4　비 노래

1346-5　바람 노래

1346-6　물 노래

1346-7　바위 노래

1346-8　산울림 노래

1346-9　연기 노래

135　언어유희요

　1351　문자유희요

　　1351-1　한글풀이 노래

　　1351-2　숫자풀이 노래

　　1351-3　천자풀이 노래

　　1351-4　성명풀이 노래

　　1351-5　요일풀이 노래

　　1351-6　지명풀이 노래

　　1351-7　간지풀이 노래

　1352　말소리유희요

　　1352-1　말대답 노래

　　1352-2　말 잇기 노래

　　1352-3　말 회피 노래

　　1352-4　말 희롱 노래

　　1352-5　한숨에 외기 노래

　　1352-6　소리 흉내 노래

2 비기능요

제2부
민요의 특성과 구성원리

제1장 민요론

I. 민요의 일반적 성격

민요(民謠)란 말 그대로 민중의 노래란 뜻이다. 따라서 민요는 상층 계층이나 지식인 계층에서 의식적으로 창작한 시가문학이 아니라, 민중 사이에서 자연스럽게 형성되고 또한 향유되어 온 시가문학이다.

이러한 민중의 노래인 민요는 다음과 같은 몇 가지 특징을 지닌다.

첫째, 민요는 민중의 노래 중에서도 비전문적인 대중성을 가진 노래이다. 그런데 민중의 노래에는 민요 이외에도 무가(巫歌), 불가(佛歌), 잡가(雜歌), 판소리 등이 있다. 그러나 이들 노래를 민요라 부르지 않는다. 무가와 불가는 무당과 승려라는 특수 종교집단에서, 그리고 잡가와 판소리는 광대(廣大)와 같은 특수 예능집단에 속한 하층의 소리꾼들에 의해서 불려지는 전문적인 노래이기 때문이다. 물론 이들 노래 중에는 민요와의 교섭과정을 통해 민요화되거나 민요가 수용되어 불려지는 경우가 있기는 하지만, 이들 노래의 전체적 성격을 민요로 볼 수는 없다. 민요는 어디까지나 민중 일반이 향유하는 노래로 비전문적인 대중성을 지닌 노래이다.

둘째, 민요는 민중들의 공동 재창작으로 존재한다.[1] 따라서 민요에는 특정한 작가가 존재하지 않는다. 물론 민요를 처음 지어 부른 누군가가 있었을 것이다. 그러나 그것은 알기 어려울 뿐만 아니라, 설사 안다고 해도 중요하지 않다. 민요가 민요로서의 생명력을 가지기 위해서는 민중들 사이에 공감을 얻고 널리 불려질 수 있어야 하기 때문이다. 이 점이 기록문학으로서의 시가와 구별되는 중요한 특징이다. 민요는 글이 아닌 말로 된 노래이며, 그것은 민중들의 입을 통해 끊임없이 가창, 전승되는 구비문학(口碑文學)의 한 가지이다. 이처럼 민요는 구비전승(口碑傳承)된다는 측면에서 그때마다 부르는 노래가 제각기 독자적인 의의를 지니고 있으며, 민요를 부르는 창자(唱者)가 모두 작가일 수 있다. 따라서 민요는 노래를 부르는 창자인 민중들의 끊임없는 재창작의 과정을 거치며 존재한다.

셋째, 민요는 생활상의 일정한 기능을 갖는 것이 예사이다. 민요가 민중의 노래인 만큼 민중의 생활과 밀접한 관련을 맺고 있다고 하겠는데, 특히 노동과 의식, 그리고 유희(놀이)는 민요의 형성 근원이 되는 기능상의 주요 측면이다. 민요는 노동을 하고, 의식을 거행하고, 놀이를 하는 가운데 자연스럽게 형성된 노래이기 때문이다. 그런데 민요 중에서도 가장 오래된 것이 노동요라고 하는 것이 일반적인 견해이다. 노동은 인류의 역사와 더불어 시작된 것이며, 노동을 할 때 일의 고통이나 어려움을 덜기 위해 일의 동작에 맞추어 소리를 일정하게 내었던 것에서부터 노래가 형성되었다는 것이다. 그런데 시간이 흐르면서 인간의 사고가 발달되고 생활도 다양화되어 갔듯이, 민요의 노랫말도 점차 의미있는 내용으로 변화하면서 다듬어지게 되었고, 노래의 종류도

---

1) 민요의 발생에 관해서는 집단창작설, 개인창작설, 집단재창작설의 세 가지 견해가 있다. 이 중에서 설득력을 가장 많이 얻고 있는 설이 집단재창작설이다. Ruth Finnegan, *Oral Poetry*(New York : Cambridge Univ. Press, 1977), pp.178~182.

기능에 따라 세분화되어 다양하게 전개되어 갔다. 이러한 과정에서 일
정한 기능을 갖지는 않지만 단순히 유흥을 위해 부르는 민요도 생겨났
음은 물론이다. 특히 전통적 생활양식이 산업화와 근대화의 과정에서
급격히 변모되어감에 따라 비기능의 유흥민요가 크게 늘어났다. 그렇
지만 민요가 근원적으로 생활상의 일정한 필요에 따라 형성된 것이면
서, 일정한 기능을 가진 민요가 아직도 전체 민요 중에서 중심적인 위
치를 차지하고 있다고 말할 수 있다.

  넷째, 민요는 민중의 노래인 만큼 민중의 생활감정과 생각을 진솔하
게 표현하고 있다. 말하자면 민요는 민중들의 갖가지 생활모습과 더불
어 삶의 즐거움과 보람, 그리고 삶의 모순에 대한 애환과 비판을 꾸밈
없이 담아내고 있는 것이다. 과거 왕조시대 군왕들이 민심을 파악하기
위해 민요를 수집2)했던 까닭도 바로 이러한 민요의 특성을 중시했기
때문이다.

  이상의 특성을 가진 민요는 그렇다고 단순히 민중적 차원에 한정되
거나 과거적 의미만을 갖는 정체된 문화유산이 아니다. 민요는 시대의
변화에 능동적으로 반응하는 개방된 시가갈래의 특성을 지니면서 다른
창작시가와의 끊임없는 교섭을 통해 상호 영향을 주고 받으면서 성장,
발전해 왔다. 이를테면, 민요는 독립된 시가갈래로서의 위상을 분명히
가지는 동시에 신라의 향가, 고려의 속요, 조선조의 시조, 가사, 잡가,
그리고 근대의 민요시에 이르기까지 그 형성동인의 중요한 바탕으로
작용해 왔다.3) 이처럼 민요는 시대를 초월해서 존재하면서 민족시가로
서의 줄기찬 생명력을 발휘했던 것이다.

---

2) 이창식, "민요론", 김선풍 외, 『민속문학이란 무엇인가』(집문당, 1993. 9),
    pp.173~174.
 3) 조동일, "민요의 형식을 통해 본 시가사", 『한국 시가의 전통과 율격』(한길
    사, 1982).

Ⅱ. 민요의 존재양상

민요는 민중의 음악이면서 문학이다. 일정한 가락에 맞추어 노래로 불려진다는 점에서 민중의 음악이며, 민중의 생활감정과 생각을 사설로 표현한다는 점에서 문학인 시이다. 이렇게 민요는 민중의 음악인 동시에 문학인 까닭에 필수 구성요소로서 가락과 사설의 두 요소를 갖추고 있다. 여기다 민요의 대부분이 생활상의 일정한 필요에 따라 불려진다는 점에서 기능적 성격을 또한 갖는다. 따라서 민요는 가락과 사설에 기능이 수반됨으로써 온전한 존재 의의를 가지게 된다.

그런데 모든 구비문학이 그렇듯이, 민요는 구비전승의 과정에서 끊임없이 재창조되는 유동성을 지니기 때문에 가락, 사설, 기능의 세 요소는 변화될 수 있다. 그것은 일정한 가락, 사설, 기능을 갖춘 한 가지 노래가 구연시기나 장소, 창자의 가창태도나 능력, 그리고 청중의 반응 등에 따라서 가락의 세부적인 차이는 물론, 사설의 붙임과 줄임, 이동, 바뀜 등의 차이가 나타날 수 있기 때문이다. 물론 어떤 한 가지 노래가 구연에 의해 부분적인 차이를 보이더라도 그것은 동일한 작품의 변이형들이라 말할 수 있다. 그러나 민요는 재창작의 유동성이 허용되기 때문에 각각의 변이형들로 존재하는 것도 개별적인 작품으로 인정된다. 여기서 구연에 의해 이루어지는 여러 변이형의 개별적인 작품을 우리는 각편(各篇: version)이라 한다. 각편은 시간적, 공간적으로 구연의 기회가 많으면 많을 수록 그만큼 다양하게 존재할 수 있다. 민요의 지역별 분포나 시대적 변화 등 민요의 변이에 관심을 가진다면, 이 각편의 존재는 매우 주목할 사항이다.

민요는 한편 각편들의 공통된 구조, 내용 및 특징들의 총합으로 이루어진 한 가지 노래로 존재한다. 우리는 이 각편들의 총합인 한 가지 노래를 유형(類型: type)이라 한다.4) 여기서 각편이 민요 구연의 현장성

을 바탕으로 한 개별적이고 현상적인 단위라면, 유형은 이러한 각편들
이 모아져서 나타나는 총체적이고 추상적인 단위인 것이다. 그렇지만
유형은 민중들이 실제로 민요를 종류별로 구별해서 이해하는 단위이
며, 어떤 작품을 기억하고 전승하는 데 있어서 전체적인 윤곽을 잡는
데 소용되는 단위이다. 이를테면, 창자가 민요의 대체적인 전개방식이
나 내용, 가락 등을 기억하여 구연한다고 했을 때, 그것은 바로 민요의
유형을 기억해서 구연하는 셈이 된다. 이러한 민요의 유형은 각편처럼
유동적인 것이 아니기 때문에 그 존재양상과 범위는 구연자의 생활방
식이나 지역적 특성에 따라 대체로 한정되어 있는 것이 일반적이다.
한 사람의 구연자가 민요의 모든 유형을 안다는 것은 어려운 일이며,
자신이 처한 생활방식이나 지역에 따라 특별히 잘 기억하고 부를 수
있는 민요가 있는 것이다. 그리고 지역에 따라 그 지역의 생활방식 등
에 따라 고유하게 존재하는 민요가 있는 것도 민요의 유형적 성격과
관련된 문제이다.

Ⅲ. 민요의 분류

민요를 분류하는 일은 민요의 유형을 판별하는 작업이다. 그런데 민
요의 유형을 판별하는 기준에는 여러 가지가 있을 수 있다. 민요의 가
락, 사설, 기능의 세 가지 요소는 물론이고, 창자, 가창방식, 시대, 지역
등의 요건이 민요 유형의 판별 기준으로 고려될 수 있다.

그런데 창자, 가창방식, 시대, 지역 등의 요건은 민요의 성립과 존재
를 파악하는 데 있어 매우 중요한 기준이 될 수 있으나, 이들 요건은

---

4) '각편'과 '유형'이란 용어는 김흥규·김우창 공편, 『문학의 지평』(고려대출
판부, 1984. 1), pp.337~338에서 사용한 바 있다.

민요의 유형 자체를 결정짓는 내적 구성요건이 아니라 외적 구성요인
과 배경으로 작용한다. 물론 특정 부류의 창자, 특정의 가창방식, 특정
의 시대와 지역에 따라서 고유하게 존재하는 민요의 유형이 있는 것도
사실이다. 그러나 모든 민요가 이러한 특정의 요건에 의해서 유형별로
구분될 수 있는 것은 아니다. 가령 여성 고유의 노래로 알려진 민요가
남성에 의해 훌륭히 불려질 수도 있으며, 구연의 분위기에 따라 가창
민요가 음영민요로 불려지기도 하며, 특정 지역의 민요로 존재했던 것
들이 전승과정에서 다른 지역으로 전파될 수도 있다. 이처럼 예외가
많은 경우의 요건을 민요의 유형 판별에 적용하기가 곤란하다.

  민요의 유형 판별에서 가장 중요한 기준은 가락, 사설, 기능의 세 가
지 요소이다. 그런데 가락, 사설, 기능의 세 요소를 민요의 유형별 분류
작업에서 한꺼번에 그리고 동시에 고려한다는 것은 지극히 어려운 일
이다. 사실 가락, 사설, 기능은 각각 음악적 측면, 문학적 측면, 민속학
적 측면에 대한 이해를 요구하는 사항이다. 따라서 이 세 측면에 대한
이해를 민요의 분류에 동시에 적용한다는 것은 하나의 이상론에 지나
지 않는다. 민요의 분류는 대체로 가락, 사설, 기능의 세 요소에 대한
각각의 이해를 바탕으로 단계적으로 해결해야 할 사항이다. 여기서 민
요의 세 가지 내적 구성요소 중에서도 민요를 다른 시가갈래와 구별짓
게 하는 가장 중요한 구성요소는 기능이다. 따라서 민요의 유형분류는
우선적으로 민요의 기능적 성격을 중심으로 체계적으로 이루어질 필요
가 있다.5)

  민요의 유형을 기능상의 성격에 따라 일차적으로 구분한다면 일정한
기능을 동반하는 기능요(functional song)와 일정한 기능을 갖지 않지만

---

5) 박경수, "한국 민요의 기능별 분류체계", ≪민요론집≫ 제2호(민요학회 편,
   민속원, 1993)에서 민요의 분류와 관련된 전반적인 문제점을 검토하고, 민
   요의 기능별 성격에 따라 한국 민요의 유형분류체계를 마련하였다.

노래 자체의 즐거움 때문에 부르는 유흥적인 비기능요(non-functional song)로 대별할 수 있다.[6] 그리고 전자의 기능요는 다시 기능상의 이차적인 성격에 따라 노동요, 의식요, 유희요로 구분하는 것이 일반적이며, 후자의 비기능요는 더 이상 기능에 따라 분류하기가 곤란하다. 그렇지만 비기능요는 관심사항에 따라 지역이나 사설의 내용·주제에 따라 다시 세부적으로 분류할 수도 있다.

1. 노동요

노동요는 민요 중에서도 주종을 이루는 기능요이다. 노동을 할 때, 노동의 일정한 리듬에 맞추어 흥을 내어 일하기 위해서, 또는 행동 통일을 하여 능률적으로 일을 진행하기 위해서 불렀던 노래가 노동요이다. 이렇게 노동요는 노동에 리듬과 활력을 주는 요긴한 구실을 하면서, 일하는 사람의 이런 저런 생각을 다양하게 표현하고 있다. 노동요는 처음에 여음 위주로 조흥이 반복되어 나타나는 단순한 형식의 노래였으나, 점차 여음에 의미있는 사설이 붙여져서 형식도 다채로와지고 문학적 내용도 풍부해졌다. 대체로 힘이 많이 들고 행동통일이 요구되는 노동에서는 여음 위주의 노래가 불려지고, 혼자서 오랫동안 하는 단순노동에서는 의미있는 사설이 위주가 된 노래가 불려진다. 이는 혼자서 장시간 하는 단순노동에서 일하는 사람이 시적 상상력을 비교적 자유롭게 펼칠 수 있기 때문이다. 길쌈노동과 같은 여성노동에서 불려지는 노래가 사설의 내용이 다채롭고 문학적 형상화가 뛰어나다는 사실[7]이 이를 잘 말해 준다.

---

6) Maria Leach ed., *Standard Dictionary of Folklore* V.2 (New York: Funk Wagnall, 1950), p.1034.

7) 조동일, 『서사민요연구』(증보판, 계명대출판부, 1979), p.38.

노동요를 노동의 종류와 그 성격에 따라 유형별로 나누어 보면, 농업노동요, 어업노동요, 벌채노동요, 길쌈노동요, 제분노동요, 잡역노동요로 크게 구분할 수 있다.

농업노동요는 일명 '농요', '농가소리', '들노래'라 하는 것으로 주로 논농사와 밭농사와 관련된 민요를 말한다. 논농사와 관련한 민요로는 <모찌기 노래>, <모내기 노래>, <논매기 노래> 등이 있으며, 밭농사와 관련된 민요로는 <밭매기 노래>, <보리타작 노래> 등을 들 수 있다. 이 중 몇 가지의 노래 특징을 살펴보자.

<모내기 노래>는 모심기를 하면서 부르는 노래이다. 경상도 지역에서는 그저 '모 노래' 또는 '정자 소리'라 하는데, 아침소리, 점심소리, 저녁소리로 구분되는 것이 특징이다. 이 노래는 <모찌기 노래>와 같이 교환창으로 부르는데, 4음보 2행의 분련체 형식을 반복해서 부른다. 여기서 반복적으로 불려지는 전 1행과 후 1행의 사설은 대구나 문답형식으로 이루어져 있는 것이 보통이다. 노래의 사설은 모를 심는 광경, 농사짓는 보람, 남녀의 연정 등 다양한 내용으로 이루어져 있다.

<논매기 노래>는 논매기를 할 때 부르는 것으로 전국적으로 분포하는 노래이다. 노래의 형식은 앞소리군이 소리를 메기면 일하는 사람들이 여음으로 소리를 받는 선후창의 형식이다. 논매기는 일년에 세번 정도 하는 것이 보통인데, 이에 따라 '아이(초벌) 논매기 노래', '이듬(두벌) 논매기 노래', '세벌 논매기 노래'로 나누어진다. 이 노래는 지역에 따라, 그리고 여음에 따라 '절로 소리', '단호리', '싸데', '상사소리', '오독떼기' 등 다양한 명칭으로 지칭된다.

<밭매기 노래>는 밭매기를 하면서 주로 여성들이 부르는 노래이다. 이 노래는 <논매기 노래>와는 달리 다양한 내용의 사설을 번갈아 가며 부르는 것이 예사인데, 시집살이와 같은 여성들의 처지나 부부간의 사랑, 그리고 꽃이나 여성의 치장 등을 노래한 것이 많다.

<보리타작 노래>는 1음보 또는 2음보의 짧은 사설을 메기면 '옹혜
야', '어야홍' 등의 짧은 여음으로 받아 부르는 경쾌한 가락의 노래이
다. 보리타작 일이 빠른 속도로 진행되면서 행동통일을 필요로 하는
노동이기 때문에, 짧은 사설과 여음을 교대로 주고 받는 선후창으로
불려지는 것이다. 그런데 도리깨로 보리타작하는 재래의 방식이 사라
진 요즈음에는 이 노래가 유흥적인 비기능요로 전이되어 흥을 내어 응
원을 할 때나 놀 때 불려지기도 한다.

어업노동요는 해안과 도서지방을 중심으로 발달한 민요로 제주도의
<해녀 노래>, 경기지역의 <시선뱃노래>, 남해안의 <멸치 후리는 노래>,
그리고 <노젓는 노래>, <고기 푸는 노래> 등을 대표적인 노래로 들 수
있다. <해녀 노래>는 제주도에서 해녀들이 물질을 하러 헤엄쳐 나가거
나 노를 저어 갈 때 부르는 것으로, 그 노래가 해녀들의 어려운 생활과
관련된 내용이 많고 가락이 구성진 것이 특징이다. <시선뱃노래>는 바
다에서 고기를 잡아 강을 타고 운반(이 운반선을 '시선배'라 한다)하면
서 부르는데, 풍어의 기쁨을 나타내는 느린 가락의 홍겨운 노래이다.
그리고 <노젓는 노래>는 노를 저어가는 동작에 맞추어 일정한 사설을
메기면 '어기여차' 등 여음으로 받는 선후창의 노래이며, <고기 푸는
노래>는 일명 '바디 소리', '가래 소리', '술배(술비) 소리'라 하는 것
으로 그물로 잡은 고기를 바다나 가래로 담아 옮기면서 부르는 노래이
다. 이들 노래는 어부들의 고충이나 신세한탄, 풍어를 기원하는 내용으
로 이루어져 있다.

이밖에 벌채노동요에는 <나뭇군 노래>(일명 '어새이', '어사용')가
있으며, 길쌈노동요에는 <삼삼기 노래>, <물레 노래>, <베틀 노래>가
있고, 제분노동요에는 <방아 노래>, <맷돌 노래> 등이 있다. 그리고 잡
역노동요로 <목도메기 노래>, <땅다지기 노래>(일명 '달구소리'), <말
뚝박기 노래>(일명 '망깨 소리'), <바느질 노래>, <다듬이 노래>, <애

기 어르는 노래>, <애기 재우는 노래>(일명 자장가) 등이 있다.

2. 의식요

의식요는 의식을 거행하며 신에게 인간의 생존과 관련하여 화를 쫓고 복을 비는 노래이다. 이러한 의식요 중에는 <성주풀이>나 <회심곡>과 같이 무가나 불가에서 파생된 것도 있으나, 가정과 마을에서 세시풍속이나 민간풍속에 따라 의식을 거행하며 부르는 노래가 주류를 이룬다.

의식요는 의식의 성격에 따라 세시의식요, 장례의식요, 신앙의식요로 크게 나누어 볼 수 있다.

세시의식요는 세시풍속의 의식에서 불려지는 것으로 <안택 노래>, <성주풀이>, <지신밟기 노래> 등이 있다. 이들 노래는 기본적으로 성주신, 조왕신, 지신 등을 대상으로 가정과 마을의 만복과 평안, 그리고 풍작을 기원하는 내용으로 이루어져 있다. 이 중 특히 <지신밟기 노래>는 정월 보름, 백중, 추석을 전후하여 마을 사람들이 농악대를 앞세워 민가의 부엌, 우물, 광 등을 차례로 옮겨 다니면서 각종 잡귀를 쫓고 집안의 복덕과 풍농을 기원하며 부르는 것인데, 지역에 따라 약간씩 다른 절차와 내용을 가진 노래가 있다. 이를 경기, 강원, 충북 등지에서는 '고사반 노래', '고사덕담 노래', 호남지방에서는 '걸궁(걸립) 노래'라 칭한다. 노래의 방식은 선후창으로 선창은 농악대의 지휘자가 후창은 농악대원 모두가 후렴을 부른다.

장례의식요는 상여를 운구하면서 부르는 <상여 노래>, 광중의 흙을 떠서 넣으며 부르는 <가래질 노래>, 광중에 흙을 다지거나 봉분을 다지며 부르는 <달구(질) 노래>가 있다. 이들 노래는 대체로 장례의 슬픔과 인생의 허무함을 나타내는 사설을 부른 다음 망자의 극락천도를 기원하는 내용의 사설을 부른다. 노래의 방식은 선후창이며, 사설의 내용에 걸맞게 가락이 느리고 비장한 느낌을 자아내게 한다.

신앙의식요는 민간의 속신에 따라 주기성이 없이 불려지는 것으로 불교의식에 근거한 <회심곡>, 무속신앙에 근거한 <해원풀이 노래>, 속신의식에 따른 <객귀물림(객구) 노래>, <액풀이 노래> 등이 있다. 그런데 이들 노래 중에는 무가나 불가에서 파생된 것이 많지만, 그렇다고 일정한 신앙체계를 가진 무속신앙이나 불교신앙에 따른 무가나 불가 자체와는 다른 것이다. 이들은 단지 민간의 속신적 믿음에 따라 불려지는 것으로 무가나 불가에 비해 구성이 단순하고 내용이 소략하다. 그만큼 기존의 무가와 불가가 민요화되어서 불려지는 것이다.

3. 유희요

유희요는 유희 즉 놀이를 하면서 부르는 민요이다. 놀이 자체가 삶의 활기와 즐거움을 구하는 행위라면, 이러한 행위에 노래가 불려짐으로써 삶의 활기와 즐거움은 한층 고조된다고 말할 수 있다.

놀이마다 모두 노래가 동반되는 것은 아니다. 대체로 개인유희보다 집단유희, 도구유희보다 비도구유희, 남성유희보다 여성유희에서 노래가 동반되는 비율이 높다.[8] 그리고 유희를 성인유희와 아동유희로 편의상 구분한다면, 성인보다 아동들이 놀이를 하며 지내는 시간이 훨씬 많기 때문에 아동유희에 특히 많은 노래가 동반된다. 이 경우 아동유희에 동반되는 노래는 별도로 동요라 하여 성인의 민요와 구분하기도 한다.

유희요는 유희가 언제, 어떠한 수단과 방법을 통해, 어떤 양상으로 이루어지는가에 기초하여 유형별로 나누어 볼 수 있다. 여기에 우선

---

8) 조동일, 『경북민요』(형설출판사, 1977), pp.164~165.

세시풍속의 민속놀이에 따른 민요와 일상의 전승놀이에 따른 민요, 즉
세시유희요와 일상유희요로 크게 나눌 수 있다.

세시유희요는 다시 도구를 사용하는 놀이에 따른 도구유희요, 무용
과 같은 몸동작이 따르는 놀이에서 부르는 무용유희요, 그리고 집단의
제의적 성격이 수반되는 축제놀이에서 불려지는 축제유희요로 나누어
진다.

먼저 도구유희요에는 세시명절에 베풀어지는 널뛰기, 그네뛰기, 윷놀
이, 줄다리기에서 불려지는 각각의 노래가 있는데, 특히 <줄다리기 노
래>는 농어민들이 마을을 단위로 양편으로 갈라 농악대 가락에 맞추어
줄다리기를 하면서 부르는 노래이다. 노래의 방식은 선후창으로 진행
되며, 노래의 내용은 자기 편의 기세를 올리고 상대편의 기세를 꺾어
승리를 예견하는 것이다.

무용유희요에는 지역에 따라 독특하게 발전된 노래가 있는데, 경남
의 <쾌지나 칭칭나네>, 경북의 <월위리 청청>, <놋다리 밟기>, 호남의
<강강술래>, <둥당이 노래>, 함경도의 <돈돌라리> 등이 그것이다. 이들
노래는 모두 북이나 장구의 장단에 맞추어 여러 형태의 무용을 하며
경쾌하고 흥겹게 부르는 노래인데, <쾌지나 칭칭나네>는 남성 위주의
무용을 동반하는 노래이나 나머지는 모두 여성들의 무용유희요이다.
노래의 가창방식은 선후창이거나 문답형식의 짧은 사설을 주고 받는
교환창으로 이루어져 있다.

다음 축제유희요로는 <호미씻이 노래>, <서우젯 소리> 등을 대표로
들 수 있다. <호미씻이 노래>는 논매기의 만물 즉 세벌 김매기를 끝낸
다음 일정한 날을 잡아 일군들을 위로하기 위해 베푸는 놀이에서 불려
지는 것으로, 지역에 따라 호미씻이 놀이를 '호미걸이', '만드레 씻기',
'길꼬냉이', '장원질 놀이' 등으로 불러서 노래 명칭도 이에 따라 다
양하게 일컬어진다. 그리고 <서우젯 소리>는 제주도에서 출어시나 어

획시 '영감놀이'란 굿을 치룬 다음 마을사람들이 홍겹게 놀면서 부르는 노래이다. 이 노래는 특히 구성진 가락으로 이루어져 있어서 여성들이 밭매기를 할 때 불려지기도 한다.[9]

일상유희요도 세시유희요의 경우처럼 놀이의 방식에 따라 경기유희요, 조형유희요, 풍소유희요, 언어유희요로 나누어진다. 경기유희요는 이기고 지는 다툼이 개입되는 놀이에서 불려지는 노래, 조형유희요는 사물을 조작하여 어떤 형상을 만들면서 부르는 노래, 풍소유희요는 인물이나 동물의 특징적 모습을 해학적으로 묘사하며 부르는 노래, 언어유희요는 노랫말의 언어 자체가 놀이의 대상이 되는 노래를 각각 말한다. 이들 일상유희요는 거의 대부분 아동들의 동요로 불려지는 것들이다. 여기에는 술래잡기나 숨바꼭질, 뜀뛰기, 고무줄 놀이 등을 하면서 부르는 노래를 비롯하여 모래로 두꺼비집을 만들며 부르는 노래, 이가 빠진 아이를 놀리며 부르는 노래, 메뚜기를 잡아 놀리면서 부르는 노래, 말잇기를 하면서 부르는 노래 등 매우 다양하다. 그런데 이들 노래가 대부분 동요인 만큼 사설이 짧으면서도 간단한 내용으로 이루어진 것이 특징이다.

4. 비기능요

비기능요는 말 그대로 일정한 기능을 갖지 않고 노래 자체의 즐거움 때문에 부르는 유흥적인 성격의 민요이다. 그런데 유흥적인 성격 자체가 유희성을 가지는 것이기 때문에 비기능요를 따로 설정하지 않고 유희요의 범주에 넣어서 이해하려는 입장이 있기도 하다.

그러나 유희요와 비기능요는 노래의 발생 배경과 원인이 다르다는 점에서 구별될 성질의 것이다. 유희요는 민속적 성격을 지닌 전승놀이

9) 『한국구비문학대계』 9-1(제주도 북제주군 편), 구좌 6, pp.236~237.

에서 비롯된 노래이면서 몸동작이나 도구가 수반되는 일정한 놀이에
따라 형성된 노래인데 비해, 비기능요는 그러한 민속적 배경을 갖지
않을 뿐만 아니라 놀이가 필수적으로 따르지 않는 노래이다.

　비기능요는 대체로 조선 후기에서 개화기에 이르는 시기에 집중 형
성된 것으로 본다. 특히 18세기 이후에는 하층의 소리꾼들이 각 지방
의 토속적인 민요를 수용하여 잡가란 독특한 시가 갈래를 형성하게 되
었는데, 경기·서도·남도잡가(또는 민요)로 통하는 유흥적인 민요들이
잡가의 주축을 이루게 되었다. 이러한 유흥적인 민요들은 19세기 후반
에서 20세기 초까지 대중의 유행가로 크게 전파되었는데, 기존 토속민
요의 변이형이라고 할 수 있는 '신민요'가 이때 대거 등장하기도 했다.
오늘날 비기능요 중에는 신민요를 포함한 잡가와 연관을 맺고 있는 노
래가 상당한 비중을 차지한다.

　비기능요 중에서 전국적으로 널리 불리는 대표적인 민요가 <아리
랑>이다. 이 <아리랑>은 지역에 따라 사설과 가락이 서로 다른데, 서울
의 <본조 아리랑>(또는 '서울 아리랑'), 강원의 <정선 아리랑(아라리)>,
전남의 <진도 아리랑>, 경남의 <밀양 아리랑> 등이 그것이다. 이들
<아리랑>은 대체로 3음보 2행으로 된 사설과 여음이 번갈아가며 불리
는 형식인데, 사설의 내용은 주로 남녀이별의 정한을 노래하는 것이다.
그러나 이 <아리랑>은 사설이 다양하게 변개되면서 일제하의 현실을
비판하면서 민족적 울분을 토로한 노래로 이어지기도 했고, 지금도 국
외 이민지에서 민족의 향수를 달래거나 통일을 염원하는 노래로 불려
지기도 한다는 점에서, 민족의 정서를 대변하는 대표적인 민요이자 민
족의 노래라 말할 수 있다.

　이밖에도 비기능요에는 지역마다 부르는 독특한 노래가 많이 있다.
경기와 충청지역의 <노랫가락>, <창부타령>, 경상도의 <길군악>, 전라
도의 <육자배기>, 황해도의 <수심가>, <영변가>, 함경도의 <신고산 타

령>, <애원성>, 제주도의 <오돌또기> 등이 이에 해당한다.

그리고 비기능요 중에는 유흥적인 민요와는 별도로 여인들의 비극적인 삶이나 신세를 한탄한 노래들도 많다. <시집살이 노래>, <청춘가> 등이 그것이다. 특히 <시집살이 노래>는 전국적으로 분포하는 대표적인 여성민요라 할 수 있는데, 밭을 매거나 길쌈을 하는 일뿐만 아니라 일상생활 속에서 여성들은 이 노래를 부르면서 삶의 어려움과 고통을 스스로 달래고 극복해 왔던 것이다. 이러한 <시집살이 노래>는 문학적 측면에서도 매우 주목되는데, 그것은 이 노래가 여성들의 삶의 재치와 뛰어난 시적 상상력을 표현하고 있기 때문이다. 그리고 이 노래의 유형으로 <진주남강요>, <꼬댁각시요>, <부모부음요> 등과 같이 긴 사설의 서사민요로 불리는 작품이 많다는 점도 <시집살이 노래>의 특수한 성격이다.

Ⅳ. 민요에 나타난 해학과 풍자

민요의 세계는 진솔하고 다양하다. 민요가 민중들의 자연스러운 생활로부터 우러나온 소리이자 노래인 만큼, 민중들의 진솔한 생각과 느낌을 담으면서 다양한 생활세계를 표현하고 있다. 민중들이 보고 듣고 느끼는 모든 대상이 꾸밈없이 표현되고 노래로 불려질 수 있는 세계가 바로 민요의 세계이기 때문이다. 이런 점에서 민요의 세계야말로 민중의 진정한 리얼리즘이 구현된 세계라고 말할 수 있다.

그런데 우리 민요가 갖는 특질은 과연 무엇인가? 이런 의문에 민요의 세계가 진솔하고 다양하다는 설명만으로 해답을 구할 수 없다. 한때 식민지시대 일본인 학자들이 식민통치를 합리화하기 위해 조선총독부의 지원을 얻어 전국적인 민요조사를 하는 한편, 그 결과를 토대로

우리 민요의 특질이 봉건적 유교윤리에 예속되고 애조를 띠며 향락성
이 짙다고 하면서, 이를 우리의 민족성과 연관시켜 부정적으로 해석한
바 있다.10) 그러나 이는 그들이 판단해서 유리한 자료만을 선택하여
그 결과를 고의로 확대해서 해석한 것일 뿐이다. 우리 민요가 부분적
으로 애상성과 향락성을 지닌다는 사실은 부정할 수 없지만, 우리 민
요의 전체적인 특질을 이렇게 규정할 수는 없다.

　민요가 애상성을 지닌다는 것은 사실 민요 일반의 보편적 현상이다.
민요 중에는 남녀간의 비극적인 사랑을 노래하거나 신세를 한탄하는
내용의 작품이 많다.11) 민요의 주체인 민중들의 처지와 신분이 사회의
하층에 속했던 만큼, 그리고 그들이 운명론적인 세계관에 기울어져 있
었던 만큼 애조를 띤 비극적인 노래가 많을 수밖에 없는 것이다. 나뭇
군이 신세한탄을 하면서 부르는 <어사용>이 그렇고, 여성들이 길쌈을
하거나 밭을 매면서 부르는 <시집살이 노래> 또한 그렇다. 그러나 이
들 민요도 엄밀히 따지면 삶의 좌절만을 노래하는 것은 아니다. 삶의
고난 속에서도 고난극복의 재치와 기대를 동시에 노래하고 있는 것이
이들 신세한탄류 민요의 특징인 것이다.

　우리 민요 중에는 삶의 진취적인 내용을 노래한 작품도 많다. 말하
자면 인간 삶의 풍요와 행복을 염원하는 노래, 삶의 활기와 재미를 추
구하는 노래가 우리 민요 중에 많은 것이다. 그런데 그렇다고 이들 노
래를 모두 향락적이라고 규정할 수는 없다. 이들 노래 중에는 향락적
인 성격이 짙은 노래도 있지만, 대부분의 노래가 민중들의 삶의 재치
와 해학이 듬뿍 베여 있는 것들이다.

---

10) 이에 관한 자세한 사정은 김시업, "근대민요 아리랑의 성격형성", 『전환기
　　의 동아시아문학』(임형택·최원식 편, 창작과 비평사, 1985. 5)에서 논의되었
　　다.
11) 민요의 보편적인 주제 중의 한 가지가 비극적인 사랑과 불행한 삶의 문제
　　이다. 이 점은 Maria Leach ed., Op. Cit., p.1036.

예전에 부인이 아들애기도 못낳고 딸애기도 못낳아서
환장지경이 되어서 점하로 가니
점하로 가니야 숙맥이라고 치부하고
점바치 하는말이 니는전혀 못낳는다
나는 어이되서 못낳느냐
그게 밑천이 아파서 못낳는다
오다가 소변을 보고나니
때때메때기가 달겨들어
아이구 점바치가 용하구나
오늘 대번에 아들을 낳네
붓들어보니 메때기래 들고 추시리메 하는말이
이마홀떡 벗거진건 징조부를 닮아신가
심심이 좋은것은 고조부를 닮아신가
종아리종아리 휘출한건 저그외삼촌을 닮아신가
뿔우둑둑 한것으는 장터거래 아재비를 닮아신가
포항고모가 알었이면 미역단이나 가졸겐데
부산이모가 알었이면 저구리낳이나 해올겐데
저그외조모 알었이면 두대기낳이나 해올건데
얼시구좋다 정말로좋다 요렇게좋다가 추시리다니
때때그면 날아가니
요새자식은 어떤놈이 오입부터 질기노이
에미마다고 가는놈을 어느놈이가 붓들소냐
　　　　　　　　　　　—<메뚜기 타령>(경북 안동)[12]

　이 <메뚜기 타령>은 여성들이 길쌈을 하면서 부르는 노래 중의 한 가지이다. 노래의 구성은 아이를 낳지 못하는 여자가 길가에서 소변을 보다가 놀라서 달아나는 메뚜기를 잡아 아들이라고 추슬이는 내용으로

<hr>

12) 조동일, "희극적 서사민요연구", 『서사민요연구』, pp.394~395.

되어 있다. 유교사회의 도덕률 속에서 여성이 아이를 낳지 못하는 것
자체가 매우 곤란한 처지일 터인데, 이 노래는 이런 곤란한 처지를 재
치와 해학을 통해 스스로를 달래면서 봉건적 도덕률로 구속된 세태에
'웃음'으로 저항하고 있다. 이러한 희극적 구성의 노래는 특히 여성민
요에서 많이 찾을 수 있다. "금강산 조리장사"나 "영해영덕 소금장사"
로 시작되는 길쌈노래, <중 타령>, <훗사나 타령>(일명 '범벅 타령')
등의 민요가 바로 이에 해당한다.13)

　　이러한 희극적 서사민요와 함께 해학과 풍자가 섞인 골계적 구성의
노래는 <뽕 따는 노래>, <쌍추 씻는 처자 노래>, <낫가는 노래>, <댕기
노래>, <쌍금 노래>, <징금이 타령>, <각설이 타령>, <방구타령> 등 우
리 민요에서 쉽게 찾을 수 있다. 이 중 한 예로 <징검이 타령>을 보자.

　　　　얏따 이놈아 징금아 내돈석냥을 내놔라
　　　　내머리로 비이다 달비전에다 팔아도 니돈석냥 내준다
　　　　얏따 이놈아 징금아 내돈석냥을 내놔라
　　　　내눈썹을 뽑아다 붓전에다 팔아도 니돈석냥 내준다
　　　　　　…(중 략)…
　　　　얏따 이놈아 징금아 내돈석냥을 내놔라
　　　　내젓을 비어다 우유전에다 팔아도 니돈석냥 내준다
　　　　얏따 이놈아 징금아 내돈석냥을 내놔라
　　　　내배를 비어다 나릿배전에다 팔아도 니돈석냥 내준다
　　　　얏따 이놈아 징금아 내돈석냥을 내놔라
　　　　내다리를 비어다 괭이전에다 팔아도 니돈석냥 내준다
　　　　얏따 이놈아 징금아 내돈석냥을 내놔라
　　　　내똥금을 도려다가 꽃감전에다 팔아도 니돈석냥 내준다
　　　　얏따 이놈아 징금아 내돈석냥을 내놔라

---

13) 조동일, 위의 글, pp.369~397에서 희극적 서사민요에 대한 구체적인 논의
　　가 이루어졌다. 글의 끝에 논의된 민요 자료를 붙여 놓았다.

　　내불알을 비어다가 망태전에다 팔아도 니돈석냥 내준다
　　얏따 이놈아 징검이 내돈석냥을 내놔라
　　내자지를 비어다 방망이전에다 팔아도 니돈석냥 내준다[14)]

　이상 <징검이 타령>은 금전만능의 각박한 세태를 풍자한 노래이다. 이 노래의 화자인 '징검이'는 빌어 쓴 돈 석냥을 내어 놓으라는 재촉에 신체의 일부만 떼어서 팔아도 그 돈 정도는 갚을 수 있다고 응수하고 있다. 노래의 이면적 의미는 돈보다 사람이 중요하다는 것이다. 그런데 이런 의미가 풍부한 해학의 사설로 엮어져 있는 것이 이 노래의 특징이다. 신체의 일부를 노골적으로 하나씩 열거하고는 그 신체와 형태상 유사성을 갖는 물건가게를 이어대면서 빚독촉에 응수하는 대목은 실로 웃음을 자아내게 하는 것이다. 따라서 이 노래를 부를 때면 좌중은 으례히 웃음바다을 이루게 된다.
　해학과 풍자의 골계적인 노래는 노동요인 <모내기 노래>에서도 쉽게 찾아볼 수 있다.

　　물길랑어절철 헐어놓고 주인양반 어디갔소
　　포란부채 청포도갖촤 첩의집으로 놀러갔네

　　모시야적삼 안섶안에 분통같은 저젖봐라
　　많이보면 병날테고 담배씨만큼 보고가자[15)]

　<모내기 노래>로 불려지는 사설은 그 내용이 매우 다양하다. 단순히 모를 심는 행위나 못자리의 모습을 노래한 내용도 있고, 모를 내면서

14) 『한국구비문학대계』 8-12(경남 울산시 울주군 편), 울산시 민요 1, pp.167~168.
15) 김석명, 『고성농요』(고성농요보존회, 1990), pp.127~128.

앞으로 벼를 수확할 꿈을 표현한 내용도 있다. 그런데 모내기 일을 여럿이 함께 하면서 일의 고통도 덜고 즐겁게 일을 하기 위해 해학과 풍자가 섞인 노래를 자주 부른다. 위의 첫째 각편은 일하는 농민과 주인 양반 사이의 이질적인 처지를 풍자적으로 나타내고 있으며, 두번째 각편은 남녀의 성적 문제를 선정적이면서도 해학적인 문체로 담아내고 있다. <모내기 노래>에서 이렇게 남녀관계의 성적인 문제를 노래하는 것은 사실 단순히 성적 본능을 해소한다든가 웃음을 유발하기 위해서만은 아니다. 여기에 땅을 지모신인 여성의 상징으로 보면서 남녀 성관계의 감염주술을 통해 풍요를 기원하는 사고가 깃들어 있는 것이다.

우리 민요에서 풍자와 해학으로 구성된 재치있는 입담은 정치현실에 대한 비판의 소리로도 나타난다.

> 두껍아 두껍아 네등허리가 왜그렇노
> 전라감사 살적에
> 기생첩을 많이해서 창이올라 그렇다
>
> 두껍아 두껍아 네손바닥이 왜그렇노
> 전라감사 살적에
> 장기바둑을 많이두어서 못이박혀 그렇다
>
> 두껍아 두껍아 네눈깔이 왜그렇노
> 전라감사 살적에
> 울근불근 많이먹어 붉힌눈이 남아있네16)

이 노래는 경남 경주지방에서 채록된 <두껍이 타령>이다. 두껍이의 별난 모습을 해학적으로 노래하면서도 이를 단순히 넘기지 않고 민중

---

16) 김무헌, 『한국민요문학론』(집문당, 1987), pp.258~259.

의 생활형편을 돌보기는 커녕 기생질과 바둑장기로 소일하며 가렴주구
를 일삼았던 전라감사의 행실에 비유하여 노래함으로써 그릇된 정치현
실을 비판하고 있는 것이다.

  이러한 풍자와 비판의 노래는 특히 <아리랑>, <신고산 타령>, <애원
성> 등의 민요 곡조에 실려 식민지시대에 많이 불려졌는데, 이들 민요
가 유흥적인 성격을 탈피하여 민족의 고난과 울분을 담은 풍자와 비판
의 노래로도 기능했던 것이다. 이처럼 민요는 민족의 역사와 함께 하
면서 민중의 한과 정서를 숨김없이 표현해 왔던 민중의 소리이자 민족
의 노래였던 것이다.

제2장
사설과 여음의 관계를 통해 본 민요의 형식

Ⅰ. 서 론

　민요의 창사(唱詞)는 크게 보아 사설(辭說)과 여음(餘音)[1]으로 이루어진다. 여기서 사설은 대체로 일정한 내용을 가지는 의미 표현의 부분이라면, 여음은 특정의 의미를 전제하지 않고도 성립되는, 조흥(調興) 또는 다른 기능적 역할을 하는 부분이라 할 수 있다. 이러한 사설과 여음은 때로는 독립적으로, 때로는 상호 보완적인 방식으로 전개되면서 민요의 전체적인 구조를 형성하고 중심적인 주제의 표출에 기여한다.
　민요에서 사설과 여음의 짜임 형식이나 전개 방식은 민요를 부르는 방식과 기능상의 성격에 따라 다양하게 나타난다. 우선 민요를 부르는 방식은 독창, 교환창, 선후창의 세 가지로 나눌 수 있다.[2] 이들 세 가

---

1) 여기서 여음(餘音)이란 시가의 전렴(前斂), 중렴(中斂), 후렴(後斂)을 통칭하는 용어로 사용된다. 구호(口號), 입타령, 받는소리, 뒷소리, 조율소(調律素), 조율사(調律詞)등이 여음과 유사한 뜻으로 사용되는 용어이나, '여음'이 일반화된 용어로 널리 쓰이고 있기 때문에 이를 채택해서 사용한다.

지 민요의 가창 방식을 근거로 조동일은 (가) 여음이 삽입되어 있지 않
는 긴 노래 (나) 여음이 삽입되어 있는 긴 노래 (다) 줄 수가 제한되어
있는 짧은 노래로 민요의 기본 형식을 분류한 바 있다.[3] 여기서 제시
된 (가)~(다)의 기본 형식은 사설과 여음의 두드러진 짜임 방식을 보
여 주는 것이면서, 우리 시가사의 전개를 새로운 관점에서 이해하는데
큰 도움을 준다. 그런데 (가)~(다)의 세 가지 기본 형식은 사설과 여음
의 짜임 방식을 현상적인 차원에서 파악한 것이며, 사설과 여음이 노
래의 의미 진행에 관련되는 양상이나 기능상의 역할 등에 대해서는 미
처 고려하지 못한 것이다. 민요에서 사설과 여음의 짜임 방식은 민요
의 가창 방식에 따라 두드러진 차이를 보이지만, 의미상의 진행 방식
이나 기능상의 역할을 아울러 고려하면, 사설과 여음의 짜임 방식을
한층 세밀하게 검토할 수 있다.

　민요는 우리 시가사상 사설과 여음의 짜임 방식을 가장 다양하게 나
타내는 시가라 할 수 있다. 그것은 민요가 다양한 기능을 바탕으로 오
랜 기간에 걸쳐 폭넓게 전승되어 왔기 때문이다. 이러한 민요에 나타
나는 사설과 여음의 짜임 방식을 가능한 유형화시켜 파악해 보는 일은
직접적으로는 민요의 형태 구조를 해명하는 작업이 될 것이며, 나아가
서 우리 시가 전반의 형태 구조를 파악하는 데에도 큰 몫을 차지하게
될 것이다. 본 논의는 이 점에 중점을 두면서 진행하되, 민요 자체의
형태 구조를 해명하는 이상의 작업은 암시나 예상 정도에 그치고 구체
적인 비교나 논증은 포함하지 않기로 한다. 그것은 별도의 폭넓고 깊
이 있는 논의를 요구하기 때문이다.

---

2) 장덕순 외 공저, 『구비문학개설』(서울: 일조각, 1971), p. 89. 여기서 '독창'은
　혼자 부르는 노래 뿐만 아니라 여럿이 일정한 노랫말을 함께 부르는 '제창'
　(齊唱)을 포함한 것이다.
3) 조동일, "민요의 형식을 통해 본 시가사의 전개", 『한국시가연구』(대구: 형
　설출판사, 1981. 7), pp.361~373.

Ⅱ. 사설과 여음의 관계를 통해 본 민요의 형식

1. 사설의 개입이 거의 없는 여음 위주의 노래

민요의 형식은 겉으로 보기엔 아주 다양하지만, 사설과 여음의 짜임 방식에 근거하여 그 형식을 파악해 보면 다음 세 가지로 기본 형식을 정리할 수 있다.

(1) 사설의 개입이 거의 없는 여음 위주의 노래
(2) 사설과 여음을 함께 풀어가는 노래
(3) 여음의 개입이 거의 없는 사설 위주의 노래

(1)의 형식은 주로 독창으로 부르는 민요에 나타나지만, 선후창으로 부르는 민요에도 나타난다. 사설의 개입이 거의 없이 여음 위주로 풀어가는 노래의 형식은 (2)와 (3)의 형식에 비해 앞선 시기에 나타났다고 생각한다. 민요는 고대로 소급할수록 노동, 의식(儀式) 등과 같은 기능에 밀착된 여음 위주의 노래였으리라는 것은 일반화된 견해이다.[4] 기능요(機能謠)에만 (1)의 형식이 나타나는 현상도 바로 이 때문이다. 여기서 여음은 일정한 기능의 수행에서 자연스럽게 요구되면서, 거기에 알맞은 가락을 타고 형성된 것이라 본다.

(1)의 형식은 민요의 원초적인 모습을 보여 주는 것이라 생각할 수 있다. 사설의 개입이 거의 없이 여음 위주로 불려진다는 것 자체가 구체적인 내용을 가진 언어 이전의 단계에서 형성된 것이다. 그래서 (1)

---

4) Maria Leach ed., "Song: folksong and the music of folksong", *Standard Dictionary of Folklore,* Vol. 2(New York: Funk & Wagnalls, 1950), p.1034.

의 형식에 나타나는 여음은 기능과 매우 밀착되어 있다. 실제 작품의
예를 들어 이 점을 구체적으로 살펴보기로 한다.

① 이러이러이러이러 이러어~ 이러이러어~ 어려~
　이러러러러~ 어어~ 어려러~
　이러어이러이러어~ 이러어~ 이러어이러어~ 어려허5)

② 어흐 어흐으
　이여 어흐으
　이여
　이여
　이여차
　허여
　이여차
　차
　…(후략)…6)

③ 에하 어어야
　어~하어하 어기야어~ 하
　어~하 어하
　어하어이하 어기야어하
　어하어이하 어하어하어기야
　어하으하 어이하
　어이싸어이싸 의이싸어이싸

5)『대계』9-3, 안덕 43, p.822.『대계』는『한국구비문학대계』를 편의상 줄인 용
　어이다. 앞으로『한국국비문학대계』의 자료를 인용할 때에는 계속『대계』란
　표기를 사용하기로 한다.
6)『민조』3(경남편), pp.845~846, '목도 소리'.『민조』는『한국민속종합조사보고
　서』(문화재관리국 간행)의 약칭인데, 이 보고서의 자료 인용시에는 계속 이
　약칭을 쓰기로 한다.

　　의이싸 어이싸
　　어하 으하 어하어하
　　어이하 어하 으하[7]

이상에서 ①은 제주도에서 채록된 <연자매 노래>이며, ②는 경남에서 채록된 <목도 소리>, ③은 <노젓는 소리>이다. 각각 노래의 종류는 달라도, 특별한 의미를 가진 사설을 전혀 사용하지 않고 여음만을 이용해서 부르고 있다는 점이 공통된다. 여음을 부르는 가락도 매우 단순해서 각별히 신경을 쓰지 않아도 된다. 그만큼 ①, ②, ③의 여음은 기능과 밀착되어 자연스럽게 형성된 것이라 할 수 있다.

그런데 ①에서 사용된 여음과 ②, ③에서 사용된 여음은, 엄밀하게 따지자면, 가창 방식과 기능적 역할을 달리 한다는 점에서 구분된다. ①의 여음은 혼자 부르는 것으로 대체로 연속된 가락을 지니며, 일하는 사람이 마소를 이용해서 연자매를 돌리며, 마소를 몰아치는데 유용하고 통한다고 믿는 언어를 사용하고 있다. 말하자면, 이 경우의 여음은 의사 전달의 간접적인 기능을 갖는, 일종의 주술성을 가진 언어로서의 역할을 한다는 것이다. 이와 반면에 ②, ③의 여음은 둘 이상의 사람이 교대로 부르는 것으로 일정한 간격을 두고 반복되는 가락을 지니며, 일하는 사람들이 행동을 통일해서 일시에 힘을 내기 위해 불려지는 것이다. 이 경우의 여음은, ①의 여음과 같이 의사 전달의 간접적인 기능을 갖지는 않으며, 단지 행동 통일과 힘내기의 역할을 하는 것이다.

이상의 사항을 근거로 사설의 개입이 거의 없이 여음을 위주로 풀어가는 노래는 다음과 같이 두 가지로 구분해서 파악할 수 있다.

---

7) 『민조』3(경남편), p. 852, '노젓는 소리'.

(1)-1 불규칙하게 연속되는 여음 위주의 노래
(1)-2 규칙적으로 반복되는 여음 위주의 노래

(1)-1의 노래 형식이 갖는 특징은 이미 언급했듯이, 혼자서 부르는 민요로 그 여음은 주술적 언어로서의 기능을 가진다는 점이다. 혼자서 일을 하면서 필요한 때에 수시로 부르기 때문에 여음의 연결은 자연 불규칙하게 이루어진다. 그리고 그 여음은 ①의 <연자매 노래>에서 볼 수 있듯이, 일하는 사람과 마소 사이에 연결되는 일종의 '비밀언어'(secret language)로 사용되고 있다. 이 때의 '비밀언어'란 인간이 신이나 다른 대상과 의사 소통을 위한 언어라고 하겠는데, 주술적인 원시시가에서 흔히 사용되며,8) 구체적인 내용을 가진 언어가 아닌 여음의 성격을 띠게 된다. 이러한 여음의 성격을 주목해 보면, <연자매 노래>와 같은 노동요뿐만 아니라 무속신앙과 관련되는 의식요(儀式謠)에도 (1)-1의 노래 형식이 나타날 수 있다. <객귀 물리는 노래>나 <귀신 쫓는 노래> 등이 이러한 의식요에 해당한다.

그런데 (1)-1의 형식에 나타나는 여음은 오늘날과 가까운 시기로 올수록 주술적 기능이 약화됨으로써 여음에 상응하는 사설로 전이되기가 쉽다. 이미 예를 든 '연자매 노래'와 같은 유형의 다른 노래만 하더라도 마소를 몰아치는 직접적인 내용의 사설이 여음 사이에 부분적으로 개입되어 있다. '연자매 노래'와 같이 마소를 몰아치며 하는 밭갈이, 밭밟기, 논갈이, 논삶기에서 부르는 노래도 (1)-1의 형식에 속하는데, '연자매 노래'와 유사한 여음에 사설이 불규칙하게 연속되고 있는 경우가 대부분이다.

어～허

---

8) Mircea Eliade, *Shamanism* (New York: Princeton Univ. Press, 1970), p.96.

어디~어~이
이러~
말구루 들어서라
이러~9)

위의 민요에서 보듯이, 여음 사이에 있는 "말구루 들어서라"의 사설
은 여음에 상응하면서, 여음이 가진 기능을 구체적인 내용의 언어로
표현하고 있다. 이러한 (1)-1의 형식에서 여음보다 사설이 차지하는 비
중이 점차 늘어나게 되면, (1)-1의 형식은 (3) 여음의 개입이 거의 없는
사설 위주의 노래로 바뀔 수 있다.

문자로 기록된 전통 시가에서 (1)-1의 형식을 보여 주는 시가로 <군
마대왕>(軍馬大王), <구천>(九天), <별대왕>(別大王) 등의 고려가요를
들 수 있다.

노런나 오리나 리라리로런나
니리리런나 나리나 리런나
로로런나 리런나
로로런나 리런나

—<별대왕>(別大王)

여기에 나타난 "노런나 오리나……"는 주술적인 조율음이라 하겠는
데, 특정한 뜻을 알 수 없다.10) 이러한 시가의 형식에 구체적인 내용의
사설이 개입된 경우가 <성황반>(城皇飯), <삼성대왕>(三城大王) 등일
것이다.

(1)-2의 형식은 (1)-1과는 달리 선후창으로 부르면서, 여음이 규칙적

---

9) 『대계』 2-1, 강릉 43, 쇠 모는 소리(논 가는 소리), p.380.
10) "노런나 오리나 …" 는 대체로 관악기의 의성음으로 본다.

으로 반복된다는 특징을 지닌다. 예로 든 ②의 <목도 소리>나 ③의 <노젓는 소리>와 같이 여음만으로 이루어진 경우는 사실 매우 드물다. 후대로 올수록 일하는 동작을 구체적으로 나타내거나, 일하는 사람의 심정을 직접 표현하는 사설이 여음 대신에 들어감으로써 (1)-2의 형식은 (2)의 사설과 여음을 함께 풀어 가는 노래의 형식으로 바뀐다. 따라서 선후창의 민요에는 (1)-2의 형식은 매우 드물며, (2)의 형식이 주된 형식으로 나타난다고 하겠다.

2. 사설과 여음을 함께 풀어 가는 노래

사설과 여음을 함께 풀어 가는 노래의 형식 (2)는 선후창의 민요에 주로 나타나는 형식이다. 선후창의 원초 형식은 (1)-2와 같이 의미없는 여음을 여럿이 번갈아 교대로 부르는 형식이었다고 간주된다. 그러다가 의미있는 사설이 여음 대신에 개입되기 시작해서 차츰 그 비중이 커졌다.11) 물론 이 경우 사설의 개입은 주로 선창을 하는 부분에서이다. 선창은 대체로 한 사람이 하고, 후창은 여러 사람이 하는 경우가 거의 대부분이어서, 후창을 하는 부분에 창자의 생각을 나타내는 사설을 개입시키기는 어렵기 때문이다. 그래서 선후창에서 선창자는 다양한 내용의 사설을 능력에 따라 자유롭게 선택할 수 있는 반면에, 후창자는 일정한 여음을 되풀이하게 된다.

사설과 여음을 함께 풀어 가는 노래의 형식은 독창의 민요에서도 나타난다. <아리랑>, <신고산 타령>, <창부타령> 등 독창으로 부르는 비기능요(非機能謠)가 그예이다. 물론 이들 민요는 사설 부분과 후렴의 성격을 띠는 여음 부분으로 뚜렷이 구분되기 때문에, 선후창으로 불려

---

11) C. M. Bowra, *Primitive Song* (New York: The New American Library, 1963), pp.65~68. 장덕순 외 공저, 앞의 책, p.90 참조.

질 수도 있다. 마찬가지로 선후창으로 주로 부르는 <쾌지나 칭칭나네>
와 같은 민요도 경우에 따라 독창으로 불려질 수 있다. 이러한 가창상
의 가변성은 선후창의 경우나 독창의 경우나 사설과 여음의 짜임 방식
에서 동일하기 때문이다.

그런데 사설과 여음을 함께 풀어 가는 민요의 형식은 사설의 전개
방식과 사설과 여음의 관련 양상이란 관점에서 좀 더 세분화해 볼 수
있다. 실제 자료를 예로 들어 이 점을 검토해 보기로 하자.

> ① 질가는 저양반아
>   이여라 차아
>   딸이나있거든 날사위보소
>   이여라 차아
>   딸이사야 있다마는
>   이여라 차아
>   노가다에는 딸안치워요
>   이여라 차아[12)

> ② 동해동쪽 돋은해는~
>   일약서산을 재촉하는데~
>   우리할일은 태산같데~
>   우이야사라 저루하네
>   어루야후후야 잘도한다
>   남날때 나도나고요~
>   남자랄때 내자랐건만~
>   우리는 어찌하야~
>   농부신세가 되었는고~
>   잘한다 못한데이

---

12) 『대계』7-9, 안동 5, '마깨소리'의 일부, pp.143~144.

어루야후후야 잘도한다[13)

①과 ②의 민요는 사설과 여음이 교대로 반복된다는 공통점을 지닌
다. 그러나 ①과 ②의 민요는 사설과 여음의 전개 방식과 관련 양상에
서 차이가 있다. ①의 민요에서는 2음보 1행으로 된 짧은 사설이 "이어
라 차아"의 여음을 사이에 두고 계속 진행됨과 아울러 의미 진행을 보
이고 있다. 그런데 ②의 민요에서는 2음보로 이루어진 사설이 3행 또
는 4행으로 지속되면서 한 의미 단락을 이룬 뒤에 일정한 여음이 개입
되어 있다.

①과 같은 민요의 형식은 행동을 규칙적으로 반복하는 노동이나 유
회에서 부르는 민요에 나타난다. <보리타작 노래>, <목도메기 노래>,
<땅다지기 노래>, <노젓는 노래> 등의 민요는 노동요로서 ①과 같은
민요의 형식을 갖추고 있다. 보리타작, 목도메기, 땅다지기, 노젓기의
일은 힘든 노동이면서 규칙적인 행동 통일이 필수적으로 요청된다는
점에서, 이런 종류의 일을 하는데 부르는 노래가 자연 일의 성격에 걸
맞는 형식을 띠기 때문이다. <강강수월래>, <쾌지나 칭칭나네>와 같은
민요는 무용유의요(舞踊遊戲謠)로서 ①과 같은 민요의 형식을 지닌다.
무용유희 자체가 규칙적인 동작의 통일을 요구한다는 점에서, 여기서
부르는 노래 역시 무용동작과 어울려야 하기 때문이다.

②와 같은 민요의 형식은 동일한 행동을 반복하되, 행동에 비교적
여유가 있는 노동이나 유희를 하면서 부르는 민요, 그리고 이러한 민
요가 전이된 비기능요에서 찾아 볼 수 있다. <논매기 노래>는 노동요
로써 이의 전형적인 예이다. <논매기 노래> 한 편의 길이는 제한되어
있지 않는데, 앞소리군의 가창 능력에 따라 여러 종류의 사설을 메기
면, 일하는 사람은 뒷소리군이 되어 일정한 여음으로 되풀이하여 받는

---

13) 『대계』7-9, 임하 11, '논매기 노래'의 일부, p.1112.

다. <아리랑>, <창부 타령> 등도 비기능요로서 <논매기 노래>와 같이
불리는 ②와 같은 민요의 형식에 속한다.

 이상에서 검토했듯이, 사설과 여음을 함께 풀어가는 노래는 사설과
여음의 진행방식과 기능상의 성격을 바탕으로 다음 두 가지의 경우로
구분된다.

 (2) 사설과 여음을 함께 풀어가는 노래
  (2)-1 짧은 사설과 여음이 반복되면서 단락을 이루어 가는 노래
  (2)-2 연속된 사설로 한 단락을 이룬 뒤에 여음이 개입되는 노래

 (2)-1의 노래 형식과 (2)-2의 노래 형식은 전통시가에서도 찾을 수 있
다. (2)-1과 같은 노래의 형식으로는 <정읍사>(井邑詞), <서경별곡>(西
京別曲), <가시리> 등을 들 수 있고, (2)-2와 같은 노래의 형식으로는
<청산별곡>(靑山別曲)을 대표로 들 수 있다. 이렇게 본다면, 악곡(樂曲)
에 얹어 부르던 창사로서의 고려가요는 겉보기엔 서로 유사한 형식으
로 보이지만, 사설과 여음의 전개 방식에서 서로 차이가 있는 형식의
노래로 파악할 수 있다. 이러한 관점은 고려가요가 단일한 형식으로
정착된 것이 아니라, 여러 형식의 복합으로 이루어졌다는 사실에 대하
여 새롭게 이해하는 기반을 제공한다.

3. 여음의 개입이 거의 없는 사설 위주의 노래

 여음의 개입이 거의 없는 사설 위주의 노래 형식 (3)은 교환창과 독
창의 민요에 나타난다.

 먼저 교환창으로 부르는 민요를 생각해 보자. <모내기 노래>에서 볼
수 있듯이, 교환창의 민요는 줄 수가 제한된 사설을 선창자와 후창자

가 교대로 부르면서, 여러 내용의 사설을 이어 나간다. 이 경우 선창 부분의 사설과 후창 부분의 사설은 대개가 문답(問答)이나 대구(對句)로 이루어지는데, 이렇게 문답이나 대구로 연결된 사설의 한 단위는 독립적인 의미 단락을 형성하게 된다.

　　　서울이라 왕대밭에이~
　　　금비둘기 알을 낳네
　　　　그알로 날로주면
　　　　금년과게는 내가하지

　　　해빠지고 저문날에이~
　　　어떤행상이 떠나가노
　　　　이태백이 본처죽고
　　　　이별행생이 떠나간다14)

　위의 민요는 경북지방에서 채록된 <모 노래>이다. <모내기 노래>를 경북지방에서는 <모 노래>라 하는데, <모 노래>는 교환창으로 부르는 것이 일반적인 가창방식이다. 위의 <모 노래>에서, 앞의 네 줄의 노래를 '금비둘기 노래'라 하고, 뒤의 네 줄의 노래를 '이태백이 노래'라고 편의상 붙여 보자. '금비둘기 노래'와 '이태백이 노래'는 각각 대구와 문답으로 한 의미 단락을 형성하고 있지만, 두 노래 사이에 의미상의 관련이 없기 때문에 두 노래의 연결은 필수적인 것이 아니다. 따라서 '금비둘기 노래'와 '이태백이 노래'는 모내기를 하면서 창자들이 임의로 선택한 사설의 각편에 지나지 않는다. 모내기가 아닌 다른 기능의 수행에서 불려지는 교환창에서도 이들 노래는 얼마든지 각편으로 선택될 수 있으며, 아울러 독립된 각편의 노래로서도 존재할 수 있다.

---

14) 『대계』7-2, 외동 22, '모 노래'의 일부, pp.459~460.

<모 노래>와 같이 교환창으로 부르는 (3)형식의 노래이지만, <모 노
래>와 다른 방식으로 사설의 전개가 이루어지는 민요도 있다.

① 무슨띠를 띠고왔노
　　관대띠를 띠고왔네
　무슨바지 입고왔노
　　진주바지 입고왔네
　무슨버선 신고왔노
　　타래버선 신고왔네15)

② 어쩌바라 연금아
　내돈석냥 내나라
　　이내머릴 비어서
　　양복점에다 팔아야
　　니돈석냥을 내주마

　어쩌바라 연금아
　내돈석냥 내나라
　　이내귀를 끊어서
　　꼬마떡전에다 팔아야
　　니돈석냥을 내주마

　어쩌바라 연금아
　내돈석냥 내나라
　　이내눈을 비어다
　　안경전에다 팔아야
　　니돈석냥을 내주마16)

---

15) 방종현·김사엽·최상수, 『조선민요집성』(서울: 정음사, 1948), p.109.
16) 『대계』7-7, 강구 31, '연금이 타령'의 일부, pp.653~654. <연금이 타령>은

앞에 든 민요 ①은 <놋다리 밟기>이며, 뒤에 든 민요 ②는 <연금이 타령>이다. 이들 민요는 사설이 문답의 형식으로 진행되며, 교환창으로 불려진다는 점은 <모 노래>와 다를 바 없다. 그러나 <모 노래>와는 달리, 짧게 주고 받는 사설이 분단을 이루지 않고, 전체적으로 연결되어서 온전한 의미 구성을 보이고 있다. <놋다리 밟기>는 두 줄씩 거듭되고, <연금이 타령>은 다섯 줄씩 거듭되어서 의미상의 완결을 보인다는 점에서 네 줄씩 의미 단락을 이룬 <모 노래>와 차이가 있다. 따라서 <놋다리 밟기>와 <연금이 타령>의 내용은 사설의 전개를 전체적으로 보아야 온전하게 파악된다.

이상 교환창의 예를 통해 검토한 바를 정리하면, (3)의 형식은 사설의 전개가 갖는 의미 구성의 차이에 따라 우선 다음 두 가지의 형식으로 나누어진다.

(3) 여음의 개입이 거의 없는 사설 위주의 노래
    (3)-1 짧게 주고 받는 사설이 여러 편으로 분단을 이루며 이어지는 노래
    (3)-2 짧게 주고 받는 사설이 여러 편으로 분단없이 연속되는 노래

(3)-1의 노래와 (3)-2의 노래를 의미상의 분단을 기준으로 보면, (3)-1의 노래는 각편의 짧은 노래가 선택적으로 여러 편 합쳐진 형식이며, (3)-2의 노래는 외형상 분단되는 각편을 가지나, 각편은 의미상 긴밀하게 연결되어 전체적으로 한편의 노래 형식을 이룬다. 따라서 (3)-1의 노래 각편은 독립적으로 존재할 수 있으나, (3)-2의 노래는 전체가 한편의 노래이기 때문에 외형상으로 구분되는 각편이 개별적으로 불려지

다른 지방에서 '징거미 타령'이란 이름으로도 부른다.

지 않는다.

독창으로 부르는 (3)의 노래 형식은 교환창의 경우와는 달리 외형상
의 분단이 없이 전체가 한 편의 사설로 이루어진다. 이때, 한 편의 사
설은 줄 수가 제한된 짧은 노래의 형식일 수도 있고, 줄 수가 제한없
는 긴 노래의 형식일 수도 있다.

> (3)-3 줄 수가 제한된 사설이 한편으로 된 짧은 노래
> (3)-4 줄 수가 제한없는 사설이 한 편으로 된 긴 노래

(3)-3 "줄 수가 제한된 사설이 한편으로 된 짧은 노래"의 형식은 놀
이를 하면서 부르는 동요(童謠)에 잘 나타나며, 어떤 사물이나 대상을
풍자하는 일반 민요에서도 찾아 볼 수 있다.

> 징게할멍 어데가나
> 나고같이 놀러가세
> 나고같이 안가면은
> 돌로땅에 맞이리니[17]
>
> 세월아 봄철아
> 오가지를 말어
> 알뜰한 호걸을
> 왜 늙혀놓고 가나
> 세월이 가려거든
> 너혼자나 가려므나
> 알뜰한 청춘은
> 왜 늙혀나 주나[18]

---

17) 임동권 편, 『한국민요집Ⅰ』(서울: 집문당, 1974), '징게요', p.353.
18) 『대계』1-3, 청운 9, '시절가', p.225.

첫 번째 민요는 아이들이 개울에서 징거미를 쫓아 다니며 부르는 <징게요>이며, 두 번째 민요는 늙음을 한탄하는 <시절가>이다. 두 노래는 모두 줄 수가 제한된 짧은 노래의 형식인데, <징게요>는 문답형식으로 된 네 줄의 짧은 노래인데 비해, <시절가>는 앞의 네 줄과 뒤의 네 줄이 반복구조를 형성하며 연속되어 있다. 말하자면 <시절가>의 형식은 사설의 반복 변화로 말미암아 <징게요>와 같은 단순 구조에서 다소 발전되어 있다.

<시절가>와 같은 노래에서 사설의 변화 반복이 거듭되면서, 새로운 내용과 줄거리를 포함시켜 노래가 길어지게 되면, (3)-3의 형식은 (3)-4의 형식으로 변화될 수 있다. <신세타령 노래>, <시집살이 노래> 등은 바로 <시절가>와 같은 노래 형식에서 서사적인 내용이 포함되어, 줄 수가 제한없이 길어진 (3)-4의 노래 형식을 이룬다.

독창으로 부르는 (3)-4의 형식 즉 "줄 수가 제한없는 사설이 한 편으로 된 긴 노래"는 오랫동안 혼자서 하는 여성노동에서 흔히 불려진다. 여성들이 길쌈일을 하면서 부르는 노래 중에 이런 형식의 노래가 자주 불려지는데, 이러한 노래의 가창은 길쌈일 자체의 성격에서 비롯되는 바가 크다. 길쌈일은 일하는 사람들의 행동 통일을 필수적으로 요구하지 않는다. 행동 통일이 요구되는 노동에서 불리는 노래는 선후창이나 교환창으로 부르는 것이 일반적인데, 길쌈일은 그럴 필요가 없으니, 노래도 자연 여음없는 긴 사설로 불려지는 것이다.

(3)-3의 형식과 (3)-4의 형식 역시 민요에서만 볼 수 있는 것이 아니다. (3)-3 "줄 수가 제한된 사설이 한 편으로 된 짧은 노래"로는 향가와 시조가 있으며, (3)-4 "줄 수가 제한없는 사설이 한 편으로 된 긴 노래"로는 가사(歌辭)가 있다. 여기서 (3)-3은 갈래상 단형 서정시가 주축을 이루며, (3)-4은 긴 교술시와 서사시가 본령이 된다. 이러한 (3)-3의 민요 형식과 향가, 시조, (3)-4의 민요 형식과 가사의 상호 관련성에 대해

서는 조동일 교수가 이미 언급했기 때문에19) 여기서 새삼스런 논의는
하지 않기로 한다.

Ⅲ. 결 론

민요의 형식은 겉보기로는 매우 다양하지만, 창사를 이루는 사설과
여음의 관계를 바탕으로 그 형식을 파악하면, 민요의 형식은 세 가지
의 기본 형식으로 정리된다. (1) 사설의 개입이 거의 없는 여음 위주의
노래, (2) 사설과 여음을 함께 풀어가는 노래, (3) 여음의 개입이 거의
없는 사설 위주의 노래가 그것이다.

(1) 사설의 개입이 거의 없는 여음 위주의 노래는 (2)와 (3)의 민요에
비해 앞선 시기에 형성된, 민요의 원초적인 모습을 보이는 노래이다.
따라서 (1)의 노래에 나타나는 여음은 '비밀언어'로서의 주술적 기능을
갖거나, 기능과 밀착해서 행동 통일과 힘내기의 역할을 한다. 이러한
(1)의 노래는 가창 방식과 기능에 근거한 여음의 전개 방식과 성격에
따라 (1)-1 불규칙하게 연속되는 여음 위주의 노래, (1)-2 규칙적으로 반
복되는 여음 위주의 노래로 구분된다. (1)-1의 노래는 독창으로, (1)-2의
노래는 선후창으로 불려진다.

(2) 사설과 여음을 함께 풀어 가는 노래는 선후창으로 부르는 민요
의 주축을 이룬다. 이 노래의 형식은 (1)-2의 노래 형식에서 선창 부분
의 여음 대신에 사설이 개입되기 시작해서, 그 비중이 커짐에 따라 형
성되었다. 따라서 (2)의 노래 형식은 (1)의 노래 형식과 (3)의 노래 형식
의 중간 단계를 차지한다고 볼 수 있다. (2)의 노래 역시 기능상의 성

---

19) 조동일, "민요의 형식을 통해 본 시가사의 전개", 앞의 책, pp.361~373.

격과 가창 방식에 근거하여 사설과 여음의 상호 관련성을 주목하면, (2)-1 짧은 사설과 여음이 반복되면서 단락을 이루어 가는 노래, (2)-2 연속된 사설로 한 단락을 이룬 뒤 여음이 개입되는 노래로 구분된다. (2)-1의 노래는 빠른 행동이 규칙적으로 요청되는 노동이나 유희에서 주로 불려지는 선후창의 민요이며, (2)-2의 노래는 (2)-1의 경우에 비해 비교적 여유 있는 행동이 반복적으로 요구되는 노동이나 유희에서 주로 불려지는 선후창 또는 독창의 민요이다.

(3) 여음의 개입이 거의 없는 사설 위주의 노래는 교환창과 독창으로 불려진다. 교환창으로 부르는 (3)의 노래는 (2)의 민요 형식에서 후창 부분의 여음이 사설로 대치된 형태이기 때문에, (2)의 민요 형식의 다음 단계 형식이라 할 수 있다. 독창으로 부르는 (3)의 노래 형식은 (1)의 노래 형식 중에서도 (1)-1의 노래 형식이 생성의 밑바탕이 된다. (3)의 노래 형식은 교환창과 독창에서 각각 사설의 전개가 갖는 의미 구성의 차이에 따라 다시 세분화해 볼 수 있다. 즉 (3)-1 짧게 주고 받는 사설이 여러 편으로 분단을 이루며 이어지는 노래, (3)-2 짧게 주고 받는 사설이 여러 편으로 분단없이 연속하는 노래, (3)-3 줄 수가 제한된 사설이 한 편으로 된 짧은 노래, (3)-4 줄수가 제한없는 사설이 한 편으로 된 긴 노래가 그것이다. 여기서 (3)-1과 (3)-2의 노래 형식은 교환창으로 부르는 것이며, (3)-3과 (3)-4의 노래 형식은 독창으로 부르는 것이다.

이상에서 정리한 바와 같이, 사설과 여음의 관계에서 본 시가의 기본 형식은 민요에서만 나타나는 것이 아니다. 향가, 시조와 같은 단형 서정시는 (3)-3의 노래형식에 가까우며, 여음이 개입된 고려가요는 (1)-1과 (2)-1, (2)-2의 노래 형식을 두루 갖추고 있다. 그리고 여음의 개입이 거의 없이 긴 노래로 이루어진 가사와 사사무가, 서사시는 (3)-4의 교술민요와 서사민요의 형식에 비교될 수 있다. 구비전승의 민요와 기록시가의 구체적인 비교, 검토를 통해 이들의 상호관련 양상이 명확히 파악되리라 본다.

이 글에서 제시한 민요의 기본형식은 사설과 여음의 상호 관련성을 바탕으로 하되, 가창 방식, 기능상의 성격 등을 아울러 고려하면서 설정한 것이다. 물론 몇몇의 특징적인 작품을 예로 들어 설정한 민요의 기본형식이기 때문에, 많은 작품을 근거로 하여 좀더 치밀하게 민요의 형식을 분류해 볼 여지도 있을 것이다. 그러나 이 글에서 제시한 관점과 결과가 민요의 새로운 이해에 기여하고, 민요 형식의 두드러진 특징을 체계적으로 포괄할 수 있다면, 기대한 목적을 이룬 셈이다.

제3장
민요의 서술성과 구성원리
―'서사민요'의 장르적 성격과 관련하여

Ⅰ. 서 론

　문학에서 서술(narrative)은 대체로 허구적 산문의 영역에 해당되는 문제로 생각해 왔다. 따라서 서사학(narratology) 또는 서술이론은 거의 대부분 설화나 소설 등 허구적 산문체로 이루어진 서사장르를 대상으로 삼아 왔으며, 시에 특별한 관심을 보이지 않았다. 시는 서술보다 서정이 중요한 장르적 특성을 이룬다고 생각하면서, 이미지, 상징, 비유 등의 수사학적 특징에 관심을 집중시켜 왔기 때문이다.1) 특히 신비평 이후 시에 관한 논의는 모호성, 역설, 그리고 통일성 등을 서정시 형태의 중요한 복복늘로 파악해 왔다.

　그런데 서술은 산문의 영역이나 서사장르에만 해당되는 관심사가 아니

---

1) Joseph Bristow, "Narrative Verse", edit. by Martin Coyale et al., *Encyclopedia of Literature and Criticism* (London: Routledge, 1991), pp.199~200.

다. 서술의 개념을 매우 확대했을 때, 서술은 텍스트의 연쇄(sequence)를 이루는 특별한 질서로 정의되면서 시작과 끝을 가지는 모든 문학 텍스트에 공통되는 사항으로 보기도 한다. 이 경우 서술은 텍스트 그 자체의 성질을 이루는 기본조건의 한 가지가 되며, "모든 시가 스토리를 말한다"[2]라고까지 주장하는 것도 허용될 수 있다. 그러나 서술을 이렇게까지 확대 해석하는 것은 문학 장르의 변별성을 지나치게 희석화시키고, 서술의 미학적 기능을 거의 무시하는 결과를 초래한다는 점에서 받아들일 수 없다. "모든 시가 스토리를 말한다"의 관점이 아니라, "스토리를 말하는 시가 많다"라는 관점에서 시의 서술성을 논의하는 편이 합당하다.

시에서 "스토리를 말한다"는 것은 우선 시의 담화가 스토리 즉 사건을 이야기하는 방식의 서술로 이루어져 있음을 뜻한다. 이때 서술은 시의 담화방식과 관련된 문체적 특징을 지칭하는 용어가 된다. 시는 그 문체적 특징에 따라 묘사시(descriptive poem)와 서술시(narrative poem)로 크게 구분되기도 한다. 이때 묘사시는 감각적 대상을 제재로 삼아 그 특질을 다루는 데 비해, 서술시는 삶의 과정과 조건을 제재로 삼아 이야기하고자 한다.[3] 이런 점에서 묘사는 서정시에, 서술은 서사시에 어울리고, 그 각각은 서정과 서사란 서로 다른 장르를 형성하는 본질적 속성으로 이해하게 된다. 그런데 서술은 곧 서사라는 직선적 이해의 태도는 서술시를 서사시와 동일시하는 편견을 낳는다. 서술은 엄격히 말해 문학의 문체와 관련한 형태적 개념이며, 장르 구분에 의한 명칭이 아니다. 서술시를 굳이 장르적 측면에서 말한다면, 서술시란 용어가 서술과 시의 이중적 언어로 이루어진 만큼 문학의 관습적 체계와 분류의 울타리를 벗어난다고도 볼 수 있고, 서정과 서사에 길게 걸

---

2) Joseph Bristow, 위의 책, "Narrative Verse", p.199.
3) 김준오, 『시론』(제4판, 서울: 삼지원, 1997), p.91.

처 있다고도 말할 수 있다.[4] 서술시의 이해는 이처럼 서술을 서사에,
시를 서정으로 보는 고정관념에서 벗어나야 한다. 서술시는 오히려 특
정한 장르에 한정되지 않고 탄력적인 성격을 지닌다는 점에서 특징이
있다. 따라서 서술시는 서사시만이 아니라 서정시도 될 수 있고, 서사
와 서정이 결합된 혼합장르의 성격을 지닐 수도 있는 탄력성을 지닌다.
물론 이는 서술시를 서술의 본질에 기초하여 서술시가 존재할 수 있는
가능한 전체 영역을 상정하여 장르적 성격을 말한 것에 지나지 않는다.
서술시의 장르적 성격에 관한 논의가 실질적인 성과를 거두기 위해서
는 실제 역사적으로 존재했거나 존재하는 장르종으로서의 서술시가 구
체적으로 어떤 성격을 지니는지 파악하는 작업이 요청된다.

　서술시를 역사적 장르와 관련시킬 때, 서술시는 우리 시의 오랜 역
사 속에서 실로 다양한 역사적 장르종을 거쳐 지속되어 왔음을 확인하
게 된다. 멀리 <황조가>, <구지가> 등의 고대시가에서부터 가까이로는
현대의 포스트모더니즘 시에 이르기까지 다양하게 모색된 기록문학으
로서의 시가는 물론이고 서사무가, 판소리, 서사민요[5] 등의 구비시가를
포함해서 서술시는 우리 시가문학의 다양한 장르종 속에서 폭넓게 저
변을 형성하며 일정한 맥락을 이루어 왔다.[6] 이제 이들 서술시는 그
전체적 맥락과 함께 역사적 장르종과의 개별적인 관련을 통해 제반 서
술적 특질을 구체적으로 파악해야 할 과제가 우리에게 주어져 있다.

　이 글은 바로 이러한 서술시 논의의 과제를 인식하면서, 서술시 형
성의 근원적이고 본질적인 문제를 파악하고자 하는 일환으로 구비시

---

4) Clare Regan Kinney, "Introduction: some strategies of poetic narrative",
　　Strategies of Poetic Narrative (New York: Cambridge Univ. Press, 1992), p.18.
5) '서사민요'로 통칭되어 온 민요를 말한다. 서사민요의 명칭이 적합한가에
　　대한 이견이 있으나, 민요연구에서 오랫동안 사용하면서 굳어진 용어로서
　　의 기득권을 인정해서 일단 그대로 사용하기로 한다.
6) 김준오, "서술시의 서사학", 『시와 사상』제9호(1996년 여름호, 부산: 도서출
　　판 빛남, 1996. 6).

가 중에서도 특히 서사민요를 중심으로 논의하고자 한다. 서사무가, 판소리도 서술을 중요한 담화원리로 삼고 있는 구비시가이기는 하지만, 전문적인 창자를 필요로 하고 지역적 특수성을 강하게 지니는 구비시가이다. 이에 비해 서사민요는 민중 일반이 누구나 노래를 익혀 부를 수 있으며, 또한 광범위한 지역에서 전승된다는 점에서 구비시가의 서술성 논의에 한층 보편적인 의의를 부여할 수 있다.

그런데 서사민요를 대상으로 민요의 서술성을 논의하기에 앞서 특히 유의할 점이 있다. 그것은 서사민요의 서술성 논의가 기록문학적 관점이 아니라 구비문학의 구비적 특성에서 해명되어야 한다는 점이다. 기록문학에서 서술성은 "사건에 상상적인 일관성, 전체성, 완전성, 종결성 등을 부여함으로써 사건을 가치화하려는 강력한 충동"[7]에 의해서 형성된다고 말할 수 있다. 그렇지만, 구송에 의한 민요는 사건의 삽화적 구성에 의해 서술의 단편성, 비완결성이 강하고, 서술적 맥락의 일관성이 부족하기 쉬우며, 서술의 내용도 서술자의 입장에서 현실화시키거나 자기화하는 경향이 두드러지게 나타난다. 이런 점에서 민요의 서술적 특성은 기록문학의 서사체에 관한 기준으로 파악하기 곤란하며, 구송의 구비적 특성을 고려하지 않고서는 올바른 이해에 이를 수 없다. 기록시가의 서사체나 구비시가의 서사체가 일정한 사건을 서술의 대상으로 삼는다는 점에서 일치하지만, 전자는 일정한 가치질서에 연관된 것으로 사건을 재기술하는 반면,[8] 후자는 선경험으로 익혀서 저장된 시구의 형태나 공식어구(formula)에 바탕을 두고 자연스럽게 노

---

7) Louis O. Mink, "Everyman His or Her Own Annalist"(윤효녕 옮김), 『현대 서술 이론의 흐름』(석경징 외 엮음, 서울: 솔출판사, 1997. 1), p.216.

8) 특히 화이트(Hayden White)는 서술을 중립적인 담론형식이 아니라 특정한 정치적 이데올로기적 함의를 지닌 인식론적 선택과 관련시킨다. 이 점에 관한 화이트의 자세한 논의는 Hayden White, "The Value of Narrativity in the Representation of Reality"(전은경 옮김), 위의 책, 『현대 서술 이론의 흐름』(석경징 외 엮음), pp.175~212를 참조.

래로 부르게 된다.9) 이때 노래로 불려지는 민요의 서술은 구송자의 의
식적인 의도보다는 그동안 구송자가 불러왔던 노래들의 기억을 바탕으
로 재창조되는 것이다.

이 글은 바로 민요의 이러한 구비적 특성을 고려하여 특히 서사민요
의 장르적 성격을 재검토한 다음, 민요의 서술성과 서술원리를 구체적
으로 파악하는 것을 목표로 삼아 진행된다.

Ⅱ. 서사민요의 장르적 성격

'서사민요'란 명칭은 조동일에 의해서 본격 사용되기 시작한 용어이
다. 그는 길쌈노동요로 불리는 일련의 민요 유형을 처음으로 본격적이
고 체계있게 논의하는 자리에서, 이들 민요 유형이 장르상 서사에 해
당한다고 하면서 서사민요로 통칭한 바 있다.10) 그리고 최근에는 동아
시아 구비서사시의 전체적 양상과 변화를 살피는 자리에서, 서사민요
가 구비서사시 중에서도 신앙서사시·창세서사시·영웅서사시와 구분
된다고 하고, 예사 사람을 주인공으로 하는 생활서사시이면서 주로 애
정을 문제삼는 특징을 보인다고 했다.11) 이 글에서 갖는 관심 사항은
서사민요라 했거나 생활서사시라 했거나, 이들 민요의 장르적 성격을
서사장르로만 한정시키는 것이 타당한가 하는 점이다.

길쌈노동요로 불려지는 일군의 민요를 서사민요라 하여 장르상 서사
에 해당한다고 규정한 주장에 이견이 제기될 수 있다. 물론 조동일이

---

9) Walter J. Ong, *Orality and Literacy* (이기우·임명진 옮김, 서울: 문예출판
   사, 1995), pp.216~217 참조.
10) 조동일, 『서사민요연구』(증보판, 대구: 계명대출판부, 1979. 8), pp.42~59.
11) 조동일, 『동아시아 구비서사시의 양상과 변천』(서울: 문학과지성사, 1977.
    10), pp.140~142.

논의한 서사민요가 일정한 성격의 인물과 일정한 사건의 서술로 이루어진 점은 인정되지만, 이러한 서술적 특징만을 중시해서 서사민요를 장르상 서사에 속한다고 하는 것은 납득하기 어려운 점이 있다.

사실 이에 관한 의문은 이미 여러분에 의해서 제기되어 왔다. 김흥규는 서사민요를 일단 서사적 갈래에 소속시키는 것을 인정하면서도 서사민요의 "서사성은 때때로 서정적인 것의 경계선에 근접하거나 엇걸치는 주변성을 띠기도 한다"[12]라고 하여 그 주정적(主情的) 면모를 결코 무시할 수 없음을 토로한 바 있다. 그리고 최철은 "서사민요가 장르 복합적이거나 전이형의 갈래적 속성을 지니고 있다"[13]라고 했으며, 허남춘도 제주도 시집살이 노래의 예를 들어 다수가 서사적인 것과 서정적인 것을 주제적 양식으로 통합하고 있음을 밝혀서 서사민요를 서사장르로만 고정시키는 것에 강한 의문을 달았다.[14] 조동일 자신도 문학의 장르를 논의하는 다른 자리에서 "일군의 서사민요는 자아의 우위를 설정해 때로는 세계의 자아화 같은 느낌조차 주면서도 자아의 패배를 정석적인 결말로 삼고 있다"[15]고 하여 서사민요의 서정성을 경우에 따라 인정할 수 있는 여지를 두고 있다. 그가 서사민요를 두고 언급한 '세계의 자아화'는 서사가 아니라 서정의 장르적 속성이기 때문이다.

그런데 조동일의 서정, 서사, 희곡, 교술의 4분법에 의한 장르체계는 문학의 보편적 실재를 이론적으로 구조화한 장르론에 해당한다는 점에서, 4분법 이외에 중간장르나 혼합장르같은 다른 장르류를 처음부터 설정할 수 없게 되어 있다. 그러면 그가 서사민요를 두고 세계의 자아

---

12) 김흥규, 『한국문학의 이해』(서울: 민음사, 1986. 4), p.85.
13) 최철, 『한국민요학』(서울: 연세대출판부, 1992), pp.107~108.
14) 허남춘, "「서사민요」란 장르규정에 대한 이견", 『제주문화연구』(현지김영돈박사화갑기념논문집 간행위원회 편, 제주: 도서출판 제주문화, 1993. 12), pp.63~80.
15) 조동일, 『한국소설의 이론』(서울: 지식산업사, 1977), p.124.

화란 서정의 속성을 언급한 것은 어떻게 볼 수 있는가. 이에 대해 조동
일은 장르 개념으로서가 아니라 "어떤 장르에 속한 작품의 이차적 특
징"으로 서정적, 서사적과 같은 관형사의 명칭 사용을 허용할 수 있다
고 했다.16) 그런데 최근의 장르이론들은 조동일이 작품의 이차적 특징
으로 인정했던 성질을 장르 자체의 본질적 속성으로 허용하는 방향으
로 나아가고 있다. 이는 보편적 실재보다 역사적 실재로서의 장르를
주목할 경우 장르적 속성의 변화, 이동, 혼합 등의 다양한 양상이 현저
하게 나타나기 때문이다. 이에 따라 한국문학의 장르 논의도 문학 장
르를 상대적 범주의 개념이나 좌표적 개념으로 설정하여 실제 역사적
장르종이나 작품이 보여주는 다양한 양상을 포괄하고자 하는 노력으로
전개되기도 했다.17)

　그러면 서사민요를 상대적 범주나 좌표적 개념으로 장르를 파악하는
관점에 의거해 보자. 서사민요가 일정한 사건의 서술에 의한 서사성을
분명히 가지는 점을 인정하면서도, 단번에 서사나 서사적 장르에 소속
시키는 것을 주저하게 된다. 이미 여러분의 이견 제시를 통해 거론되
었듯이, 서사민요가 서정적 성격도 강하게 지닌다는 점을 긍정하지 않
을 수 없기 때문이다. 따라서 서사민요를 서정적 서사이거나 서사적
서정, 아니면 서정과 서사가 결합된 혼합장르로 보는 편이 그 복합적
성격을 동시에 인정할 수 있다는 이점을 가지게 된다.

　서사민요의 장르적 성격은 서구의 밸러드(ballad)에 비교되는 것으
로 검토될 수 있다. 서구의 밸러드가 우리의 서사민요와 여러모로 상

16) 조동일, 위의 책, 『한국소설의 이론』, p.117.
17) 한국문학 특히 현대문학의 역사적 장르가 갖는 실제적 성격을 상대적 범
　주의 차원에서 논의한 것이 김준오의 『한국현대장르비평론』(서울: 문학과
　지성사, 1990)이다. 그리고 문학장르를 좌표적 개념의 틀로서 받아들이고
　한국문학의 역사적 장르종이 갖는 개별적 성격을 논의한 것은 김흥규의
　『한국문학의 이해』(앞의 책)에서 제시된 "한국문학의 갈래"이다.

통하는 점을 가지고 있기 때문이다. 조동일도 이점을 이미 거론한 바 있다. 밸러드의 특징이 "(1) 이야기이고, 이야기를 이루는 요소들 중에서 사건이 가장 중요하다, (2) 노래로 불리어진다, (3)내용, 문체, 의미가 민중적이다, (4) 단일한 사건을 집중적으로 다룬다, (5) 비개성적이다"고 한다면, 이러한 특징은 서사민요에서도 그대로 나타난다는 것이다.[18] 대체로 이 점은 누구나 수긍할 수 있다. 그런데 조동일은 서사민요와 밸러드와의 관련성이 세부적 특징의 논의에 앞서 밸러드가 영웅서사시(heroic epic)와 함께 서구문학에서 구비율문으로 된 대표적인 서사 또는 구비서사시에 해당되며, 이 밸러드와 유사성이 뚜렷한 장르가 서사민요라는 전제를 하고 있다.

여기서 서사민요는 우선 제쳐두고라도 밸러드의 장르적 성격을 서사로만 볼 수 없다는 데에서 문제가 발생한다. 서구문학에서도 밸러드를 서사로 보는 견해는 드물다. 오히려 서정시의 하위장르[19]나 서사적 서정[20]으로 보아서 서정에 더 무게를 두는 것이 예사이다. 아니면 내용상의 서사와 형식상의 서정이 결합된 것,[21] "대중화된 서정성

---

18) 조동일, 앞의 책, 『서사민요연구』, p.51. 그런데 조동일이 위 인용문에서 제시한 (1)~(5)의 사항은 M. Leach (edit.), *Standard Dictionary of Folklore, Mythology, and Legend* (New York: Funk & Wagnalls Company, 1949), p.106을 참조한 것이다. 단, 원문에는 "(1) 밸러드는 서술이다(A ballad is narrative)"라고 되어 있는데, 위 인용문의 (1)은 원문에서 (1)을 부가해서 설명하는 부분에서 "밸러드는 이야기이다. 모든 서술에 공통적인 행위, 인물, 배경, 그리고 주제의 4가지 요소 중에서 밸러드는 사건을 제일 중요시한다."라는 구절을 요약한 것이다. 원문을 따르면 밸러드의 서술성이 강조되고, 위 인용문을 따르면 이야기로서의 사건 즉 서사성이 중시된다.

19) Marlies K. Danziger, *An Introduction to Literary Criticism* (D. C. Heath and Company, 1961), p.71.

20) 기야르(Albert Guérard)는 밸러드가 서사적 또는 서술적 형식과 서정의 정신이 결합된 서사적(서술적) 서정에 속한다고 보았다. P. Hernadi, *Beyond Genre* (Ithaca and London: Cornell Univ. Press, 1972), p.58.

21) G. W. F. Hegel, *Aesthetik II*(최동호 역, 열음사, 1987), p.143.

을 매개로 하여 서사적 사건을 이야기하는 단순한 서술시"[22]로 보거
나 "주석적 제시(authorical presentation)와 몰개성적 재현(impersonating
representation) 사이 혹은 시적 담화의 '실존적' 원리와 '모방적' 원리
사이의 상호작용의 결과에서 발생한 것"[23]으로 보아서 장르적 성격
을 뚜렷이 설정하는 것을 유보하기도 한다. 특히 다음과 같이 밸러드
를 보는 관점은 파격적이다.

> 밸러드는 극적(dramatic)이다. 우리에게 일어나고 있는 사건에 대해
> 서 말하고 있는 것이 아니라, 사건이 일어나고 있다는 것을 우리에
> 게 보여주고 있다. 이 장르의 예술적 근거는 행위에 대한 집중성과
> 직접성이 주어지고, 그리고 절정에 대한 정서적 충동을 고조시킴으
> 로써 드러난다.[24]

위의 견해는 밸러드가 짧은 서술민요(a short narrative song)이면서,
그 장르적 성격은 서사적이기보다 극적이라는 것이다. 대체로 서사가
과거시제로 있었던 사건을 서술하고 있는 것과 달리, 이 밸러드는 어
떤 행위를 현재적인 것으로 직접 보여주면서 그 행위에 대한 강한 정
서적 집중을 이끈다는 것이다. 분명 밸러드는 이런 행위의 직접성과
집중성을 나타내기 위해 대화법을 자주 사용한다. 그리고 밸러드에는
'나'라는 서술자가 쉽게 개입할 수 있는데, 그렇다고 개인적 판단으로
말하는 것이 아니라 대중의 목소리를 대신한다는 것을 잘 알고 있다는
것이다.[25] 이런 견해에 따르면, 밸러드를 극적인 장르라고 할 수 있다.

---

22) Alexander Haggerty, "The Popular Ballad", *The Science of Folklore* (New York
   : W. W. Norton & Company Inc., 1930), p.173.
23) P. Hernadi, 앞의 책, *Beyond Genre*, p.53.
24) Alex Preminger (edit.), *Princeton Encyclopedia of Poetry & Poetics* (Enlarged
   Edition, Princeton Univ. Press, 1974), p.62.
25) Alex Preminger (edit.), 위의 책, *Princeton Encyclopedia of Poetry & Poetics,*

그러나 밸러드는 극적 장르가 갖추어야 할 기본적인 요소인 연출(공연)을 전제[26]로 한 행위를 필요로 하지 않는다. 설사 밸러드에 행위가 강조된다고 해도 그 행위는 단지 서술 내용에 한정되는 것일 뿐 서술자가 그 행위를 직접 연출하는 것이 아니다. 이런 점에서 밸러드를 극적 장르로 보는 것은 무리이다. 그렇지만 밸러드가 장르 설정의 결정력은 없지만 극적 성격을 미약하게나마 지닌다는 점이 인정되고, 이는 밸러드를 서사장르로만 고정시켜 보는 관점에 한 반성점을 제공하는 것이다. 이와 아울러 극적 성격으로 본 행위의 직접성과 집중성, 절정에 대한 정서적 충동의 고조, 그리고 '나'의 서술자 개입과 같은 요소는 다른 한편으로 밸러드에서 서정성이 극화된 것을 의미할 수 있다. 이에 따르면 밸러드는 이야기의 서술에 의한 서사성과 함께 강한 서정성을 지니고 있다고 파악할 수 있다.

서구문학에서 밸러드는 서사시(epic)와 함께 구비율문의 서사로서가 아니라 구비율문의 서술시로서 위상을 갖는 대표적인 두 유형이다. 다만 서사시가 영웅적 인물에 강조점을 두고 그 일련의 영웅적 행위를 노래하는 장편 서술시라 한다면, 밸러드는 서사시보다 상대적으로 짧으면서, 일련의 영웅적 행위보다는 일상적인 인물이 겪는 삽화(episode)적 사건을 집중해서 노래로 부르는 서술시이다.[27] 여기서 주목할 사항은 밸러드가 '삽화적 사건'을 '집중'해서 노래로 부른다는 것이다. 이는 서사민요가 사건의 연속성이 뚜렷하지 않는 만큼 스토리도 선형 플롯을 가지지 못하며, 사건의 변화에 따라 관심을 이동시키는 것이 아니라 특정한 사건에 대한 집중적 관심과 정서적 반응을 중시한다는 것으로 풀이할 수 있다. 그렇다면 밸러드는 서사성보다 서정성이 더욱 강

---

p.62.

26) 민병욱, 『희곡문학론』(서울: 민지사, 1991. 3), p.21.

27) Ruth Finnegan, *Oral Poetry* (Cambridge Univ. Press, 1977), pp.10~12.

조된다고 달리 말할 수 있다.

이제 우리의 이른바 서사민요가 이러한 서술시로서의 밸러드와 과연 유사한 장르적 성격을 지니는지 검토해 볼 차례이다.

조동일은 '서사민요'가 서사일 수 있는 근거로 (1) 일정한 성격을 지닌 인물과 (2) 일정한 질서를 지닌 사건을 갖춘, (3) 있을 수 있는 이야기로 구성된다는 점을 들었다. 일단 서사민요가 인물, 사건, 그리고 배경(허구적 세계)을 지니고 있음을 말해서 서사장르가 갖추어야 할 최소한의 요건을 지니고 있음을 보이고자 했다. 그러나 이 세 가지 사항을 좀더 자세히 검토한 내용을 보면, 허남춘이 이미 지적했듯이,[28] 서사민요가 오히려 서사장르로서의 취약성을 드러내고 있음을 확인하게 된다.

첫째, 인물은 일상적이고 평범한 인물이되 성격적인 대립이 선명하지 않아서 인물이 하는 구실이 별로 중요하지 않다고 했다.[29] 서사민요 중에서도 <시집살이 노래>의 일부 유형에서 며느리 대 시집식구 사이의 대립이 형성되기도 하지만, 다른 유형의 민요에서는 위의 지적처럼 인물의 성격적 대립이 뚜렷하지 않다. 그러나 서사시나 기록문학의 다른 서사체는 플롯의 전개에 따라 인물간의 갈등을 뚜렷이 드러내는 것이 예사이다. 이런 점에서 서사민요의 인물은 서사적 기능을 충실히 수행하는 인물이라 보기 어렵다. 서정시에서도 흔히 극적 화법(혹은 극적 목소리)에 의해 퍼소나(persona)로서의 시적 화자가 설정되는데, 서사민요의 인물은 이러한 퍼소나이면서 서술내용의 초점화자라고 볼 수 있다.

둘째로 사건에 관한 사항이다. 서사민요는 사건이 가장 중요한데, 사건 역시 일상적이고 현실적이되 구성적 질서가 없이 단순한 단일

---

28) 허남춘, 앞의 글, "「서사민요」란 장르규정에 대한 이견", p.69.
29) 조동일, 앞의 책, 『서사민요연구』, p.47.

사건에 집중한다는 것이다.30) 이 점은 밸러드에도 현저하게 나타나는
특징인데, 삽화적 사건을 다채로운 장식적 표현을 통해 관심을 확대
하고 고조시킴으로써 청중의 정서적 반응을 유도하고 있는 것임을
이미 말했다.

마지막 셋째로 이야기는 실제 현실의 일이기보다 상상력에 의한
창조된 현실의 반영이라는 것이다.31) 따라서 서사민요에서 노래되는
세계는 허구화된 현실로서 창자는 그 세계에 대해 일정한 심리적 거
리를 유지하면서 객관화시킬 수 있는 여유를 가지게 된다고 했다.32)
그러나 서사민요의 작품세계에 대해서 창자나 청중들은 일정한 심리
적 거리감과 함께 공감을 아울러 가지게 된다.33) 이 공감은 민요를
노래하는 창자의 의식이나 그것을 듣는 청자의 의식이 작품세계를
자신들의 처지와 관련하여 현재화함으로써 정서적 자기동일화
(self-identification)를 경험하는 것을 말한다. 시집살이 노래를 현지조
사한 바 있는 서영숙의 다음과 같은 보고는 이 점을 입증하는 한 사
례로 삼을 수 있다.

시집살이 노래 집단은 동질적이며 폐쇄적이다. 만일 이질적인 사
람 -남자가 다른 처지의 여자가 있을 경우에는 그 노래 집단은 원래
의 분위기을 잃고 만다. 이러한 동질성이 잘못해서 깨어졌을 경우에
웃지 못할 곤란한 사건이 벌어지곤 하는데 시잡살이 노래를 부르고
듣는 사람들은 한두번의 그런 경험을 가지고 있었다. 어떤 이는 남
편이 자는 줄 알고 혼잣말로 남편에 대한 바람과 실망을 노래한 <칼

30) 조동일, 앞의 책, 『서사민요연구』, pp.47~48.
31) 조동일, 앞의 책, 『서사민요연구』, pp.44~45.
32) 조동일, 앞의 책, 『서사민요연구』, p.38.
33) 강등학, "서사민요와 반복의 기능", 『한국 민요의 현장과 장르론적 관심』
    (서울: 집문당, 1996. 9), p.282.

찬 낭군노래>를 불렀는데 남편이 듣고는 크게 화를 내더라는 이야기를 했다.[34]

위의 보고 내용은 시집살이 노래의 구연상황과 관련한 경험적 사실을 통해 노래 집단의 성격을 말한 것이다. 그러면서 이 내용은 구연되는 시집살이 노래에 대한 창자 및 청자의 의식을 보여주는 사례이기도 하다. 시집살이 노래가 동질적인 집단에 의해 불려진다는 것 자체가 그 노래에 대한 의식의 공유를 말하는 것이 되며, 개인적으로는 그 노래를 통해 자기동일화의 경험을 갖게 된다는 것을 의미한다. 그리고 남편을 원망하는 노래를 들은 남편이 화를 내었던 것도 그 노래를 허구화된 것으로 받아들이지 않고 현재적 의미를 갖는 것으로 받아들였기 때문이다. 이와 유사한 사례는 민요의 현장조사시에 쉽사리 경험할 수 있다. 특히 시집살이 노래와 같이 처량한 신세를 이야기하는 노래를 부를 경우, 창자나 청자가 눈시울을 적시거나 눈물을 흘리는 경우를 쉽게 접하게 된다.[35] 이는 그만큼 그 노래에 대해서 창자나 청자가 감정을 몰입시켜 서술적 경험을 자기화 내지 현재화를 했기 때문이다.

서사민요에서 이야기되는 세계는 이처럼 창자나 청자와 객관적 거리를 두는 허구화된 세계이면서 동시에 거리의 결핍 내지 소멸을 통해 그 세계에 몰입함으로써 정서적 카타르시스를 경험하게 되는 자기화 내지 현재화의 세계인 것이다. 여기서 거리의 결핍 내지 소멸이란 자아와 세계 사이에 거리를 두지 않음으로써 자아와 세계의 상호동화 내지 상호융합이 이루어지는 것을 말하며, 이는 바로 서정시의 본질이기도 하다.[36] 이런 점에서 서사민요는 서사적이면서 또한 대단히 서정적

---

34) 서영숙, 『시집살이 노래 연구』(도서출판 박이정, 1996. 9), p.16.
35) 서영숙, 위의 책, 『시집살이 노래 연구』, p.147에 이와 같은 사례를 겪은 경험담과 함께 관련 자료가 채록되어 있다.
36) 김준오, 앞의 책, 『시론』, p.36.

이다는 것이 필자의 견해이다.

이상의 논의에서 서사민요를 서사장르로만 볼 수 없다는 점을 여러 모로 따져서, 결과적으로 서사민요의 서사성을 한편으로 인정하지만 서사성보다는 서정성을 더욱 강하게 드러내는 장르라는 점을 피력하였다. 서구문학에서 벨러드의 장르적 성격을 서사적 서정 또는 서사와 서정이 결합된 혼합장르라고 파악하기도 하듯이, 우리의 서사민요도 그렇게 볼 수 있다. 이 점은 물론 다음 장에서 서사민요의 서술성을 실제 작품을 통해 파악하는 과정에서 좀더 자연스럽게 해명될 것이다. 그러나 아직도 서사민요의 장르적 성격을 분명하게 말할 만큼 충분한 조건을 갖추지 못했음을 솔직히 시인하지 않을 수 없다. 왜냐하면 그런 충분한 조건이란 먼저 문학의 장르체계에 대한 전반적 검토와 정립된 의견의 개진이 있은 후 장르체계의 독자적 대안을 마련하는 데까지 나아가는 것을 의미한다면, 겨우 몇 가지 의문을 가지고 문제점을 찾아서 나름의 가설적인 답을 마련하는 정도에 그치고 있기 때문이다.

Ⅲ. 서사민요의 서술성과 구성원리

1. 서술의 패턴과 통합적 구성원리

무가, 판소리 등 비교적 길게 서술되는 구비시가 문자를 모르는 창자들에 의해 어떻게 노래로 불려지고 또 전승되는가에 관한 연구는 특히 패리(M.Parry)와 로드(Albert B. Lord)에 의해 구축된 구비시에 관한 작시이론에 크게 도움을 받았다고 말할 수 있다. 서사민요도 무가와 판소리만큼 장편의 서술시는 아니지만, 일정한 이야기를 서술한다는 점에서 이들 구비시의 작시원리가 공통적으로 적용될 수 있다.

패리의 제자인 로드는, 패리가 정의한 공식어구(formula)를 탄력적으로 해석하는 한편,[37] 구비시의 작시는 공식어구와 함께 주제소(theme),[38] 스토리 패턴(story pattern)의 3가지 방법에 의해서 이루어진다고 파악했다. 이 3가지는 구비시의 서술이 이루어지는 '서술의 견고한 골격'(the stable skeleton of narrative)이라 하겠는데, 이를 바탕으로 구연자는 '바로 그 노래'라고 느끼는 노래를 구연하게 된다는 것이다.[39] 물론 패리와 로드의 구비시 작시이론은 그동안 여러 다른 나라의 구비시에 폭넓게 적용되면서 확장되기도 했지만, 그에 대한 비판적 검토와 함께 수정, 보완을 거쳐 왔다.[40] 이를테면, 나지(Gregory Nagy)는 공식어구와

---

37) 'formula'를 우리말로 옮긴 용어는 공식어구, 공식적 표현, 정형구 등으로 다양하다. 원어의 뜻에 적합한 용어를 찾기 어려우나, 보편적으로 많이 쓰이는 공식어구란 용어를 일단 취하고자 한다. 패리(M. Parry)는 공식어구(formula)를 "어떤 주어진 기본적인 생각(idea)을 표현하기 위하여 꼭 같은 운율의 조건 아래에서 규칙적으로 활용되는 어휘군"으로 정의하고, 구비시는 이 공식어구의 활용을 중심으로 작시가 이루어진다고 했다. M. Parry, "Studies in the Epic Technic of Oral Verse-Making. I: Homer and Homeric Style", HSCP, 41:80(1930). Albert B. Lord, *the Singer of Tales* (New York: Atheneum, 1973), p.30에서 재인용. 또한 로드(Albert B. Lord)는 패리의 정의에 "생각(thought)과 노래(sung verse)의 결합에 의한 소산"(*the Singer of Tales*, p.31)이란 다소 융통성 있는 자신의 정의를 보태어 공식어구의 풍부한 사례를 조사, 분석하였다.

38) 로드에 의하면 주제소(theme)란 "전통민요의 공식어구에 의한 문체에서 이야기를 말하는데 규칙적으로 사용되는 일단의 생각"(Albert B. Lord, 앞의 책, *the Singer of Tales*, p.68)이다. 말하자면 이 주제소는 서술문법의 구성단위로, 서술의 공식어구(narrative formula)로 달리 쉽게 생각할 수 있다. 그리고 로드가 말한 주제소는 크게 3가지 특징을 가지는 것으로 파악할 수 있는데, 그것은 첫째, 어휘보다 생각을 단위화하며, 둘째 그것의 구조는 압축, 탈락 혹은 첨가의 다양한 형식을 허용하고, 셋째 그것들은 개인적인 동시에 문맥적 동일성을 갖는다고 정리할 수 있다. John Miles Foley, *The Theory of Oral Composition* (Bloomington & Indianapolis: Indiana Univ. Press, 1988), p.42 참조.

39) Albert B. Lord, 앞의 책, *the Singer of Tales*, p.99.

40) 패리, 로드 이후 구비시의 작시이론이 전개된 전체적 과정과 그 특징, 그

운율의 관계를 집중적으로 따져서 "공식어구와 운율의 진정한 관계는 고정된 운율과 그에 맞추어진 어휘의 관계가 아니라, 어법자질이 결과적으로 스스로의 운율을 산출함으로써 오히려 점진적 변화와 특권의 완화에 이르는 것이다"라는 주목할 만한 견해를 피력했다. 또한 네글러(Michael Nagler)는 나지와는 다른 시각에서 구비성과 예술성의 관계를 밝히고자 했는데, 특히 공식어구에 대한 텍스트 중심의 엄격한 정의를 완화할 필요가 있다고 제안했다. 그래서 폐쇄적인 공식어구의 체계로부터 개방적인 동질이형의 여러 부류(family of allomorphs)에까지, 주어진 어구가 관련되는 문맥의 범위를 확대시켜야 한다고 했다. 피네간(Ruth Finnegan) 역시 로드의 작시이론을 비판적으로 검토한 인물 중의 한 사람이다. 그는 구비시의 작시에 대한 기억설을 비판하는 한편 구비시가만의 공식어구 주장에 반론을 제기했다. 즉 공식어구는 구비시 이외에 문자로 창작된 기록시가에도 빈번히 사용되고 있다는 것이다. 이와 아울러 공식어구가 연구자들에 따라 실제 작품의 적용에서 상당한 편차를 보이고 있음을 지적하고, 이런 상황에서 두간(Joseph J. Duggan)과 같이 공식어구의 밀도를 조사하는 일은 무의미하다는 것이다.[41] 한편 폴리(Jone Miles Foley)는 패리와 로드가 이룬 성과를 발전적으로 계승하기 위해서는 다양한 작시이론이 모색되어야 한다고 하면서, 구비시의 작시원리는 전통의 의존관계(tradition-dependence), 장르의 의존관계(genre-dependence), 텍스트의 의존관계(text-dependence)란 3가지의 비교에 의해서 검토되어야 한다고 제안하기도 했다.

이상과 같이 패리와 로드의 구비 공식어구의 이론은 비판적 검토에

리고 구비시 이론의 나아갈 방향에 관하여 다음의 글에서 자세히 검토되었다. John Miles Foley, 앞의 책, *The Theory of Oral Composition*, pp.94~111. 이하 본문에서 언급한 내용도 이 글에서 이루어진 내용을 참고한 것이다.

41) Ruth Finnegan, 앞의 책, *Oral Poetry*, pp.53~72.

의한 수정과 보완을 거쳐 구비시의 구비적 특성을 밝히는 데 크게 기여했다고 말할 수 있다. 여기서 중요한 사항은, 첫째 공식어구를 기억에 의존하는 반복적 재생산과 폐쇄적인 전승의 차원에서 파악할 것이 아니라, 구비시의 다양한 어구를 생산하는 개방적 형식의 원리로 인식하는 전환이 필요하다는 것과, 둘째 공식어구의 문체가 구비시 이외에도 발견된다는 점에서 구비시와 문자로 창작된 전통시와의 비교적 시각에서 상호작용의 원리를 파악하는 과제가 주어져 있다는 것이다.

이제 패리와 로드, 그리고 피네간 등에 의해 이루어진 구비시의 작시이론은 그동안 우리의 구비시 연구에도 유용하게 적용되어 왔다. 물론 서사민요를 비롯한 민요의 연구에도 이러한 노력이 상당한 성과를 거둔 것이 사실이다.[42] 특히 구비 공식어구 이론에 입각한 서사민요의 문체적 특징은 선행 연구에서 괄목할 진전을 이룩했다. 따라서 이 부분에 관한 논의는 선행연구에 미루기로 하고, 서사민요의 서술이 전체적으로 어떤 패턴을 보이는가에 초점을 두고 논의를 진행하고자 한다. 여기서 서사민요의 서술 패턴은 자연스럽게 서사민요가 갖는 장르적 성격을 밝히는 일과 연결될 것이다.

서사민요가 전체적으로 어떤 서술 패턴을 보여주고 있는지 파악하기 위해, 서사민요의 대표적 유형(type)이라 할 시집살이 노래의 한 각편(version)을 들어 보자.

---

42) 조동일이 『서사민요연구』(앞의 책)에서 서사민요의 유형구조와 공식적·관용적 표현의 문체를 파악한 방법은 독자적 모색에 의한 것이지만, 로드의 공식어구 이론과 상통하는 점이 많다. 그리고 강등학의 "서사민요의 각편(version) 구성의 일면", 《도남학보》 제5호(도남학회, 1982)는 처음으로 민요의 연구에 공식어구 이론을 원용한 것으로 눈여겨 볼 만한 가치를 지닌다. 서사민요를 대상으로 한 것은 아니지만, 같은 이의 『정선 아라리의 연구』(서울: 집문당, 1988)도 구비 공식어구이론을 적용한 본보기가 된다.

T1 아가아가 서울아가 뒷동산에 밭가매라
    뒷동산에 밭을매로 가인께로
    시대삿갓 식이쓰고 은가락지 쪘던손에
    호맹이꽁치 웬일인고
    가죽신신은 진배긴 가죽신을 벗어놓고
    뒷축없는 헌신째기 신고 뒷동산에 밭을매로가이
T2 불겉이라 더운날에 미겉이라 지슨밭을
    한골매고 두골매고 삼시골을 거듭매니
    다른점슴 다나와도 이내점슴 안나오네
T3 집이라고 휘어드니 대문간에 들어시니
    호랑하는 시아부지 범같이 나려시미
    이메느라 저므느라 고거일사 일이라고 낮에해를 못채웠나
    그꾸지람 민하자고 큰방을 달라들어 어무님을 찾아보니
    아가아가 미늘아가 그거라사 일이라고 낮에해를 못채웠나
    그꾸지람 민하자고 사칸정지 들어서니
    위씨겉은 시누씨가 사칸정지 뒤우리미
    이올키야 저올키야 그거라사 일이라고 낮에해를 못채웠나
    그꾸지람 민하자고 모티이라 돌아가니
    유두겉은 시아즈바이 검은눈창 어데두고 흰눈창을 달고보네
T4 그꾸제람 민해놓고
    아가아가 뱁이나 한술주면 좋지
    어지찌어 딩기밥을 사발국만 덮어주네
    쟁이라고 주는거는 삼년묵은 꼬랑장을 접시눈만 덮어주네
    숟가락이라고 주는거는 이웃집의 통시가래 갖다주네
    이밥묵고 우예하리
T5 님의방을 찾아들어 미닫이 밀어놓고 열닫이 열어놓고
    아홉폭 모시처매 한폭따서 꼬깔 접고
    두폭따서 바랑접고 줄대글러 작대짚고
    나는가오 나는가오 서울이라 올라가서

　　　　우리임을 찾아보고 절간으로 나는가요
T6　호랭이겉은 시아바이 아가아가 미늘아가 아들오마 뭐러카라노
　　　오늘날짜 가는날에 천기복덕 받아가주 절간으로 갈랍니더
　　　가지마라 가지마라 아들오마 머라카노
　　　야시겉은 시어미가 대문간에 훌쳐내미
　　　가지마라 가지마라 서울갔던 아들오만
　　　너어데 갔다하노 절간으로 갔다하소
　　　위씨겉은 시누씨가 허리불끈 거머지미
　　　히야히야 가지마라 우리 오빠오만 뭐라하라라하노
　　　절간으로 갔다하라
T7　그길로 나서가주 서울이라 지치달아
　　　달도밝고 별도밝다 이달보고 나오는임은 날이나 한번보지
　　　서당에 글읽다가 거게왔는 그대사는 우리마누라 같으시네
　　　버선발로 뛰나오시니 가지말게 가지말게
　　　자네부모 천년살며 우리부모 만년사나 우리둘이 매양살지
　　　석달열흘만 되면 과거해가지고 갈것인께가 집으로 돌아가게
T8　그말마소 그말마소 시대삿갓 식이쓰고 호멩이꽁치 손에들고
　　　불겉이라 덥은날에 미거치라 지슨밭을 매고오이
　　　삼년묵은 꼬랑장칸 어지찌어 딩기밥을주디 우예 가겠심니꺼
　　　나는가요 절로가요 하민고만 히어지네
T9　팔랑팔랑 풀댕기 왔다갔다 띄는구나
　　　모랭이로 돌아가니 돌아갔다
　　　절간으로 들어시미 깎아주소 깎아주소 이내머리 깎아주소
T10　한귀밑을 깎고나니 시청겉은 눈물이 맺거니 듣거니
　　　양귀밑을 깎고나니 갱이됐네 갱이됐네
　　　강이된께 오리한쌍 떠들오고 기우한쌍 떠들오네
　　　이오리야 이기우야 어데 강이없어
　　　눈물강을 강이라고 쌍쌍이 떠들오노
　　　그러구러 그머리를 깎아씨고 수건으로

T11 열두방을 뜨고나니 아홉상자 거느리고 동냥하로 가나니
    아홉상자 거느리고 친정곳을 동냥가니
T12 대문안에 들어서니 조용히 나시민서
    거게왔는 저대사는 우리아씨 빼꽂았네
    그말마소 그말마소 동서남북 다댕기께 같은사람 쎄었대요
    정지문앞 들어서니 우리언니 썩나서미
    그게왔는 그대사는 우리시누 영송하다
    동서남북 다댕기께 같은사람 쎄었대요
    방문앞에 들어서니 우리엄마 썩나서미
    그게왔는 그대사는 우리딸이 영송하다
T13 어무이손목 내가잡고 어무이 지가왔소
    내손목 어무이잡고 대성통곡 하고나서
    울아부지 어데갔오 널찾아서 나간제가 석삼년이 되얐다
    울오루베 어데갔오 너찾으러 나간제가 석삼년이 되었다
T14 아홉상제 거느리고 저는절로 갈랍니더
    동냥주소 동냥주소 밉쌀닷말 좁쌀닷말 주민서
    가져가묵어라고 주는구나
T15 아홉상재 한금따서 거머쥐고
    고향산천 고향으로 시가곳에 동냥가자
T16 시가곳에 동냥가니 쑥대밭이 되었구나
    이사람들아 이집에 대문집에 어찌됐소
    아이고 그집서울 미느리 가고난후
    서울갔던 아들은 빙이나서 죽었고없소
    아이구답답 웬일이요 어데가서 묻었어요
    저건너저건너 저무덤이 그전에그집이 쑥대밭 다됐소
T17 그러구러 가여보니
    시아버지 미에가니 호랑꽃이 피었구나
    꽃아꽃아 호랑꽃아 살아서도 호령하디 죽어서도 호랭이겉네
    시오마이 미에가이 앙살꽃이 피었구나

　　살아서도 앙살시럽디 죽어서 꽃이피도 앙살꽃이 피었구나
　　시숙미에 가니 유두꽃이 피었구나
　　꽃아꽃아 유두꽃아 살아서도 검은눈창 먼데두고
　　흰눈창으로 나를보디 죽어서도 유두꽃이 피었구나
　　위씨겉은 시누씨의 미에가니 한림꽃이 피었구나
　　꽃아꽃아 한림꽃아 살아서도 한림질하고 죽어서도 한림하나
　　임의미에 가니 밑둥치가 떡갈라지미 함박꽃이 피었구나
　T18 꽃아꽃아 함박꽃아 살아서도 날사랑하디 죽어서도 날사랑하요
　　밑박쟁이 탁터져서 속적삼을 벗어여미 속내탐내 맡고있소[43]

　위 시집살이 노래의 각편은 일명 '중 노래'로 알려진 서사민요이다.
며느리가 고된 시집살이 때문에 중이 되어 간다는 공통된 화제를 담고
있는 <중 노래>의 유형은 시집살이 노래의 다른 유형에 비해서 다양한
삽화적 사건들을 서로 연결시켜 불려지기 때문에 비교적 노래가 긴 편
이다. 위의 각편도 여러 삽화적 사건들이 연결되어 전체 한편의 노래
를 구성하고 있는데, 이 노래의 유형 중에서도 삽화적 사건들이 제법
다양하게 연결되어 상당히 긴 형식으로 불려진 노래라 말할 수 있다.
여기서 각 삽화적 사건들을 소단락으로 구분해서 표시하면 T1에서 T18
까지와 같다. 이를 다시 소단락별로 서술된 중심 화제가 무엇인지 알
수 있도록 정리해서 보이면 다음과 같다.

　　T1 힘든 밭매기 일을 하러 가다

---

43) 『대계』(한국정신문화연구원, 1980), 7-5, 363, 벽진 40. 『대계』는 『한국구비
　　문학대계』를 줄여서 표기한 것이며, 7-5는 책번호, 363은 쪽수, 벽진 40은
　　'벽진면 민요 40'이란 자료번호 표시이다. 앞으로 『한국구비문학대계』의 민
　　요 자료 표시는 '『대계』, 7-5, 363, 벽진 40'과 같이 한다. 그런데 위의 인
　　용 자료는 원문에서 2음보로 구분해서 채록되어 있는데, 필자가 노래 구절
　　의 의미를 따져 일정한 음보의 제한이 없이 재정리한 것임을 밝혀둔다.

T2 밭을 힘들게 매어도 점심도 주지 않다

T3 집에 오니 시집식구들이 일을 제대로 못했다고 핀잔을 주다

T4 먹지 못할 밥을 주다

T5 신세를 비관해서 중이 되기로 결심하고, 중 모습을 해서 절로 가
다

T6 시집식구들이 만류하지만 뿌리치고 절로 가다

T7 절에 가는 도중에 만난 남편이 다시 살자고 설득하다

T8 중이 되는 까닭을 말하고 남편과 헤어지다

T9 절에 가서 머리를 깎고 중이 되다

T10 중이 된 처지를 슬퍼하다

T11 친정으로 동냥을 가다

T12 친정식구들이 알아보지만, 모르는 사람인 체하다

T13 친정 어머니와 오랜만에 정을 나누다

T14 친정에서 동냥을 하고는 떠나다

T15 시가로 동냥 가다.

T16 시가가 숙대밭이 되어 망하다

T17 시집식구가 모두 죽고 무덤에 꽃이 피어 있다

T18 죽은 남편의 묘가 갈라져서 속적삼을 넣어주다

이상 T1에서 T18까지 연결된 소단락들은 단일한 주제소(theme)나 단일한 문장으로 된 것도 있고, 여러 개의 주제소 또는 여러 개의 문장으로 길게 구성된 것도 있다. 그런데 중요한 점은 <중 노래>의 유형에 속하는 각편들 중에 위와 같은 소단락으로 연결된 노래는 위의 각편뿐이라는 사실이다. 노래 부르는 창자가 순서에 따라 소단락을 꼭같이 일일이 기억해서 연결할 수 있는 것도 아니고, 또한 그럴 필요도 없다. 서구문학에서 서사시의 구송자들은 의식적으로 사건을 연대기적으로 조직하는 것이 아니라 수많은 레파토리들의 삽화를 서로 엮어서 서사시의 긴 서술체를 구성한다는 것이다.44) 따라서 "노래한다는 것은 곧

불리워지는 노래들의 기억이다"[45]라고 할 정도로 창자의 레파토리가
중요하게 작용한다. 위 <중 노래>에서 일단 소단락들도 이를 부른 창
자의 레파토리에 의거하여 구성된 것이라 할 수 있다. 물론 그렇다고
해서 터무니없이 아무 레파토리나 엮어서 위의 <중 노래>를 부른 것은
아니다. <중 노래>가 <중 노래>이기 위해서는 필요한 서술의 조건들을
가진다. 우선 노래로 불려지는 화제(topic)가 <중 노래>일 수 있는 최소
한의 화제를 갖추고 있어야 한다. 그리고 그 화제는 오랜 기간 <중 노
래>를 불러온 경험이 축적된 결과로서 형성되는 서술의 전통적 패턴을
바탕으로 불려져야 한다. <중 노래>의 유형은 이렇게 <중 노래>의 각
편에 공통된 서술의 화제와 이 화제를 서술하는 전통적 패턴을 지니게
된다.

<중 노래>의 유형은 시집살이 노래이면서 동시에 중 노래여야 한다.
둘 중 어느 한쪽이 결여되면 동일한 유형이 되지 못한다. 따라서 <중
노래>는 시집살이의 어려움과 그것 때문에 중이 된다는 공통의 화제를
필요로 한다. 이 점을 T1에서 T18까지의 소단락을 통해 검증하고, 그
결과를 다른 각편에서의 경우를 함께 고려하여 다음과 같이 단락으로
정리할 수 있다.

(가) 시집살이를 하기가 어렵고 힘들다(T1～T4)
(나) 절에 가서 머리를 깎고 중이 되다(T5～T6, T9～T10)
(다) 남편의 만류를 뿌리치고 헤어지다(T7～T8)
(라) 친정집(또는 다른 곳)에 가서 동냥을 하다(T11～T14)

---

44) Walter J. Ong, 앞의 책, *Orality and Literacy*, p.215.
45) Berkley Peabody, The Winged Word : *A Study in the Technique of Ancient Greek Oral Composition as Seen Principally through hesiod's Works and Days* (Albany, NY: State University of New York Press, 1975). Walter J. Ong, 앞의 책, Orality and Literacy, p.216에서 재인용.

(마) 시집으로 찾아가니, 시집식구가 죽고 집안이 망하다(T15~T17)
(바) 혼자 남은 남편이나 죽은 남편과 만나다(또는 정을 나누다)(T18)

시집살이 노래로서 <중 노래>의 유형이 되기 위해 꼭 필요한 화제
는 위 (가)~(바) 중에서 (가)와 (나)라고 말할 수 있다. (가)가 있어야
시집살이의 어려움을 말하는 노래가 되면서, (나)가 있어야 그러한
시집살이 노래로서의 <중 노래>가 되기 때문이다. 그런데 (가)의 단
락만 독립된 노래가 있을 수 있고, (나)의 단락만 독립된 노래가 있을
수 있다. 그러나 이 경우는 여기서 말하는 <중 노래>의 유형이 아닌
다른 유형의 노래가 된다. 즉 (가)만 있으면 시집살이 노래이지만
<중 노래>가 아닌 것이 되고, (나)만 있으면 중 노래이기는 하되 시
집살이 노래가 아닌 것이 된다. 따라서 <중 노래>는 반드시 (가)와
(나)의 단락을 필요로 한다. 여기서 (가)는 (나)에 대한 원인이 되고,
(나)는 (가)에 대한 결과가 된다. 시집살이가 힘들고 고되었기 때문에
이를 벗어나기 위하여 중이 되었다는 것이다. 시집살이 노래로서의
<중 노래>는 이렇게 원인과 결과로 구성된 서사단락, 즉 (가)-(나)로
연결된 구성만으로도 충분할 수 있다. 실제 <중 노래>의 각편 중에는
(가)-(나)로만 연결되어 있고, (다) 이하의 단락이 없는 각편들을 더러
찾을 수 있다.46) 이는 <중 노래>가 (가)-(나)의 단락 연결만으로도 완
성된 노래 유형이 될 수 있다는 증거이다. 이런 점에서 (가)-(나)로 연
결된 유형은 <중 노래>의 유형에서도 기본유형을 이루는 것으로 파
악할 수 있다.

---

46) 『대계』1-3, 382, 양동 4., 『대계』1-3, 522, 강상 4., 『대계』7-8, 871, 청리 15.,
   『대계』7-18, 256, 풍양 34., 『대계』8-10, 494, 부림 8., 『대계』8-13, 174, 온양
   2 등이 있다. 조동일은 이들 각편들을 창자가 노래를 다 부르지 못한 '중
   단편'으로 보았지만, 필자는 이들 각편도 독립된 노래로 개별적인 의의를
   지니며 그 자체 완성된 노래로 인정할 필요가 있다고 본다.

서사민요는 대체로 괴롭고 슬픈 생활을 노래하기 때문에 비극적 구조를 지니는 것이 일반적이다.[47] 시집살이 노래가 그렇고, <중 노래> 또한 그렇다. <중 노래>에서 (가), (나)가 필수적인 서사구성의 단락으로 연결되는 만큼, 이런 비극성이 필연적으로 내재될 수밖에 없다. 그런데 며느리가 시집살이를 벗어나기 위해 중이 된다는 것은 속세와의 인연을 단절하고 종교적인 귀의로 초월적 해결을 도모하는 것이다. 그러나 한 인간으로서 속세와 단절한다는 것은 결코 쉬운 일이 아니다. 혈연으로 맺어진 친정식구와 결혼이란 사회의 제도적 관계에 의해 맺어진 시집식구와의 인연을 모두 끊는다는 것은 극단의 해결책으로, 이의 실현에는 심각한 정신적 갈등과 고통이 수반될 수밖에 없다. 그러기에 (가)-(나)로 연결된 <중 노래>는 종교적 귀의에 의한 초월적 해결이 도모된다고 해도, 한 인간으로서 여인이 겪는 정신적 갈등과 고통은 일시에 해결될 수 없고, 결국 내면화된 상태로 지속되는 것이다. <중 노래>가 (가)-(나)의 단락 연결로 끝나기도 하지만, 그렇지 않고 (다) 이하의 단락이 곁들여지는 것은 내면화된 갈등이 지속되는 한편 인지상정(人之常情)의 차원에서 또 다른 해결책을 필요로 한다는 점을 말하는 것이 된다.

<중 노래>는 (가)-(나)로 연결된 기본유형에서 벗어나서, (다) 이하의 단락이 다양하게 결합되어 있는 있는 모습을 파악할 수 있다. 『한국구비문학대계』의 민요 자료를 대상으로 이 점을 대충 조사해 보아도, (가)-(나)-(다),[48] (가)-(나)-(라)[49]로만 연결된 것도 있고, (가)-(나)-(다)-

---

47) 조동일, 앞의 책, 『서사민요연구』, p.49. 서사민요처럼 서구의 밸러드도 비극적 성격을 강하게 지니고 있음을 다음의 글이 흥미롭게 지적하고 있다. "밸러드는 잘못 살아가는 것이 어떤 것인가에 관한 의문에 대답하기 위하여, 인간이 그 해답을 훌륭하게 준비한 문학 중에서도 짧은 비극에 속하는 한 종류이다." Alan Bold, The Ballad (Methuen & Co. Ltd, 1979), p.1.
48) 『대계』 8-10, 494, 부림 8.
49) 『대계』7-18, 256, 풍양 34., 『대계』7-18, 635, 무을 6.

(라),[50] (가)-(나)-(다)-(마),[51] (가)-(나)-(라)-(다),[52] (가)-(나)-(라)-(마),[53]
(가)-(나)-(마)-(바)[54]로 연결된 것도 있고, (가)-(나)-(라)-(마)-(바)[55] 외에
여러 조합 형태로 연결되어 있는 각편들을 찾을 수 있다.[56] 이처럼
<중 노래>의 유형은 (가), (나)의 단락은 순차적으로 연결되지만, 실제
현장에서의 구연시 (다)~(마)의 단락들은 매우 유동적으로 (가)-(나)에
연결되어 나타난다. 이런 개별적인 양상들이 <중 노래>의 다양한 하위
유형을 이룬다고 하겠는데, (가)-(나)의 연결을 기본유형으로 한 노래에
대해서는 변형유형을 형성하는 셈이다. <중 노래>가 기본유형에 이렇
게 다양한 변형유형을 가진다는 것 자체가 서술시로서의 구비적 특성
을 뚜렷이 드러내는 것이면서, 시집살이에 대한 좌절과 이를 극복하려
는 시도가 그만큼 다양하게 나타날 수 있다는 점을 보여주는 것이다.

　그런데 (가)-(나)의 서사단락이 (다), (라), (마)로 연결되어 종결될
경우에는 시집살이의 비극은 더욱 증폭되는 결과만 보여줄 따름이고,
비극의 극적 승화는 기대하기 어렵게 된다. 이를테면 (다)로 연결되
어 종결될 경우, 부인의 입장에서 마지막 의지처인 남편으로부터 설

---

50) 『대계』7-8, 871, 청리 15.
51) 『대계』5-4, 1135, 성산 8., 『대계』7-4, 292, 대가 20., 『대계』8-5, 454, 거창 20.
52) 『대계』8-6, 1017, 마리 37.
53) 『대계』1-2, 287, 북내 17., 『대계』7-5, 225, 초전 30., 『대계』8-5, 1129, 가조 11., 『대계』8-6, 999, 마리 30., 『대계』8-11, 314, 정곡 29., 『대계』8-11, 760, 봉수 20.
54) 『대계』8-5, 755, 웅양 34.
55) 『대계』2-9, 494, 영월 74.
56) 이상 언급한 단락의 연결 유형 이외에도 서영숙, 앞의 책, 『시집살이 노래 연구』의 '자료편'을 보면 또 다른 유형을 찾을 수 있다. 즉「먹굴 114」(p.175)의 자료는 (가)-(나)-(라)-(다)-(마)로 연결되어 있으며,「먹굴 100」(p.170)의 자료는 (가)-(나)-(라)-(마)-(다)로 연결되어 있다. 민요 자료를 더 조사해 보면 이미 언급한 <중 노래>의 유형 이외에 다른 민요 유형을 이루는 각편들을 찾을 수 있을 것이다.

득을 받는다는 점에서 다소 위안을 얻을 수는 있겠지만, 남편의 설득마저 뿌리치고 떠난다고 해서 시집살이에 대한 정신적 고충이 돌이킬 수 없는 지경에 이르렀음을 확인하게 된다. 이처럼 (다)에서 기대보다 좌절이 더욱 크게 부각된다.

그리고 (라)로 연결되는 경우를 생각해 보자. (라)에서 부인이 친정으로 동냥하러 간다는 것이 어떤 의미를 지니는지 파악하는 것이 관건이다. 부인의 입장에서 보면 친정 식구는 혈연적 관계에 의한 가족이다. 그러나 부인이 출가하여 시집을 감으로써 사회적 계약관계에 의한 새로운 가족을 이루게 된다. 이렇게 보면 "친정으로 간다"는 행위는 혈연적 관계에서 가족을 찾아가는 행위로 인지상정에 의한 어떤 기대를 가지게 하지만, 출가외인(出嫁外人)이란 사회적 관념의 금기를 어기는 행위가 된다. 부인의 존재론적 갈등과 비극성이 이처럼 친정식구와의 관계에서 가족이지만 더 이상 가족이 아닌 애매성을 가진다든 사실에 이미 내포하고 있다.[57] 사실 중의 신분으로서 친정에 동냥을 가는 부인의 모습이 이런 애매성과 존재론적 비극에 대한 상징성을 보이는 것이다. 중의 신분은 부인의 혈연적, 사회적 관계를 모두 차단시키면서 실제의 신분을 감추기 때문이다. 이 감추어진 모습은 서술의 맥락에서 친정 식구에 의해 탄로날 수도 있고 그렇지 못할 수도 있다. 따라서 부인은 가족으로 감싸질 수도 있고, 가족 아닌 것으로 배척될 수도 있다. 그러나 전통사회에서 가족으로 감싸지는 것은 일시적일 따름이고 결국 자의든 타의든 가족 아닌 출가외인으로서의 한계에 봉착하는 것으로 귀결되는 것이 예사이다.

(마)로 연결될 경우에도 사정이 크게 달라지지 않는다. 다만 (마)에서는 시집이 사회적 계약관계에 의한 가족이 있는 곳으로, 이 시집을

---

57) 고혜경, "서사민요의 일유형 연구 -부부결합형을 중심으로", 이화여대 대학원 석사학위논문(1983), p.57.

찾아간다는 것은 부인이 원래의 위치로 되돌아갈 수 있는 여지를 가진다. 그런데 시집을 찾아간 결과는 시집식구가 모두 죽고 그 집안이 망해버린 것으로 나타난다. 여기서 부인이 시집에 대해 가졌던 원망의 심리가 저절로 해소될 수 있는 가능성은 있으나, 자신의 의지에 따라 시집살이의 비극을 한 가지도 해결되지도 못한 채 의지처를 상실한 좌절감만 커지고, 정상에서 이탈한 삶은 여전히 지속되는 결과만 보인다.

(마)의 단락에 (바)의 단락이 연결되어 종결될 경우에는 사정이 상당히 달라진다. 사실 <중 노래>에서 (마)의 단락으로 끝나든지, (마)-(바)로 연결된 단락으로 끝나든지 하는 경우가 가장 흔하고 일반적이다. 여기서 특히 (바)는 부인이 남편과 살아서 재회하든지 혹은 죽어서 결합하든지 하는 '부부결합'의 삽화를 가지는데,[58] 시집살이의 고난이 여기서 극적인 화해 내지 해결을 이룰 수가 있다. 그러나 (바)에서 남편과 살아서 만나는 경우와 죽어서 만나는 경우가 모두 극적인 만남을 이루는 것이지만, 그것이 갖는 문학적 의미는 크게 다르다. 일단 (바)의 단락을 두 가지 경우로 구분해서 제시하면 다음과 같다.

　　(바) 혼자 남은 남편이나 죽은 남편과 만나다(또는 정을 나누다)
　　　(바1) 살아 있는 남편과 다시 만나 살다
　　　　1 남편만 살아 남아서 다시 만나 살다
　　　　2 무덤이 열려서 살아나온 남편과 다시 만나 살다
　　　(바2) 죽은 남편과 정을 나누거나 만나다
　　　　1 남편의 무덤이 열려서 부인이 그속으로 들어가다
　　　　2 남편의 무덤이 열려서 부인이 나비가 되어 들어가다[59]

---

58) 고혜경은 위의 글("서사민요의 일유형 연구 -부부결합형을 중심으로")에서 부부의 분리와 결합의 과정을 보이는 일련의 서사민요를 '부부결합형' 민요로 명명하고, 이들 민요의 구성적 특징과 의미를 파악한 바 있다.

　　3 남편의 무덤이 열려서 부인이 속적삼을 넣어주다
　　4 남편의 무덤이 열리고 남편과 저승에서 만나 살다[60]
　　5 꿈에 남편을 만나 선녀몸이 되어 하늘로 올라가다[61]

　위에서 처럼 (바)의 단락은 각편에 따라 다양한 화제를 보이는 것으로 나타난다. (바1)은 남편이 살아서 부인과 다시 만난다는 데 공통의 화제를 두고 있는 것이며, (바2)는 부인이 죽은 남편과 다시 만난다는 점에서 공통점을 지니고 있는 단락으로 서로 구분할 수 있다.
　이러한 구분에 따른 차이점을 들면, 먼저 (바1)은 시집살이의 고난이 남편의 생존으로 일시에 해결되는 모습을 보여준다. 시집식구가 모두 죽음으로써 시집살이의 장애요인들이 사라진 상황에서 생존한 남편을 만나 다시 산다는 것은 현실적인 행복을 추구하는 해결책일 수 있다. 그러나 이 해결책은 비현실적이다. 다른 시집식구는 모두 죽고 남편만 살아있다거나 죽은 남편이 다시 살아난다거나 하는 상황 자체가 운명론적 우연에 지나치게 기댄 설정이라 하겠다. 따라서 이런 상황 자체가 현실적으로 실현될 가능성은 매우 희박하며,[62] 설사 그러한 상황의 기대가 가능하다 해도 그것은 지극히 이기적인 욕망의 소산에 의한 것으로 해석될 수 있다. 이 점에서 (바1)의 단락으로 마무리되는 <중 노래>가 시집살이의 고난을 우연에 기댄 채 단순논리로 해결하려는 모습을 보여준다고 말할 수 있다. <중 노래>의 다른 유형에 비해 시적 긴장이 떨어지면서 비장미가 현저히 차단되는 까닭이 바로 여기에서 찾

---

59) 서영숙, 앞의 책, 『시집살이 노래 연구』, 「새터 120」, p.161.
60) 『대계』7-4, 348, 대가 82.
61) 『대계』2-9, 494, 영월 74.
62) 조동일, 앞의 책, 『서사민요연구』, p.200의 A6 자료와 p.205의 A11 자료 끝에 "죽었는 게 우에 사노?"라거나 "그래 옛말이레 글체"라고 해서, 죽은 남편이 살아나서 부인과 함께 산다는 점에 대해 창자나 청자가 그 불합리성을 지적하기도 했다.

아진다.

(바1)과는 달리 (바2)는 '역설적 해결'에 의한 극적 승화를 보인다. 죽은 남편의 무덤이 열린다거나, 부인이 나비가 된다거나, 꿈에서 남편을 만난다거나, 저승에서 죽은 남편과 산다거나 하는 일 역시 현실에서 실현되기 어려운 초월성과 비현실성을 갖는다. 그러나 이는 (바1)에서의 우연에 의한 비현실적 상황과는 사정이 다르다. 죽음을 통한 저승에서의 부부결합은, 인간의 사후 영혼의 존재를 믿는 전통적이고 민속적인 사유관념을 인정한다면, 현실적으로 얼마든지 허용될 수 있는 사유의 특성을 보여주는 것이다. 따라서 저승부부의 결합은 초월적이면서도 현실 속에서 보편적으로 인정되는 믿음에 기초하여 성립된다. 어떤 어려운 난관이라도 이겨내고 부부 사이의 극진한 사랑을 실현하고자 하는 의지가 죽음도 마다하지 않는 사랑의 숭고함을 보이는 것이다. 이런 점에서 (바2)의 단락은 삶과 죽음, 사랑과 좌절을 역설적으로 통합하고 있다고 하겠으며, 극한의 좌절과 고난을 숭고한 사랑의 아름다움으로 승화시키는 극적 반전을 이루는 것으로 파악된다. (바2)의 단락으로 연결된 <중 노래>가 전체적으로 긴장된 비장미를 잃지 않으면서 숭고미와 결합되어 문학적 가치를 높이고 있다63)고 말할 수 있다면 그 이유는 바로 여기에서 찾아진다.

이상에서 <중 노래>의 여러 변형유형이 갖는 의미를 파악해 보았듯이, 그 의미는 단락의 가변적 연결 상황에 따라 다양하게 해석될 수 있음을 알았다. 이제 이러한 <중 노래>의 서술 형태가 서사적 맥락과 구조적 견고성을 어느 정도 확보하고 있는지 파악해볼 차례이다.

앞에서 <중 노래>는 (나) 단락 이후에 (다), (라), (마) 중에 어떤 단

---

63) 조동일은 (바1)의 경우를 정상적 해결, (바2)의 경우를 역설적 해결로 구분한 다음, 역설적 해결이 정상적 해결보다 불가능을 가능으로, 좌절을 사랑으로 바꾸는 강한 의지의 표현을 담고 있기에 더욱 깊은 감동을 준다고 했다. 조동일, 앞의 책, 『서사민요연구』, pp.92~93.

락도 연결될 수 있을 뿐만 아니라, 이들 사이의 연결도 가변적이기 때문에 다양한 변형유형을 이룰 수 있다고 했다. 이는 분명 서술시로서의 서사민요가 갖는 구비적 특성이다. 그런데 이 구비적 특성은 기록문학에서의 서사성에 견주어 보았을 때, 상대적으로 서사성이 취약함을 나타내는 것으로 지적될 수 있다. 일반적으로 텍스트의 서사성은 "유의미한 어떤 종류의 갈등을 포함하는, 방향이 주어진 시간적 전환체에 의해 그 텍스트가 수언자의 욕구를 어느 정도 충족시켜 주느냐 하는 것에 좌우된다"64)고 보기 때문이다. 여기서 중요한 사항은 텍스트가 '방향이 주어진 시간적 전환체'로서의 의의를 어느 정도 지니느냐 하는 점인데, 이는 텍스트를 이루는 서술체의 각 단락이 인과관계의 연쇄를 어느 정도 충실히 확보하고 있는가에 달려 있다고 하겠다. 그런데 (나) 이후에 연결되는 단락이 (다)~(마) 중 어느 쪽일 수도 있는 가변성을 지니기 때문에, (다)~(마)의 단락이 고정된 인과관계에 놓이지 않는다는 점이다. 이런 점에서 <중 노래>를 전체적으로 놓고 보면, 인과관계가 불분명한 서사단락의 연쇄를 보여주고 있다고 말할 수 있다. 물론 이런 사정은 근본적으로 구비적 특성에서 비롯된 것이지만, 기록문학의 서술체에 비해 상대적으로 서사성의 정도는 낮다고 할 수 있다.

서사민요에서 노래로 불려지는 각 단락들은 한 가지 또는 여러 가지의 삽화적 사건들로 구성되어 있다. 그리고 이러한 삽화적 사건들은 개별적으로 또는 여러 가지가 합쳐져서 얼마든지 독립된 각편을 형성하여 노래로 불려질 수 있는 개연성을 가진다.65) 이를테면 앞에서 인

---

64) Gerald Prince, *Narratology : The Form and Functioning of Narrative* (최상규 역, 문학과지성사, 1988), p.241.
65) 서로 다른 유형의 서사민요가 결합되어 한 노래를 형성하는 경우도 있다. "『대계』2-9, 494, 영월 74"의 민요는 시집살이 노래의 한 유형인 <진주낭군 노래>와 또 다른 유형인 <중 노래>가 결합된 특이한 구조를 보여주고 있

용된 T18의 속적삼을 벗어주는 삽화적 사건은 <중 노래> 이외에도 서
사민요의 다른 유형에서 자주 불려질 뿐만 아니라, 황진이의 설화를
비롯해서 여러 민담에 등장하는 잘 알려진 화소(motif)이기도 하다. <중
노래>에서 개별적인 단락을 형성하는 삽화적 사건들이 얼마나 다양할
수 있는지 구체적으로 파악하는 일환으로 (가)의 단락의 경우를 살펴보
자.

> (가) 시집살이를 하기가 어렵고 힘들다
> 1 시집살림 살기가 힘들다
> 2 밭을 힘들게 매고 왔으나, 시집식구가 구박하다
> 3 먹기 어려운 밥을 주다
> 4 제대로 먹지 못해서 배가 고프다
> 5 몰래 음식(또는 과일)을 먹다 시집식구에게 들키다
> 6 어렵게 차린 반찬이나 음식을 흉보다
> 7 며느리의 나이나 생긴 모습(키 등)을 흉보다
> 8 가져온 패물이 적다고 흉보다
> 9 재수없는 며느리라고 구박하다
> 10 살림(양동이 등)을 파손해서 곤경에 처하다
> 11 첫날밤에 남편이 죽어서 청상과부가 되다
> 12 시집을 가니 시집식구가 병자이거나 불구자이다
> 13 남편이 외도를 하다
> 14 시집식구를 무서워하다

이상 (가)의 단락을 이룰 수 있는 삽화적 사건들은 1부터 14까지의
번호로 표시할 수 있는데,66) 각 번호의 표시는 단지 변별성에 따라 열

다.
66) 이상 14가지의 삽화적 사건들은 『대계』수록 민요 자료, 조동일의 『서사민
요연구』에 수록된 민요 자료, 서영숙의 『시집살이 노래 연구』에 수록된 민

거된 기호를 나타낼 뿐 순서로서의 의미는 없다. 여기서 중요한 점은
이들 삽화적 사건들이 한 가지로서만 아니라 둘 이상이 서로 결합되어
고된 시집살이를 말하는 (가) 단락의 노래로 불려질 수 있다는 것이다.
앞에서 인용한 <중 노래>도 2와 3이 결합되어 (가) 단락을 형성하는
경우인데, 각편에 따라 노래로 불려지는 형태는 실로 다양하게 나타난
다. (가) 단락 이외에 다른 단락을 검토해 보아도 이런 사정은 마찬가
지이다.

  <중 노래>가 (가)-(나) 이후에 (나)~(바)의 단락들이 다양한 형태로
결합함으로써 여러 변형유형을 이룬다고 했는데, 각 단락을 이루는 삽
화적 사건의 연결 형태까지 고려한다면 그 변형의 하위유형은 일일이
파악하기 어려울 정도로 다양하게 나타날 것이다. 이 점을 구조적 관
점에서 본다면 <중 노래>의 유형이 일정한 서술 패턴에 따른 구조적
견고성을 지니지 못한다고 하겠으며, 그만큼 서사성의 정도도 낮다고
말할 수 있다. 사실 <중 노래>는 해당 노래의 시간적 순차성에 따른
서사적 구조를 잘 기억해서 부르는 데 의의를 두기보다는 시집살이와
연관된 삽화적 사건들이 얼마나 인상적인지 혹은 정서적 공감대를 가
질 수 있는 것인지에 더욱 큰 관심을 두고 불려지는 것이다. 서사민요
가 사건의 일관성보다는 삽화적 구성에 의한 단편성과, 완결성보다는
비완결성이 얼마든지 허용될 수 있는 까닭도 여기에 있다. 이런 점은
비단 <중 노래>에만 해당되는 것이 아니라 다른 서사민요에도 공통적
으로 강조될 수 있음은 물론이다.

  요 자료를 대상으로 하여 가려 뽑은 것인데, 조사 자료를 넓히면 새로운
삽화적 사건이 추가될 수도 있다.

2. 서술의 환유원리와 병행구문

서사민요는 일정한 스토리를 가진 사건을 서술한다는 점에서 대체로 긴 형식을 갖는다. 이 긴 형식은, 앞에서 검토했듯이, 일차적으로 다양한 삽화적 사건들이 결합되어 점차적으로 소단락과 단락, 그리고 한편의 서사를 형성하기 때문이다. 서사민요의 긴 형식은 이처럼 서사를 형성하는 서술의 거시적 측면에서 자연스럽게 파악된다.

그런데 서사민요의 장형화는 서술의 거시적 측면만으로 파악될 수 없는 또 다른 요인을 갖는다. 그것은 부분적으로 변화, 반복, 첨가, 부연 등의 여러 요인에 의해 서술이 확대되는 경우이다. 우리는 이러한 경우를 서술의 거시적 측면에 대한 미시적인 측면이라 말할 수 있다. 서사민요에서 이렇게 서술의 장형화를 이루는 미시적 측면은 특히 표현의 세부를 이루는 작시원리를 파악하는 데에서 해명될 수 있다. 여기서 공식어구(formula)가 구비시의 구비적 특성을 바탕으로 한 작시원리를 밝히는 중요 사항인 만큼, 서사민요의 장형화를 이루는 서술의 기본방식도 공식어구의 논의를 통해 고찰될 수 있다. 그런데 공식어구의 문제는 그동안 많은 논자들에 의해 상당한 정도로 논의되었다는 생각에서 원론적 차원에서 새삼스럽게 거론하지 않기로 한다. 다만 시각을 약간 달리해서, 공식어구를 기초로 한 서술의 반복구조적 특성이 서사민요의 장형화에 중요한 요인이 된다는 점을 강조해서, 구체적 사례와 함께 그 시적 효과를 검토하고자 한다.

운문으로 이루어진 시는 본질적으로 반복(repetition)을 중요한 시적 특성으로 삼는다. 음운상의 반복을 비롯한 리듬은 말할 필요도 없고, 통사나 의미론적 측면에서도 반복적 특성을 강하게 드러낸다. 일반적으로 운문이면서 노래로 불려지는 구비시가, 특히 민요는 이런 반복적 특성을 기록시가에서보다 더욱 현저하게 나타낸다고 일컬어진다. 구비시의 중요한 구조적 장치이면서, 반복의 특징적 한 양상으로 나타나는 병행(parallelism)은[67] 이런 의미에서 고려해볼 가치가 충분히 있다.

병행은 주로 통사적 관계에서 나타나는 의미구조상의 반복을 뜻한다.[68] 이때 의미구조상의 반복으로 이루어지는 병행구문은 크게 문장의 통합관계와 계열관계의 상호체계에 기초를 두고 있는데,[69] 이 상호체계에서 동일하거나 유사한 의미가 되풀이될 수도 있고, 상호 대립적인 의미를 나타낼 수도 있다. 물론 이런 병행구문은 시가의 일반에서 두루 검증될 수 있다. 그러나 민요의 경우 병행은 구비전승의 중요한 원리로 작용되어 서술의 한층 본질적인 양상을 띠게 된다. 구비전승의 민요가 세련된 수사보다 기억에 용이한 수사의 여러 공식어구들을 갖게 되는데, 병행은 이러한 공식어구를 기초로 성립되는 대표적인 수사기법이라 하겠다.

이제 병행을 서사민요의 장형화 문제와 관련해서 구체적으로 살펴보자. 병행은 민요 일반에서 대체로 짝을 이루는 구문형태로 나타나는데, 서사민요에서 그것은 짝을 이루는 구문형태 이외에도 유사한 구문이 3 이상 반복되는 형태로 한층 빈번하게 나타난다. 우선 앞의 장에서 인용한 <중 노래>에서 병행구문의 한 사례를 들어, 그것이 어떠한 서술적 특성을 보이는지, 그리고 그것의 시적 효과는 무엇인지 파악해 보자.

> 호랑하는 시아부지 범같이 나려시미
> 이메느라 저미느라 고거일사 일이라고 낮에해를 못채웠나(①)
> 그꾸지람 민하자고 큰방을 달라들어 어무님을 찾아보니

---

67) Ruth Finnegan, 앞의 책, *Oral Poetry*, p.98.
68) Ruth Finnegan, 앞의 책, *Oral Poetry*, pp.98~99.
69) 홍재성, "소쉬르 언어학의 몇 가지 개념", 이정민 외 편, 『언어과학이란 무엇인가』(문학과 지성사, 1977), pp.120~121.

아가아가 미늘아가 그거라사 일이라고 낮에해를 못채웠나(②)
그꾸지람 민하자고 사칸정지 들어서니
위씨겉은 시누씨가 사칸정지 뒤우리미
이올키야 저올키야 그거라사 일이라고 낮에해를 못채웠나(③)
그꾸지람 민하자고 모티이라 돌아가니
유두겉은 시아즈바이 검은눈창 어데두고 흰눈창을 달고보네(④)

이상의 병행구문은 <중 노래> 중 T3의 소단락에서 불려지는 사례이
다. 며느리가 힘들게 밭을 매고 왔어도, 시집식구들이 일을 제대로 하
지 않았다고 오히려 핀잔을 주는 대목이다. 이 대목을 위의 사례는 4개
의 문장으로 제법 길게 서술하고 있다. 그런데 이 4개의 문장은 기본적
으로 유사한 표현방식을 갖는 문장을 반복하고 있는, 즉 병행구문으로
서의 특징을 보인다. 이 병행구문에서 중요한 사항은 화제의 초점이
'시아버지→시어머니→시누이→시아주버니'로 바뀌고 있다는 점이다.
그렇다면 이 병행구문에서 강조하고자 하는 사항은 무엇인가. 화제의
초점이 시집식구의 여러 인물들로 바뀌고 있기 때문에 이들 인물이 갖
는 개성적 면모를 드러내는 데 어떤 의의를 두고 있는가. 아니다. 비록
병행구문의 각 문장마다 서술되는 인물이 "호랑하는 시아부지", "위씨
같은 시누씨", "유두겉은 시아즈바이"라고 해서 그 외양 묘사가 달라지
는 것처럼 보이지만, 이는 상투화된 표현에 의한 공식어구에 지나지
않는다. 문제는 이들 인물의 행위와 태도에 있다. 이들 인물들이 각기
달라도 며느리에 대해서 취하는 태도는 모두 동일하게 나타난다. 따라
서 이 병행구문의 서술에서 강조되는 사항은 인물 그 자체에 있는 것
이 아니라, 시집식구 모두가 며느리를 구박한다는 상황 그 자체에 있
음을 알게 된다. 말하자면 시집식구들은 단지 '시집식구의 며느리 구
박'이란 상황적 의미를 극대화시키기 위해, 며느리에 대한 상대적 인물
로서의 '다수' 및 그 '위악성'을 효과적으로 드러내고자 설정된 인물들

이며 개별적 인물로서의 의미는 거의 없다.

위 병행구문과 관련하여 또 한 가지 검토해야 할 사항이 병행구문의 서술원리를 밝히는 일이다. 여기서 '시아버지→시어머니→시누이→시아주버니'로의 인물 변화가 비록 개별적 인물로서 갖는 서사적 의미는 미약하지만, 인물들 사이에 나름의 질서와 연관이 있음을 주목하게 된다. 그것은 이들 인물들이 각기 시집식구란 상위개념에 포괄되는 함의 관계를 가지면서, 시아버지에서 시아주버니로 열거되는 인물들이 인접성(contiguity)의 계열관계를 이루고 있다는 점이다. 야콥슨(R. Jakobson)의 용어를 빌리자면, 인접성의 계열관계를 이루는 인물들이 교체되면서 구성되는 병행구문은 언어배열의 환유원리를 보여주는 것이다. 야콥슨은 언어기호의 생성이 기본적으로 언어의 선택과 언어의 배열에 의거해서 이루어진다고 하면서, 수사학의 용어를 빌어 언어의 선택은 은유로, 언어의 배열은 환유로 파악하여 시학에 적용했다.[70] 그러면서 특히 서정시에는 은유가 지배적인 데 비해서 영웅 서사시나 사실주의 문학에서는 환유가 두드러진다고 했다.[71] 이에 따르면, 위 병행구문은 환유원리가 주도적인 서술적 특성을 보여준다고 말할 수 있다.

서사민요의 텍스트는 인접성에 의한 환유의 구성원리를 중요한 생성원리로 삼고 있다고 파악된다.[72] 이야기를 노래한다는 서사민요의 서술적 특성 자체가 서정시 일반과는 달라서 일정한 사건에 의한 행위나 공간의 변화를 중시하는 만큼 행위 또는 공간의 인접성에 의한 환유원리를 서술의 지배적 원리로 삼는 것은 지극히 당연한 일이다. 그러면 위 병행구문의 경우는 어떠한가. 앞서 언급했듯이, 위 병행구문은 '시

---

70) R. Jakobson, *Language in Literature* (신문수 편역, 문학과 지성사, 1989), pp.94~97, pp.110~111.
71) R. Jakobson, 위의 책, p.112.
72) 한채영, "한국시의 환유적 구성원리와 그 사적 전개", 『국어국문학』제20집 (부산대 국어국문학과, 1983), p.71.

집식구의 며느리 구박'이란 상황적 의미를 효과적으로 나타내는 데 기
여하고 있다. 여기에 각 문장에서 화제의 초점이면서 서술의 중심이
되는 인물, 즉 시아버지, 시어머니, 시누이, 시아주버니는 며느리를 구
박하는 사람이 여럿이라는 '다수'의 의미를 갖는다고 했다. 그러나 이
들은 인물이 달라도 동일한 태도의 행위를 보여주기 때문에, 개별적인
행위를 취하는 인물로서의 의미는 거의 없다. 위 병행구문에서 행위의
변화를 기초로 한 서사적 진전이 나타나지 않는다고 보는 까닭도 여기
에 있다.[73] 그렇다면 병행구문에서 인물의 변화를 중심으로 한 서술적
특성은 행위의 인접성이 아니라, 며느리를 구박하는 시집식구의 인물
들이 '이 사람, 저 사람'으로 달라진다는, 공간적 인접에 따른 변화만을
보여준다. 결국 위 병행구문은 공간적 인접성에 의한 환유적 구성원리
에 따라 시집식구의 인물들을 각 문장에서 배열시킴으로써, '시집식구
의 며느리 구박'이란 서사적 상황에 관심을 집중하게 한다고 하겠다.
  '시집식구의 며느리 구박'은 위 병행구문에 다음의 병행구문이 이어
짐으로써 한층 특징적으로 나타난다.

> 아가아가 뱁이나 한술주면 좋지
> 어지찌어 딩기밥을 사발국만 덮어주네
> 쟁이라고 주는거는 삼년묵은 꼬랑장을 접시눈만 덮어주네
> 숟가락이라고 주는거는 이웃집의 통시가래 갖다주네

  앞서 언급한 <중 노래>에서 소단락 T3의 '시집식구의 며느리 구
박' 상황을 한층 더 강조하기 위해 T3에 바로 연결된 T4의 소단락으
로 불려지는 구절이다. 여기서는 T3의 병행구문과는 달리 며느리 구
박의 상황이 인물을 중심으로 하지 않고, 특정한 장면을 중심으로 서

---

73) 강등학, 앞의 책, 『한국 민요의 현장과 장르론적 관심』, p.273.

술되고 있다. 그것은 힘든 밭일을 하고 돌아온 며느리에 대한 시집식
구의 부당한 대우가 '식사'라는 특정한 장면을 매개로 하여 펼쳐지고
있기 때문이다. 밥이라도 딩기밥, 장이라도 꼬랑장, 숟가락이라도 통
시가래로 표현되는 며느리에 대한 부당한 식사 대접이 결국 못 먹는
밥과 장, 사용할 수 없는 숟가락을 줌으로써 시집식구의 며느리에 대
한 구박이 극에 달해 있음을 나타낸다. 며느리가 시집식구의 구박을
끝내 이기지 못하고 중이 될 것을 결심하는 대목이 바로 T4의 소단
락 다음에 이어지고 있음은 그래서 매우 자연스럽다.

　그런데 위 병행구문에서 또 다른 관심 사항은 역시 인접성에 따른
환유원리에 의해 구문이 형성되고 있다는 점이다. 먼저 병행구문의
종적인 관계에서 '밥→장→숟가락'과 '딩기밥→꼬랑장→통시가래'의
연결이 '식사'와 관련한 어휘의 계열관계를 보여주면서 그것들이 각
기 공간적 인접성의 환유원리에 따라 배열되고 있다는 것이다. 그리
고 병행구문의 횡적인 관계가 '밥⊃딩기밥, 장⊃꼬랑장, 숟가락⊃통
시가래'로 표시할 수 있듯이, 전자의 어휘가 후자의 어휘에 대한 함
의관계를 갖는 동시에 긍정과 부정의 상반된 의미를 띠면서 배열되
는 서술적 특성을 보여준다.

　그러면 이러한 환유원리에 의한 서술적 특성은 무엇인가. 그것은
첫째로 의미의 풍성한 수식을 이룸으로써 장식의 효과를 가진다는
점이다.[74] 며느리의 식사 상황이 밥, 장, 숟가락 등의 여러 관련 사물
들의 나열을 통해 단조롭기 쉬운 상황 표현을 다채롭게 하여 청자의
관심을 끌게 하는 효과를 가진다는 것이다. 둘째, 이미 언급했듯이,
서사적 진전을 지연시키는 대신 상황적 의미를 강조한다는 점이다.
시집식구의 며느리에 대한 부당한 대우가 딩기밥, 꼬랑장, 통시가래

---

74) H. Wells, *Poetic Imagery* (London: Russell & Russell, 1961), p.29. 김대행,
　　『한국시의 전통 연구』(개문사, 1980), p. 51에서 재인용.

로 연결된 '부당한 식사 대접'의 상황이 반복됨으로써 그 상황적 의미를 강조하는 한편 청자로 하여금 그 상황에 집중하게 하는 효과를 갖는다. 셋째, 서술의 형태를 장형화한다는 점이다. 서사민요에서 환유원리는 전체적 측면에서 원인과 결과의 행위 연결을 이루게 함으로써 서사적 맥락을 갖게 한다. 그런데 서사민요의 소단락에서 이루어지는 병행구문은 서사적 흐름을 지연시키기는 하지만 특정한 상황을 되풀이 강조함으로써 서술의 형태를 한층 더 길게 끌어지게 한다. 동일한 유형의 서사민요라도 창자에 따라 구성진 사설의 정도가 다르고 그 길이 또한 달라지는 중요 요인이 바로 이 병행구문의 운용 능력에 있다고 말할 수 있다.

마지막으로 서사민요에서 병행구문이 어떠한 대목에서 나타나는가에 관심을 가질 필요가 있다. 앞서 인용한 <중 노래>에서 병행구문이 나타나는 대목은 T3, T4, T5, T6, T10, T12, T13, T17의 소단락에서이다. 그런데 이들 병행구문으로 이루어진 대목이 해당 소단락에서 나타나는 나름의 이유를 찾을 수 있다. 이를테면 T3과 T4는 며느리가 밭일을 하고 돌아온 다음 시집식구들로부터 부당한 대우와 구박을 당한다는 대목들인데, 이들 대목은 시집살이 노래에서 빼놓을 수 없는 사건의 발단이 되는 서사를 형성하며, 그 다음 며느리가 머리를 깎고 중이 되는 단락을 예비하는 부분이기도 하다. 따라서 시집식구의 며느리에 대한 부당한 대우와 구박의 상황을 병행구문을 통해 강조하고, 이런 상황의 강조로부터 청중의 관심을 집중시키고 공감을 끌어낼 필요가 있는 것이다. 이와 같은 방식으로 다른 병행구문을 보면, T5과 T6, T10에서의 병행구문은 며느리가 절에 가서 머리를 깎고 중이 되는 과정에서 설정되고 있는데, 이는 중이 되는 며느리의 착잡하고 복잡한 심정을 극대화하고 있는 것으로 나타난다. T12와 T17의 소단락에서 서술되는 병행구문의 사례를 통해 이 점을 더욱 분명히 파악해 보자.

(1) 거게왔는 저대사는 우리아씨 빼꼿았네
    그말마소 그말마소 동서남북 다댕기께 같은사람 쎄었대요
    정지문앞 들어서니 우리언니 썩나서미
    그게왔는 그대사는 우리시누 영송하다
    동서남북 다댕기께 같은사람 쎄었대요
    방문앞에 들어서니 우리엄마 썩나서미
    그게왔는 그대사는 우리딸이 영송하다

(2) 시아버지 미에가니 호랑꽃이 피었구나
    꽃아꽃아 호랑꽃아 살아서도 호령하디 죽어서도 호랭이겉네
    시오마이 미에가이 앙살꽃이 피었구나
    살아서도 앙살시럽디 죽어서 꽃이피도 앙살꽃이 피었구나
    시숙미에 가니 유두꽃이 피었구나
    꽃아꽃아 유두꽃아 살아서도 검은눈창 먼데두고
    흰눈창으로 나를보디 죽어서도 유두꽃이 피었구나
    위씨겉은 시누씨의 미에가니 한림꽃이 피었구나
    꽃아꽃아 한림꽃아 살아서도 한림질하고 죽어서도 한림하나
    임의미에 가니 밑둥치가 떡갈라지미 함박꽃이 피었구나

이상 (1), (2)는 각각 T12, T17의 소단락에서 나타나는 병행구문의
예이다. (1)은 중이 된 며느리가 친정을 찾아갔을 때, 친정식구들이 자
신의 정체를 알아보는 듯하자, 그 정체를 숨기고자 하는 대목에서, 그
리고 (2)는 중이 된 며느리가 시집을 찾아가 보니, 시집식구가 이미 모
두 죽고 말았다는 대목에서 각기 그 상황적 의미를 강조하고 있는 부
분이다. 즉 (1)은 중의 정체를 알고자 하는 친정식구들과 이를 거부하
는 시집간 딸의 갈등적 상황을, 그리고 (2)는 며느리를 구박했던 시집

식구들의 비극적 최후의 상황을 각각 강조하고 있는 것이다. 그러면서
(1)은 친정 어머니가 딸을 알아보고 재회하기 전의 단계에 놓여 있고,
(2)는 죽은 남편과 부인이 극적으로 사랑을 확인하게 됨으로써 절정과
대단원이 함께 이루어지는 전 단계에서 서사적 전개의 정점을 보여주
고 있다. 말하자면 (1)과 (2)는 각기 다른 극적인 상황의 전 단계에 놓
임으로써 다음 단계에 대한 호기심과 함께 긴장을 한껏 고조시키는 결
과를 낳는다. 물론 그런 만큼 이들 병행구문에서 다음 단계로의 서사
적 흐름은 일시 지연됨으로써, 해당 병행구문에서 되풀이 반복되는 상
황적 의미를 강조하고 있는 것은 변함이 없다.

　서사민요에서 이처럼 빈번히 나타나는 병행구문은 서사성의 측면에
서 본다면 장애요인이 된다. 다음 단계로의 서사적 흐름을 지연시키기
때문이다. 그러나 이런 서사적 흐름의 지연은 서사민요가 부분적으로
특정한 상황에 대한 관심의 집중을 통한 공감을 유도하게 함으로써 그
정서적 환기의 효과를 나타낸다고 할 수 있다. 이 점이 서사민요가 서
사성을 가지는 한편 서정성도 함께 가지는 이유가 되는 것이다.

IV. 결 론

　이 글은 민요의 구비적 특성을 고려하여 특히 서사민요로 통칭되
어 온 민요의 장르적 성격을 재검토 한 다음, 민요의 서술성과 그 구
성원리를 밝히고자 하는 목적으로 쓰여졌다.

　이에 따라, 먼저 이른바 서사민요에 대하여 종래 그 장르적 성격을
서사장르로 고정시켜 온 관점에 이의를 제기하고, 서사민요의 본질적
성격은 서사성의 파악만으로 해명될 수 없다는 점을 제시했다. 서사
민요의 장르적 성격은 구비성을 고려한 서술성에서 다시 해명될 때

정당하게 파악된다고 했다. 물론 서사민요의 서술성은 그 자체 장르적 성격보다는 문체적 성격을 나타내는 것이다. 그러나 서사민요는 구비 서사시와 함께 구비 서술시의 대표적인 한 양식이며, 서구의 밸러드처럼 장르상에서 서정시의 하위장르나 서사적 서정으로 볼 수도 있는 여지를 가지고 있음이 드러났다. 따라서 서사민요의 장르적 성격을 굳이 말한다면, 서정과 서사가 결합된 혼합장르로 그 실존적 양상에 따라 서사적 서정이거나 서정적 서사일 수 있다는 점을 인물, 사건, 작품세계 등의 여러 측면에서 제시했다.

서사민요에 대한 이글의 또 다른 관심은 텍스트를 이루는 서술성과 그 구성원리을 파악하는 것이었다. 이를 위해 서사민요의 대표적 유형인 시집살이 노래 중에서도 <중 노래>를 대상으로 서술의 실제적 차원에서 제반 사항을 검토하고자 했다.

그 결과 첫째, <중 노래>는 노래를 이루는 중요 단락들이 다양한 형태로 결합함으로써 여러 변형 유형을 이루는데, 각 단락을 이루는 삽화적 사건들의 여러 연결 형태까지 고려하면, 그 변형의 하위유형은 실로 매우 다양하게 나타날 수 있음을 말했다. 이 점은 <중 노래>의 유형이 일정한 서술 패턴에 따른 구조적 견고성을 지니지 못한다고 보는 중요 요인이 되며, 그만큼 서사성의 정도가 낮다고 말할 수 있는 근거가 된다. 사실 <중 노래>는 해당 노래의 시간적 순차성에 따른 서사적 구조를 잘 기억해서 부르는 데 의의를 두기보다는 시집살이와 연관된 삽화적 사건들이 얼마나 인상적인지 혹은 정서적 공감대를 가질 수 있는 것인지에 더욱 큰 관심을 두고 불려지는 것이다. 서사민요가 사건의 일관성보다는 삽화적 구성에 의한 단편성과, 완결성보다는 비완결성이 얼마든지 허용될 수 있는 까닭도 여기에서 찾을 수 있다고 보았다. 이런 점은 비단 <중 노래>에만 해당되는 것이 아니라 다른 서사민요에도 공통적으로 나타날 수 있다는 사실이 역시 강조되었다.

둘째로 서사민요가 장형화되는 요인이 거시적 측면에서 서사를 형성하는 서술의 패턴과 미시적 측면에서 부분의 서술이 크게 확대되는 데에도 있음을 말하고, 특히 서술의 확대에 공식어구가 기초가 된 병행구문이 이에 중요한 비중을 차지한다고 보았다. 그런데 이 병행구문은 기본적으로 인접성의 환유원리에 따라 구성된다는 점을 아울러 밝히면서, 병행구문에 의한 서술적 특성을 여러 가지로 살폈다. 이는 ① 의미의 풍성한 수식을 이룸으로써 장식의 효과를 가지며, ② 서사적 진전을 지연시키는 대신 상황적 의미를 강조하며, ③ 서술의 형태를 장형화한다는 것이다. 그리고 창자에 따라 동일한 유형의 서사민요라도 구성진 사설의 정도가 다르고 그 길이 또한 달라지는 커다란 요인이 바로 이 병행구문의 운용 능력에 있다고 보았다.

끝으로 서사민요에서 병행구문은 서사성의 측면에서 본다면 장애요인이 될 수 있음을 지적했다. 서사적 상황의 중요한 단계에 병행구문이 놓임으로써 다음 단계로의 서사적 흐름을 지연시키기 때문이다. 그러나 이런 서사적 흐름의 지연은 서사민요가 부분적으로 특정한 상황에 대한 관심의 집중을 통한 공감을 유도하게 함으로써 그 정서적 환기의 효과를 나타낸다는 점도 아울러 강조할 필요가 있음을 말했다.

이상 민요의 서술성 논의는 아직 보충해야 할 점이 많다고 본다. 서사민요의 장르 논의가 장르체계에 관한 기본 논의에서 출발해야 바람직한데 기존의 견해에 몇 가지 이의만 제기한 채 더 이상 장르 논의가 진전되지 못했다. 그리고 민요의 서술성을 밝히기 위한 대상이 서사민요, 그 중에서도 시집살이 노래의 <중 노래> 유형에 한정되었다는 점도 한계로 지적될 수 있다. 민요의 서술성은 이른바 서사민요에만 한정되는 사항은 아니다. <모심기 노래> 등 서정성이 강한 민요에서도 서술성이 짙게 개입된 각편들을 찾을 수 있으며, 길쌈노동요 이외에도

아기를 어루며 부르는 <알캉달캉>(일명: 밤 한 톨 노래)와 같은 기능요
에서도 민요의 서술성이 지배소로 나타난다. 심지어 우리 민요는 거의
대부분 서술성을 깔고 있다고까지 말할 수도 있다. 민요의 서술성 논
의가 더욱 확장되기 위해서는 이와 같은 적극적 관점의 마련도 과제로
제기된다.

제4장
민요 연구의 성과와 과제

Ⅰ. 서 론

민요는 민족의 삶과 역사의 토대 위에서 형성, 전개된 소중한 문화유산인 동시에 문학유산이다. 민족의 삶과 역사가 시작되었던 먼 과거부터 오늘에 이르기까지 민요는 그 삶과 역사 속에서 민족의 숨결과 얼을 갖가지 모습으로 맺고 풀고 그리고 엮어 왔다. 우리 민요가 갖는 소중함이 여기에 있다고 한다면, 민요를 수집하고, 보존하고, 계승하고, 연구하는 일은 그 자체로 자기정체성(self-identity)의 발견과 확립을 위한 작업으로서 매우 중요한 의의를 지닌다고 하겠다.

그런데 이런 취지에도 불구하고 민요에 대한 관심이 자기도취적 열정이나 지나친 집착에 따라 이루어진다면, 그것은 민요에 대한 국수주의적 편견만을 조장할 위험성이 높다. 민요에 대한 각별한 관심을 바탕으로 하되, 학문적 논리와 체계를 갖춘 분석과 고찰이 뒤따라야 민요의 특질에 대한 올바른 이해를 구할 수 있다. 민요에 관한 학문적 연구를 '민요학'이라 한다면, 민요학은 이처럼 자기정제성의 발견과 확립을 위한 노력의 대전제 위에서 민요의 특질을 올바로 규명하기 위한 목적을 갖는 것이다.

그런데 우리 민요를 대상으로 한 학문적 논의가 제자리를 찾고 본격화되기 시작했던 시기는 광복 이후라고 말할 수 있다. 물론 광복 이전 특히 일제하인 1920년대 이후 민요에 대한 관심이 크게 고조되면서 당시에 불리는 민요를 적극 조사, 수집하는 한편 민요에 대한 다각적인 논의가 일어난 것이 사실이다. 그렇지만 이들 민요 조사 및 논의는 일제 식민지하의 특수한 여건 속에서 이루어진 만큼 상당한 문제점과 한계를 지닌 것이었다. 일본인 학자가 앞서서 그들의 식민지 지배정책을 합리화하기 위해 전략적으로 민요를 조사하고 해석하는 작업이 이루어졌을 뿐만 아니라, 이와는 달리 민족의식 내지 민중의식을 고양하기 위한 일환으로 우리 학자들에 의한 민요 조사와 연구가 잇달았지만, 이 경우에도 강한 이념적 편향성 때문에 민요의 실상을 올바로 파악하지 못하고 편견에 치우친 민요인식을 보여주는 결과를 빚었다. 광복 이후 민요 연구는 비로소 일제의 식민사관을 청산할 수 있는 여건이 마련되면서 학문적 논의 방법 또한 다양하게 뒷받침될 수 있었다.

본고는 이러한 전제에서 우선 광복 이후 지금까지 이루어진 우리 민요의 연구상황과 그 성과를 발전적 과정에 따라 파악해 보고자 한다. 그런데 아직도 우리 민요학은 연구 대상과 영역을 넓히면서 한층 심화된 연구를 통해 해결해야 할 과제를 많이 안고 있다고 생각한다. 따라서 현단계에서 안고 있는 민요학의 과제는 무엇이며, 이를 어떻게 해결해 가는 것이 바람직한지 전망해 보는 것도 본고가 다루어야 할 중요한 논의 사항이다.

그런데 민요는 기본적으로 사설, 가락, 기능이 어우러진 복합적 성격의 구비시가이다. 말하자면 사설에 근거한 문학적 성격, 가락에 근거한 음악적 성격, 기능에 근거한 민속적 성격이 복합된 구비시가가 바로

민요인 것이다. 민요의 연구도 민요의 이러한 성격에 대한 구체적인
관심 사항에 따라 여러 측면에서 접근될 수 있다. 그런데 본고에서 민
요의 음악적 성격에 관한 논의는 일단 유보하고자 한다. 이는 본고가
민요의 문학적 관심에 따라 제기되었기 때문이기도 하지만, 필자의 능
력이 민요의 음악적 논의에 닿지 못하기 때문이기도 하다. 따라서 본
고는 민요의 문학적 성격에 관한 논의를 중점적으로 살피되, 다음 몇
가지 범주를 설정하여 논의를 진행하고자 한다.

첫째, 민요 조사와 현장론적 연구의 범주이다. 민요 자체가 기록시가
와는 달리 구연 현장성이 중시되는 구비시가인 만큼, 민요 구연의 현
장성이 제대로 드러날 수 있는 면밀하고 체계적인 민요 조사가 마땅히
필요하다. 아울러 이러한 민요 조사를 통해 이루어지는 민요의 현장론
적 관심은 민요 연구의 소중한 밑거름이 되는 것은 물론 민요학이 제
위치를 확보하고 올바른 방향을 가질 수 있도록 한다. 따라서 그동안
민요 조사와 현장론적 연구가 어떠한 방법론적 진전 속에서 성과를 거
두어 왔는지 검토해 보는 것이 필요하다.

둘째, 민요 분류론의 범주이다. 민요의 분류는 민요 조사의 다음 단
계 작업이라 할 수 있지만, 민요 연구의 일정한 성과를 반영하는 작업
인 동시에 민요 연구의 방향에 따라 그 근거를 제공하는 중요한 작업
이기도 하다. 따라서 민요가 그동안 어떠한 분류기준과 체계에 따라
분류되고 어떠한 유용성을 가지고 있는지, 그리고 앞으로의 민요 분류
의 과제가 무엇인지 고찰할 필요가 있다.

셋째, 민요 시학의 논의 범주이다. 민요는 노래(song)인 음악이면서
시(poetry)인 문학이다. 여기서 노래인 음악으로서 민요가 갖는 성격은
음악학의 소관으로 돌린다고 한다면, 문학의 관점에서는 당연히 민요
의 시적 특성을 중시하지 않을 수 없다. 그런데 민요의 시적 특성을 구
명하는 과제는 민요자료의 단순한 주석이나 내용 해설의 차원에서 해

결될 수 없으며, 구비시가로서 지닌 민요의 형태, 구조, 내용, 주제 등에 관한 다각적이고도 심층적인 분석 작업을 요구하는 것이다. 민요의 시학이 이러한 작업을 통해 정립될 수 있다면, 지금까지 민요 시학을 정립하기 위한 학계의 노력이 어떻게 펼쳐져 왔는지의 문제는 커다란 관심사가 아닐 수 없다.

넷째, 민요의 수용과 교섭 양상에 관한 논의 범주이다. 민요는 민요 자체로 존재하면서 다른 시가의 형성과 전개과정에 밀접한 관련을 맺어 왔다. 향가, 고려가요, 시조, 가사, 잡가의 형성에 민요가 중요한 형성동인으로 작용했다는 점은 이미 잘 알려진 사실이고, 근대 이후의 시에서도 민요는 중요한 창작동인으로 영향력을 발휘해 왔다. 따라서 구비시가인 민요와 창작시가인 여러 시가장르와의 교섭 양상에 관한 문제는 우리 시가문학의 흐름과 그 특성을 파악하는데 매우 중요한 관심사이다. 이러한 관심사는 민요 연구에서 통시적으로는 민요사에 관한 연구로 진행되기도 했고, 공시적으로는 민요와 타 시가장르와의 상호관련성을 검토하는 방향으로 나아가기도 했다.

본고는 이상 네 가지 논의 범주의 고찰을 통해 그 동안 민요 연구의 성과를 파악하고 앞으로의 민요 연구의 과제를 설정해 보고자 한다. 물론 지금까지의 민요 연구는 이상 네 가지 범주의 논의만으로 충분히 검토될 수 있다고 생각하지 않는다. 민요의 음악적 연구가 배제되었을 뿐만 아니라, 민요의 심리학적·교육적·종교적·문화적 연구 등의 영역도 별도로 고찰할 필요가 있지만 본고에서 포괄하지 못했다. 다만 이런 점들은 민요 연구의 과제를 논의하는 과정에서 필요시 부분적으로나마 언급하는 것으로 미흡한 점을 대신하고자 한다.

Ⅱ. 민요 조사와 현장론적 연구

민요조사는 문헌을 통한 방법과 구연현장을 찾아 민요를 직접 채록하는 방법의 두 가지 방법에 의해 이루어질 수 있다. 여기서 문헌을 통한 방법은 다른 사람이 이미 조사해 놓은 자료를 이용하는 방식인데, 과거의 민요 상황을 파악하기 위해 부득이 문헌에 의존할 수밖에 없기 때문에 이 방법을 택한다. 그러나 이 경우, 문헌에 실린 자료가 민요 구연의 현장성을 제대로 파악할 수 없는 자료이면, 자료를 이용해서 민요의 특성을 파악하는 데 많은 제약과 문제점이 따른다. 민요의 특성을 가능한 온전하게 파악하고, 오랫동안 연구에 유용하게 활용되기 위해서는 민요 구연의 현장성이 잘 드러날 수 있도록 채록해야 한다. 따라서 현지조사를 통해 민요를 직접 조사·채록하되, 민요 구연의 현장성이 잘 드러날 수 있도록 체계적이고 면밀한 조사·채록이 이루어져야 한다. 말하자면 조사장소, 시기, 제보자의 신상, 구연상황, 구연내용 등이 총체적으로 드러날 수 있는 민요 조사여야 한다. 그래야 민요 조사는 민요 자료의 단순한 수집의 차원을 넘어서서 학문적 차원의 일정한 성과를 거둘 수 있는 것이다.

그런데 우리 민요를 수집하고 정리한 사례는 오래 전부터 있어 왔다. 민간의 예악과 풍속, 그리고 민심을 파악하거나 교정하기 위해 뜻있는 지식인들이 민요를 조사하여 한역 또는 악곡으로 남기기도 했으며, 국가적 차원에서 민요를 수집한 사례도 있다.[1] 그런데 이러한 사례는 당시 민요의 사정을 파악하는데 커다란 도움을 주지만, 역시 학문적 차원의 체계적 민요 조사와는 거리가 먼 것이다.

---

1) 이창식, "민요론", 김선풍 외, 『민속문학이란 무엇인가』(집문당, 1993. 9), pp.171~176에 이에 대한 개괄적 사정이 정리되어 있다.

이러한 민요 조사의 전통은 근대 이후에도 한동안 이어졌다. 특히 일제 식민지 기간 동안 조선총독부나 타까하시(高橋 亨) 등 일본인 학자에 의해 이루어진 민요조사는 식민지 지배정책을 합리화하기 위한 정치적 의도가 개입된 전략적 민요조사2)였다. 물론 이와 같은 관변적 성격의 민요 조사와는 달리 민족주의 또는 민중주의의 문화운동적 차원에서 민요에 대한 관심이 크게 고조되면서 상당한 민요 조사와 함께 민요에 관한 논의도 이루어졌다. 이광수(李光洙), 최남선(崔南善), 김지연(金志淵), 김재철(金在喆), 김소운(金素雲), 엄필진(嚴弼鎭), 이재욱(李在郁), 임화(林和), 최영한(崔榮翰), 차상찬(車相瓚), 김사엽(金思燁), 송석하(宋錫夏) 등의 노력이 이에 부응된 것이다. 이 중에서 특히 민요 조사의 차원에서 엄필진(1)3), 김소운(2), 임화(3)의 성과는 당대 민요의 전승 현황을 파악하는 데 귀중한 참고가 된다. 그러나 이들 민요 조사는 개인적인 노력에 의해 이루어진 만큼 자료의 범위가 제한되어 있고, 민요의 사설만 채록하고 있는 정도여서 민요 구연의 다른 사정을 파악할 수 없다.

우리 민요에 대한 조사 및 연구가 학문적 관심에 따라 본격적으로 이루어진 시기는 아무래도 광복 이후로 보아야 한다. 광복 이후의 시기부터 일본의 식민사관을 청산하고 비로소 객관적인 학문성찰의 여건 속에서 본격적인 민요학이 전개될 수 있었기 때문이다. 이에 특히 고

---

2) 일제는 조선총독부 주관으로 세 차례에 걸친 전국의 민요를 조사했는데, 1912년의 '이요·이언과 통속적 독물 등 조사'(俚謠·俚諺及通俗的 讀物等 調査)', 1933~1935년의 민요 조사, 1936년에 조사하여 1940년에 발간한 『조선의 향토오락』(朝鮮の 鄕土娛樂)이 그것이다. 이들 자료는 임동권(任東權)이 찾아 『한국민요집』VI(집문당, 1981. 10)에 게재함으로써 학계에 알려졌다.

3) ( )안의 숫자 표시는 이 글의 끝에 붙은 <민요 관계 주요 논저>상의 일련번호이다. 이하 민요 관계 주요 논저 사항을 본문에 나타낼 때는 이와 같이 한다.

정옥(高晶玉)의 『조선민요연구』(5)는 직접 경북지방에서 조사·채록한 민요 자료를 토대로 '서민문학(庶民文學)으로서의 조선문학'이란 민요의 문학적 특질을 구명하고자 한 것으로, 민요 연구가 커다란 발전을 이룩하는 계기를 만들었다. 여기서 일단 민요 연구의 성과는 뒤에 다시 검토하기로 하고, 민요 수집의 방법을 "그 노래의 역사, 배운 곳과 사람, 그리고 창자(唱者)의 거주경력·성명·연령·신분 등을 상세히 기입할 것이다."라고 함과 아울러 민요 분포지도 작성, 민요보존의 방법까지 제안했다(pp. 507~510). 이는 비록 그의 저서에서 민요 자료에 대한 간략한 조사지역 표기와 주석에 그치고 있지만, 민요 자료의 현장성을 고려한 민속학적 의의를 매우 중시한 것이며, 그가 제안한 민요의 분포지도 같은 것은 아직도 우리 민요 연구의 과제로 남겨져 있다는 점에서 자못 반성을 촉구한다.

고정옥 이후 우리 민요 조사는 매우 활발하게 이루어졌다. 민요를 비롯한 구비문학이 급격히 인멸되어 가고 있다는 위기감에서 학계는 물론 관계에서도 전국의 민속 및 구비문학을 조사하는 사업을 펼쳤다. 우선 각 대학의 국어국문학과나 국어교육과에서 민속 또는 구비문학 학술조사의 일환으로 지역별로 민요를 집중 조사하는 작업이 이어졌고, 한국문화인류학회에서 문화재 관리국의 지원을 받아 전국 민속조사를 실시하면서 각 도별로 상당수의 민요 자료를 조사하는 성과를 거두었다. 그리고 각 시·군에서도 자체적으로 향토문화를 조사하는 가운데 상당수의 민요 자료를 조사할 수 있었다.4) 여기서 중요한 점은 민요 자료의 채록 방법이 점차 발전적으로 이루어졌다는 사실이다. 말하자면 민요 자료의 각편을 단순히 모으는 단계를 넘어서 민요의 전승

---

4) 이들 민요 조사 자료에 관한 구체적인 서지는 ≪구비문학≫ 8집(한국정신문화연구원 어문연구실, 1985. 2)의 부록으로 실린 <한국구비문학관계자료목록>에 나와 있다.

과 관련된 역사·문화적 상황이 어느 정도 고려되고, 자료마다 제보자 상황이 비록 간략하게나마 표시되는 등 민요 전승의 현장성을 한층 뚜렷하게 나타내려는 방향으로 민요 조사가 진전되어 왔다.

이런 가운데 민요를 비롯한 구비문학의 조사와 채록의 방법이 학문적으로 체계화되면서 획기적인 성과를 보게 된 것이 한국정신문화연구원 어문연구실에서 1979년부터 실시한 '전국구비문학조사연구'사업이다. 이 사업은 많은 구비문학 전공 교수들의 참여를 통해 10년 동안 추진되었는데, 이 사업의 결과는 전체 82권이나 되는 방대한 분량의 보고서(16)로 간행되었다. 비록 이 사업은 전국의 시·군을 모두 조사하는 데까지 나아가지는 못했지만, 구비문학의 본격 조사에 앞서『구비문학조사방법』(17)을 간행하고, 이에 따른 지침과 방법론에 의거하여 구비문학 현지조사를 진행한 것은 매우 큰 의의를 지닌다. 따라서 각 시·군별로 이루어진 구비문학조사보고서는 조사지역 개관에 이어 제보자별 사항을 상세히 기술하고, 조사된 자료마다 구연상황, 제보자의 태도, 청중의 반응 등을 일일이 기록하는 등 구비문학 구연의 현장성을 충분히 파악할 수 있도록 했다. 이로써 민요를 비롯한 구비문학 조사·채록은 방법론적 이론의 정립 속에서 알찬 결과를 얻을 수 있게 되었으며, 이 조사방법론과 결과는 이후 구비문학 조사와 연구에 적극 활용되면서 학문적 진전을 이루는 데 획기적인 기여를 했다고 평가된다.

이러한 민요 조사의 성과는 사실 이 분야 연구자들의 열성적인 노력에 의해서 뒷받침된 것이다. 그동안 민요 연구자들이 개별적으로 민요를 조사하면서 얻은 경험이 축적된 결과 이러한 성과를 거둘 수 있게 되었다고 본다. 민요에 각별한 관심을 가진 연구자들은 개별적으로 특정 지역의 민요나 전국의 민요를 조사, 연구해 왔다. 여기에 진성기(秦聖麒), 임동권(任東權), 김영돈(金榮墩), 조동일(趙東一), 서원섭(徐元燮),

정동화(鄭東華), 김순제(金順濟), 이소라(李素羅) 등의 민요 조사 성과는
특히 민요학계에 이바지하는 바가 많았다.

진성기(6)와 김영돈(7)은 제주도 민요에 각별한 관심을 가지고 조사
했는데, 특히 김영돈은 해녀 노래와 맷돌·방아노래 비롯한 제주도 민
요의 전반을 폭넓게 조사·채록하면서 각편마다 처음으로 창자를 밝히
고 표준어 주석을 상세하게 붙여서 민요 조사와 채록의 한 귀감이 되
도록 했다. 그리고 조동일(10)은 경북민요에 대한 조사와 연구를 병행
하면서 경북민요의 특징을 구연 현장성에 기초하여 폭넓게 검토하고,
이를 민요 일반의 이해를 위한 이론적 기초로 삼고자 했다. 서원섭(13)
의 울릉도 민요 조사도 특정 지역의 민요를 학계에 처음 소개했다는
점에서 의의가 있다. 이밖에 정동화의 경기지방 민요 조사, 박순호(朴
順浩)의 전북지방 민요 조사 등의 성과도 민요 자료의 발굴과 민요 이
해의 폭을 넓히는 데 기여했다.

바람직한 민요 조사는 일정한 조사·채록 기준에 따라 지역별로 집
중 조사하여 그 성과를 집대성하는 것이다. 한국정신문화연구원의 『한
국구비문학대계』(16)의 성과가 이에 준하는 것이라 하겠지만, 이는 국
가의 재정적 뒷받침 속에 이루어진 것이며, 연구자 개인이 이러한 작
업을 하기는 무척 힘들다. 이런 점에서 임동권(任東權)의 민요 조사 노
력은 참으로 값진 것이라 하겠다. 임동권은 일제하부터 당시까지 이루
어진 민요 조사의 성과를 집대성하는 한편 오랫동안 개인적으로 전국
을 돌며 수집한 민요를 총 7권의 『한국민요집』(8)으로 간행했다. 다만
자료를 한편이라도 더 모으려 하다 보니 각편의 민요 구연상황을 제대
로 파악할 수 없는 문제점이 있으나, 전승 민요의 자료를 한꺼번에 볼
수 있도록 집대성한 노력은 높이 평가할 만하다. 여기에 전국의 도서
지역에 전승되는 어업노동요를 힘들게 조사하여 악보로 채록한 김순제
의 업적(14)과 전국의 농요를 역시 악보 채록을 통해 조사, 정리한 이

소라의 성과(15)가 보태어짐으로써 이제 전승민요의 거의 대부분을 파악할 수 있는 단계에 이르렀다.

그런데 민요는 끊임없이 전승되면서 변화한다. 시대상황의 변화에 따라 전승이 중단되기도 하면서 새로운 민요들이 형성된다. 물론 교통이 발달하고 전통적인 생활양식이 크게 변모되면서 과거의 전승민요들을 쉽게 채록할 수 없는 상황에 이르렀지만, 그렇다고 민요 조사가 더 이상 소용없는 것은 아니다. 시대상황의 변화에 따라 민요가 어떻게 새롭게 형성, 변화해가는지 지속적인 관심을 가지고 민요를 조사할 필요가 있다. 그리고 민요 조사가 정리의 수준에서 끝날 것이 아니라, 현재까지 조사된 자료를 토대로 한 민요유형자료집, 민요지도, 민요사전 편찬과 같은 작업을 민요학계의 중지를 모아 이루어내는 일도 당면한 과제이다.

민요 조사는 궁극적으로 민요 연구를 위한 단단한 기초가 되어야 한다. 민요 조사의 현장론적 경험을 굳건히 가질 때 민요 연구가 한층 옹골차게 이루어질 수 있다고 생각하기 때문이다. 이런 점에서 지역별 민요나 유형별 민요의 현장 조사의 성과를 통해 해당 민요의 특성들을 밝히려는 노력은 바람직하다. 이러한 노력은 비단 민요에만 해당되는 것은 아니다. 민속이나 구비문학 전체가 근본적으로 현장에서의 연행으로 성립, 존재하기 때문에, 이 분야의 연구는 현장론적 관심을 당연히 요구한다. 이에 따라 최근 구비문학 연구의 중요 성과들이 현장론적 접근방법을 표방하고 있거나 내재시키고 있다는 것은 매우 바람직한 일이다.

민요의 현장론적 연구의 필요성은 이미 고정옥의 업적에서 암시되어 있다고 하겠으며, 이 필요성을 더욱 절실히 문제삼고 민요 연구의 바람직힌 방향을 설정하고자 하는 논의5)가 이어지면서, 이 논의에 상응

---

5) 이의 대표적인 논의로 조동일, "민요 연구의 현황과 문제점", 《구비문학》

하는 민요 연구의 업적들이 계속 축적되고 있다. 민요 연구의 현장론적 접근의 성과는 이미 민요 조사의 경험을 풍부히 쌓은 연구자들에 의해 상당한 진척을 보아 왔다. 구체적으로 현장론적 연구를 표방한 것은 아니지만, 김영돈의 "제주도 민요연구"(28), 김선풍(金善豊)의 "강릉지방 시가의 민속학적 연구"(29), 조동일(趙東一)의 『경북민요』(10)와 『서사민요연구』(11)는 이러한 연구 사례의 선편을 이루는 것이다. 김영돈은 제주도의 <해녀노래>, <맷돌·방아노래> 등 여성노동요를 중심으로 민요의 전승배경, 전승자, 창법 등의 문제를 중요하게 다루는 한편, 이들 민요와 연관된 도민생활과 의식을 고찰함으로써 그 성격과 위치를 밝히려고 했다. 김선풍의 연구도 엄밀한 의미에서 현장론적 연구는 아니지만, 민요가 지닌 현장적 성격 중 특히 민속학적 성격을 파악하고 있다는 점에서 현장론적 관심이 나름대로 반영된 것이라 하겠다. 그리고 조동일은 경북의 현지 민요조사를 통해 얻은 자료를 토대로 민요의 기능, 가창방식, 사설구성의 중요한 특성들을 파악하고자 했으며, 그의 서사민요 연구는 그동안 주목받지 못했던 서사민요를 발굴하여 장르적 성격, 유형구조, 문체와 함께 전승의 문제를 체계적인 관련 속에 검토하고 있어 이 분야의 연구에 시금석이 되었다고 평가된다.

1980년대 이후 이와 같이 민요의 현지 조사를 토대로 한 현장론적 관심의 연구들이 소장 학자들을 중심으로 활발하게 이루어졌다. 나승만(羅承晩), 강등학(姜騰鶴), 류종목(柳鍾穆), 이창식(李昌植), 좌혜경(左惠景) 등이 민요 연구의 고유한 영역을 확보하면서 민요의 현장론적 접근을 바탕으로 한 민요의 특성을 구명하는 데 적극적으로 나섰다.

나승만은 서론에서 현장론적 방법론을 원용한다고 밝히면서 전남지

1(한국정신문화연구원 어문연구실, 1979. 1)과 임재해, "노래의 생명성과 민요 연구의 현장 확장", 《구비문학연구》 제1집(한국구비문학회, 1994. 6)을 들 수 있다.

역 <들노래>를 소리권역에 따라 구분하고 이들 <들노래>의 구조와 기
능적 성격의 차이를 면밀하게 고찰(34)했으며, 강등학은 <정선아라리>
의 구연양상을 토대로 연행상의 작시원리와 장르수행의 문법을 밝히고
자 했다.(32) 류종목도 민간의식요인 세시의식요와 장례의식요를 대상
으로 현장의 의식수행 과정과 연관된 유형별 특성을 밝힌 다음 가창방
식상의 특징과 사설에 반영된 가치관의식의 면모를 파악(33)하고자 했
다. 그리고 이창식은 유희요의 현장론적 존재양상을 무엇보다 중시하
면서 유희요의 기능별 실현양상과 그 위상을 파악(36)함으로써 민요의
현장론적 연구에 중요한 일익을 담당했으며, 좌혜경은 제주의 전승동
요를 연구한 경험을 발판으로 민요 구연의 원리에 입각한 사설의 구조
적 층위를 살피는 데 주안점을 두고 연구(40)했다.

　사실 민요의 현장적 성격은 민요의 연행을 둘러싸고 있는 제반 사회
적 생산 방식의 문제를 포괄하는 것이다. 여기서 민요 연행의 사회적
생산방식의 문제는 민중집단이 가진 민속적·사회문화적 배경과 조건
은 물론 이와 연관된 공동체의식, 그리고 이를 연행하는 민중들의 실
제적인 창작, 전승, 수용의 여러 방식과 태도를 감싸고 있는 것이다. 그
런데 지금까지 민요의 현장론적 고찰의 대부분은 현장에서의 민요 연
행과정과 방식에 집중되었다고 하겠으며, 민요가 생산된 사회적 토대
와 이에 대한 연행자의 의식, 그리고 민요 생산의 창조적 미학6)을 체
계있게 연관지어 파악하는 단계에는 이르지 못했다. 앞으로 민요 연행
의 현장에 더욱 적극적인 관심을 가지면서 이러한 과제를 풀어가야 하
는 임무가 민요 연구자들에게 주어져 있는 셈이다.

---

6) 임재해는 "민요의 사회적 생산의 성격과 개인적 창조의 성격이 상호 의존
　적으로 긴장을 이루면서 맞서 있는 것"이라 하면서, 이 상호 의존적 긴장
　의 관계를 올바로 이해함으로써 민요 연구의 진전을 이룰 수 있다고 했다.
　임재해, "민요의 사회적 생산과 수용의 방식", 『한국의 민속 예술』(문학과
　지성사, 1988. 8).

Ⅲ. 민요의 분류론

민요의 분류는 민요 자료를 단순히 정리하는 작업이 아니다. 민요의 분류는 민요학과 분류학이 만나는 지점에서 이루어지는 민요 연구의 중요한 영역이다. 따라서 민요의 분류는 민요의 성립과 존재 양상을 올바로 파악한 바탕 위에서 합당한 분류기준을 마련하고, 이 기준에 따라 체계적으로 민요 자료를 분류함으로써 민요 자료의 효율적인 이용에 보탬이 되도록 해야 하는 것이다.

민요의 분류는 그동안 여러 차례 민요자료집이 간행되면서 나름대로 시도되어 왔으며, 더러는 분류방법에 관한 진지한 연구를 통해 이루어졌다. 그런데 일제하에 이루어진 민요자료집(1~3)에서의 민요 분류는 분류방법에 대한 진지한 고민없이 개인적인 편의에 따라 자료를 정리해 놓은 것에 지나지 않는다. 광복 후 주왕산(周王山)과 고정옥(高晶玉)에 와서야 민요의 분류 문제가 어느 정도 진지하게 모색되었다. 이후 민요의 분류 문제는 민요 연구의 중요한 관심사가 되어 학문적인 체계와 유용성을 가진 분류안으로 모색되었으며, 실제적인 분류의 결과로 나타났다.

먼저 주왕산은 민요를 과학적으로 분류하는 일이 어려운 과제라고 하면서, 일차적으로는 '성(性)과 노약(老弱)'에 따라 남요(男謠), 동남 동요(童男 童謠), 문답체요(問答體謠), 부요(婦謠), 동녀요(童女謠)로 구분한 다음, 이차적으로 내용과 '접촉하는 생활면' 즉 기능, 그리고 명칭을 고려해서 여러 소항목을 설정하여 분류했다(4, pp.23~33). 이러한 분류는 기존의 단선적이고 임의적인 분류에 비해 진전된 면을 가지고 있으나, 일차 분류에서 모든 민요가 성별과 노소에 따라 구분되기 어려우며, 이차 분류에서 기능과 내용을 뒤섞어 일정한 기준없이 분류함으로

써 일관성과 체계를 상실하고 있다는 점에서 많은 문제가 있다. 주왕
산에 이어 고정옥은 '내용상 차별에 의한 것', '가자(歌者)의 성·연령
상 차별에 의한 것', '노래와 민족생활의 결합면의 차별에 의한 것'을
종합한 분류를 채택하여 어떠한 내용의 노래를, 누가, 무엇을 할 때 부
르는 것이지 밝히려 한다고 했다(5, pp.97~102). 이는 내용, 창자, 기능
의 세 요소를 종합적으로 고려한 분류를 택한 것이다. 그런데 실제로
는 이 세 요소 이외에도 '근대요'의 시대, '문답체요'의 형식 등의 기준
도 분류에 함께 적용하여 총 23개의 분류항목을 설정했다. 고정옥의
이러한 분류방법은 임동권에 의해 수정·보완되면서 한층 세밀한 민요
분류안을 마련하는 데 기여했다. 임동권은 한국민요집을 편찬하면서
민요 분류 문제를 고심한 끝에 고정옥과 같이 창자, 내용, 기능을 종합
적으로 고려한 분류안(8)을 마련하였다. 그런데 3단계의 분류체계에서
1단계는 민요와 동요의 창자, 2~3단계는 내용 또는 기능을 고려하여
총 362항목에 걸친 분류표를 작성하고 자료집의 편찬에 적용했다. 그
런데 이러한 종합적 민요 분류는 민요의 존재 양상을 다면적으로 이해
하는 데에는 도움이 되지만, 여러 가지 성격을 지닌 민요를 어느 한가
지 분류항에 소속시키려 하다 보니 무리하게 민요 자료의 성격을 단일
화시키거나, 아니면 이중, 삼중의 자료 분류가 될 수밖에 없는 오류를
지닌다.

　민요의 종합적 분류 자료의 실제 분류에서 혼란을 야기한다면, 다른
분류방법을 모색할 수밖에 없다. 김영돈은 제주도의 민요를 분류하면
서 분류기준 중에서 민요의 기능이 가장 기본적인 것이라고 하며 처음
에는 노동요, 타령요, 동요로 3대분(7)했다가 다시 의식요를 첨가하여 4
대분7)한 다음 다시 기능과 사설의 내용을 단계적으로 고려한 분류를

---

7) 김영돈, "제주민요의 분류",《구비문학》7(한국정신문화연구원 어문연구실,
　1984).

했다. 그런데 이러한 기능 중심의 간계별 분류는 그 결과에서 기능별 분류원칙을 정해 놓고도 기능상의 항목이 아닌 동요를 노동요와 함께 설정하고 동요 아래 유희요를 하위항목으로 둔 점, 그리고 이 분류안이 다른 지역의 민요 분류에도 확대 적용될 수 있어야 일반적 의의를 가지는 데 그렇지 못한 점이 커다란 한계로 지적된다. 이런 문제와 한계는 장덕순(張德順) 외『구비문학개설』(9)에서 제시된 민요분류안에서 상당히 극복되었다고 하겠으나, 여전히 민요의 실상에 맞게 한층 정밀하고 체계있는 분류안을 마련하는 작업을 과제로 남겼다.

민요는 기능, 사설의 내용이나 주제, 가창방식, 율격, 창자, 시대, 지역 등 여러 가지 기준에서 분류가 가능하며, 연구목적에 따라 어떤 기준을 특별히 중요시할 수 있다. 그런데 문학적 이해가 앞서는 민요 분류에서 기능과 사설의 내용이나 주제를 가장 중요한 기준으로 잡는 것이 일반적이다. 이 중에서도 민요의 대부분이 일정한 기능과 연관하여 형성, 존재한다는 점에서 민요의 기능적 성격을 무엇보다 우선시되는 분류기준의 사항으로 잡는 것이 타당성과 일반성을 지닌다고 하겠다.

이런 관점에서 박경수(朴庚守)는『한국구비문학대계』수록 민요 자료의 분류작업을 하면서, 한국 민요의 전체 유형을 기능적 성격에 따라 체계적이고 정밀하게 분류하는 안을 마련하고 실제의 분류결과(41)를 제시했다. 그런데 이 결과는 일단 민요의 기능별 분류에 한정된 것이고, 민요 사설의 내용이나 주제 등의 기준에서 별도로 다시 분류되어 그 성과가 비교, 종합될 수 있을 때 의의가 배가될 수 있는 것이다.

한편 김무헌(金武憲)은 노동민요를 연구(23)하면서 입론으로 삼은 노동민요의 분류안을 전체 민요를 대상으로 확대해서 나름의 분류안을 마련했다(24). 여기서 그는 1단계로 노동민요, 유희민요, 종교민요, 정치민요의 4가지로 분류한 다음, 그 아래 3단계까지 세부 분류항목을 설정했다. 그런데 2, 3단계의 분류에서 기능과 내용이 혼용되어 분류기준

으로 적용되는가 하면, 정치민요의 경우 한역, 구전, 현대 등으로 일관
성을 갖지 못한 기준이 적용되어 전체적으로 자의성이 강한 산만한 분
류의 결과를 보여준다. 그리고 이른바 '정치민요'는 기존에 '참요(讖
謠)' 또는 '정치요' 등으로 지칭되며 상당한 주목을 받았고, 최근에는
이용어의 설정을 타당하게 인정하면서 연구한 사례[8]가 있기는 하다.
그렇지만 정치민요에 드는 상당수의 민요들은 본래 기능이나 악곡상
타령류나 다른 계통의 민요에 속했던 것으로 사설의 개작이나 변이를
통해 정치풍자적 성격을 지니게 된 것인데, 이를 과연 노동민요, 유희
민요와 같은 기능적 단위의 분류항목으로 잡을 수 있는가에 관해서는
이론의 여지가 있다.

이밖에도 정정헌이 "민요 분류방법과 실제"(22에 게재)에서, 손종흠
이 "한국민요분류안 시고"(42)에서 나름대로의 곤점에서 민요 분류를
시도하기는 했으나, 상당한 논란이 제기될 수 있다. 정정헌의 경우 일
상, 비일상과 같은 인식론적 차원의 구분 기준이 모호하고, 노동의 공
간, 유희의 공간, 애정의 공간, 개방요, 폐쇄요같이 민요 존재의 구체적
성격과 쉽게 연결되기 어려운 명칭들을 사용하고 있어 객관적 설득력
을 갖기가 힘들다. 손종흠의 경우도 '여가요'란 생소한 용어를 쓰면서
기존에 의식요와 유희요로 지칭된 민요를 '의식여가요', '유희여가요'
등으로 구분했는데, '여가'란 용어를 지나치게 포괄적으로 해석하여 분
류에 적용함으로써 민요의 실상을 파악하는 데 오히려 혼란을 주고 있
다. 그리고 이들 분류시안이 지닌 가장 큰 문제는 민요의 실상을 얼마
나 합당하게 분류할 수 있는가에 관한 검증이 이루어지지 못한 까닭에
아직 관념적 범주의 시안 자체로 있다는 것이다.

---

8) 이른바 정치민요에 관한 최근의 주요 논의를 들면 다음과 같다.
   최철, "한국 정치민요 연구", 《인문과학》 제60호(연세대 인문과학연구소,
   1989).
   손종흠, "정치민요의 연구", 《열상고전연구》 제3집(열상고전연구회, 1990. 4).

민요 분류와 관련하여 이창식(李昌植)은 유희요를 연구하면서 기존에 비기능요로 처리되었던 민요를 현장에서 놀이적 성격을 중시하여 '가창유희요군'으로 설정하여 상위유형인 유희요에 포함시켜야 한다 (36, p.42)는 주목할 만한 주장을 했다. 이른바 가창유희요군의 민요들이 대개 '~타령'으로 불리는 잡가 계통의 민요인데, 이들 민요가 흥취를 동반한 유희적 성격을 강하게 지닌다는 점에서, 기존에 '비기능요'로 소속을 모호하게 처리했던 것을 시정해야 한다는 것이다. 그런데 이런 주장을 한편으로 수긍하면서도 기존 유희요의 민요들이 유희의 오랜 역사적·민속적 배경 속에서 형성된 것인데 비해, 타령류의 민요들은 노래 자체로 즐기는 근대 민요라는 점에서 서로 구별되는 바가 있음을 유의할 필요가 있다. 이러한 문제는 좀더 깊은 논의를 거쳐 일정한 합의를 찾아야 한다고 생각한다.

민요 분류의 과제는 민요 연구의 출발점이면서도 귀착점이기도 하다. 따라서 민요의 분류는 민요의 특성과 존재 양상을 전체적으로 파악하면서 타당한 분류기준과 분류체계에 따라 신중하게 이루어져야 한다. 그런데 지금까지 제안된 민요분류안 중 상당수가 분류기준이 모호하거나 일정한 체계를 갖추지 못했으며, 분류 내용이 지나치게 소략하여 실제 민요의 분류에 적용하기 어려운 것이 많다. 민요 분류의 과제는 탁상의 관념적 언어놀음으로 결코 해결할 수 없다는 점을 명심하면서 민요의 실상에 대한 진지한 이해 속에서 수행되어야 한다. 여기에 민요학계의 중지를 모으는 일이 절실히 요청된다.

Ⅳ. 민요 시학

민요는 노래(song)인 음악이면서 시(poetry)인 문학이다. 여기서 노래

인 음악으로서의 성격이 가락을 통해 드러난다면, 시인 문학으로서의
성격은 사설을 통해 드러난다. 민요 시학의 관심사는 당연히 사설을
통해 드러나는 시인 문학으로서의 성격에 집중된다. 그런데 민요의 시
적 특성을 밝히는 시학의 구체적인 관심사는 민요의 형식, 율격, 구조,
문체, 내용, 주제 등 여러 요소를 대상으로 할 수 있으며, 이에 관한 접
근방법론과 관점의 차이에 따라 다양한 논의로 이루어질 수 있다.

　민요를 일단 시인 문학으로 보는 관점은 오래 전부터 있어 왔다고
하겠으나, 근대 이후인 20세기 초반부터 민요의 문학적 성격에 관한
재인식이 본격적으로 이루어졌다. 구체적으로 일제하인 1920년대부터
민족의 문화적 전통이나 민중적 역량을 재인식하는 과정에서 민요는
오랜 역사 속에서 면면히 계승되어 온 전통적 민족문학이면서 민중들
의 삶과 의식이 반영된 값진 민중문학이란 생각이 폭넓게 자리잡았다.
그런데 이러한 생각의 저변 확대는 초기에 서양문학을 새롭고 값진 문
학의 모델로 인식했던 문학 풍토를 크게 전환시키는데 기여했으나, 정
작 민요의 문학적 특성에 관한 논의는 관념적 인식의 범위를 거의 벗
어나지 못했다. 민요가 애상적이면서도 미래를 낙관하는 민족의 정서
가 반영되어 있다거나, 민중들의 비참한 생활 가운데서도 진취적인 기
상을 나타내고 있다는 정도의 추상적 논의 수준에 머물러 있었던 것이
다.

　민요의 문학적 논의가 어느 정도 수준에 올라서는 계기는 역시 주왕
산을 거쳐 고정옥에 와서 마련되었다. 주왕산(4)은 교재용의 민요개론
을 쓴 만큼 민요의 형식과 내용을 해설하는 수준을 넘어서지 못했지만,
민요 논의의 폭을 넓히면서 특히 '사회현상'의 반영체로서 민요를 보고
자 했던 관점은 민요에 대한 인식을 한층 구체적으로 보여준 것으로
기존의 추상적 논의와 관념적 인식에서 진일보한 것이다. 고정옥(5)은
이에서 한걸음 더 나아가 민속예술과 서민문학으로서 민요가 갖는 성

격을 구명하기 위해 풍부한 자료를 토대로 민요의 형식과 내용의 양면
을 여러모로 따져서 논증했다. 특히 그의 민요 연구의 결론이라 할 수
있는 '조선 민요의 특질'에 관한 내용은 지금 보아서도 취할 부분이 많
다. 이를테면 부요의 양적 질적 우수성, 풍부한 해학성, 운율적인 관용
구의 애용, 리듬의 다양한 변주 등과 같은 사항의 지적은 이후 민요의
시학적 연구에 좋은 디딤돌이 되었다고 하겠다.

　그런데 주왕산과 고정옥의 민요 논의는 이처럼 민요를 문학적 시각
에서 연구할 수 있는 토대를 단단히 다진 업적을 이룩했다고 하겠으나,
당시의 연구 수준이 미약했던 관계로 중요한 입각점에 따른 방법론적
이론 확립과 치밀한 분석은 과제로 남겼다고 하겠다. 주왕산과 고정옥
다음 세대라고 할 수 있는 임동권은 누구보다 열성적으로 민요 조사를
하면서 연구에 임했는데, 앞 세대가 이룬 연구의 영역을 확장하면서
한층 튼실한 민요 이해의 토대를 마련하는데 기여했다. 여기서 임동권
의 민요 연구 성과는 일일이 거론할 수 없을 정도로 많지만, 민요의 유
형별 특징을 한층 포괄적으로 검토(19)하고, 민요의 전개과정을 풍부한
자료를 동원하며 사적으로 체계화(18)하고자 했을 뿐만 아니라, '부요
(婦謠)'에 남다른 관심을 갖고 여러 유형별 내용상의 특징을 자세하게
논의한 것(20)은 높이 평가할 수 있다. 그리고 이러한 성과 중에 민요
사에 관한 연구는 정동화(鄭東華)(27)에 의해 보완되고, 노동요의 연구
는 김무헌(金武憲)(23), 만가(輓歌)의 연구는 신찬균(申瓚均)(35), 부요의
연구는 이현수(李鉉洙)(37) 등으로 발전적인 계승을 보았다. 그런데 아
직까지 민요 연구의 대부분이 사설의 내용상 특징이나 주제의식을 검
토하는 것이어서 민요의 시적 구성원리나 구조적 특성 같은 문제에 관
심을 깊이 가지지 못했다.

　이 점은 임동권 다음의 민요 연구 주자라고 할 수 있는 김영돈, 조
동일, 김대행(金大幸) 등에 의해서 상당히 극복되었다. 김영돈은 제주도

의 민요를 폭 넓게 검토한 중에서도 여성 노동요인 <해녀노래>와 <맷돌·방아노래>를 특히 주목해서 고찰(12)한 바 있다. 여기서 제주도 여성노동요의 문학적 성격과 위치가 어느 정도 구명된 셈인데, 제주도 민요의 개별적인 유형이 갖는 형태, 수사, 문체적 특성에 관한 보다 구체적인 논의는 그의 지도 아래 좌혜경(左惠景), 강성균(姜性均), 변성구(邊聖久) 등에게 맡겨졌다.9) 조동일은 부요 중에서도 서사민요를 주목해서 유형적 성격과 율격, 서사구조, 전승 등 의 문제를 현장론적 관점과 구조시학의 관점에서 체계적으로 구명(11)함으로써 비로소 민요의 시학을 본격적으로 진행할 수 있는 틀을 마련했다. 이처럼 조동일이 서사민요에 관한 논의에 큰 진전을 이룩했다면, 김대행은 서정시로서 민요가 갖는 특성을 밝히는 데 한 전기를 이룩했다(21). 그는 한국시 전체의 지속성과 변화를 읽어내고자 하는 야심찬 포부 아래 한국시 일반의 구조적 특성이 민요에 내재하는 것이라 보고, 민요의 율격구조, 병렬적 구성형식, 의식구조를 먼저 밝히는 데에서 논의 확장의 실마리로 삼았다. 여기서 특히 민요 구성의 중요한 원리가 형태적, 의미적 병렬(parallelism)에 의해 이루어진다고 본 것은 이후 민요의 시적 특성을 해명하는 데 좋은 길잡이가 되었다.

민요의 시학적 논의는 강등학(姜騰鶴), 고혜경(高惠卿), 한채영(韓彩榮), 좌혜경(左惠景) 등에 의해 활발하게 이어지면서 커다란 진전을 이룩했다. 강등학은 <정선아라리>의 장르 수행에 관한 연구(32)에서 공식구(formula) 이론에 입각한 작시공식의 원리와 유형을 밝힘으로써 구비시가인 민요의 시적 특성을 한층 정밀하고 구체적으로 파악했다. 그리고 고혜경, 한채영, 좌혜경은 공통적으로 민요의 시적 특성을 해명하는 것을 목표로 삼아 주목할 만한 논의를 펼쳤다. 고혜경은 논의의 범위를 농업노동요로 좁혀 민요 사설이 지니는 시적 특성을 구조시학적 측면에서 파악

---

9) 이들 논의의 결과는 《민요론집》 창간호(민요학회, 1988)에 재수록되어 있다.

(38)하고자 했으며, 한채영은 구조시학의 텍스트 언어학과 담론 분석적 방법을 원용하면서 서정민요 계통의 구비시가가 갖는 사설의 구성방식과 구조적 특성을 유사성(resemblance)과 인접성(contiguity)의 원리, 그리고 결속구조(cohesion)의 측면에서 찾았다(39). 그리고 좌혜경은 민요의 사설이 서술적 층위구조에 의해 구성된다고 하면서 서술층위별 사설구성의 과정을 자세하게 파악하는 방법을 취했다(40). 이들 민요의 연구는 서로 접근방법상 약간의 차이를 가지고 있지만, 기본적으로 민요 사설의 구성원리를 시학적 관점에서 파악한다는 전제에서 출발하여 치밀한 분석의 결과를 도출함으로써 전제에 상응하는 민요시학의 이론적 정립을 가능하게 했다.

물론 그렇다고 민요 시학의 정립 과제가 만족할 만큼 충분히 해결되었다고 생각하지 않는다. 대체로 민요의 시적 특성에 관한 논의들이 구조시학적 방법론에 입각해 있는데, 이런 방법론이 놓치기 쉬운 민요의 시적 특성도 있음을 주의할 필요가 있다. 이는 크게 두 가지 측면에서 제기될 수 있다. 한 가지는 가창민요의 대부분이 곡조상 일정한 결속성을 가지고 있지만, 사설의 구성은 의미 내용상 뚜렷한 결속성이나 통일성을 갖지 못하고 엮어지고 있는 경우가 많다는 점이다. 이를테면 <모심기 노래>나 <논매기 노래>와 같이 교환창 또는 선후창으로 불려지는 민요, 그리고 잡가 계통의 타령류 민요들이 이에 해당한다. 그런데 구조시학의 관점은 문학작품의 전체와 부분의 유기적 통일성을 파악하여 문학성을 해명하고자 하는 것인데, 이런 관점에서 의미론적 사설구성의 불통일성을 보여주는 민요들에 관해서는 논의하기 어렵다. 다른 한 가지는 구조시학이 민요의 형상적 측면인 내적 구성원리를 잘 파악할 수 있는 이점은 있지만, 민요의 사회적 생산관계와 그에 대한 의식의 측면까지 충분히 검토하기에는 한계가 있다는 것이다. 따라서 현재의 민요 시학은 이러한 문제인식을 통해 민요의 시적 특성을 한층

포괄적이면서 체계적으로 다룰 수 있는 이론의 정립 과제를 안고 있다
고 말할 수 있다.

한편 민요의 형태 구조적 측면의 논의와는 별도로 민요의 사설에 내
재된 대상인식의 여러 국면들을 논의한 성과도 민요 시학의 보다 큰
테두리를 엮는데 기여했다고 본다. 민요 연구의 초창기부터 지금까지
이러한 측면의 민요 논의는 매우 활발하게 이루어진 셈인데, 이 자리
에서 이를 일일이 거론하기는 어렵다. 다만 최근들어 류종목(柳鍾
穆)(33)과 신찬균(申瓚均)(35)이 의식요를 대상으로 그에 개재된 가치관
과 의식의 면모를 사설의 실증적 분석을 통해 파악하고, 이현수(李鉉
洙)(37)가 부요에 나타난 여성미의식을 미적 범주에 따라 고찰한 것은
눈여겨 볼 만하다. 그리고 장관진(張琯鎭)(31)이 민요에 나타난 가족관
계의 갈등양상과 그 문학적 표출의 구조를 파악한 것도 이 분야의 연
구에 진일보된 면을 보여준다고 하겠다. 앞으로 이런 논의는 페미니즘
적 시각과 같은 다양한 관점에서의 접근을 통한 성과를 기대할 수 있
으며, 작품의식, 연행자 의식, 향유자 의식과 같은 삼자 관계의 연관성
에 대한 종합적 인식의 논의도 요구된다.

V. 민요의 수용과 교섭론

민요는 민요 자체의 독자적인 형성과 전승과정을 거치면서 다른 시
가 갈래와 항상 교섭해 왔다. 이 과정에서 민요는 새로운 시가 갈래의
형성과 변화에 커다란 영향력을 발휘하기도 했다. 말하자면 민요는 우
리 시가 갈래 형성의 중요한 모태가 되었던 것이다. 민요의 연구가 민
요 자체의 영역을 넘어서 다른 시가 갈래까지 관심을 갖고 그 수용과
교섭 양상을 파악하고자 하는 것은 이런 점에서 매우 자연스러운 일이

다.

 시대를 앞선 시가일 수록 민요적 성격이 강하다는 것은 일반적인 사실이다. 고대가요, 향가 중에는 민요 자체라고 할 수 있는 작품이 있고, 고려가요 특히 속요는 뚜렷한 민요적 성격을 지니고 있다. 이런 향가, 고려가요뿐만 아니라 시조나 가사도 그 형성의 근저에 민요의 영향력이 작용했으며, 조선 후기의 사설시조나 서민가사 역시 민요와 상호 교섭을 이루며 전개되었다고 말할 수 있다. 이뿐만이 아니다. 잡가는 민요를 수용하면서 독특한 갈래를 이루기도 했고, 개화기의 시조와 가사에서도 민요를 수용하면서 부분적인 변화를 꾀하기도 했다. 이러한 민요의 수용과 변화는 근대 이후의 시에서도 지속되었다. 근대 이후의 시인들이 민요의 가치를 새삼 재인식하면서 의식적으로 민요를 바탕으로 한 시를 창작하려는 경향을 보였으며, 현대 시인 중에서도 이와 같은 시를 의도적으로 써서 독자적인 개성을 추구하려 했다. 사정이 이렇다 보니 민요의 연구는 당연히 종적으로 또는 횡적으로 대상을 확대하면서 그런 사정의 구체적인 내용을 밝히려 했다.

 고정옥(5) 역시 민요의 이런 사정을 파악하는 데 상당한 지면을 할애했다. 그는 민요의 형식을 파악하는 자리에서 민요의 형식적 자취가 고대가요, 향가, 가사, 시조 등에 폭넓게 나타난다는 점을 밝히고자 했으며, '조선민요수집연구'의 항에서도 과거 민요수집과 정리의 사례를 보이는 한편 <택(宅)드레>와 같은 사설시조의 파격 형식이 기본적으로 민요정신의 승리에 의해 이루어진 것이라고 말했다. 이와 같은 관점의 민요 논의는 임동권(18)에 의해 더욱 확대되었다. 임동권은 시대별로 민요의 자취가 두드러진 작품과 문헌에 나타난 민요들을 한층 폭넓게 모아서 민요의 전개 내지 발달사를 엮었으며, 정동화(27)도 이에 준하여 민요의 사적 전개과정을 파악하되 민요의 형식적 특징을 다양한 구조적 변별을 통해 추적해 가는 치밀성을 보였다. 이밖에 김무헌(24)은 과거의 민요 변화 과정을 간략하게 보이는 대신 근대 이후 민요가 고유기능을 상실하면서 나타나는 주제상의 다양한 변화 양상을 집중 파악해 보고자 했다.

그런데 민요의 사적 전개과정과 연관된 민요와 시가의 교섭관계 연구는 다른 시가갈래를 민요의 속성 아래 범주화하면서 그 전개과정을 매우 단선적으로 파악한 결과를 보여준 것이라고 하겠다. 조동일(12에 게재)은 이런 점에 이의를 제기하면서 시가사를 새롭게 이해하기 위해서는 민요 형식에 대한 새로운 인식과 이의 수용문제를 입체적으로 파악할 필요가 있다고 했다. 그는 민요가 갖는 기본 형식은 (가) 줄 수가 제한되어 있는 짧은 노래, (나) 여음이 삽입되어 있는 긴 노래, (다) 여음이 삽입되어 있지 않는 긴 노래의 세 가지로 보아, 이를 향가, 여요, 시조, 가사의 형식과 입체적으로 비교하면서 그 전개과정을 새롭게 파악하고자 했다. 그런데 여기에는 민요의 형식을 이렇게 단순하게 규정할 수 있느냐의 문제가 제기될 수 있고, 형식론적 가설이 실제 적용에서 얼마나 타당한가에 관한 입증을 요구한다고 하겠다. 이에 비해 김대행의 한국시가 전통에 관한 논의(21)는 앞서 언급한 바 있듯이, 민요의 시적 특성을 운율, 형태구조, 의미구조 등 다각적인 면의 고찰을 통해 밝힌 다음, 이를 각각 여러 역사적 시가 갈래와 대응시켜 비교, 분석함으로써 민요와 시가의 교섭 양상을 구체적이면서 설득력있게 검증했다고 볼 수 있다.

민요와 시가의 교섭양상을 전체적인 국면에서 밝히는 작업과는 달리 개별적 민요유형을 중심으로 그 수용과 교섭 양상을 파악하려는 논의도 이루어졌다. 정규창(鄭奎昶)[10]과 이창식(李昌植)[11]이 <방아타령>계

---

10) 정규창, "<방아노래>연구 -변모양상을 중심으로", 대구대 석사학위논문 (1983).
11) 이창식, "민요와 시가의 교섭양상 -<방아타령>계 각편들을 중심으로", 동국대 석사학위논문(1984).

민요들을 문헌자료 또는 현지조사 자료를 합쳐 상호 비교하면서 구성 상의 특징과 교섭양상을 파악한 것은 이의 좋은 보기가 된다. 이러한 논의를 통해 민요 이해의 시각이 한층 범위를 넓힐 수 있음은 물론이 다. 민요와 다른 시가 갈래와의 교섭관계는 아니지만, 민요 자체의 유형 변이나 다른 민요 유형과의 관계를 밝히는 작업도 넓게 보면 민요의 상호텍스트성(intertextuality)에 입각한 민요의 교섭 양상을 파악하는 일이다. 전자의 경우 그동안 가장 많은 관심의 대상이 되어 온 <아리랑>에 대하여 전파과정에 의한 변이 양상과 그 문학적 성격을 밝힌 박민일(朴敏一)의 업적(26)이 특히 주목되며, 후자의 경우 <각설이 타령>과 <장타령>의 원형이 다르다는 점을 각편의 상호 비교를 통해 검증한 강은해(姜恩海)의 논의12)가 돋보인다. 그리고 민요의 직접적인 교섭과 수용 관계의 문제는 아니지만, 우리 민요와 외국 민요와의 비교문학적 고찰은 세계문학의 범주 속에서 민요를 이해하는 시각을 마련한다는 점에서 커다란 의의를 가진다. 여기에 서사민요와 영미 밸러드(folk ballad)의 비교 고찰,13) <모심기 노래>를 비롯한 노동요의 한일 비교 연구,14) 한중(韓中) 세시민요의 비교 연구(장정룡, 25) 등은 이처럼 비교 문학의 관점에서 민요 이해의 시각을 확대하는 데 상당한 기여를 하리라 본다. 앞으로 이 분야의 연구가 대상을 확대하여 한층 활발하게 이

---

12) 강은해, "각설이타령 원형과 장타령에 대한 추론",《국어국문학》제85호(국어국문학회, 1981).
13) 피천득·심명호, "영미의 Folk Ballad와 한국 서사민요와의 비교연구", 문교부 연구보고서: 어문학계 1(1971).
14) 이러한 예로 다음의 논의들을 들 수 있다.
   유재일, "한·일 민요의 비교 서설", 최철 편저, 『한국민요론』(집문당, 1986).
   이소라, "일본 대판부(大阪府) 고규시(高槻市)의 전식지가(田植之歌)와 한국 부산시 수영농청농요(水營農廳農謠)의 모심는 소리의 상호연관성",《민요논집》제2호(민요학회, 1993).

루어질 것을 기대해 본다.

한편 근대 이후 창작시와 민요의 상호관련성은 오세영(吳世榮), 박경수(朴庚守), 류철균(柳哲鈞), 고현철(高賢哲) 등에 의해 커다란 논의의 진전을 보았다. 오세영(43)은 1920년대 이후 민요를 바탕으로 창작한 시를 민요시로 명명하며 민요와 민요시의 공통적 율격, 구조, 시어상의 특질을 찾고, 낭만주의의 사조적 관점에서 민요시가 지니는 문학사적 위상을 밝히고자 했다. 박경수(44)는 민요시의 대상 자료를 폭넓게 찾아서, 민요시가 잡가와 항일비판민요의 두 갈래 양식을 기반으로 삼아 형성, 전개되었음을 문학사적 위상에서 파악하고자 했다. 이로써 민요시가 낭만주의적 경향으로만 나아간 것이 아니라 현실비판의 사실주의적 경향으로도 전개되었음을 구명했다. 그리고 류철균(45)은 상호텍스트성의 관점에서 잡가와 민요시의 관련성을 한층 밀착해서 파악했으며, 고현철(46)은 민요시를 비롯한 민요시조, 판소리시, 굿시를 구비시가의 장르패러디(genre parody)로 보고 이들 텍스트 상호간의 담론 이데올로기의 차이점을 밝힘으로써 민요시 이해의 새로운 시각을 제공했다.

이상과 같은 민요시의 논의는 일단 현대 창작시의 위상에서 민요와 현대시의 교섭관계를 밝힌 것이지만, 민요가 결코 화석화된 문학으로 남는 것이 아니라 지속적인 생명력을 가지고 우리의 문학의식 속에 자리잡고 있다는 사실을 알려주는 것이다. 민요 <아리랑>은 이러한 사례의 대표적인 유형이라 하겠는데, 이에 대한 구체적인 검증과 함께 다양한 민요 유형에 걸친 문학적 교섭의 양상이 구명되어야 할 것이다.

VI. 결 론

본고는 이상에서 민요 관계 주요 논저를 중심으로 그동안의 민요연구 성과를 발전적 과정에서 파악하면서 앞으로의 민요연구 과제들을 나름대로 제시해 보았다. 그런데 여기서 개별적인 연구논문도 두루 검토하여 그 결과를 논의에 반영하는 것이 마땅한 방향일 터인데, 이를 일일이 검토하기가 무척 어려운 까닭에, 일단 민요관계 논저와 박사논문을 중심으로 고찰하는 데에서 논의의 방향을 잡았음을 변명삼아 말해 두고자 한다.

민요 연구가 어느 정도의 논의 수준에서 이루어지기 시작한 시기를 광복 이후로 보면, 지금까지 반세기가 지났다. 그동안 민요 연구의 수준도 괄목할 만큼 진전되었고, 민요 연구의 저변도 상당히 확대되면서 많은 성과를 거두었다. 그러나 다른 분야에 비해 민요 연구자의 수가 매우 제한되어 있다고 말할 수 있다. 민요는 민요 자체로서만이 아니라 시가문학 연구의 중요한 디딤돌이 된다는 점을 감안하면, 민요에 관심을 두는 학자들이 크게 모자란다는 생각을 하게 된다. 다행히 최근들어 비록 적은 수의 민요 연구자들이지만 '한국민요학회'와 '민요학회'의 두 학회를 구성하여 활발한 연구발표와 토론을 진행하고 있는 것은 매우 바람직한 일이다. 논문은 혼자 글로 쓰는 것으로 이루어지지만, 학문은 여러 사람의 논쟁적 토론의 과정에서 발전하고 성숙하는 법이다. 이러한 측면에서 민요 연구의 경우는 어느 분야보다 학자간 활발한 토론을 요구하는 분야라고 말할 수 있다. 민요는 음악적 측면, 문학적 측면, 민속적 측면 등 다양한 측면과 시각에서 연구될 수 있기 때문에, 민요를 대상으로 연구하는 학자들 사이에 학제간 대화와 공동

연구가 활발하게 이루어질 때 한층 알찬 성과를 거둘 수 있는 것이다. 본고와 같은 논의 과제도 문학적 연구의 측면만이 아니라 음악적 연구 등의 측면에서 함께 이루어졌다면 하는 아쉬움을 남겨둔다.

〈민요 관계 주요 논저〉

1. 엄필진,『조선동요집』(경성: 창문사, 1924).
2. 김소운,『언문조선구전민요집』(동경: 제일서방, 1933).
3. 임화,『조선민요선』(경성: 학예사, 1939).
4. 주왕산,『조선민요개론』(프린트본, 중앙중학교, 1947. 10).
5. 고정옥,『조선민요연구』(경성: 수선사, 1947. 10).
6. 진성기,『제주도민요집』(제주: 제주민속문화연구회, 1958).
7. 김영돈,『제주도민요연구』상(서울: 일조각, 1965).
8. 임동권,『한국민요집』전7권(서울: 집문당, 1961~1993).
9. 장덕순 외,『구비문학개설』(서울: 일조각, 1965).
10. 조동일,『경북민요』(대구: 형설출판사, 1977).
11. 조동일,『서사민요연구』(대구: 계명대출판부, 1970).
12. 조동일,『한국시가의 전통과 율격』(서울: 한길사, 1982).
13. 서원섭,『울릉도민요와 가사』(대구: 형설출판사, 1979).
14. 김순제,『한국의 뱃노래』(호악사, 1982).
15. 이소라,『한국의 농요』전5권(현암사, 민속원, 1985~1992).
16. 『한국구비문학대계』 전82권(성남: 한국정신문화연구원 어문연구실, 1980~1988).
17. 『구비문학조사방법』(성남: 한국정신문화연구원 어문연구실, 1979).
18. 임동권,『한국민요사』(서울: 집문당, 1964).
19. 임동권,『한국민요연구』(서울: 선명문화사, 1974).
20. 임동권,『한국부요연구』(서울: 집문당, 1982).

21. 김대행, 『한국시의 전통 연구』(서울: 개문사, 1980).
22. 최철 편저, 『한국민요론』(서울: 집문당, 1986).
23. 김무헌, 『한국노동민요론』(서울: 집문당, 1987).
24. 김무헌, 『한국민요문학론』(서울: 집문당, 1987).
25. 장정룡, 『한중 세시풍속 및 가요 연구』(서울: 집문당, 1988).
26. 박민일, 『한국 아리랑문학 연구』(강릉: 강원대출판부, 1989).
27. 정동화, 『한국 민요의 사적 연구』(서울: 일조각, 1981).
28. 김영돈, "제주도 민요 연구 -여성 노동요를 중심으로", 동국대 박사학
    위논문(1983).
29. 김선풍, "강릉지방 시가의 민속학적 연구", 고려대 박사학위논문
    (1976).
30. 박준규, "한국 세시가요의 연구", 전북대 박사학위논문(1983).
31. 장관진, "한국민요에 나타난 가족의식 연구", 부산대 박사학위논문
    (1988).
32. 강등학, 『정선아라리의 연구』(서울: 집문당, 1988).
33. 류종목, 『한국민간의식요연구』(서울: 집문당, 1990).
34. 나승만, "전남지역의 들노래 연구", 전남대 박사학위논문(1990).
35. 신찬균, "한국 만가 연구", 경희대 박사학위논문(1990).
36. 이창식, "한국유희민요연구", 동국대 박사학위논문(1991).
37. 이현수, "한국부요에 나타난 의식연구", 동국대 박사학위논문(1991).
38. 고혜경 "전통민요 사설의 시적 성격 연구", 이화여대 박사학위논문
    (1990).
39. 한채영, "구비시가의 구조연구", 부산대 박사학위논문(1992).
40. 좌혜경, "한국민요의 사설구조 연구", 중앙대 박사학위논문(1992).
41. 박경수・서대석, 『한국민요・무가유형분류집』(성남: 한국정신문화연
    구원, 1992).
42. 손종흠, "한국민요분류안시고", 《열상고전연구》 제2집(열상고전연구회,
    1989. 4).
43. 오세영, 『한국 낭만주의시 연구』(서울: 일지사, 1980).
44. 박경수, "한국 근대 민요시 연구", 부산대 박사학위논문(1989).

45. 류철균, "1920년 민요조 서정시 연구", 서울대 석사학위논문(1993).
46. 고현철, "한국 현대시의 장르 패로디 연구", 부산대 박사학위논문
   (1995).

제3부
잡가의 유형과 성격

제1장 잡가론

Ⅰ. 잡가의 명칭과 개념

잡가(雜歌)라는 명칭은 본래 음악상의 용어이다. 음악학에서 전통음악은 크게 궁중에서 발달한 정악(正樂) 또는 아악(雅樂)과 민간의 민속음악으로 발전한 속악(俗樂)으로 나누어지는데,[1] 잡가는 속악의 음악에 맞추어 부르는 성악(聲樂)의 한 가지이다. 대체로 조선 후기에 이르러 정악 계통인 가곡(歌曲)과 시조의 창곡이 여러 곡조로 분화되고, 속악이 정악과 교섭하는 가운데 독자적인 계통의 음악으로 크게 성장, 발전해 갔다. 이런 과정에서 정악의 창곡으로 불리워졌던 시조와 가사(歌辭) 등이 곡조의 변화를 겪으며 속악화되어 잡가로 불려지기도 했으며, 민간의 속악으로 불려졌던 지역별 민요들과 판소리도 잡가의 창곡에 편성되기도 했다. 잡가는 이렇게 속악화의 일반적 추세에 따른 창곡의 분화에 영향을 받고 민간의 음악을 수용하면서 정착한 노래를 총칭하

---

1) 이창배, 『한국가창대계』(홍인문화사, 1976), pp.25~26.

는 음악상의 명칭이 되었다.

잡가는 속악의 창곡으로 불려졌던 노래인 만큼 '속가'(俗歌), '속곡' (俗曲)이라 일컫기도 했으며, 잡가 대신에 '잡성'(雜聲:잡소리), '잡요 (雜謠)'라 부르기도 했다. 그런데 이러한 용어에는 잡가가 불려졌던 당시 속악을 정악에 비해 격조가 낮은 음악이란 인식이 작용하고 있어서 '속(俗)되고 잡(雜)스런 노래'로 이해되기도 했다. 이런 점에서 잡가는 적어도 상층신분의 음악적 기호와는 거리가 있었다. 조선시대 양반 지배층이나 고급의 기녀들은 이미 정악의 가곡을 자신들의 음악으로 향유하고 있었으며, 잡가는 입에 올리기를 꺼려 했다.[2] 잡가는 대체로 18세기 이후부터 서서히 불려졌던 것으로 추정되는데, 당시 최하층의 신분에 있었던 소리꾼들에 의해 흥행을 목적으로 불려지기 시작해서 점차 대중 속으로 전파된 유흥적인 성격의 노래였다.

이런 점에서 잡가는 노래의 주담당층이 서민계층이고, 서민계층의 의식과 생활감정을 바탕으로 형성, 전개되어 온 구비시가로서의 성격을 갖는다. 그렇지만 잡가는 비전문적인 서민 일반의 노래로 향유되어 왔던 민요 자체와는 구분되는 것이다. 물론 잡가가 민요의식을 근간으로 형성되었고[3] 실제 잡가의 작품 중에 민요 계통의 작품이 주류를 이루고 있지만, 그렇다고 잡가가 민요 자체와 동일시될 수 없다. 잡가가 서민계층이 향유한 구비시가의 한 가지임에는 틀림없지만, 그것은 특수한 서민집단의 전문적이고 유흥적인 노래로서 존재했던 독자적인 갈래의 구비시가였다.

잡가의 구비시가적 특징이면서 또한 민요 자체와 구별되는 중요한 특징이 '잡다(雜多)한 노래'로서의 의미를 갖는다는 것이다. 음악의 관

---

2) 정로식, 『조선창극사』(조선일보사, 1940), p.233.
   최남선, 『조선상식문답』 속편(동명사, 1948), p.245.
3) 윤기홍, "잡가의 성격과 민요, 판소리와의 관계", 『한국민요론』(최철 편저, 집문당, 1986).

점에서 보면 잡가가 일정한 곡조의 가창방식을 지닌 노래로 볼 수 있지만, 문학의 관점에서 보면 말 그대로 '잡다한 노래'로 구성되어 있다. 즉 잡가에는 시조, 가사, 민요, 판소리 등 여러 갈래의 시가 형태가 공존하고 있으며, 작품의 내적 구성에서도 노랫말이 유기적인 짜임새를 갖추지 못한 작품들이 많다. 그렇다고 잡가를 가사나 민요 등 특정의 시가 갈래에 준하는 것으로 보아서는 잡가의 전체적 성격을 제대로 파악할 수 없다. 잡가의 형태적 다양성과 노랫말 구성의 불통일성을 그 자체의 독자적인 성격으로 인정하여, 잡가를 독립된 시가 갈래로 보아야 전체적인 성격을 올바로 파악할 수 있다.

Ⅱ. 잡가의 형성과 전개과정

잡가는 당시 악곡상의 편제에 따라 구분해 보면, 십이가사(十二歌詞), 십이잡가(十二雜歌, 일명 '긴잡가'), 휘모리잡가, 단가(短歌), 경기·서도·남도잡가로 나누어진다. 우선 각각의 경우에 해당하는 작품들을 대강 보이면 다음과 같다.

　　십이가사 : <백구사>, <황계사>, <죽지사>, <춘면곡>, <어부사>, <길군악>, <상사별곡>, <권주가>, <수양산가>, <처사가>, <양양가>, <매화가>(매화타령)
　　십이잡가4): <유산가>, <적벽가>, <제비가>, <소춘향가>, <집장가>,

---

4) 십이잡가(十二雜歌)는 창곡의 격조에 따라 팔잡가(八雜歌)와 잡잡가(雜雜歌)로 구분된다. 팔잡가에는 <유산가>에서부터 차례로 8번째까지의 작품이 해당되며, 잡잡가에는 <출인가> 이후 4작품이 해당된다. 그리고 음악학계에서는 십이잡가와 휘모리잡가가 모두 서울을 중심으로 한 경기지역에서 발달한 것으로 경기잡가로 합쳐서 보기도 한다. 『한국민속대관』 5(고려대

<형장가>, <평양가>, <선유가>, <출인가>, <방물가>, <십장가>, <달거리>

휘모리잡가 : <곰보타령>, <맹꽁이타령>, <바위타령>, <만학천봉>, <병정타령>, <기생타령>, <비단타령>, <한잔 부어라>, <생매잡어>, <육칠월 흐린 날>

단가 : <진시황의 만리장성->, <하사월 초파일->, <만고강산>, <편시춘>, <호남가>, <초한가>, <영산홍록>, <사친가> 등 26편의 작품

경기·서도·남도잡가 : <강원도 아리랑>, <개성 난봉가>, <경복궁타령>, <긴방아타령>, <사거리>, <봉황곡>, <아리랑>, <양산도>, <영변가>, <엮음수심가>, <육자배기>, <이팔청춘가>, <자진 배따라기>, <토끼타령>, <홍타령>, <회심곡>, <노랫가락> 등 60여편의 작품

그런데 이상의 잡가 구분에도 불구하고 잡가에의 소속 여부가 문제되는 것이 십이가사이다. 십이가사의 '가사'(歌詞)란 용어가 정악 계통인 성악의 한 명칭으로 속악의 음악인 잡가와 일단 구별되기 때문이다. 그렇지만 십이가사의 작품들이 정악의 음악으로서만이 아니라 속악의 잡가로도 불려졌다. 이 점은 실제 여러 문헌을 통해 확인된다. 1863년(철종 14년)에 편찬된 『남훈태평가』(南薰太平歌)의 가집에서 악곡에 따라 잡가편에 <소춘향가>, <매화가>, <백구사>, 그리고 가사편에 <춘면곡>, <상사별곡>, <처사가>, <어부사>를 싣고 있다. 이 중에서 <소춘향가> 1편만 십이잡가에 해당하고 나머지 모두는 십이가사에 드는 작품이다. 따라서 이를 통해 십이가사의 작품들이 적어도 19세기 중엽 이전에 가창상의 곡조에 따라 가곡의 가사나 잡가로 동시에 불려졌음을 알 수 있다. 십이가사가 잡가로 불려졌음은 또한 유만공(柳晩恭)의 <세시풍요>(歲時風謠)(1843년, 헌종 9년)에서도 확인되며,5) 또한 한양거사

민족문화연구소, 1982), p.92.
5) 유만공(柳晩恭)의 <세시풍요>(歲時風謠)(1843년, 헌종 9년)에 다음의 7언 한시 절구가 있다.

(漢陽居士)가 지었다는 <한양가>(漢陽歌)(1844년, 헌종 10년)의 일절에
서도 나타난다.6) 이처럼 19세기 중엽 이전에 십이가사의 작품들은 일
부 정악의 창곡으로 불려지기도 했으나, 보편적으로 속악화되어 잡가
로 불려졌음을 알 수 있다. 따라서 십이가사를 음악적 관점에서 잡가
에 속하는 것으로 보아도 별 무리는 없다. 그리고 문학적 관점에서도
창사의 유기성이 결여되어 있는 작품이 많고,7) 잡가의 구비시가적 특
성이기도 한 반복과 병렬의 구조를 이루고 있다는 점에서 십이가사가
잡가의 갈래에 속한다8)고 보는 것이 타당하다.

　그러면 십이가사를 포함한 십이잡가, 휘모리잡가, 단가, 경기·서도·남
도잡가는 구체적으로 어느 시기부터 형성되어 노래로 불려지게 되었는
가? 그런데 잡가의 대부분 작품이 작자와 창작년대를 알 수 없는 것인
데다가, 또한 이를 정확하게 밝힐 만한 자료가 거의 없는 형편이기 때
문에, 그 대강의 사정만 추정할 수 있을 따름이다.

　잡가는 대체로 18세기에 들어와서 형성된 것으로 파악된다. 이는 우
선 잡가의 성립이 조선 후기에 이르러 서민의식이 크게 성장하고 이와
아울러 서민문화가 본격 발전해간 전반적인 추세와 관련을 맺고 있다

　술자리 무르익는데 밤은 언제 부터인가
　가곡이 끝나고 나니 잡가로 돌아드네
　춘면곡 옛가락은 지금은 부르지 않지만
　황계사는 흐느끼고 백구사는 어지럽네
　(杯盤爛處夜始何 曲罷篇歌變雜歌 古調春眠今不唱 黃鷄嗚咽白鷗珪)
　6) <한양가>(1844년, 헌종 10년)의 일절에서 "羽調라 界面이며 소용이 편락이
　　며 /春眠曲 居士歌며 漁父詞 相思別曲 / 黃鷄타령 梅花타령 雜歌時調 듯기
　　죠타"라는 구절이 있다. 여기서 전자의 '우조, 계면, 소용, 편락'이라 하는
　　것은 시조창의 곡조이며, 후자의 <춘면곡> 이하 <매화타령>까지는 십이가
　　사의 작품들로 잡가라 되어 있다.
　7) 신은경, "창사의 유기성이 결여된 시가에 대한 일고찰 -잡가를 중심으로",
　　『이정정연찬선생회갑기념논총』Ⅱ(탑출판사, 1989).
　8) 송정숙, "십이가사 연구", 부산대 대학원 석사논문(1982).

고 보기 때문이다. 서민계층의 예술양식인 판소리가 18세기에 이미 광대의 소리꾼들에 의해 불려지기 시작했고, 그밖의 사설시조, 서민가사, 가면극 등도 18세기 이후 크게 발전해 나갔던 사정을 감안하면, 잡가도 이러한 서민문화의 활성화 분위기에서 형성되었다고 보는 것이다. 특히 이 시기에 판소리의 광대와 같은 하층의 소리꾼들이 존재하고 있었다는 사실은 역시 하층의 소리꾼들에 의해 불려졌던 잡가의 형성 가능성을 동시에 짐작하게 한다.

잡가의 형성과 관련하여 주목되는 것이 십이가사의 존재이다. 십이가사가 정악으로 먼저 불려졌다가 점차 속악의 음악에 편입되어 잡가로 정착되었던 만큼, 십이가사는 잡가의 본격 형성에 교량역할을 한 것으로 보인다. 그러면 십이가사의 작품은 언제부터 형성되었는가? 여기서 19세기 중엽 홍한주(洪翰周)가 저술한 『지수염필』(智水拈筆)(1863년, 철종 14년)의 기록이 주목된다. 그는 당시 가곡으로 전하는 십이가사를 이현보(李賢輔), 이황(李滉), 정철(鄭澈), 나학천(羅學川)과 같은 '젊잖은 사대부 인사들'(賢名流諸公)이 지은 작품과 '무식한 탕자와 요부들'(無識蕩者妖淫)에게서 나온 저속한 노래로 구분하면서, 전자에 해당하는 작품으로 <어부가>, <처사가>, <권주가>, <상사별곡>, <춘면곡>의 5편을, 후자에 해당하는 작품으로 <길군악>, <매화가>, <백구사>, <황계사>의 4편을 들고 있다.[9] 홍한주의 이러한 언급은 첫째, 십이가사 중 일부 작품의 형성 근원이 16세기 이후 사대부의 가사 작품에 잇닿아 있다는 것과 둘째, 십이가사는 사대부들에게 향수될 수 작품들과 서민계층의 취향을 반영한 작품들로 함께 구성되어 있다는 것이다. 물론 <어부가> 등 전자의 작품들은 이현보를 비롯한 원작자의 작품들과는 상당한 차이가 있기 때문에[10] 직접적으로 원작품의 영향을 받아 창

---

9) 홍한주(洪翰周), 『지수염필』(智水拈筆)(영인본, 아세아문화사, 1984), pp.286~287.

작된 것이라고 볼 수 없다. 그렇지만 이들 작품들이 사대부의 가사 작
품과 간접적인 관련을 맺고 있다는 점에서 상층계층의 기호에 부합하
여 18세기 중엽 이전에 정악의 가곡으로도 불려졌다고 본다. 이는 『고
금가곡』(古今歌曲)(1764년, 영조 40년)에 <춘면곡>, <어부사(가)>를 비
롯하여 한시의 구절이 노래된 <죽지사>, <양양가>[11]가 올려져 있는 데
에서 구체적으로 확인된다.

그러나 십이가사는 점차 속악화하는 과정에서 노래의 담당층이 서민
계층의 소리꾼들에게 넘어 가면서 잡가로 불려지게 되었다. 따라서 기
존에 형성된 작품들도 서민계층의 기호에 따라 변개를 겪게 되고, 소
리꾼들의 노래였던 작품과 습합되어 십이가사로 완성을 보게 되었던
것이다. 대체로 이 시기는 18세기 후반 이후로 보이는데, 그것은 19세
기 들어 편찬된 육당본(六堂本)『청구영언(靑丘永言)』(1828년, 순조 28
년)에 이르러서야 십이가사의 대부분 작품을 볼 수 있기 때문이다. 즉,
이 가집에 실린 10편의 십이가사의 작품과 여기에 빠져 있으나 기존의
가집에 실려 있었던 <죽지사> 1편을 보탠 11편의 작품[12]을 확인할 수
있어서 적어도 19세기 초반 무렵에는 십이가사가 거의 완성 단계에 있

---

10) 최동원, "어부가의 사적 전개와 그 영향", 『고시조론고』(삼영사, 1990),
    pp.225~226에서 십이가사의 <어부사>는 이현보의 <어부가>에서 직접적인
    영향을 받은 것이 아니라 선유악정재(船遊樂呈才)·이선악(離船樂) 또는 선
    악(船樂) 등과 연관관계를 가지고 있다고 했다.
11) <죽지사>(竹枝詞)는 일명 '건곤가'(乾坤歌)라고도 하는데, 도암(陶庵) 이제
    (李縡)의 <대이태백혼송죽지사>(代李太白魂誦竹枝詞)라는 한시의 세째 귀
    절이 첫 절에 들어가 있으며, <양양가>(襄陽歌)는 이백(李白)의 한시 <양양
    가>(襄陽歌)에 국문현토한 작품이다.
12) 이 당시까지 나온 가집에서 빠져 있는 십이가사의 작품 1편은 <수양산가>
    (首陽山歌)이다.
    이 <수양산가>를 포함한 십이가사의 전 작품을 볼 수 있는 가집은 가람
    본(嘉藍本)『가곡원류』(歌曲源流)(1876년, 고종 13년)이다. 이 가집을 기준으
    로 보면 십이가사의 전 작품이 가창된 시기는 19세기 중엽 정도로 파악할
    수 있다.

었던 것으로 파악된다.

십이가사와 더불어 작품 내적 성격에서 사대부적 취향을 담고 있는 잡가의 한 유형이 단가이다. 이는 단가의 형식이 주로 4음보 연속체의 가사(歌辭) 형식을 이루고 있는 데다가, 대부분의 작품에서 고사성어와 한문어투를 구사하고 있는 것에서 단적으로 알 수 있다. 따라서 단가는 사대부들도 어느 정도 기호할 수 있는 여지를 가진 노래였다. 이러한 직접적인 사례로 신재효(申在孝: 1811~1884)의 판소리 전집에 15편의 단가 작품이 들어 있다는 사실을 들 수 있다. 신재효가 생존했던 19세기는 판소리가 가장 왕성하게 발전된 시기인데, 이 시기의 판소리는 신재효와 같은 사대부와 중인가객들에 의해 주도되었다.[13] 그런데 단가는 본래 판소리를 하기 전에 목을 풀기 위해 불렀던 허두가(虛頭歌)[14]이다. 그러면 판소리 문헌의 현존 최고본인 <만화본 춘향가(晚華本 春香歌)>가 지어진 때가 1754년(영조 30년)이니, 이 무렵에 단가가 가창되었을 가능성이 있다. 그러나 이를 확인할 만한 문헌이 없다. 다만 단가가 판소리의 허두가로 불려졌던 만큼 판소리가 불려지기 시작했던 18세기 이후에 형성되었던 것으로 추정할 수 있을 따름이다. 그런데 판소리는 기본적으로 서민계층이 담당한 민속악의 노래였다. 따라서 단가 역시 서민계층의 소리꾼들을 중심으로 불려졌다고 보며, 단지 단가 작품의 내적 속성상 사대부나 중인의 가객들도 향유계층으로 포용하면서 한층 활발하게 가창되었던 것이다.

한편 십이잡가, 휘모리잡가, 경기·서도·남도잡가는 십이가사나 단가와는 달리 순전히 서민계층의 소리꾼들을 중심으로 형성되고, 가창된 노래이다. 이들 잡가는 서울 각처의 삼패(三牌) 기생이나 사계축(현재

---

13) 김동욱, "판소리사 연구의 제문제", 『판소리의 이해』(조동일·김흥규 편, 창작과 비평사, 1978), p.88.
14) 이를 김동욱은 '단형 판소리'라 명명하기도 했다. 김동욱, 위의 글, p.97.

서울의 청파동 일대 지역의 소리꾼),[15) 평양의 다탕패(茶蕩牌), 그리고 각 지역의 사당패(寺黨牌) 등 최하층의 연예집단에 속한 소리꾼들에 의해 불려졌다.[16] 이들 소리꾼들은 정악의 속악화가 가속화되었던 18세기 중엽 이후에는 상당한 활동을 한 것으로 보이는데, 특히 19세기에 이르면 사계축의 추교신(秋敎信), 조기준(曹基俊), 박춘경(朴春景), 그리고 평양의 허득선(許得善), 문영수(文泳洙)와 같은 소리꾼들이 명창으로 크게 활약했을 정도로 잡가가 전문적인 소리꾼들에 의해 크게 흥행되었다.[17)

이렇게 흥행된 잡가는 19세기 말에서 20세기 초까지 전성기를 맞이하게 된다. 1902년에 설립된 서울의 <협률사(協律社)>에서 잡가의 명창들인 박춘재, 문영수, 이정화 등이 전문적으로 일반흥행을 시작했으며, 이밖에 <광무대(光武臺)>(1906년), <원각사(圓覺社)>(1908년)를 비롯한 여러 극장에서도 잡가의 일반 공연이 이루어질 정도로 잡가는 대중의 인기를 얻으며 크게 성행했다. 이에 편승하여 1910년대 이후에는 20종에 달하는 잡가집이 판을 거듭해서 발간될 정도로 당시에 대단한 인기를 누리며 대중의 음악으로 파고 들었다.[18) 이는 개화기 이후 근대화 과정이 진행되면서 대부분의 고전시가 갈래들이 쇠퇴했던 것과는 달리 특이한 발전 양상을 보여주는 것이다. 그 이유는 무엇보다 잡가라는 갈래 자체가 지닌 개방적인 성격에서 찾을 수 있다. 말하자면 잡가 갈래의 개방적인 성격에 기인하여 시조, 가사, 민요와 같은 고전시가는 물론 개화기의 신식노래로 성장한 창가(唱歌)까지도 포괄함으로써 잡

---

15) 성경린, "서울의 속가", 《향토서울》 제2호(1958), pp.52~53.
16) 이능화, 『조선해어화사』(학문각, 1968), p.64, pp.281~287.
17) 장사훈, 『국악총론』(정음사,1985), p.334. 명창의 자세한 계보에 관해서는 한만영, 『제1회 국악대공연』(조선일보사, 1982)에 나와 있다.
18) 정재호, "잡가고", 《민족문화연구》 제6집(고려대 민족문화연구소, 1972).
   최성수, "잡가의 장르성격과 그 수용양상", 성균관대 대학원 석사논문(1983).
   노미원, "1910년대 유행한 잡가의 한 고찰", 한국학대학원 석사논문(1985).

가는 일종의 유행가로서 자리를 잡았던 것이다. 물론 잡가와 창가는 각각 전통음악의 노래와 서양음악의 노래로 뚜렷이 구별되는 것이지만, 이를 서로 구별하지 않고 '유행가' 일반으로 보아 함께 잡가집에 편성되기도 했다. 그러나 1920년대에 들어서 문화의 전반적인 서구화 추구 경향에 따라 새로운 자유시가 형성되고, 한층 세련된 창작 대중가요(신가요)가 등장하게 되자 잡가는 급격히 쇠퇴하고 민요계통의 잡가만 그저 민요란 이름으로 명맥을 이어 갔다.

Ⅲ. 잡가의 유형과 그 특징

잡가를 십이가사, 십이잡가, 휘모리잡가, 단가, 경기·서도·남도잡가로 나누는 것은 음악상으로 의의있는 구분이다. 그런데 여기서는 문학적 측면에서 잡가의 성격을 파악하는 것이기 때문에, 잡가의 유형을 별도로 파악할 필요가 있다.

잡가는 앞서 언급했듯이 시조, 가사, 민요, 판소리 등 여러 시가 형태가 공존하고 있는 양상을 보여준다. 정재호 교수는 잡가의 이러한 양상을 형식적인 측면에서 ① 형식Ⅰ: 한 제목 아래 통일성 있는 내용을 노래한 것, ② 형식Ⅱ: 한 제목 아래 불려진 시가에 분절(分節)이 이루어진 것, ③ 형식Ⅲ: 분절되면서 또 후렴(後斂) 또는 전렴(前斂)이 붙는 것 등으로 크게 3가지로 나눈 바 있다.[19] 그런데 잡가의 이러한 형식 구분은 나름대로 잡가의 형식상 특징을 파악하는데 도움이 되지만, 잡가가 구체적으로 어떤 시가 갈래와 연관을 맺으며 형성되었는가를 밝히면서 그 갈래적 특성을 한층 분명히 구명하기에는 미흡한 것이었

---

19) 정재호, 앞의 글, pp.203~209.

다.

이에 최근 들어서는 잡가가 여러 갈래의 시가 형태를 혼합하고 있는 갈래적 특성을 보인다는 점에 주목하면서, 잡가와 다른 시가 갈래가 맺고 있는 관련양상에 기초하여 잡가의 형성연원과 그 갈래적 성격을 밝히는 방향에서 유형 논의가 이루어지고 있다.[20] 여기서 기존의 논의를 수용하면서 잡가의 유형을 크게 ① 가사계 잡가, ② 시조계 잡가, ③ 민요계 잡가, ④ 판소리계 잡가로 나누어 살펴보고자 한다.

(1) 가사계 잡가

가사계 잡가는 그 형성 연원이 가사에 있으면서, 가사의 일반적 형식과 사설의 짜임방식을 따르고 있는 잡가를 말한다. 즉 가사의 일반적 형식이 3·4조 또는 4·4조의 음수율을 기본으로 한 2음보 중첩의 4음보 연속체라고 한다면, 가사계 잡가도 이러한 가사와 형식상 유사성을 보이는 잡가의 유형이다. 그러나 이 유형의 작품은 가사에 비해 부분적으로 음보의 파격을 보이거나 음절수도 일정하지 않은 경우가 많다. 그만큼 이 작품은 가사 형식을 골격으로 하면서도 정형성이 매우 약화되어 있다. 이는 잡가가 기본적으로 서민계층을 중심으로 불려졌던 구비전승의 유동성을 지닌 노래이기 때문인데, 가사의 기본적인 형식이 가창, 전승의 과정에서 변화를 겪은 결과이다.

그리고 가사는 일반적으로 작품의 사설이 일정한 주제를 향해 수렴되고 있는 구성을 취하는데, 가사계 잡가도 가사의 이러한 구성상 특징을 공유하고 있는 것이다. 여기에도 약간 예외가 있다. 사설의 한 구

---

20) 최성수, 앞의 글, pp.19~87에서 잡가를 ① 민요계 잡가, ② 가사계 잡가, ③ 판소리계 잡가로 유형 구분한 바 있으며, 이노형, "잡가의 유형과 그 담당층에 대한 연구", 서울대 대학원 석사논문(1987), pp.36~149에서는 이를 보완하여 ① 가사계열의 잡가, ② 민요계열의 잡가, ③ 장형시조계열의 잡가, ④ 판소리계열의 잡가로 유형 구분한 바 있다.

절로 평시조나 장시조, 그리고 한시 또는 판소리의 일절이 끼어드는
경우가 있는 것이다. 그러나 이 경우 작품의 일정한 주제와 상관하여
사설이 짜이고 있다는 점에서 유기성이 없는 사설의 짜임방식이 두드
러진 민요계 잡가와는 구별된다.

가사계 잡가는 대부분 인생의 무상함이나 자연을 벗삼아 풍류를 즐
기자는 내용으로 되어 있다. 그런데 이러한 내용의 작품은 강호자연을
노래한 기존의 양반가사와는 현격한 차이가 있다. 기존의 강호시가가
정태적인 자연공간에서 처사한적의 경지를 노래했다면, 가사계 잡가는
동태적인 자연공간을 묘사하면서 호탕한 풍류의 즐거움을 직접적으로
내세우고 있다. 그만큼 이 유형의 작품들은 매우 현실적이며 서민적인
생각을 표현하고 있는 셈이다. 이는 작품의 노랫말에 보이는 형식상의
특징과 더불어 자유로움을 지향하는 서민적인 정서와 성향을 보여주는
것이라 하겠다.

가사계 잡가에 속하는 작품은 십이가사에서 <춘면곡>, <처사가>,
<상사별곡>, 단가에서 전 작품, 그리고 경기·서도·남도 잡가에서 <영산
가>, <진양조> 등 7개 작품을 비롯하여 모두 36편 정도가 된다.

(2) 시조계 잡가

시조계 잡가는 장시조에서 유래한 것으로, 기존 장시조의 노랫말을
변형, 확대시키면서 전체적으로 골계적 요소를 매우 강화시키고 있는
잡가의 유형이다. 민요계 잡가에서도 장시조의 노랫말이 잡가의 작품
에 끼어 들어서 구성되기도 하지만, 이 경우 장시조의 작품이 잡가 전
체의 노랫말 구성에서 유기성을 가지지 못하고 단지 음악적인 곡조와
상관하여 부분적으로 끼어 들어가 있을 따름이다. 따라서 시조계 잡가
에서 장시조 자체가 작품 구성의 모태가 되고 있는 경우와 크게 다르
다.

시조계 잡가의 작품으로는 휘모리잡가의 작품이 해당된다.[21] <곰보 타령>, <맹꽁이 타령>, <바위 타령> 등이 잘 알려진 대표적인 작품들 이다.

(3) 민요계 잡가

민요계 잡가는 민요의 일반적 형식을 취하고 있는 잡가이다. 이 유 형의 잡가는 잡가의 대부분을 차지할 정도로 잡가의 중심을 이룬다. 십이가사의 <매화가>, <백구사>, <길군악> 등 7개 작품, 십이잡가에서 <선유가>, <수심가>, <창부타령>, <노랫가락>, <육자배기> 등 경기·서 도·남도잡가의 대부분 작품이 이에 해당한다.

민요의 형식은 일정한 사설을 메기면 여음으로 받아 부르는 긴노래 의 선후창 형식, 짧은 사설을 주고 받으며 부르는 교환창의 형식, 여음 을 넣지 않고 긴 사설을 혼자 부르는 독창의 3가지 형식으로 크게 나 눌 수 있다.[22] 민요계 잡가는 이러한 민요의 형식 중에서도 선후창이 나 교환창의 형식으로 이루어져 있는데, 다만 그 노래를 소리꾼 혼자 서 주로 부른다는 점이 크게 다르다.

민요계 잡가는 노랫말의 구성 방식이 민요의 경우와 유사하나, 기존 의 한시, 시조, 판소리, 그리고 민요의 노랫말 등을 따와서 일정한 통일 성이 없이 뒤섞고 변형, 확장시켜서 노랫말을 구성하고 있는 것이 한 특징이다. 이를테면 <엮음수심가>는 여러 평시조의 작품과 장시조 작 품을, <긴방아타령>은 판소리 <홍부가>의 한 대목을, <사거리>는 한시 와 판소리 <춘향가> 중 사랑가의 한 대목을 따오거나 변형시켜서 노랫

---

21) 장사훈, 『국악논고』(서울대출판부, 1982), pp.350~370에서 휘모리잡가와 장 시조의 관계에 관하여 자세하게 논의했다.
22) 조동일, "민요의 형식을 통해 본 시가사", 『한국 시가의 전통과 율격』(한길 사, 1982), p.32.

말의 중요한 부분으로 구성하고 있다.23) 이처럼 많은 민요계 잡가의
작품에서 여러 기존 시가의 노랫말을 수용하고 있기 때문에 작품들 사
이에 노랫말이 서로 넘나드는 경우도 있다. 그렇다 보니 율격도 일정
하지 않은 비규칙성을 보이는 것이 예사이다. 이러한 현상은 민요계
잡가가 일정한 곡조에 따라 어떠한 노랫말도 불려질 수 있는 개방성을
지니고 있으면서, 노래를 부르는 상황에 따라 노랫말의 변화를 추구할
수 있는 유동성을 지니고 있기 때문이다.

  그리고 민요계 잡가는 여러 내용의 노랫말이 섞여 있는 경우가 많기
때문에 단일한 주제를 갖는 작품은 드물고, 대개 복합적인 주제를 갖
는 작품들로 이루어져 있다. 그렇지만 노랫말의 주된 주제는 남녀의
이별과 사랑, 자연경물의 찬미와 풍류, 신세한탄과 인생무상을 노래하
는 것이며, 사물의 형상이나 종류를 골계적으로 풍자하는 내용의 작품
도 더러 있다. 말하자면 민요계 잡가는 인생의 향락이나 허무를 노래
한 작품이 대부분인 셈이다. 이러한 내용상의 특징은 서민적인 정서와
취향을 그대로 반영한 것이라 하겠지만, 잡가가 지나치게 유흥성과 애
상성을 지닌 노래라는 지적의 원인이 되기도 한다.

  (4) 판소리계 잡가

  판소리계 잡가는 판소리 중에서 노랫말을 차용하여 이를 변용한 잡
가의 유형이다. 그런데 이 유형의 작품은 판소리의 사설 중에서도 대
체로 서정성이 강한 대목의 노랫말을 차용하고 있는데, 그것도 상당한
변형과 축약을 통해서이다. 따라서 판소리계 잡가는 의미전개의 일관
성이 부족하고 묘사의 치밀성도 매우 약화되어 있는데, 이런 점에서
본래의 판소리와는 이질적인 성격을 갖는다. 판소리가 일반적으로 서
사시로서의 갈래적 성격을 갖는다고 한다면,24) 판소리계 잡가는 서정

---

23) 이노형, 앞의 글, pp.118~130.

성이 두드러진 서정시로서의 갈래적 성격을 갖는다. 이 점은 바로 유
흥적인 노래로 부르는 잡가 일반의 공통적인 성격이기도 하다.

  판소리계 잡가에 속하는 작품으로는 십이잡가의 <사랑가>, <소춘향
가>, <십장가>, <형장가>, <집장가>, <방물가>, <적벽가>, <제비가>의
8 작품과 서도잡가의 <공명가>, <토끼화상> 등의 작품을 들 수 있다.
이들 작품 중에서 특히 판소리 <춘향가>의 인기에 편승하여 불려진 작
품들이 가장 많다. <사랑가>, <소춘향가>, <십장가>, <십장가>, <집장
가>, <형장가>, <방물가>의 작품들이 바로 그것이다. 이 외에 <적벽
가>, <공명가>는 판소리 <적벽가>에서, <제비가>는 판소리 <홍부가>에
서, 그리고 <토끼화상>은 판소리 <수궁가>에서 각각 노랫말을 차용해
서 이루어진 작품들이다.

Ⅳ. 연구 과제

  잡가는 조선 후기부터 근대 초기까지의 전환기를 담당한 음악의 한
갈래이면서 문학의 한 갈래였다. 이런 점에서 잡가는 넓게는 전환기의
사회와 문화의 변동 상황, 좁게는 그 시기 음악과 문학(시가)의 전체적
인 맥락과 변화된 상황을 파악하는 데 매우 중요한 위치를 차지하고
있다. 그러나 그동안 잡가의 연구는 이러한 위치에 상응할 만큼 충분
히 이루어지지 못했다.

  잡가의 연구는 먼저 음악학 쪽에서 상당한 관심을 가지고 이루어졌
으나, 문학 쪽의 연구와 연계되지 못해서 충분한 성과를 거두었다고
말하기 어렵다. 잡가 자체가 음악과 문학의 이해를 동시에 요구하고

---

24) 조동일, "판소리의 장르 규정",『판소리의 이해』(창작과 비평사, 1978), p.51.

있는 갈래적 성격을 지닌다는 점에서 양쪽의 이해를 기반으로 한 심도 있는 논의가 펼쳐져야 한다.

문학 쪽의 연구는 이제 시작되었다고 할 만큼 그 성과가 매우 부족한 형편이다. 그 이유의 일단은 잡가의 음악적 성격에 대한 이해의 부족에도 있겠으나, 잡가를 가사나 민요의 하위갈래로 보았던 관점이 오랫동안 극복되지 못했던 점, 그리고 잡가가 유흥적인 노래로 노랫말의 유기성이 결핍되어 있다는 사실이 잡가의 문학성에 대한 편견으로 작용하여 정당한 관심을 갖지 못한 데에도 있다. 이런 가운데서도 십이가사, 십이잡가에 대한 개별적인 연구가 이루어졌으나, 잡가의 전체적 성격을 파악하는 데까지 나아가지 못했다. 그리고 잡가의 담당층과 그 유형에 관한 연구는 음악계의 연구성과에 힘입어 상당한 진전을 이루었으나, 현상적인 사실을 찾아서 설명하는 데에서 크게 나아가지 못했다. 잡가의 유형에 따른 노랫말이 음악적인 성격과 관련하여 어떤 구성의 원리에 의해 짜여져 있는지 그 시학을 마련하는 일이 커다란 과제이다. 여기에 다양한 방법론적 접근이 필요한 것은 물론이다.

잡가는 이제 '옛날 노래'나 '전통민요'로 인식하여 가끔씩 듣고 즐기는 노래가 되었다. 그러나 그렇다고 잡가가 생명력을 다한 것은 아니다. 잡가는 1920년대 이후 민요시의 창작 기반으로 작용하여 근대시의 형성에 그 생명력을 넘겨 주기도 했으며, 오늘날 뜻있는 시인들의 시작품에서도 잡가는 시창작의 새로운 활기와 동력으로 작용하고 있다. 이런 측면에서 잡가와 근대시의 상호텍스트성(intertextuality)에 관한 깊이있는 연구도 매우 요청된다.

제2장
잡가의 패러디적 성격

I. 서 론

잡가(雜歌)는 조선 후기부터 근대 초기까지의 시기인 전환기 또는 이행기를 담당한 음악의 한 갈래이면서 문학의 한 갈래였다. 이런 점에서 잡가는 넓게는 전환기의 사회와 문화의 변동 상황, 좁게는 그 시기 음악과 문학(특히 시가문학)의 전체적인 맥락과 변모상황을 파악하는 데 매우 중요한 위치를 차지하고 있는 전통시가이다. 잡가는 우선 음악의 관점에서 조선 후기 이후 정악(正樂)이 속악(俗樂)화되는 일반적 추세에 따라 그 창곡의 분화에 영향을 받고 민간의 민속악을 수용하면서 정착, 발전한 전통음악의 한 갈래였다. 이러한 잡가는 잘 알려진대로 본래 최하층의 신분에 있었던 소리꾼들에 의해 흥행을 목적으로 불려지기 시작했으나, 점차 대중의 인기를 얻으면서 폭넓게 대중 속으로 전파, 확산되어 갔다. 특히 19C 말에서 20C 초에 이르는 기간 동안 잡가는 당대의 인기있는 대중가요로서 그리고 일종의 유행가로서 중요한 기능과 역할을 담당했던 것이다. 잡가의 음악적 기능과 역할이 컸던 만큼 당연히 시가문학의 전개과정에서도 잡가는 시조, 가사, 민요, 판소리 등의 시가와 상호 긴밀한 교섭을 통해 독자적인 시가 갈래로 정착했을 뿐만 아니라 근대 이후 새로운 시의 모색과 발전에 중요한 모태로서 작용했다.

본고는 이상에서 언급한 바처럼 전환기의 시가문학에서 중요한 위치를 차지하고 있는 잡가에 대해 그 문학적 위상을 구체적으로 파악하는 것을 목적으로 삼는다. 물론 잡가에 관한 바람직한 논의는 음악적 측면과 문학적 측면에 대한 양면적 이해를 동시에 요구한다. 그런데 여기서 필자의 능력이 잡가를 음악적 측면에서 충분히 파악할 수 있을 정도의 수준에 있지 못하다는 점을 솔직히 시인하지 않을 수 없다. 따라서 잡가의 형성과 전개과정의 문제가 음악과 긴밀하게 연결되어 있다는 점을 충분히 수긍하면서도, 일단 이 부분에 관한 정면적인 논의는 삼가하기로 하고, 잡가가 갖는 문학적 성격에 논의를 집중하고자 한다.

그런데 그동안 잡가의 문학적 논의는 그다지 활발하게 이루어지지 못했다. 그 이유는 크게 다음 두 가지 측면에서 생각해 볼 수 있다. 첫째, 잡가 갈래의 독자성이 불분명하다는 점이다. 이는 물론 잡가의 형식적 성격과 밀접하게 연관되어 있는 문제이다. 사실 잡가는 그 명칭이 시사하듯이 오랫동안 '잡다한 노래'로 인식되어 왔다. 잡가를 시조, 가사 등의 전통시가 갈래와 비교해 보았을 때, 잡가는 일정한 독자적 형식을 갖지 못하고 여러 다른 시가 갈래의 형식을 혼용하고 있는 경우가 많다. 이 때문에 잡가는 독자적인 시가 갈래로서 파악되기보다 가사나 민요의 하위갈래 정도로 간주되었고, 전통시가의 논의에서 주변적인 것으로 치부되었다. 둘째, 잡가의 텍스트를 이루는 창사의 구성상 문제이다. 근대 이후의 시 텍스트와는 달리 잡가는 그 언술구조면에서 창사의 구성상 일관성과 통일성을 크게 결여하고 있는 경우가 많다. 그런데 신비평 이후 보편화된 문학의 구조론적 관점은 문학 텍스트가 일관성 있는 언술에 따른 내용·구성상의 통일성을 이루고 있다는 것을 전제로 하여 문학성을 검토해 왔다. 그렇다면 문학의 구조론적 관점에서 잡가는 언술구조의 비유기성과 불통일성 때문에 문학연구나 비평의 적절한 대상이 될 수 없다. 설사 잡가가 문학의 구조론적 관점에 의한 논의의 대상이 된다고 하더라도, 이 경우 잡가는 문학성을 현저하게 결여한 시가로 폄하될 수밖에 없다. 잡가에 관한 문학적 논의가 문헌상의 사실 파악을 위한 검증과 설명, 또는 형식적 유형 파악 이상으로 나아가지 못하고 있는 까닭이 있다면, 문학의 구조론적 관점에 의한 잡가 논의의 한계성에 커다란 원인이 있다고 말할 수 있다.

이미 지적된 바처럼 전통시가 중에서도 잡가는 특히 형식상의 불통일성과 창사구성의 비유기성이 두드러지게 나타난다. 누구든 잡가의 이러한 성격 자체를 부인할 수 없다. 그런데 그렇다고 해서 잡가의 갈래적 성격을 정체불명의 것으로 간주하거나 문학성을 결여한 '저급한 수준'의 것으로 폄하할 수는 없다. 형식상의 불통일성과 창사구성의 비유기성 자체를 잡가의 독자적 갈래 성격으로 인정하면서, 그것이 갖는 시가문학적 위상과 의의를 새롭게 정립하는 시각이 필요하다.

여기에 본고는 잡가 논의의 새로운 시각을 제기하는 일환으로 탈구조주의의 입장에서 잡가를 패러디(parody)로 보는 관점을 취하고자 한다. 그런데 패러디를 기존 문학의 언어, 형식, 갈래에 대한 '기생적' 문학으로 문학의 위기적 징후를 보여준다는 관점1)이나 새로운 것이 없는 모방적 재생산 또는 복제의 문학으로 보는 관점2)을 지양하고자 한다.

---

1) J. Barth, "고갈의 문학"(공미리 역), 김욱동 편, 『포스트모더니즘의 이해』(문학과 지성사, 1990), pp.103~118.
2) Fredric Jameson, *Postmodernism and Consumer Society*(임상훈 역), 김욱동 편, 위의 책, pp.241~264. 제임슨은 이 글에서 '혼성모방'으로 불리는 패스티쉬(pastiche)라는 용어를 사용하면서 풍자적 충동이 불가능한 상황에서 등장하

물론 패러디란 원전이나 그 대상 장르에 의존하기 때문에 기생적 본성과 모방적 성격을 갖는다고 말할 수 있다. 그러나 패러디는 원전이나 그 대상 장르에 단순히 의존하는 것에 그치지 않고 새로운 지적 통찰에 의한 대립·갈등상을 보여준다. 바흐친에 따르면, 이는 기존의 공식적인 언어와 장르에 대한 비공식적 언어와 장르의 대립·갈등상이며, 이는 또한 정치적 사회적인 것으로 대화성을 갖는다고 본다.3) 린다 허천 역시 패러디는 패러디하는 대상을 역설적으로 통합하면서도 동시에 이에 도전하기 때문에 일정한 '아이러니의 거리를 가진 모방'의 형식으로 규정하고,4) 거기에는 보수적 충동과 변혁적 충동이 혼합되어 있다고 파악한다. 이런 관점에서 "패러디는 단순히 문학적 호기심이나 기이성에 따라 이루어지는 주변적 문학갈래라기보다는 문학적 체계의 역동성을 표현해 온 진지한 장르인 것이다".5)

본고는 이상과 같은 패러디의 관점에서 잡가의 성격을 파악하되, 특히 형식상의 불통일성과 창사구성의 비유기성이 갖는 언술구조상의 특징을 바흐친의 대화이론을 원용하여 파악하고자 한다. 물론 바흐친의 대화이론 자체는 소설이론으로 정립된 것으로, 잡가와 같은 시가문학에의 이론적 적용에 난점이 있는 것이 사실이다. 그러나 대화이론이 비록 소설이론으로 정립된 것이긴 하지만 넓게는 다성적 성격을 갖는

는 공허한 패러디에 불과한 것으로 본다.
3) 바흐친은 카니발화된 문학의 한 형식으로 패러디를 들고 있다. 패러디를 포함한 카니발화된 문학은 본질적 특성상 다성적 목소리를 띠는데, 다성적 목소리의 형식과 이데올로기는 사회적 상호작용 또는 교류의 산물로 본다. 김욱동, 『대화적 상상력 -바흐친의 문학이론』(문학과 지성사, 1988), pp.162 ~163 참조.
4) Linda Hutcheon, *A Theory of Parody*(김상구·윤여복 공역, 문예출판사, 1992), p.62.
5) Joseph A. Dane, *Parody*(Univ. of OKlahoma Press: Norman and London, 1988), p.9.

일반문학의 특성을 파악하는 데 여러모로 유익한 이론적 기반을 제공하는 것으로 볼 수 있다. 이런 관점에서 잡가는 기존 전통시가와의 대화적 관계를 가진 다성적 목소리의 패러디 장르이면서 카니발적 세계관에 의한 '세속적 패러디'[6]로서의 성격을 지닌다고 볼 수 있다. 본고의 잡가 논의는 바로 이런 전제에서 출발하며, 잡가의 그 구체적인 성격을 파악하는 것을 목적으로 삼는다.

II. 잡가의 패러디적 성격

1. 잡가의 패러디 양상과 개방적 대화원리

잡가는 악곡의 편제에 따라 십이가사, 십이잡가, 휘모리잡가, 단가, 경기·서도·남도잡가로 나누어지지만, 이는 음악상으로 의의있는 구분이다. 그런데 문학의 관점에서 잡가를 파악할 때, 기존의 시조, 가사, 민요, 판소리 등 여러 시가 형태가 공존 또는 혼합되고 있는 장르혼합적 성격을 지닌다. 잡가의 이러한 장르혼합적 성격은 그 자체로 장르개방적인 성격을 말하는 것이라 하겠으나, 잡가는 일반적으로 그 형태적 특성에 기초하여 가사계 잡가, 시조계 잡가, 민요계 잡가, 판소리계 잡가로 유형을 구분한다.[7]

그런데 이와 같은 잡가의 유형은 패러디하는 선행장르의 성격에 따라서 크게 두 경우로 구분할 수 있다.

첫째, 패러디하는 선행장르가 양반 사대부 계층의 시가인 경우이다. 가사계 잡가가 이에 해당한다. 물론 이 경우 가사계 잡가는 선행하는

---

6) 김욱동, 앞의 책, 『대화적 상상력 -바흐친의 문학이론』, pp.237~242 참조.
7) 졸고, "잡가론", 김승찬 외 공저, 『한국문학개론』(서울: 삼지원, 1996), p.198.

가사의 특정 텍스트를 패러디하고 있는 것은 아니다. 선행하는 가사의 여러 요소 중에서도 주로 율격, 형태면에서 모방적 요소를 띠고 있는 경우가 가사계 잡가이다. 말하자면 가사계 잡가는 선행 가사의 외형적 형식을 주로 패러디한 장르 패러디8)인 것이다. 그런데 가사계 잡가가 선행 가사의 형식을 패러디하고 있다고 해서 가사의 공식화된 담론을 일방적으로 수용하고 있는 것은 아니다. 가사계 잡가는 창사구성의 세부에서 잘 알려진 시조, 민요, 판소리의 사설이 변형, 확대, 축소되어 혼합되는 경우를 흔히 보여준다. 이는 가사계 잡가가 선행 가사의 외형적 형식을 패러디하면서도 선행 가사와는 상당한 차이와 거리를 지니는 담론을 구성한다는 것을 시사하는 것이다. 선행 가사가 양반 사대부 계층의 공식적 문화체험에 따른 폐쇄성을 가진다면, 가사계 잡가는 서민계층의 비공식적 문화체험에 따른 개방성과 민주화된 담론을 지니는 셈이다. 바흐친의 표현을 빌리면, 선행 가사와 가사계 잡가의 관계는 공식적(official)인 것과 비공식적(unofficial)인 것의 갈등과 대립을 보여준다고 하겠다.9) 물론 그렇다고 가사계 잡가가 선행 가사의 담론을 완전 부정하면서 대립하는 것은 아니다. 가사계 잡가는 선행 가사의 지배적 담론을 한편으로 수용하면서도 저항하는 담론을 보여준다. 이는 페쇠(M. Pêcheux)가 말한 지배적 담론의 수용과 거부에 의한 역설적 통합의 비동일화(disidentification) 담론양식을 띠는 것이다.10) 본

---

8) 고현철, "한국 현대시의 장르 패로디 연구", 부산대 대학원 박사학위논문 (1995. 8), p.9.
9) 바흐친은 지배계급인 상류사회의 귀족향유문학이 '공식적'(official)인 특성을 가지며, 일반서민과 민중향유문학은 '비공식적'(unofficial) 특성을 갖는다고 했다. 김욱동, 앞의 책, 『대화적 상상력 -바흐친의 문학이론』, p.236.
10) 페쇠(M. Pêcheux)는 지배적 이데올로기에 대한 주체 구성의 세 가지 반응기제에 따라 담론양식을 구분한 바 있다. 즉 지배 이데올로기에 순응하는 주체들의 양식을 동일화(identification) 담론, 저항하는 반항적 주체들의 양식을 반동일화(counter-identification) 담론, 그리고 순응하는 동시에 저항하

고는 가사계 잡가에서 선행 가사를 패러디하는 이와 같은 담론 구성방식을 일단 '비판형식'의 패러디로 명명해 둔다.

둘째, 패러디하는 선행장르가 잡가의 향유층인 서민계층 자신의 또 다른 시가장르이거나 자신들과 문화적 체험을 공유하는 계층의 시가장르인 경우이다. 시조계 잡가, 민요계 잡가, 판소리계 잡가가 이에 해당한다. 첫번째 경우의 가사계 잡가와 크게 다른 점이 이들 잡가에서 패러디하는 선행장르가 동질적 문화체험을 반영하고 있는 장시조(사설시조), 판소리, 민요 등의 시가장르라는 데 있다. 따라서 이들 잡가는 선행장르의 담론에 대한 비판적 인식을 추구하는 것이 아니라, 선행장르의 담론을 그대로 수용하면서 단지 표현상의 첨삭, 변형, 혼합 등을 통해 담론을 강조 또는 강화하는 방식을 취한다.

그런데 이는 패러디의 방식에 따라 다시 두 가지 경우로 나눌 수 있다. 먼저 시조계 잡가와 판소리계 잡가의 경우이다. 시조계 잡가나 판소리계 잡가는 각각 선행하는 장시조나 판소리의 특정 텍스트를 패러디한다. 그러면서 시조계 잡가는 특정 장시조 텍스트의 사설을 첨가, 변형하면서 골계적 요소를 강화하고, 판소리계 잡가는 특정 판소리의 텍스트에서 중요 대목을 중심으로 선택, 축약, 변형하여 한층 인상깊게 구성한다. 이러한 경우의 패러디는 선행 텍스트의 담론을 한층 인상깊게 강조한다는 점에서 '강조형식'의 패러디라 부르기로 하자. 그런데 민요계 잡가의 패러디 방식은 시조계 잡가나 판소리계 잡가의 경우와는 다르다. 민요계 잡가는 선행하는 특정 민요를 패러디하고 있는 것이 아니라, 민요의 가창에 따른 사설의 엮음방식을 이용함으로써 민요와 동질적 범주의 시가장르로 성립된다. 즉 민요 자체가 노래를 부르

는 주체들의 양식을 비동일화(disidentification) 담론이라 했다. D. Macdonell, *Theories of Discourse*(임상훈 역, 담론이란 무엇인가, 한울, 1992), pp.49~56 참조.

는 상황에 따라 창사의 구성을 다양하게 첨가하고 변화할 수 있는 개
방성과 유동성을 지니고 있는 것처럼, 민요계 잡가 역시 민요와 같이
다양한 창사구성에 따른 개방성과 유동성을 지닌다. 따라서 민요계 잡
가는 선행 민요의 사설만이 아니라 한시, 시조, 판소리의 구절을 병렬,
혼합하면서 창사를 확장해가는 특징을 보인다. 말하자면 패러디의 방
식은 여러 선행 장르의 사설을 개방적으로 수용·혼합하여 확장해가는
병치의 형식을 취한다. 이는 휠라이트가 시의 의미론적 변용에 따라
메타포의 방식을 '치환은유'(epiphor)와 '병치은유'(diaphor)로 나누었을
때,11) 병치은유에 비견되는 담론구성의 특성을 보여준다. 이 경우를
'강조형식'의 패러디와 구분하여 '병치형식'의 패로디라 말할 수 있다.

　　그러면 이상에서 논의한 '비판형식'의 패러디, '강조형식'의 패러디,
'병치형식'의 패러디의 경우를 해당 텍스트의 구체적인 분석을 통해 그
특성을 파악해 보기로 하겠다.

　　먼저 비판형식의 패러디의 경우를 구체적으로 파악하기 위해 가사계
잡가에 속하는 한 작품으로 <영산가>를 보자.

　　① 영산홍록에 봄바룸 넘노나니 황봉빅졉 붉은 곳 푸른 잎은 산
양산긔를 자랑ᄒ고 가는 시 오ᄂ 나뷔 춘긔츈홍을 조롱ᄒ다 ② 죽장
을 집고 망혜를 신어라 천리강산 들어가니 폭포도 좃컨이와 여산이
여긔로다 ③ 비류직ᄒ슴천의 시온하락구쳔은 녯글에도 일너 잇고 ④
타기황앵 아히들아 막교지상에 한을 마라 꾀꼴이 탓이 안일너라 황
금갓흔 저꾀꼴이 황금갑 옷 썰처 입고 세류영에 넘노ᄂ듯 벽력갓치
우는 소리 깁히든 잠 다씨운다 ⑤ 산졀노 수졀노ᄒ니 산수간에 나도
졀노 이중에 졀노 난 몸이 늙기도 졀노 하리 ⑥ 화류장디 고흔 녀ᄌ
너희 얼골 곱다 ᄒ고 자랑ᄒ지 말넘은아 ⑦ 뒷동산 피ᄂ 곳은 명츈
삼월 피련이와 나와 갓흔 초로인싱 ᄒ번 끔젹 죽어지면 다시 깅싱

---

11) P. Wheelwright, *Metaphor and Reality*(Indiana Univ. Press, 1973), p.78.

여려워라 ⑧ 락양성 십리허에 놉고 나즌 저 무덤은 영웅호걸이 몍몍
치며 절디가인이 몍몍치냐 ⑨ 통일턴하 진시황은 아방궁을 스랑슴고
슴천궁녀를 시위호야 몍 만년을 스자호고 만리장성 굿게 쌋코 긔천
만년 스잿드니 스구평디 저문날에 여산청총이 속절업다 이러호 영웅
들은 스후유명 되련이와 나와 갓흔 초로인싱 흔번 쑴적 죽어지면 칠
성포로 질근 묵거 소방산 밋들우에 두렷이 메고 갈 제 흔 모룽이 돌
아가니 구즌 비는 세우 석거 흠박으로 퍼붓는데 무주공산 터를 닥가
쳥송으로 울음 슴고 두견시로 벗을 슴아 주야장턴 누엇스니 산은 요
요 물은 쾅쾅 이것이 락이로다 ⑩ 이러호 일 싱각호면 안니 놀고 무
엇흐리 노류장화를 썩거서 들고 마음디로만 놀아보세[12]

가사의 일반적 형식이 2음보 중첩의 4음보 연속체라고 한다면, 위
<영산가>는 부분적으로 3음보의 파격을 보이는 ①의 소절을 제외하고
대체로 가사의 일반적 형식을 따르고 있다. 가사계 잡가가 가사의 패
러디라고 한다면, 일차적으로 이러한 형식상의 모방적 요소에서 찾을
수 있다. 그러나 ①의 소절처럼 부분적으로 율격의 파격을 보일 수 있
는 것이 또한 가사계 잡가의 특성이다. 물론 이는 선행 가사의 형식 안
에서 수용되는 것이면서 동시에 개방적 형식으로서의 변화를 추구하는
가사계 잡가의 이중적 모습이다.

그런데 주목할 점은 창사 구성이 언술상의 일관성(coherence)과 결속
성(cohension)을 고려할 때,[13] 10개의 소절이 합쳐져서 전체 텍스트를
형성하고 있다는 사실이다. 이 10개의 소절은 물론 독립된 언술로서의

---

12) 이상준, 『조선속가』, 정재호 편저, 『한국잡가전집』 3(계명문화사, 1984),
   pp.359~360.
13) 신은경은 잡가의 탈구조적 성격과 개방적 담화로서의 성격을 이와 같이
   의미의 일관성과 문장의 결속성의 관점에서 면밀하게 분석하여 고찰한 바
   있다. 신은경, "창사의 유기성이 결여된 시가의 일고찰 -잡가를 중심으로",
   『이정정연찬선생회갑기념논총』 II(탑출판사, 1982).

기능을 할 수 있으며 각편으로도 불려질 수 있다. 10개의 소절 중 특히
⑤의 소절은 선행 평시조(2857)[14]의 중장과 종장을 패러디한 것이며,
다른 소절도 일일이 확인하기 어렵지만 잡가를 연행하는 서민집단 사
이에 이미 관습화되고 보편화된 언술로 선행 민요나 타 잡가의 텍스트
에서도 쉽게 발견되는 구절이라 말할 수 있다. 문제는 이렇게 서로 독
립될 수 있는 소절이 하나의 텍스트상에서 결합되고 혼합되고 있다는
잡가 자체의 특성이다. 바흐친은 이렇게 하나의 텍스트에서 다양한 목
소리가 독립적인 실체로서 존재하는 특성을 '다성성'(poliphony)이라 말
하고, 이러한 다성성에 기반한 문학을 '다성적 문학'이라 했다.[15] 그리
고 문학의 다성성은 개방적 대화의 원리에 의해서 이루어지는 것인데
그 형성의 뿌리는 카니발에 있다고 했다.[16] 이에 따르면 잡가는 분명
다성적 문학이다. 잡가 자체가 최하층의 서민집단인 소리꾼들에 의해
연행의 유흥현장에서 불려졌다는 점에서 카니발적 성격을 지니고, 따
라서 다양한 목소리의 창사로 구성되고 있는 특징을 보여주는 것이다.

그런데 위 <영산가>에서 10개의 소절이 다양한 목소리 자체로 독립
되어 있는 것이 아니라, 각 소절이 결합되어 전체의 텍스트를 형성하
고 있다는 사실이다. 그러면 각각의 소절이 독립된 기능을 할 수 있으
면서도 하나의 텍스트로 통합되는 담화의 원리와 그 의미는 무엇인가.
우선 이 텍스트의 제목이 되고 있는 <영산가>와 직접적인 상응관계를
지니는 소절은 ①이다. "영산홍록~"으로 시작되는 ① 소절의 첫머리

---

14) ( ) 속의 번호는 심재완 편, 『역대시조전서』(세종문화사, 1972)의 작품 번
   호이다. 앞으로 본문에서 시조와 관련한 ( ) 속의 번호표시는 이 책에 의
   거한 것임을 미리 밝혀둔다. 위 평시조는 여러 가집에 두루 실려 있다는
   점에서 이미 구비시가화된 것이라 말할 수 있다. 일부 가집에서 송시열의
   작이라고 되어 있지만, 대부분의 가집에서 작자 미상인 채 실려 있다는 사
   실에서 구비시가화된 특성을 한층 분명히 한다.
15) 김욱동, 앞의 책, 『대화적 상상력 −바흐친의 대화이론』, p.163, p.176.
16) 김욱동, 위의 책, p.183.

표식에서 이 노래가 <영산가>로 불릴 수 있는 근거가 발견된다. 이와
같은 경우는 <매화가>, <한송정> 등 잡가에서 흔하게 찾을 수 있다. 그
런데 ①의 소절 이외에는 제목과의 직접적인 연관을 선뜻 파악하기가
어렵다. 그렇다면 ②~⑩의 소절은 어떻게 <영산가>의 텍스트와 관련
을 맺으며 결합되고 있는가. 가사계 잡가에 드는 이 <영산가>가 다른
유형의 잡가에 비해 "한 제목 아래 통일성 있는 내용을 노래한 것"으
로 파악17)되기도 한 점을 고려할 때, 일단 ①의 소절이 주제 환기의 핵
심적 구절이 된다는 점을 인정할 수 있다. 그러면 ①에서 '산'이라는
의미소와 꽃, 잎, 새, 나비 등이 서로 어우러져 춘흥의 즐거움을 만끽하
고 자랑한다는 내용의 시적 비유에서 '인생향락'이란 의미소를 찾을 수
있다. 이와 관련하여 ②~⑩의 소절을 보면, '산'의 의미소가 각 소절마
다 여러 형태로 지속되고 있다는 점과 '인생향락'의 의미소를 확장
(expansion)하거나 전환(conversion)하면서18) 궁극적으로 인생무상으로부
터 인생향락의 즐거움을 누리자는 주제를 향해 연결되고 있음을 알 수
있다. 따라서 이 텍스트는 '산'과 '인생향락' 또는 그 전환의 의미소인
'인생무상'의 의미소를 매개로 하여, 다양한 내용의 사설 즉 ①~⑩의
소절을 가창상의 곡조에 편승하면서 창자의 기억연상에 따라 자연스럽
게 엮고 있는 것이다. 이런 점에서 가사계 잡가는 창사의 통일성과 유
기성을 미약하지만 지니고 있는 셈이다. 그러나 가사계 잡가는 작시자
의 계획된 의도에 따라 사설이 구성된 선행 가사의 경우와는 현격한
차이가 있다.

17) 정재호, "잡가고",《민족문화연구》제6집(고려대 민족문화연구소, 1972), p.203.
18) 리파떼르(M. Riffaterre)는 시의 텍스트를 생산하는 방법에는 크게 확장 (expansion)과 전환(conversion)의 두 가지 방법이 있다고 했다. 이에 관한 사항은 M. Riffaterre, *Semiotics of Poetry*(유재천 옮김, 『시의 기호학』, 민음사, 1989), pp.83~129 참조.

가사계 잡가는 위 <영산가>를 위시하여 대부분 인생의 무상함을 말
하면서 자연을 벗삼아 풍류를 즐기자는 취지의 담론으로 구성되어 있
다. 그런데 이러한 담론은 강호자연을 노래한 선행의 양반가사 담론과
는 상당한 차이가 있다. 선행하는 양반의 강호시가가 정태적인 자연공
간에서 누리는 처사한적의 경지를 성리학적 도덕률에 따라 노래했다
면, 가사계 잡가는 동태적인 자연공간을 묘사하면서 현실적이고 평범
한 삶의 인식에서 체득되는 인생향락의 호탕한 즐거움을 직접적으로
내세우고 있다.19) 이런 점은 위의 텍스트에서 특히 ⑦과 ⑨의 소절에
서 반복적으로 표현되는 "나와 같은 초로인생~"의 구절과 ⑩의 "이러
한 일 생각하면 아니 놀고 무엇하리 노류장화를 꺾어서 들고 마음대로
만 놀아보세"의 구절에서 분명히 확인된다. 즉 위의 텍스트는 인생향락
을 노래하는 주체를 '초로인생'의 서민 화자로 하여 그들 자신의 현실
적 삶에서 터득한 역동적 인생향락의 의미를 매우 솔직하게 표현하고
있는 것이다.

　그러면 여기서 특정 평시조를 패러디하고 있는 ②의 소절을 어떻게
볼 것인가. 우선 ②의 소절은 본래 평시조의 문맥에서 자연과 일체가
되는 물아일체의 조화적 삶의 경지를 노래하는 것이다. 위의 텍스트가
이러한 평시조를 패러디하고 있는 것 자체가 해당 평시조가 갖는 강호
시가의 담론을 일단 수용하고 있다고 말할 수 있다. 그러나 패러디 자
체가 선행 텍스트의 담론에 대한 수용과 거부라는 이중성을 띠는 만큼,
②의 평시조도 잡가의 텍스트에 그 담론이 수용되는 동시에 전체 텍스
트의 맥락에 통합되면서 본래의 평시조 맥락에서 벗어나 초맥락화
(trans-contextualizing)20)되고 있다. 말하자면 본래의 평시조는 ②의 소절

---

19) 이노형, "잡가의 유형과 그 담당층에 대한 연구", 서울대 대학원 석사학위
　　논문(1978), pp. 57~64에서 이 점을 구체적으로 논의한 바 있다.
20) Linda Hutcheon, 앞의 책, p.23.

과 같이 잡가인 <영산가>의 텍스트에 재구성, 편집됨으로써 자연과 일체가 되는 물아일체의 조화적 삶의 경지를 노래하는 것이 아니라, 텍스트의 통합적 문맥에서 인생향락이란 삶의 평범한 진리를 나타내는 계기적 언술로 기능할 뿐이다. 이처럼 가사계 잡가는 선행하는 양반가사가 갖는 형식과 인생향락의 주제를 모방하면서도 형태상의 파격을 보이는 동시에 '고상한' 유가적 도덕률의 주제를 파괴하는 이중적 기능을 수행한다. 가사계 잡가가 선행담론으로서의 양반가사와 비평적 거리를 가지는 '비판형식'의 패러디라고 한다면 바로 이점에서 이다.

다음으로 '강조형식'의 패러디로서의 성격을 갖는 시조계 잡가와 판소리계 잡가의 경우를 보자.

> (1) 바둑바둑 뒤얼거진 놈아 제발 비자 네게 냇가의란 서지 마라 눈 큰 준치 허리 긴 갈치 두루쳐 메오기 츤츤 가물치 긴 공치 넙적한 가잠이 등곱은 새오 결례만혼 곤장이 그물만 너겨 풀풀 뛰여다 다라나는듸 열업시 삼긴 오중어 둥긔 난고나 眞實로 너 곳 와셔 시량이면 고기 못잡아 大事] 러라(1106)[21]

> (2) 칠팔월 청명일에 얼고 검고 씽기기는 바둑판 장긔판 곤우판갓고 멍셕덤셕 방셕갓고 철등 덕석 고셕미갓고 씨암장이 발등갓고 우박마진 짓덤이갓고 中華전 철망갓고 진스젼기둥 신젼마루 연죽젼 좌판갓고 환랑에 포딕관역 남비안진 미암이잔등이갓고 상ㅎ미젼 멍셕 쥰오관이갓고 젼보 견관 젼긔등갓고 경상도문경시지로 건너오는 진상물 항아리초병갓치 아됴 무척 얼고검고푸른 중놈아 네 무슴 얼골이 어엿부고 쪽쪽ㅎ고 립쓴ㅎ고 얌젼흔 얼골이라고 시너가로 니리지마라 쏜다쏜다 고기가너을 그물벼리만여겨 슈만은 곤징이 쎄만은 송스리 눈큰쥰치 키큰장디 머리큰 도미 술진방어

---

21) 심재완 편, 앞의 책, 『역대시조전서』, p.396.

누른됴긔 넙젹병어 등곱은시오가 그물벼리만 여겨 아됴펼펼 쒸넘
쳐 다라느는고느 그즁에 음웅ᄒ고 슘믈ᄒ고 슘칙시러온 로어란놈
은 가라안져서 슬슬[22]

위의 (1)은 (2)의 선행담화로서 장시조이고, (2)는 휘모리잡가의 하나
인 <곰보타령>이다. 말하자면 (2)는 (1)의 장시조를 패러디한 것이다.[23]
그런데 (1)과 (2)는 그 형식 및 세부 사설의 구성을 달리함으로써 담론
의 성격에서 뚜렷한 차이를 드러내게 한다. (1)의 장시조는 곰보의 형
상 풍자와 그 당부(초장), 곰보를 그물로 알고 도망가는 고기들의 별난
형상(중장), 곰보가 와서 야기되는 결과(종장)의 3분화로 이루어져 있으
면서 (2)에 비해 사설의 구성은 상대적으로 소략한 편이다. 이에 비해
(2)의 잡가는 (1)의 종장이 배제된 채 초장과 중장의 사설을 근간으로
사설을 구성하되, 3분화의 분련체 형식이 아닌 연속체의 형식을 취하
고 있으며, 사설의 구성이 핍진한 편이다. 그러면서 (2)는 (1)처럼 3분
화의 완결구조를 띠는 것이 아니라, 종결부분의 사설을 "그즁에 음웅ᄒ
고 슘믈ᄒ고 슘칙시러온 로어란놈은 가라안져서 슬슬"이라 하여 사실
상 사설이 계속 불려질 수 있는 여지를 보이는 미완의 구조를 띠고 있
다. 이런 점에서 (2)는 (1)보다 더 개방적이고 대화적인 성격을 갖는다.
  (2)는 기본적으로 (1)의 사설 구성이 갖는 특징(대화원리와 엮음원
리)[24]을 공유하면서 불특정의 곰보를 특정의 곰보 중으로 대체시키면
서 곰보의 형상뿐만 아니라 고기의 별난 형상을 사설의 다양한 부연과

---

22) 강의영, 『유행잡가』, 정재호 편저, 『한국잡가전집』 2(계명문화사, 1984),
    pp.150~151.
23) 잡가 <바둑타령>의 또 다른 선행담화로서 민요 <바둑바둑가>를 상정할 수
    도 있다.
24) 신은경은 위의 두 텍스트가 공유하고 있는 사설구성의 원리를 '대화원리'
    와 '엮음원리'로 파악한 바 있다. 신은경, "사설시조의 시학 연구", 서강대
    대학원 박사학위논문(1988), pp.220~221.

반복을 통해 열거함으로써 풍자적 대상에 대한 해학의 정도를 한층 강화시키고 있다. 말하자면 (2)는 (1)을 패러디하면서, (1)의 언어표현, 형식, 구조의 모방적 부연 내지 변형을 통해 (1)이 가진 대상 풍자의 해학성을 한층 강화하는 담론을 보이고 있는 것이다. (2)가 (1)에 대한 '강조형식'의 패러디라고 한다면 바로 이점에서이다.

'강조형식'의 패러디는 판소리계 잡가에서도 찾아진다. 그런데 이 경우는 시조계 잡가처럼 선행 텍스트의 첨가 또는 부연에 의한 담론을 보여주는 것이 아니라, 선행 텍스트의 선택 또는 축약에 의한 담론을 보여준다. 따라서 판소리계 잡가는 사설의 구성상 논리적 비약이 따르면서 비유기적인 측면이 심한 경우도 있다. 12잡가의 하나이기도 한 다음의 <소춘향가>를 보자.

① 츈향의 거동 보아라 오른손으로 일광을 가리오고 왼손 놉히 드러 건너 죽림 뷘다 ② 더 심어 울흐고 솔 심어 정자라 동편에 연당이오 셔편에 우물이라 로방에 시미오후과오 문전에 학션동성류 긴 버들 휘느러진 늙근 장숑광풍의 흥을 겨워 우줄우줄 춤을 츄니 더 건너 사립문 안에 습살기 안져 먼 산 바라보며 쏠리치는 져 집이오니 황혼에 정영이 도라오소 ③ 썰치고 가는 형상 스롬의 썩다귀을 다 녹인다 너는 웨인 계집이관디 나을 종종 속이느냐 너는 너는 웨인 계집이관디 장부의 간장을 다녹인다 ④ 록음방초승화시에 히는 어이 더듸 가고 오동야월 발근 달에 밤은 어이 수히 가노 ⑤ 일월무정 덧업도다 옥빈홍안이 공로로다 우는 눈물 바다너면 비도 타고 ㄹ련마는 지척동방 쳔리완디 어이 그리 못보는고[25]

위 <소춘향가>는 판소리 <춘향가>에서 방자가 춘향의 집 주변을 묘

25) 노익형, 『증보신구잡가』, 정재호 편저, 『한국잡가전집』 1(계명문화사, 1984), pp.246~247.

사한 대목을 패러디의 주요 대상으로 삼은 잡가라 말할 수 있다. 판소리계 잡가 중에는 이와 같이 선행담론으로 판소리에서 특정한 대목을 패러디한 것이 대부분이다. 위 <소춘향가>를 비롯하여 <사랑가>, <십장가>, <집장가>, <형장가>, <방물가>, <출인가>는 모두 판소리 <춘향가>에서 특정 대목을 중점적으로 패러디한 것이고, <적벽가>, <공명가>는 판소리 <적벽가>, <제비가>는 판소리 <홍부가>, 그리고 <토끼화상>은 판소리 <수궁가>를 선행담화로 하여 패러디한 것이다. 여기서 판소리 <춘향가>를 패러디한 잡가가 가장 많다는 사실은 판소리 <춘향가> 자체의 인기를 짐작케 하는 것이면서, 해당 판소리계 잡가가 그러한 판소리의 대중적 인기에 편승하고 있음을 보여준다. 대체로 패러디 되는 선행담론은 이미 잘 알려진 것으로 저명한 것이거나 대중의 인기를 얻어 익숙하게 된 것이다.

그런데 ①~⑤의 소절은 의미전개상 논리 비약이 현저하게 나타난다. ①은 춘향의 거동에 관한 묘사인데, 본래 판소리에서 춘향의 어미가 꿈 속에서 춘향을 점지받는 대목의 한 특징적 부분을 따와서 편집한 것이다. ②는 바로 춘향의 집 주변을 묘사한 부분으로 해당 판소리의 서두 부분과 직접적인 연관을 맺고 있는 중심 부분이라 말할 수 있다. 그러나 ①에서 ②로의 진행과정은 중간 대목의 생략으로 논리적 비약이 따르며, ②의 소절 또한 해당 판소리와 사설의 엮음방식은 같으나, 선행 판소리의 사설을 축약, 변형시키고 있다. ②에서 ③으로의 진행과정에도 의미상 논리적 비약이 따른다. ③은 선행 판소리에서 이몽룡이 춘향을 애타게 기다리는 심정을 노래한 대목의 패러디인데, ②의 춘향 집 묘사와는 직접적인 연관이 없기 때문이다. ③에서 ④, ④에서 ⑤로 이어지는 소절의 관련도 역시 서로 직접적인 연관이 없다. ④는 춘향과 이도령 사이의 사랑이 익어가는 대목이고, ⑤는 춘향이 이몽룡을 이별 한 뒤 이몽룡을 기다리는 대목이기 때문이다. 이렇게 보면 잡가 <소춘향가>는 선행 판소리의 인상적인 대목들을 선택적으로 패러디하면서 축약, 변형하고, 그것을 또한 논리적 연관성이 없이 다만 가창상의 곡조에 따라 판소리 <춘향가>에서 인상 깊거나 잘 기억하고 있는 대목을 자연스럽게 편집하고 있는 특성을 보인다. 물론 그렇다고 판소리계 잡가가 선행 판소리의 담론에 대해 논평적인 성격을 갖는 것은 아니며, 기본적으로 동일한 담론의 반복적 현상을 보여준다. 이점에서 판소리계 잡가는 선행 판소리의 담론을 공유한다. 그러나 구체적 사설의 구성은 선행 판소리의 사설을 선택, 축약, 변형하면서 중요 대목의 담론을 강조하고 있다는 점에서 판소리계 잡가는 선행 판소리와 일정한 거리와 차이를 지니는 셈이 된다.

마지막으로 '병치형식'의 패러디인 민요계 잡가의 경우를 보자. 그런데 민요계 잡가에 해당하는 텍스트의 범위는 잡가의 대부분을 차지할 정도로 매우 넓기 때문에, 이를 모두 포괄하는 패러디의 일반적 특징을 찾아낸다는 것은 상당히 어렵다.26) 이를테면 민요계 잡가는 다양한 내용을 가진 사설의 병렬적 구성에 의해 복합적인 주제를 나타내는 것이 대부분이지만, 더러는 단일주제를 보이는 작품도 있다. 그리고 사설의 구성방식에 있어서도 민요 교환창의 경우와 같이 후렴없이 여러 내용의 사설을 엮기도 하고, 민요 선후창의 경우와 같이 후렴을 경계로 하여 여러 내용의 사설을 엮기도 한다. 이처럼 민요계 잡가는 그 형식이나 주제상에서 여러 다양한 경우들을 보여주기 때문에, 이들을 일괄하여 공통되는 원리와 특징을 파악하기는 매우 힘들다. 여기서는 일단 민요계 잡가 중에서 여러 선행 텍스트의 사설을 병렬구성으로 엮고 있

---

26) 이노형은 민요계 잡가의 패러디적 특성을 논의한 것은 아니지만, 민요계 잡가가 갖는 형식적 특징을 4가지로 정리한 바 있다. 그것은 첫째, 율격형식의 불안전정, 둘째, 사설의 확대, 셋째, 후렴의 장형성 및 유의미성, 넷째, 동적인 표현방법, 다섯째, 타장르를 수용한 형식이라는 것이다. 이노형, 앞의 글, pp.96~131에서 이점을 자세히 논의했다.

어서 사설 사이의 문장 결속력이 결여된 텍스트, 따라서 지금까지 창사의 비유기성 문제로 그다지 주목하지 못했던 텍스트를 패러디 형식과 그 담론구성의 측면에서 새롭게 파악하는데 치중하고자 한다.

다음 <엮음수심가>의 경우를 보자.

① 남북간 류십리에 어이 그리 못본단 말가 츈슈는 만사틱하니 물이 깁퍼셔 못온단 말가 하운은 다긔봉하니 봉이 놉파셔 못오시든고 물이 깁흐면 비를 타고 봉이 놉흐면 쉬여를 넘으러문아 쥬소로 오미 불망에 나 어이할가

② 불이 붓는다 불이 붓는다 의쥬통군뎡 붓는 불은 압녹강수로 써주련만은 션천 뎡쥬 가산 박천 얼풋 지나 안주 뷕상루 붓는 불은 향산 동구 쑥 써러져 쳥쳔 강수로 쯔련만은 숙쳔 순안 얼는 지나 평양에 련광뎡 붓는 불은 삼산은 발락쳥누벽이요 이수 즁분은 능나도라 딕동강수로 쯔련만은 이니 가삼에 붓는 불은 어니 님이 써준단 말가 답답하고 마음둘 곳 업셔셔 나 엇지 사나

③ 칠월이라 초칠일은 견유직녀가 그리워 살다가 오작교로 월강하야 일년 일차식 상봉이되고 흑히 바다에 밋물일지라도 하루 둣대는 됴수로구나 남기라도 상사목은 음양을 좃차셔 마조 세고 돌이라도 망두석은 좌우를 분하야 마조 셧는디 우리 연연하고 틀틀한 님은 일셩즁에 갓치 잇셔 어이 그리 못본단 말가 쳘리 약수에 만리 쟝성이 두른 바가 아니오 산쳔 구비봉에 촉도지난이 가리웟드냐 일쌍 쳥됴 쯔지라도 막리젼이로다 자규셩단 월사시에 두견이 울어도 님싱각이요 월명화락우황혼에 달이 밝아도 님싱각이라 삼쳑동자야 동방을 니다 보와라 식벽달은 두렷시 기우러는 디 님은 어디 가고 아니 보인단 말가 님으로 연하야 여광여취되는 마음 잠시라도 엇지할 수가 업다

④ 발암 분다고 기운 산이 잇나 눈비가 온다고 썩은 돌이 인나 살틀한 님을 엽페 두고 실타은 사람이 쏘 어디 잇나 아마도 산이 기울고 돌이 썩으면 리별이로다 님으로 연하여 병이 되신 몸은 한명에

　죽어도 님 탓시로다[27]

　위의 인용 구절은 모두 22개의 소절로 구성되어 있는 <엮음수심가> 중에서 일부를 발췌한 것이다. 이 <엮음수심가>는 여러 평시조를 복합적으로 패러디하고 있는 <수심가>와는 달리 대부분 장시조를 패러디하고 있다. 사설을 조밀하고 빠르게 엮어가는 사설의 구성방식에서 <엮음수심가>는 장시조의 경우와 공통점을 지니고 있는 것이다. 사설의 엮음원리에 따라 패러디하는 선행 텍스트로서 동일한 사설의 구성원리를 보이는 장시조를 자연스럽게 택하고 있다고 하겠다. 물론 <엮음수심가>의 모든 소절이 장시조를 패러디하고 있는 것은 아니다. 그러나 패러디의 대상이 특정 장시조의 텍스트가 아니더라도 엮음의 사설 구성원리에 따라 짜여지게 된다.

　구체적으로 위의 인용을 보자. ①부터 ③까지의 소절은 <엮음수심가>의 12번째 소절부터 14번째 소절까지에 해당하며, ④는 20번째 소절에 해당한다. 여기서 ①, ③은 선행 장시조의 서로 다른 텍스트를 패러디하고 있는 것이며, ②는 민요의 텍스트를 패러디한 것이고, ④는 평시조의 서로 다른 텍스트를 혼합한 것이다. 이를 심재완 편의 『역대시조전서』에 실린 시조의 작품번호와 임동권 편의 『한국민요집』에 실린 민요의 작품번호를 기준으로 각 소절간의 짜임을 보이면, ① 장시조(506) + ② 민요(1480)[28] + ③ 장시조(3036) + 장시조(2468) + ④ 평시조(1116) + 평시조(1115)로 표시된다. 이처럼 <엮음수심가>는 여러 서로 다른 텍스트를 일부 변형하면서 또한 병렬, 혼합하고 있는 특성을 보인다. 민요계 잡가 중에는 이밖에도 장시조, 평시조, 민요, 한시,

---

27) 이상 김구희, 『가곡보감』, 정재호 편저, 앞의 책, 『한국잡가전집』 4, pp.108 ~112.
28) 임동권, 『한국민요집』 II(집문당, 1974), p.527의 <정요>.

판소리 등 여러 선행 장르의 텍스트를 혼합하고 있는 경우가 많다. 이는 엮음의 가창방식에 따라 다양한 내용의 사설을 연결하여 부를 수 있는 잡가 자체의 특성 때문이다.

그런데 위 <엮음수심가>는 독립적일 수 있는 선행 텍스트를 혼합하면서도 전체적으로 남녀의 연정과 관련된 수심을 노래하는 사설이 위주가 되어 있다는 점에서 단일한 주제를 갖는다고 하겠으며, 나름대로 의미상의 통일성을 지향하는 텍스트의 내적인 유기성을 갖는다고 보아도 좋다. 그러나 민요계 잡가의 모든 작품들이 그렇다고 말하기는 곤란하다. 민요계 잡가 중에서 대체로 후렴을 경계로 하여 여러 내용의 사설을 엮어서 부르는 텍스트의 경우는 복합적인 주제를 가지면서 또한 텍스트의 유기성이 약하다. 그러나 잡가 전체가 그런 것은 분명 아니다. 그동안 문장의 논리적 연결성과 지속성이 부족하기 때문에 텍스트의 내적 유기성을 상실하고 있다고 보아 잡가의 전체적 위상과 가치를 비하시켰던 관점에 대해서는 재고의 여지가 많다.

다음의 <매화가>는 잡가의 전체적 성격을 재인식하는 데 있어 한 증거가 된다.

① 미화야 녯등걸에 봄철이 도라온다 녯 푸여든 ㄱ지마다 푸염즉도 ᄒ다마ᄂ 츈셜이 하분분ᄒ니 필지말지도 ᄒ다마ᄂ ② 북경ᄉ신 역관들아 오식당ᄉ를 부침을 ᄒ셰 미셰미셰 그물을 미셰 치셰치셰 그물을 치셰 부벽루하에 그물을 치셰 걸니쇼셔 걸니쇼셔 정든 ᄉ랑만 걸니소셔 ③ 물아러 그림쟈 졋다 다리 우희 즁놈이 근다 즁아즁아 거긔 잠간 셧거라 너 가ᄂ 인편에 말 무러보자 그즁놈이 빅운을 가라치며 돈다무심만 ᄒᄂ고나 ④ 셩천이라 통의쥬를 이리로 졉텸 뎌리로 졉텀 기여 놋코 ᄒ손에ᄂ 박달방츄 ᄯ 흔손에 물박들고 흘으ᄂ 청수 드립더 덤석 써서 이리로 쌀쌀 져리로 쌀쌀 츌넝 축척 ⑤ 안남산에 밧남산에 가얌을 심어 싱거라 못다 먹ᄂ 뎌 다람[29)]

위 <매화가>는 일명 '매화타령'이라 하기도 하는데, 악곡상의 편제로 보면 12가사에 속한다. 12가사 중 일부는 본래 정악으로 불려졌다고 하겠으나, 점차 후기로 올수록 속악화되어 속악의 잡가로 불려졌다. 12 가사가 잡가의 성격을 지닌다는 점은 음악의 관점에서뿐만 아니라, 위 <매화가>에서 보듯이, 여러 소절이 혼합하여 전체 창사를 구성하고 있으면서, 잡가의 구비적 특성이기도 한 반복과 병렬의 구조를 띠고 있다는 점에서 분명히 알 수 있다.

<매화가>는 위에 표시된 것처럼 모두 5개의 소절로 구성되어 있다. 그런데 문장의 결속성과 일관성의 측면에서 각 소절들은 서로 독립적으로 분리될 수 있음을 보여준다. 먼저 ①의 소절은 기생 매화가 지어 불렀다는 평시조(1009)를 패러디한 것이다. 지은이를 염두에 두고 보면, ①의 소절이 갖는 의미는 "자연의 확실성에 대응되는 사랑의 불확실성"[30]이라 말할 수 있다. 그런데 다음에 이어지는 ②의 소절은 ①의 소절과는 문장상 지속성을 갖지 못한다. ②의 소절은 또 다른 의미내용을 가진 독립된 사설이기 때문이다. ②에서 "북경ᄉ신~부침을 ᄒ세"라고 한 부분을 제외한 사설은 전승민요에서도 볼 수 있는 구절이다. 다음의 민요가 이에 해당한다.

> 그물놓세 그물놓세
> 밤에밤중에 그물놓세
> 아무것도 걸리지말고
> 예쁜처녀만 걸려다오
> 걸렸구나 걸렸구나

---

29) 현공렴, 『신찬고금잡가』, 정재호 편저, 앞의 책, 『한국잡가전집』 2, pp.273~274.
30) 신은경, 앞의 글, "창사의 유기성이 결여된 시가에 대한 일고찰 -잡가를 중심으로", p.392.

비뚤어진 처녀가걸렸구나
너와나와 걸릴적에
한강수물속에 빠져나죽자[31)]

위 민요와 ②의 소절을 비교하면, "그물을 치셰:그물놓세", "걸니쇼
셔:걸렸구나"의 동일 의미소를 가진 표현의 반복이 공통되면서, "졍든
스랑만 걸니소셔:예쁜처녀만 걸려다오"와 같이 화자의 공통된 희망을
담고 있다. 위 민요를 선행담화로 본다면 ②의 소절은 전승민요의 사
설을 부분적으로 변화시키면서도 전승민요에 내재된 담론의 주제인
'사랑의 염원'을 유사한 맥락에서 보여준다. 여기서 ①의 소절과 ②의
소절 사이의 문장상 일관성은 결여되어 있지만, 의미의 전개과정상 사
랑의 불확정성에서 사랑의 염원으로 이어지는 의미의 진행을 파악하게
된다. 그런데 ②의 소절에서 ③의 소절로 이어지는 과정에서 문장상의
지속성이 다시 끊기게 됨으로써 의미 진행의 연결성을 쉽게 파악하기
힘들게 한다. ③은 정철이 지은 것으로 알려진 평시조(1083)를 장시조
로 패러디한 것이다. 그런데 이 평시조의 텍스트가 장시조화되어 <매
화가>의 문맥에 놓임으로써 텍스트의 본래 담론은 달라지게 된다. 즉
선행 텍스트로서의 정철의 시조는 속세를 벗어난 삶의 유유자적함을
노래한 것이라 하겠는데, <매화가>에서 ②의 소절 다음에 이어짐으로
써 님과의 사랑을 염원하는 ②의 화자가 ③의 청자인 중에게 그 대책
을 물어보는 것으로 들려지게 되며, 그 결과가 "빅운을 가라치며 돈다
무심만 ㅎ는고나"와 같이 표현됨으로써 다시 사랑의 불확실성에 빠지
게 된다. 여기까지 즉 ①에서 ③의 소절까지는 문장상의 일관성과 지
속성은 결여되어 있지만, 그런대로 의미 연결의 맥락은 추상해볼 수
있다.

---

31) 임동권, 앞의 책, 『한국민요집』 II, p.515. 1409 작품.

그러나 ③에서 ④의 소절로 연결되는 과정에서 또다시 의미상의 연
결맥락을 잃어버리게 된다. 갑자기 성천과 통의주의 지명이 등장하는
가 하면, 박달방추와 물박, 그리고 청수로 이어지는 사설에서 드러난
시적 자아의 모습은 ③ 소절과의 관련을 완전히 차단시키는 것처럼 보
인다. ④의 소절은 12잡가의 하나인 <유산가>의 한 소절로도 불리는
것으로 확인되는데, 개방적 대화원리로 구성되는 잡가의 특성에서 이
소절이 <매화가>의 텍스트에도 끼어든 것으로 생각된다. 그러나 ④의
소절에서 "풍성하게 많은 상태에서 그 상태를 즐기는 모습"32)이란 의
미를 추상해 낸다면, 사랑의 불확실성에 놓인 화자가 사랑을 희구하는
내면의 의식상태를 이와 같은 간접적 비유로 나타내고 있다고 말할 수
있다.

그러면 ⑤의 소절은 어떻게 파악될 수 있는가. ⑤의 소절에서 종결
어사가 "못다 먹는 뎌 다람"이라 하여 불완전 언술로 되어 있다. 따라
서 여기에 "~과 같다"와 같은 언술이 첨가될 수도 있고, 또 다른 소절
의 개입을 가능하게 하는 여지를 남기고 있다. 이는 잡가 텍스트가 완
결구조의 폐쇄성을 갖는 것이 아니라 새로운 사설의 첨가를 가능하게
하는 미완의 개방성을 띠고 있다는 한 예로도 해석된다. 그러나 역시
⑤의 소절은 미완적인 종결어사를 보여주는 만큼 분명한 의미를 파악
하기 힘들다. 그럼에도 ⑤의 소절이 앞의 소절들과 아무런 관련없이
첨가, 혼합되어 있다고 보는 것은 이 텍스트에 대한 잘못된 시각이라
생각한다. ⑤의 소절을 축자적으로 해석하면 남산의 안과 바깥에 개암
을 심어 놓아 개암이 지천으로 늘려 있는데도 다람쥐는 그 개암을 아
무리 먹어도 다 먹지 못한다는 것이다. 그리고 이러한 "저 다람의 안"
즉 다람쥐의 마음상태는 아무리 욕망이 커도 다 실현될 수 없다는 뜻

32) 신은경, 앞의 글, "창사의 유기성이 결여된 시가에 대한 일고찰 -잡가를
중심으로", p.395.

이고, 이런 뜻을 앞의 소절과 연결시켜 보면 <매화가>의 화자가 풍부한 사랑을 희구하는데도 그 욕망을 현실적으로 다 이룰 수 없다는 간접적 메세지를 담고 있는 것으로 파악된다.

이상에서 논의한 바와 같이, 민요계 잡가로서의 <매화가>는 각 소절 사이의 문장 결속력과 일관성은 거의 상실되어 있지만, 각 소절의 병치적 연결에 의한 전체적 담론은 사랑의 불확정성과 함께 풍부한 사랑을 희구하는 욕망의 한계를 말하는 것으로 파악된다. 따라서 신은경이 이미 지적한 바처럼, <매화가>는 텍스트 혼합에 따라 문장과 문장 간의 결속력인 '미시적 일관성'은 결여되어 있지만, 담화 전체의 의미연결성과 주제적 차원인 '거시적 일관성'을 지니고 있다[33]고 말할 수 있다. 이로써 '병치형식'의 패러디로 이루어져 있는 잡가 텍스트에 새로운 관점과 해석이 요구된다는 점을 재인식할 필요가 있다.

2. 잡가의 카니발적 성격

앞의 장에서 잡가의 패러디 형식에 의한 유형을 검토해 보았다. 그 결과 잡가는 여러 선행장르의 텍스트를 개방적으로 패러디하면서 다성적 목소리와 형식을 창출하고 있음을 확인했다. 여기에는 특정의 선행장르 또는 선행장르의 특정 텍스트를 패러디한 경우도 있었으며, 여러 선행장르의 텍스트를 혼합적으로 패러디한 경우도 있었다. 가사계 잡가, 시조계 잡가, 판소리계 잡가의 유형이 주로 전자에 해당했으며, 민요계 잡가의 유형은 후자에 해당했다. 그런데 이런 점에 대해 관점을 달리 하여, 시적 주체가 소멸된 형식 파탄을 보여주는 것으로 잡가란 말 그대로 '잡다한' 시가일 따름이고, 선행 장르에 종속한 기생적인 문학이자 모방적 재생산의 문학에 지나지 않는다고 혹평할 수 있다. 그

---

33) 신은경, 위의 글, p.396.

러나 이와 같은 관점에 의한 평가는 서민집단에 의해 형성된 잡가의 사회·문화적 상호소통의 기능과 역할을 과소평가하는 결과를 자아낸다. 따라서 잡가가 지닌 개방적 대화성과 다성성의 특질을 사회·문화적 상호소통의 차원에서 재검토할 필요가 있다.

잡가는 조선 후기부터 근대 초기에 이르는 사회·문화적 변동기 내지 전환기에 걸쳐서 서민집단의 사회·문화의식을 담아내는 데 매우 중요한 역할과 기능을 했다. 잡가는 대체로 18세기 이후부터 서서히 불려졌던 것으로 추정되는데, 당시 최하층의 신분에 있었던 유랑집단의 소리꾼들에 의해 불려졌던 것으로 파악된다. 이들 소리꾼들은 구체적으로 서울 각처의 삼패기생이나 사계축, 평양의 다탕패, 그리고 각 지역의 사당패 등 최하층의 연예집단에 속해 있었다.34) 여기서 잡가를 형성한 이들 소리꾼들이 계층적으로 서민집단에 속하고 또한 유랑연예집단의 일원이었다는 점에서, 잡가가 당시 양반 사대부의 고급문화에 대한 반문화적 성격을 내재할 수밖에 없다는 점을 쉽게 추론할 수 있다. 그러나 여기에는 조심스런 접근이 필요하다. 잡가의 형성계층이 서민계층에 속한다고 해서 양반 사대부의 고급문화와 뚜렷이 변별되는 독자적인 문화를 쉽사리 만들 수 있다고 생각하기는 어렵다. 잡가의 패러디 양상을 통해 확인했듯이, 잡가는 양반 사대부의 문화양식이기도 한 한시, 시조, 가사 등의 시가장르를 한편으로 수용, 모방하면서 다른 한편으로 이들을 변형, 혼합하여 독특한 시가장르를 창출했다. 이처럼 서민문화의 새로운 형성은 기존 양반 사대부의 문화를 일방적으로 배척하면서 이루어지기보다 그들의 문화를 새로운 차원으로 변형, 융합하는 가운데 이루어진다고 말할 수 있다. 서민문화는 따라서 양반 사대부의 문화와 대화적인 관계를 가지는 가운데 양반 사대부의 문화에

---

34) 성경린, "서울의 속가",《향토서울》제2호(1958), pp.52~53.
　　이능화,『조선해어화사』(학문각, 1968), p.64, pp.281~287.

대한 친문화적 성격과 반문화적 성격을 동시에 가지는 이중적 성격을
지닌다.

바흐친은 민속문화는 본질적으로 카니발적 성격을 가진다고 하면서
그 중요한 형식 중 한 가지로 패러디를 들고 있다.[35] 그러면서 그는 카
니발이 지니는 중요한 특성을 다음 세 가지로 제시한다. 첫째, 민주적
인 카니발은 예술의 범주에 속하면서도 예술의 규범으로 삼고 있는 모
든 공식적인 법칙이나 형식을 깨뜨린다. 말하자면 카니발은 예술과 삶
의 중간지대에 속하면서 그 형식은 삶 그 자체, 유희의 어떤 패턴에 따
라 구성된다는 것이다. 둘째, 카니발은 집단적이며 민중적이다. 셋째,
카니발적 세계관은 변화와 다양성에 있다.[36] 이러한 변화와 다양성은
일방적이고 공식적인 진지함에 저항하며, 진지함으로부터 인간을 해방
하고, 그 해방감은 변화의 기쁨과 흥겨운 상호의존성으로 웃음을 통해
표출된다고 본다.[37]

바흐친의 이러한 카니발에 대한 이해는 카니발화된 문학의 이해에
바로 연결된다. 그에 의하면 카니발화된 문학은 일상적 제도를 일탈한
삶의 세계를 반영하는 것으로, 그 세계는 잠재적 인간성이 해방되는
세계이며, 진지하면서도 해학적인 장르로 나타난다고 본다.[38] 그리고
이러한 카니발화된 문학은 대체로 당대의 현실을 취급하며, 일상적 경
험과 자유로운 창의력을 중시하고 비현실적 세계는 조롱의 대상이 되
며, 다성적 스타일과 이질적 목소리를 중시한다[39]고 말한다. 물론 바흐
친의 이와 같은 카니발화된 문학의 이해는 르네상스시대 라블레의 소

---

35) 김욱동, 앞의 책, 『대화적 상상력 -바흐친의 문학이론』, p.237.
36) 김욱동, 위의 책, pp.241~242.
37) Dominick LaCapra, "Bakhtin, Marxism, and Carnivalesque"(유명숙 옮김), 여홍
상 엮음, 『바흐친과 문화이론』(문학과 지성사, 1995), p.191.
38) 김욱동, 앞의 책, 『대화적 상상력 -바흐친의 문학이론』, pp.183~184.
39) 김욱동, 위의 책, p.185.

설이 갖는 카니발적 특성을 이해하는 이론적 기초가 되지만, 그가 카
니발화된 장르에 편지, 대화형식의 산문, 진지한 장르에 대한 패러디가
해당된다[40]고 보고 있는 점은 소설을 넘어서 다른 문학장르에 대한 이
해로 확장될 수 있는 여지를 가진다.

　바흐친의 카니발과 카니발화된 문학의 이해는 잡가의 특성을 파악하
는 데 여러모로 유용한 관점을 제공해 준다. 성급한 결론이지만, 잡가
는 우리의 전통시가 중에서도 카니발적 성격이 두드러진 '카니발화된
문학'으로 규정될 수 있다. 물론 우리의 전통시가 전체가 정도의 차이
를 가지지만 카니발적 성격을 얼마간 가진다고 본다. 제의-주술적 성격
을 갖는 향가, 궁중의 연향에서 불려진 고려속요, 노동·의식·유희의 생
활현장에서 불려지는 민요, 그리고 예술 연행의 흥행적 성격이 강한
판소리 등이 나름으로 카니발의 성격을 지닌다는 점을 부인할 수 없다.
그러나 어느 시가장르보다 잡가는 카니발적 성격을 뚜렷이 갖는다고
본다.

　잡가는 그 형성단계에서나 전개과정에서 카니발과 밀접한 관련을 맺
고 있다. 잡가가 서민의 연예집단에 속한 소리꾼들에 의해서 불려진다
는 점에서 그렇고, 그것이 연행되는 공간이 공동체문화의 핵심이 되는
길거리나 장터에서 불려진다는 점에서도 그렇다. 바흐친에 의하면 광
장에 접해 있는 거리 즉 사람들이 많이 모이는 길거리나 장터는 축제
를 펼칠 적절한 장소이며, 그곳에서 일상적으로 상반되는 모든 것이
만나서 섞인다.[41] 잡가의 담당자인 유랑연예집단은 서울, 평양 등 대도
시나 지방의 중소도시 또는 읍·면을 주요 무대로 삼아 활동했다. 이는
잡가의 연행이 적어도 읍·면 이상 상당수의 군중들이 집합할 수 있는
곳에서 이루어졌다는 뜻이다. 당연히 여기에는 그들의 상업적 목적도

---

40) 김욱동, 위의 책, p.184.
41) Dominick LaCapra, 앞의 책, 『바흐친의 문화이론』, p.195.

개입되어 있는 것이다. 잡가는 그들 집단이 가진 다른 재주와 함께 홍
행을 목적으로 연행되었고, 그들의 삶에 기초한 사회·문화의식과 역
량이 동원되었다. 그러나 잡가의 소리꾼들이 처음부터 독자적인 가창
목록을 마련한 것으로 생각하기는 어렵다. 처음에는 양반 사대부들의
시가로서 정악의 음악에 맞추어 불렀던 12가사와 같은 작품을 그들의
가창목록으로 삼기 시작한 데서부터 잡가의 형성이 이루어졌다고 본
다. 19세기 중엽에 나온 유만공의 『세시풍요』(1843년), 한양거사의 <한
양가>(1844년), 작자 미상의 『남훈태평가』등 여러 가집과 문헌에서 12
가사가 잡가로 불려졌다는 사실을 확인할 수 있는데,[42] 그 이전부터
12가사의 속악화가 진행되고 있었음을 알 수 있다. 잡가의 소리꾼들은
이렇게 12가사를 속악으로 부르면서 12가사에 대응되는 12잡가와 같은
자신들의 노래 목록을 새롭게 형성해 갔을 뿐만 아니라, 경기·서도·남
도의 각 지역에서 부르던 민요의 목록을 재구성 또는 편집하면서 서민
시가로서의 독자적인 노래문화를 만들어 갔던 것으로 생각된다.

　잡가는 연행의 담당자인 소리꾼들만의 것이 아니었다. 잡가를 연행
하는 주요 장소가 군중이 결집할 수 있는 도시공간이거나 연회의 장소
였던 만큼 잡가를 향유하는 계층도 다양했으리라 짐작된다. 그러나 양
반 사대부들이나 고급기녀들은 시조창이나 가곡창과 같이 정악으로 부
르는 독자적인 소리문화를 가지고 있었던 까닭에 음악의 격이 낮고
'속되고 잡스런' 잡가를 입에 올리기를 꺼려 했다.[43] 물론 그렇다고 잡
가의 향유계층에서 이들이 완전히 배제되는 것은 아니다. 잡가 중에는
12가사나 단가로 불리는 소리들은 양반 사대부들의 취향을 반영하고
있어서, 이들 잡가들은 양반계층과 고급기녀 및 중인계층도 향유했던

42) 졸고, 앞의 글, "잡가", pp.194～195.
43) 정로식, 『조선창극사』(조선일보사, 1940), p.233.
　　최남선, 『조선상식문답 속편』(동명사, 1948), p.245.

것으로 나타난다.44) 다음의 자료들을 보자.

(1) 술자리 무르익는데 언제 밤이 되었는가
    가곡이 끝나니 노래는 잡가로 돌아가네
    옛가락 춘면곡은 지금은 부르지 않고
    황계사는 흐느끼고 백구사는 어지럽네
    (杯盤爛處夜始何 曲罷篇歌變雜歌 古調春眠今不唱 黃鷄鳴咽白鷗珪)

(2) 琴客歌客 모얏구나 거문고 김칠이 놀러의 양수길이 界面의 공득이
    며 오동복판 거문고는 줄골라 셰워노코 …(중략)… 각식妓生 드러온
    다 예스로운 노름에도 치쟝이 놀랍거든 하믈며 傳承노름 別監의 노
    름인데 범연이 치쟝ᄒ랴 …(중략)… 빅만교태 다푸이고 모양죠케 드
    러온다 內醫女 針線牌며 工曹라 惠民署며 늘근기싱 졀믄기싱 名妓童
    妓 드러온다 …(중략)… 擧床調 ᄂ린후에 소리ᄒᄂ는 어린기싱 한손으
    로 머리밧고 아미를 반즘숙여 羽調라 界面이며 소용이 편락이며 春
    眠曲 處士歌며 漁父詞 相思別曲 黃鷄타령 梅花타령 雜歌時調 듯기죠
    타

    (1)은 유만공의 『세시풍요』에 나오는 7언 절구의 한시이고, (2)는 한
양거사가 지은 <한양가>의 일절이다. (1)에서 황계사, 백구사와 같은
12가사의 잡가가 홍겨운 술자리의 연회에서 가곡 다음에 불려지고 있
음을 보여준다. 유만공의 신분을 정확히 알 수 없으나, 가곡과 잡가를
부르는 가객들과 한 자리를 하고 있다는 점에서 중인 이상의 신분이라
짐작된다. (2)의 한양가의 일절은 중인계층의 별감과 고급기녀들인 내
의녀 침선패 등이 함께 어울려 유흥을 즐기는 풍속도를 보여준다. 여
기에는 '잡가시조'라 했듯이, 춘면곡, 처사가, 어부사, 황계타령, 매화타
령 등의 12가사와 우조, 계면조 등 다양한 곡조의 시조를 즐기고 있음

---

44) 이노형, 앞의 글, "잡가의 유형과 그 담당층에 대한 연구", pp.28~34.

ㄷ, 나타난다. 이처럼 12가사를 비롯한 잡가는 점차 중인계층이나 고급 기녀들까지 향유계층으로 포괄하면서 발전해 갔다. 19세기 중반에서 후반으로 갈수록 정악의 음악은 점차 쇠퇴하고 속악의 음악이 인기를 끌고 유행함에 따라 양반, 기녀, 중인계층도 잡가를 향유하는 폭이 더욱 커졌다. 따라서 유흥의 축제적 행사에서 정악으로 불렸던 시조, 가사 등은 속악의 음악에 습합되어 잡가화되고, 잡가를 멀리 했던 계층들도 사회변동에 따라 음악의 기호와 취향을 달리 하면서 잡가의 향유층이 되어 갔던 것이다.

잡가는 20세기를 전후하여 신분과 계층을 불문하고 대중적 인기를 높이고 향유층의 폭을 넓혀 갔다. 20세기 초에는 서울의 협률사, 광무대 등을 무대로 한 잡가의 일반공연이 자주 이루어질 정도로 성행했으며, 1910년대에는 10종에 달하는 잡가집이 판을 거듭해서 출간될 정도로 대단한 인기를 누리며 대중의 음악 속으로 파고 들었다.[45] 이제 잡가는 유흥의 장소이면 어디든 불려지는 음악의 목록이 되었으며, 특히 교방은 잡가의 주요 향유무대가 되었다. 길거리나 장터를 중심으로 불렸던 잡가가 유흥이 이루어지는 각종 연회, 극장, 규방 등으로 무대를 넓혀 갔던 것이다. 잡가는 이처럼 유흥이 있는 공동체의 생활공간에서 서민계층을 중심으로 하면서도 창자와 청자를 포함한 다양한 계층의 잡가 향유자를 참여시키고 있다는 점에서 집단적이고 개방적인 카니발의 특성을 보여준다.

잡가의 카니발적 성격은 텍스트 자체의 성격에서 한층 분명히 드러난다. 이는 우선 '대화적 언어의 다중성'으로 설명된다. 바흐친은 카니발이 대화적 언어의 다중성을 가장 창조적 형태로 보이는 것이라고 했다.[46] 패러디는 대화적 언어의 다중성을 보이는 전형적인 형식의 하나

---

45) 노미원, "1910년대 유행한 잡가의 한 고찰", 한국정신문화연구원 부속대학원 석사학위논문(1985).

이며, 패러디를 언어창조의 중요한 기법으로 사용하는 잡가는 대화적 언어의 다중성을 보이는 전형적 카니발의 문학적 형식인 것이다. 앞의 장에서 검토했듯이, 잡가는 한시, 평시조, 장시조, 가사, 판소리, 민요 등 선행의 장르와 텍스트를 패러디한다. 이렇게 잡가의 범주에서 다양한 장르와 그 장르의 텍스트가 패러디되고 있다는 것 자체가 대화성을 갖는 카니발의 성격을 띠고 있음을 증명하는 셈이다. 그런데 패러디는 패러디되는 것을 모방하면서 변화시킨다. 이 모방과 변화는 언어, 문체, 형식의 차원, 주제적 담론의 차원 등 여러 차원에서 이루어질 수 있다. 잡가는 선행의 장르와 텍스트를 패러디하면서 '비판형식', '강조형식', '병치형식'의 여러 양상을 보여주었다. 잡가에서 이러한 패러디 형식의 다양함은 언술의 여러 층위에서 선행 장르와 텍스트를 변화시키고 있음을 뜻한다. 따라서 잡가의 텍스트에는 선행 장르나 텍스트의 목소리가 들어 있으면서도 이 목소리는 텍스트의 새로운 문맥에서 변화된다. 여기서 선행 장르나 텍스트의 목소리가 비판되기도 하고, 한층 인상적인 효과를 남기도록 강조되기도 하고, 서로 다른 목소리들과 혼합시켜서 새로운 목소리를 만들어내기도 한다. 이것이 잡가에서 대화적 언어의 다중성이 만들어내는 창조적이고 역동적인 측면이다.

잡가의 텍스트가 갖는 또 다른 카니발적 성격은 '유흥성'에서 찾아진다. 카니발은 공식적인 법칙이나 형식이 파괴될 뿐만 아니라 공식적 진지함의 태도에도 저항한다. 잡가는 선행의 장르가 갖는 완결구조를 변화시켜서 개방적인 대화구조로 만들고, 양반계층의 공식적 문화가 갖는 폐쇄성과 진지한 엄숙성을 비판한다. 잡가의 연행이 유흥의 현장에서 불려지는 만큼 잡가 텍스트 자체도 그러한 현장적 분위기와 어울리는 유흥성을 골격으로 삼을 수밖에 없다. 유흥은 인간의 잠재된 감정의 해방 즉 카타르시스에서 온다. 따라서 유흥의 현장에서 공식적인

---

46) Dominick LaCapra, 앞의 책, p.210.

진지함이란 오히려 조롱의 대상이 된다.

잡가의 내용상 주된 특징이 사랑, 무상과 취락, 자연정취라고 할 때,[47] 이는 모두 유흥과 밀접한 관련이 있다. 먼저 잡가에 나타나는 사랑은 양반 사대부의 시가에서 나타나는 것처럼 충신연군지사(忠臣戀君之詞)로서의 사랑이 결코 아니다. 남녀 사이에 이루어지는 세속적이고, 때로는 탈선까지도 정당화되는 원초적 감정으로서의 사랑이다. 따라서 여기에는 님에 대한 한없는 그리움뿐만이 아니라 조건없는 사랑의 희구, 그러면서 무심한 님에 대한 원망이 매우 직설적인 어조로 나타난다. 다음을 보자.

(1) 님이 저리 다정ㅎ면 리별흔다고 이즐소냐 리별마즈 지은밍셰 틱산갓치 밋고 밋엇더니 틱산이 허망이 문어질줄 뉘가 알깃나
-<육자배기>에서[48]

(2) a. 우리네 두 스람이 연분은 아니오 원수로구나 맛나기 어렵고 이별이 ᄌᄌ셔 못살깃네
    b. 잘사라라 잘사라라 구정을 잇고 신정을 고아셔 부디 평안이 잘사라라 참아진정 나못살깃네
-<수심가>에서[49]

이상에서 보듯, (1)은 다정한 님과의 맹세가 허무하게 무너진 화자의 심정을 직설적으로 토로하고 있다. (2)의 a는 이별이 잦은 남녀 사이가 오히려 원수의 관계라고 말하고 있고, (2)의 b는 '구정'의 자신을 버리고 '신정'의 새 사람을 찾아 떠나는 님에 대한 화자의 절망감을 표현하

47) 정재호, 앞의 글, "잡가고", pp.211~221 참조.
48) 남궁계, 『특별대증보신구잡가』, 정재호 편저, 『한국잡가전집』 2, pp.314~315.
49) 남궁계, 위의 책, 정재호 편저, 위의 책, p.343.

고 있다. 잡가에서 나타나는 사랑과 이별에 대한 이러한 표현들은 결코 가식적인 진지함이 아니다. 그것은 진솔한 서민의 삶에 기초한 감정들이다.

잡가에서 '무상과 취락'의 주제도 기본적으로 유흥을 기반으로 한 반응을 나타낸다. 따라서 인생무상을 주제로 한다고 해도, 그것은 세월의 덧없음에 대한 진지한 철학적 깨달음의 문제가 아니라, 고달픈 인생살이에서 오는 현실적 삶의 허무함에 대한 조건반사적 반응의 감정에 기초한 것이다. 이러한 인생무상은 그래서 '취흥'으로 잊고 인생을 즐기자는, 삶에 대한 원초적 유흥의 욕망과 항상 결부되기 일쑤이다. 인생무상을 노래하는 잡가의 사설은, 이를테면 "살았을적 먹고쓰고 쓰고놀고 거드럭거리고 놀아보자"(<단가>에서), "초로같은 우리인생 아니 놀고 무엇하랴"(<육자배기>에서)와 같이 그 종결언술에서 인생향락의 담론으로 전환되고 있는 것이다.

유흥의 현장에는 인생살이에 대한 여러 감정들이 뒤섞이고 혼융된다. 님에 대한 그리움과 이별에 대한 원망의 감정이 그렇고, 인생무상과 인생향락의 감정이 그렇다. 현실세태의 모순이나 불합리성을 풍자하는 경우에도 진지하고 심각한 인식보다는 유흥의 감정을 통해 비극을 희극으로 감싸 안으려 한다.

(1) 쥬린 빅셩을 비에다 실꼬 건너를 간다 풍천이로구나 에에에에헤야
    어루마둥둥 닉ᄉ랑이로구나

    －<난봉가>에서50)

(2) 전긔츠는 ᄀ자고 원고등을 트ᄂ디 졍든 님 잡고셔 락루ᄒ다 아르랑
    아르랑 아라리오 아리랑 ᄯᅴ여라 노다ᄀ셰／졍거슈 여보 졍거좀 히쥬

50) 노익형, 『증보신구잡가』, 정재호 편저, 『한국잡가전집』 1(계명문화사, 1984), p.321.

우리집 셔방님 돈こ질너 갓소 아르랑 아르랑 아라리오 아리랑 씌여
라 노다こ셰／남산밋희 장춘단을 짓고 군악디 장단에 밧드러 총만
흔다 아르랑 아르랑 아라리오 아리랑 씌여라 노다こ셰／아이고지고
통곡을 마러라 죽엇든 랑군이 스라올가 아르랑 아르랑 아라리오 아
리랑 씌여라 노다こ셰

－＜아리랑타령＞에서51)

　＜난봉가＞는 노래 이름이 시사하듯이, 향락적이고 퇴폐적인 생활상을
주로 담고 있는 잡가이다. 그런데 (1)에서 처럼 '주린 백성'이 살기 위
해 월강하는 내용의 구절은 이외라고 볼 수 있다. 그러나 (1)의 소절은
＜난봉가＞ 텍스트의 전체적 맥락 안에서 결코 의미심장한 심각성으로
와 닿지 않는다. ＜난봉가＞의 텍스트 내적 맥락은 "에에에에헤야 어루
마둥둥 니스랑이로구나"와 같은 후렴이 텍스트 담론의 중심적 연결고
리가 됨으로써 향락의 유흥성을 나타내는 것이다. 따라서 (1)의 소절에
보이는 현실세태의 모순상황은 텍스트 전체의 맥락 속에서 융합되어
무화되어 버린다. (2)의 ＜아리랑타령＞ 역시 "아르랑 아르랑 아라리오
아리랑 씌여라 노다こ셰"의 후렴이 담론 형성의 중심적 연결고리가 됨
으로써 향락의 유흥성을 두드러지게 표현한다. 이는 전승민요 ＜아리
랑＞이 '아리랑 고개'의 험난한 인생역정과 그 극복의 의지를 담고 있는
경우와는 상당한 차이를 보여주는 것이다. 따라서 (2)에서 돈벌이를 하
기 위해 군대에 들어간 님은 소식이 돈절하고, 님을 기다리는 화자가
전기차의 정거수에게 통사정을 하는 안타까운 모습은 ＜아리랑타령＞의
전체 텍스트 맥락에서 그 심각성을 상실해 버린다. 이점에서 잡가의
지나친 유흥성이 비판의 대상이 될 수도 있지만, 유흥의 현장에서 불
리는 잡가 자체의 특성상 인생살이의 고통과 비극은 유흥에 감싸져 해

---

51) 노익형, 위의 책, 정재호 편저, 위의 책, pp.316~317.

소되고 극복된다고 말할 수 있다. 이는 비극과 희극의 첨예한 대조를 잡가의 텍스트 내에서 통합함으로써 모순의 극적인 화해라는 '웃음'의 유흥적 세계를 만들어버리는 것이다. 그리고 여기서의 웃음은 풍자의 진지한 해학으로 나아가는 것이 아니라 세속적이고 그러면서 서민적인 골계의 미학을 형성하는 것이다.

잡가는 이처럼 유흥의 흥겨운 상호의존성에 의한 친밀한 영역 안에서 세속적 삶의 모든 고통을 골계의 웃음으로 융화해 내고 있다. 이 점이 바로 잡가가 바흐친이 말한 카니발적 세계관에 기초해서 형성된 문학임을 의미한다. 이 카니발적 세계는 '유쾌한 상대성'이 지배되는 세계이며, 잠재된 인간성이 해방되는 세계이다.[52] 잡가는 이러한 카니발적 세계관을 바탕으로 '대화적 언어의 다중성'을 창조적인 형태로 보여준 카니발화된 문학인 것이다.

Ⅲ. 결 론

본고는 잡가의 특성을 패러디의 관점에서 파악하되, 특히 형식상의 불통일성과 창사구성의 비유기성이 갖는 언술구조의 특징을 바흐친의 대화이론을 원용하여 파악하고자 했다. 이에 따라 잡가는 선행 전통시가와의 대화적 관계를 가진 다성적 목소리의 패러디 장르이면서 카니발적 세계관에 의한 '세속적 패러디'로서의 성격을 지닌다고 파악했다.

이 점을 구체적으로 논의한 결과를 보이면 다음과 같다.

먼저 잡가의 패러디 유형은 패러디하는 선행장르가 가사와 같이 양반계층의 시가인 경우와 패러디하는 선행장르가 잡가의 담당층인 서민

---

52) 김욱동, 앞의 책, 『대화적 상상력 -바흐친의 문학이론』, pp.183~184.

계층 또는 그들과 문화적 체험의 동질성을 가지는 계층의 시가장르인 경우로 크게 구분했다. 전자의 경우에 가사계 잡가가 해당되는데, 가사계 잡가는 선행장르인 가사의 지배적 담론을 한편으로 수용하면서도 다른 한편으로 저항하는 담론을 보여준다는 뜻에서 '비판형식'의 패러디라 명명했다. 그리고 후자의 경우는 다시 두 가지 경우로 나누어지는데, 장시조나 판소리의 특정 텍스트를 패러디한 시조계 잡가와 판소리계 잡가의 경우가 그 한 가지이고, 그리고 평시조, 장시조, 판소리, 민요 등 다양한 장르의 텍스트를 병렬, 혼합하고 있는 민요계 잡가가 다른 한 가지이다. 전자의 시조계 잡가나 판소리계 잡가는 선행 텍스트를 선택, 축약, 변형하면서 선행 텍스트의 담론을 한층 인상깊게 강조하고 있었다. 이 경우를 '강조형식'의 패러디라 했다. 그리고 후자의 민요계 잡가는 여러 선행장르의 사설을 개방적으로 수용, 혼합하면서 확장해가는 병치의 형식을 취하고 있었다. 이를 '강조형식'의 패러디와 구분하여 '병치형식'의 패러디라 명명하고 구체적인 작품을 들어 그 특성을 밝혔다.

잡가는 개방적 대화성과 다성성을 특질로 하여 당시의 사회·문화적 변동기에 집단과 계층 사이에 상호소통의 중요한 기능과 역할을 담당한 노래문화를 형성한 것이었다. 이는 바로 잡가가 무엇보다 카니발적 성격을 가졌기 때문이고, 또한 카니발화된 문학이기 때문이다. 잡가는 그 형성단계에서나 전개과정에서 카니발과 밀접한 관련을 맺고 있었다. 잡가가 서민의 연예집단에 속한 소리꾼들에 의해 불려졌다는 점에서 그렇고, 그것의 연행이 공동체문화의 핵심이 되는 길거리나 장터, 극장, 연회장, 규방 등에서 이루어졌다는 점에서도 그렇다. 말하자면 잡가는 카니발의 현장에서 불려진 것이다. 따라서 잡가는 그 흥행의 세력을 확장하면서 중인계층, 고급기녀, 양반 사대부 계층까지도 향유자로 점차 포괄해 가는 특성을 보였다.

잡가의 카니발적 특성은 텍스트 자체의 성격에서 한층 분명히 드러
난다. 이는 바흐친이 말한 '대화적 언어의 다중성(다성성)'으로 설명되
는데, 선행의 여러 장르와 텍스트를 패러디하고 있는 형식 자체가 이
를 방증한다. 따라서 잡가의 텍스트에는 선행장르나 텍스트의 목소리
가 들어 있으면서도 텍스트의 새로운 문맥에서 변화된다. 선행장르나
텍스트의 목소리가 비판되기도 하고, 인상깊게 강조되기도 하고, 서로
다른 목소리와 혼합되어 새로운 목소리를 만들어 내기도 한다.

잡가의 텍스트가 갖는 카니발적 성격은 또한 '유흥성'에서 찾아진다.
잡가가 유흥의 현장에서 불려지는 만큼 유흥성을 텍스트의 골격으로
삼을 수밖에 없다. 물론 잡가의 지나친 유흥성이 비판의 대상이 될 수
있지만, 잠재된 인간성을 해방하면서 인생살이의 고통과 비극을 골계
의 웃음으로 승화해내는 역동성을 지니는 점이 잡가이기도 하다. 이런
점에서 잡가는 세속적이면서 서민적인 골계의 미학을 형성한다. 이는
바흐친이 말한 '유쾌한 상대성'이 지배되는 카니발의 세계를 잡가가 보
여주는 것이다. 따라서 잡가는 카니발의 특성이기도 한 '대화적 언어의
다중성'과 '유흥성'을 창조적인 형태로 보여준 카니발화된 문학으로 규
정할 수 있다.

그런데 잡가는 그 자체로만 의의를 가지는 것이 아니라, 근대시의
주체적 모색에 중요한 생명력을 넘겨 주고 있다는 점에서도 응분의 관
심과 논의가 필요하다. 김억, 주요한, 김소월, 김동환 등의 근대 민요시
에 관한 논의는 이런 점을 고려하여 면밀히 재검토될 필요가 있다.

제4부
민요의 근대시 수용

제1장
민요의 근대시 수용 양상

Ⅰ. 서론

본고의 주된 논의의 대상은 1920년대 이후 집단적 경향성을 띠며 나타난, 민요를 바탕으로 창작된 일련의 근대시 즉 민요시 작품들이다. 이들 일련의 민요시 작품들은 그동안 서구시의 수용을 통한 자유시의 경향을 추종해 왔던 문학적 풍토에 대한 반성을 통해서 새로운 '우리 시'를 찾기 위한 방법적 모색의 일환으로 본격 등장했다. 필자가 이들 민요시 작품들에 대해 갖는 관심은 크게 세 가지 사항에서이다.

첫째, 민요시 작품들이 일단 민요란 전통시의 매개를 통해 창작되었다는 점에서 그 매개적 바탕으로서의 민요는 구체적으로 어떠한 것들인가에 관한 것이다. 민요에 관한 포괄적 범주의 인식만으로는 민요시의 성격과 위상을 분명하게 파악하기 어렵다. 따라서 당대에 민요시를 창작한 시인들이 구체적으로 어떠한 범주적 성격의 민요를 인식하면서 창작의 바탕으로 삼았는가 하는 점을 밝혀야 한다. 여기에 당대 민요

의 전승과 변모 상황을 가능한대로 검토하면서, 시인들의 당대 민요에
대한 인식 범주와 그 특징을 파악하는 작업이 요청된다.

둘째, 민요시는 시 창작의 바탕으로 민요를 수용했다는 점에서 민요
를 선행 담론체로 한 패러디(parody)적 성격[1]을 지니며, 민요와 민요시
사이의 대화적 관계인 상호텍스트성(intertextuality)[2]을 형성하게 된다.
따라서 선행 담론체인 민요 텍스트와 창작시로서의 담론체인 민요시
텍스트의 상호 비교를 통해 민요시의 성격을 한층 분명하게 파악할 필
요가 있다.

셋째, 민요시는 민요 그 자체와는 구별되는 성격과 위상을 가진다는
점이다. 민요시는 이미 노래로서의 성격을 상실한 근대시로서의 새로
운 문학사적 위상을 가질 뿐만 아니라, 민요을 수용했다고 해도 민요
텍스트의 담론과는 상당한 차이성을 갖기 마련이다. 따라서 민요와 민
요시 사이의 담론적 차이를 구명함으로써 결과적으로 민요시가 근대시
로서 어떠한 시학적 특성을 지니고 있는지를 밝혀야 한다. 이는 바로

---

1) 민요시의 패러디(parody)적 성격은 좀더 구체적으로 말하면 민요의 장르 패
   러디(genre-parody)라고 할 수 있다. 민요시는 민요의 장르가 갖는 관습적 형
   식과 주제의 특성을 모방, 수용하고 있기 때문이다. 장르 패러디로서의 민요
   시에 관해서는 고현철, "한국 현대시의 장르 패러디 연구", 부산대 대학원
   박사학위논문(1995. 8), pp.34~94에서 고찰한 바 있다.
2) 상호텍스트성 또는 간텍스트성(inter-texuality)이란 넓은 의미로 텍스트 사이
   의 상호 비교관계의 성질을 말한다. 리파떼르(M. Riffaterre)는 작가가 의식하
   든 의식하지 못하든 의미를 만들어 내는 또 다른 내부의 텍스트를 말하는 것
   이라 했으며, 즈네뜨(G. Genette)는 넓은 의미로 상호텍스트성(inter- texualité)이란
   용어를 사용하면서 통텍스트성(trans-textualité)과 곁텍스트성(para-textulité)으로 하
   위 구분하고, 다시 좁은 의미의 상호텍스트성, 메타텍스트성(meta-textualité) 등으
   로 구분한 바 있다. Michael Riffaterre, 유재천 옮김, 『시의 기호학』(민음사,
   1989), pp.281~282. Gerard Genette, Introduction à L'architexte(Paris: Seuil,
   1979), pp.85~95 참조. 본고에서도 넓은 의미로 상호텍스트성의 용어를 사용
   하지만, 대부분 텍스트와 텍스트 사이의 구체적인 영향관계를 말하는 곁텍
   스트성에 한정된다.

근대 민요시가 갖는 의의를 밝히는 작업이 된다.

본고의 논의 내용은 이상 세 가지 사항을 집중 검토하는 방향에서 이루어질 것이다. 첫째 사항의 검토에서 근대시의 민요 수용의 근간이 되는 당대 민요의 상황과 그에 대한 민요인식의 범주를 파악할 것이며, 둘째 사항의 논의에서 민요와 민요시 사이의 상호 텍스트 관계 비교에 의한 담론적 특징을 구명할 것이다. 그리고 끝으로 셋째 사항에서 둘째 사항의 논의를 바탕으로 민요시가 근대시의 새로운 위상에서 어떠한 시학적 특성과 문학사적 의의를 가지는지를 밝힐 것이다.

Ⅱ. 민요인식의 기반과 양상

1. 민요인식의 기반

민요시 창작의 기반이 되는 선행 담론체로서의 민요는 구체적으로 어떠한 것인가?

사실 민요의 범주는 매우 폭넓다. 노동, 유회, 의식의 전통적 생활양식에 밀착된 기능적 성격의 민요들만 해도 그 종류는 매우 다양하다. 그리고 특히 중세사회에서 근대사회로 이행되는 과정에서 기능적 성격의 민요들은 상당수 본래의 기능을 상실하면서 비기능요로 전환되거나, 가창을 위주로 하는 민요들이 유흥적인 분위기를 통해 새롭게 형성되기도 했다. 여기에 조선 후기부터 서민의 속악가사로 형성된 잡가가 대중적 인기에 편승하면서 점차 그 세력을 확장해 갔는데, 기존 민요와의 폭넓은 교섭을 통해 유흥적 성격을 강하게 지닌 시가로 정착되었다. 그런데 이들 잡가 중에서도 지역성을 띠는 경기·서도·남도잡가의 대부분이 민요적 성격이 강한 작품들이기 때문에 일반민요와 뚜렷

334 제4부 민요의 근대시 수용

이 구별되지 않고 '속가', '속요', '유행가요', '전통가요' 등으로 불리며 민요로 인식되기도 했다.

그런데 민요의 전승과 변모는 유흥적인 방향으로 이루어지기만 한 것이 아니다. 일제 강점기란 특수한 시대적 상황에서 당시 민족이 겪는 삶의 고난과 시련을 담아내기도 하고, 그러한 현실을 풍자 비판하기도 했다. 이들 민요가 근대 이후 새롭게 형성된 항일·비판적 성격의 민요들이다.

1920년대 이후 민요시는 이상에서 거론한 민요의 상황과 일단 관련되어 있다고 범박하게 말할 수 있다. 여기서 이 점을 좀더 구체적으로 파악해보기 위해 민요의 민요시 수용 범주를 다음 몇 가지로 나누어 보자.

첫째, 전승민요의 본령이라 할 기능요의 경우이다. 그런데 이 경우 민요시로의 수용 범위는 상당히 제한적으로 나타난다. 민요시 자체가 기능성을 상실한 창작시로서의 위상을 가진다는 점에서 기능적 민요는 일단 관심권 밖으로 밀려날 가능성이 크다. 민요시를 창작한 시인들이 대부분 계층적으로 중산층에 속하면서 일찌기 고향을 떠나 일본 등지에서 유학생활을 했다. 따라서 이들이 설사 기능적 성격의 전승민요를 들을 수 있는 기회가 있었다고 해도 그 기회는 매우 적었을 것으로 생각되며, 아울러 이들 민요에 대한 공감의 정도는 매우 낮았다고 볼 수 있다. 실제 잘 알려진 민요시인들인 김억, 주요한, 김소월, 김동환 등의 시에는 기능민요의 수용 흔적은 거의 나타나지 않으며,[3] 이들의 민요와 관련된 글에서도 그 이해의 범위는 매우 제한적으로 나타난다.

그런데 농민시 창작과 관련된 시인들의 경우 기능민요의 민요시 수용 흔적을 상당수 찾을 수 있다. 늘샘의 <농부가>(동아일보, 1930. 11.

---

3) 이 경우 김억의 <새쫓는 노래(우혜우혜)>(《농민》, 1932. 8)는 예외적 작품이다.

1), 윤석중의 <터다지는 노래>(조선일보, 1930. 8. 22), 석순봉의 <밤널 뛰기>(동아일보, 1931. 3. 27), 유촌의 <새쫓는 노래>(조선일보, 1930. 9. 20), 허삼봉의 <넉의 노래>(조선농민, 1929. 6), 허수만의 <타작장 -타작 곡터의 노래>(농민, 1933. 11) 등의 작품이 이에 해당한다. 농민시 자체 가 농촌현장의 현실과 직접, 간접으로 관련을 맺을 수밖에 없으며, 또 한 농민과의 교감 내지 공감대를 마련할 필요가 있다는 점에서 기능적 성격의 전승민요가 농민시로서의 민요시에 수용된 것으로 판단된다.

둘째, 비기능 민요와 잡가의 경우이다. 대체로 가창성이 강한 비기능 요는 개화기 이후 잡가의 개방화와 함께 상호 교섭되면서 그 세력을 폭넓게 확산시키며 유행했다. 그러면서 이들 시가는 경기, 서도, 남도 지역에 따라 지역적 색채를 강하게 띠면서 민요인식의 중요한 범주를 형성했다.

그런데 이 경우 잡가는 엄격히 말해서 민요 자체와는 구별되는 성격 을 갖는다. 본래 서민계층의 전문적인 소리패들에 의해 불려졌던 잡가 는 말 그대로 '잡다한 노래'로서 시조, 가사, 한시, 판소리, 민요 등 다 양한 갈래의 시가를 채용, 혼성, 변형시키면서 정착된 시가이다. 이러 한 잡가를 악곡상 편제에 따라 구분해 보면 십이가사,4) 십이잡가, 휘모 리잡가, 단가, 경기·서도·남도잡가 등으로 나누어볼 수 있다. 그런데 이 들 중에서 민요의 선후창이나 교환창과 같은 노랫말 구성을 취하고 있 는 일련의 작품은 '민요계 잡가'라고 할 수 있는데,5) 이 민요계 잡가 의 대종을 이루는 것이 비교적 후대에 형성된 경기·서도·남도잡가이 다. 따라서 이들 잡가는 비기능의 가창민요와 뚜렷하게 구별하기 힘들

---

4) 십이가사는 처음 정악의 가곡창으로 불려졌으나, 점차 속악화하여 속악의 음악으로도 불려졌다. 그리고 이 십이가사의 구조, 형태, 어법, 율격 등은 십 이잡가의 경우와 다르지 않다는 점이 밝혀졌다. 송정숙, "십이가사 연구", 부산대 대학원 석사학위논문(1982. 2).

5) 졸고, "잡가", 김승찬 외 공저, 『한국문학개론』(삼지원, 1995. 2), pp.199~200.

며, 기본적으로 '민요의식'에 따라 형성되고 지역별 향토색을 지닌다
는 점에서 전승민요의 범주에서 인식될 가능성이 높다.

실제로 1920년대 민요시를 쓴 상당수의 시인들은 잡가를 민요와 구
분해서 생각하기보다 민요로 인식한 것으로 나타난다. 사실 잡가는 민
요시인들에게 있어 가장 쉽고 가까이 향수할 수 있는 '민요'로서의 시
가였다. 개화기 이후 잡가는 전문적인 소리패에서 기방으로 폭넓게 전
파되었고, 20여 종의 잡가집이 판을 거듭할 정도로 인기를 얻으며 유
행했다.6) 이러한 상황에서 당시 시인들은 주로 기방을 통해 잡가를 접
하면서 민요인식의 근간을 마련한 것으로 보인다. 다음 장에서 이점을
구체적으로 살펴보겠지만, 민요시인들의 신분상 계층이나 생애의 편력
등을 고려할 때 기능요인 전승민요에 대해서는 직접적인 체험을 거의
갖지 못했거나 설사 안다고 해도 그 이해의 정도는 매우 낮았다고 본
다. 따라서 이들은 쉽게 접할 수 있는 잡가 특히 민요계 잡가를 민요로
인식하며 새로운 시 창작의 원동력으로 삼고자 했다.

셋째, 항일·비판적 성격의 민요에 관한 경우이다. 지금까지 이들 민
요에 대해서는 개별적으로 상당한 연구가 있었지만, 이들 민요를 계승,
수용한 민요시 작품들에 관해서는 그다지 관심을 갖지 못했다. 항일·비
판적 성격의 민요는 참요의 전통을 잇는 것으로 독자적인 민요의 범주
를 형성한다기보다 당대의 역사적, 정치적 상황과 관련하여 기존 민요
에서 파생된 민요이다. 항일민요로서의 <아리랑>, <애원성>, <신고산
타령> 등이 이의 대표적인 경우이다. 그런데 근대 민요시 자체가 일제
강점기를 배경으로 이루어졌다는 측면에서 항일·비판적 성격을 중요
한 속성으로 삼으면서 민족적, 민중적 공감대의 확보를 위해 당대에
은밀히 불려지던 항일·비판적 성격의 민요와 자연스럽게 교감을 마련

---

6) 1910년대 이후 잡가집의 출판 사정은 정재호, "잡가고", 『민족문화연구』 제6
집(고려대 민족문화연구소, 1972) 참조.

하게 된다.

1920년대 민요시는 크게 보아 이상에서 거론한 세 가지 범주의 민요 인식과 깊이 관련되어 있다. 물론 이밖에도 전승동요를 바탕으로 한 민요시도 있으나, 이는 별도로 동시 연구의 몫으로 돌릴 수 있다는 점에서 본고의 논의에서는 일단 제외하고자 한다. 그리고 첫째 사항과 관련된 민요의 근대시 수용 문제는 별도의 논의를 펼칠 필요가 있다는 점에서 본고에서 논의를 삼가하기로 한다.

2. 민요인식의 양상

이상에서 전제한 대로 1920년대 민요시 형성의 기반이 되는 민요인 식의 범주는 기능요를 제외하면 애상적, 유흥적 성격이 강한 비기능 민요와 잡가(이하 유흥민요와 잡가로 줄여서 표기한다), 그리고 항일·비판적 성격의 민요(이하 항일·비판민요로 줄여서 표기한다)로 크게 두 가지 범주로 나눌 수 있다.

그런데 민요인식의 대상 범주는 동일하지만 민요인식의 기본 입장과 태도에 따라 서로 상이한 민요인식의 양상으로 나타날 수 있다. 이를 테면 유흥민요와 잡가를 대상으로 민요인식을 마련한다고 해도, 이를 긍정적으로 인식하느냐 비판적 또는 부정적으로 인식하느냐에 따라 민 요인식의 양상이 결과적으로 다르고 창작시의 성격도 다르게 된다. 그리고 민요인식의 대상 범주가 서로 다른 경우라 할지라도 민요인식의 결과적 양상은 동일하게 나타날 수 있다. 예를 들어 유흥민요와 잡가를 비판적으로 인식하는 경우와 항일·비판민요에 대하여 긍정적으로 인식하는 경우를 생각해 보자. 이 경우 민요인식의 대상 범주는 다르지만, 유흥민요와 잡가의 비판적 인식은 항일·비판민요의 긍정적 인식과 자연스럽게 동일한 민요인식의 맥락을 형성하게 된다. 논의의 편의를 위해 다음 도표를 보자.

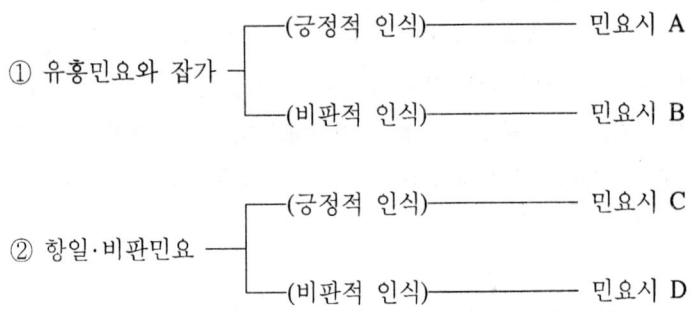

                  ┌─(긍정적 인식)─────── 민요시 A
① 유흥민요와 잡가 ┤
                  └─(비판적 인식)─────── 민요시 B

                  ┌─(긍정적 인식)─────── 민요시 C
② 항일·비판민요 ┤
                  └─(비판적 인식)─────── 민요시 D

　이상의 도표에서 보듯이, 유흥민요와 잡가 그리고 항일·비판민요를 민요인식의 대상 범주로 하여 그 긍정적 인식 및 비판적 인식의 결과로 창작된 시 담론체는 민요시 A, B, C, D로 나누어질 수 있다. 그런데 앞서 설명했듯이, 민요시 B와 민요시 C는 결과적으로 민요인식의 동일한 양상을 보이는 것으로 동일한 담론 이데올로기[7]의 시적 특성을 갖기 때문에 한 가지로 묶어서 이해할 수 있다. 그러나 민요시 A와 민요시 D의 경우는 사정을 달리한다. 민요시 A는 유흥민요와 잡가가 지닌 애상성과 유흥성[8]에도 불구하고 이를 '전통적', '대중적', '민족적'인 형식과 내용을 담고 있는 것으로 긍정적인 시각에서 인식하며 수용한 결과로 형성된 시인데 비해, 민요시 D는 그 성격상 반민족적 친일의 성향을 나타내는 시가 될 수밖에 없다. 따라서 민요시 D는 주체적 문

---

7) 시를 담론 이론으로 볼 때, 시는 특정한 역사적 형식을 취하고 있는 이데올로기의 역사적 산물이 된다. 이 점은 Antony Easthope, 박인기 옮김, 『시와 담론』(지식산업사, 1994), p.47 참조.

8) 정재호는 잡가는 기본적으로 유흥적인 분위기에서 형성, 전파된 것이며, 그 내용상 주된 특징은 사랑, 무상과 취락, 자연정취 등이라고 하면서 대체로 애상적, 유흥적 성격이 강하다고 했다. 정재호, 앞의 글, p.191.

학사의 전개과정에서 불행한 국면을 보여주는 것으로 본고의 논의에서 제외시키는 것으로 한다.

그러면 이상에서 관심의 대상은 민요시 A에 이르는 민요인식, 그리고 민요시 B와 민요시 C를 아우르는 민요인식의 두 가지 양상으로 좁혀볼 수 있다. 이를 차례대로 자세히 검토해 보자.

(1) 유흥민요와 잡가의 긍정적 인식

민요시인으로 잘 알려진 김억, 주요한, 김소월을 비롯한 유도순, 한정동 등 시인들의 민요인식은 유흥민요와 잡가의 긍정적 인식으로부터 민요시 창작의 바탕을 마련한다. 그런데 이들 시인의 생활근거지와 고향이 김억과 김소월은 정주, 주요한은 평양, 유도순은 영변, 한정동은 강서로 모두 서도지역이란 사실이 주목된다. 이는 이들이 주로 생장, 생활했던 서도지역이 선행담론체로서의 민요를 체험하는 문화적 영역이 된다고 하겠으며, 여기에 서도잡가를 위주로 한 민요가 이들의 민요 체험의 주요 대상이 되는 것으로 생각할 수 있다.

먼저 김억의 경우를 보자. 김억은 1920년대 중반 이후 여러 차례 '조선심'을 역설하며 민요를 바탕으로 새로운 시 창작이 이루어져야 한다고 주장한 바 있다. 그런데 정작 그의 주장에 비길 만한 민요론은 발표하지 않았다. 다만 몇몇 산문의 구절을 통해 김억의 민요인식의 일단을 알 수 있을 뿐이다.

> 愁心歌로서 우리의 感情을 노래할 수도 업고 六字백이로써 늣긴 바를 表現할 수가 업스니 結局 우리에게는 우리의 思想과 感情을 表現할 길이 업슴니다.[9]

---

[9] 김억, "명사십리서", ≪동아일보≫(1925. 9. 14).

위의 구절에 나타난 <수심가>와 <육자백이>는 대표적인 서도잡가와
남도잡가이다. 이로써 김억의 민요 이해가 일단 잡가의 범주에서 이루
어지고 있음을 알 수 있다. 그는 잡가를 비롯한 유행가요를 '민요의 일
부'라고 생각했으며,10) <약산동대>, <시가로 읊퍼진 봄> 등의 수필에
서 기회있을 때마다 '속가'라 하여 서도잡가를 올려서 이야기했다. 그
런데 김억은 위 글에서 "우리의 사상과 감정을 표현할 길"이 없다고
하여 당시 잡가에 대해서도 공감의 절실성을 충분히 마련하지 못한 듯
이 표현하고 있다. 그러나 이 글이 발표된 시기가 1925년 9월인데, 김
억은 이미 민요시 창작을 주장하며 스스로 그러한 시를 쓰는 데 앞장
서 오고 있었던 터이다. 물론 위에서 언급한 <수심가>가 평양을 중심
으로 불려진 잡가라 한다면, <육자배기>와 더불어 자기 고장의 토속적
민요가 아니라는 점에서 위와 같이 표현했다는 생각도 하게 된다. 그
는 실제 자기 고향에서 불려지는 민요로 <북청수심가>가 있다고 하면
서, 이것이 <평양수심가>와 별로 다르지 않기 때문에 부를 만한 고향
의 민요가 못된다고 했다. 그러면서 1927~8년 경 진남포의 어느 주흥
에서 <용강긴아리>를 감명깊게 들었다고 고백한 적이 있다.11) 김억이
민요시의 창작을 주장한 시기가 1924년 전후인데, 1927~8년 경의 민
요, 실은 잡가의 체험과 공감은 분명 어울리지 않지만, 그의 민요인식
범주가 서도잡가를 중심으로 하고 있는 점을 확인할 수 있다. 이처럼
김억이 민요인식의 대상으로 삼은 민요는 생활현장의 기능적 전승민요
가 아니라 주로 기방의 주흥에서 흘려 들었던 잡가였던 것이다.

주요한의 민요인식도 김억의 경우와 유사하다. 일찌기 '민중에 가까
울 수 있는' 시를 쓴다고 하면서 민요 및 동요를 바탕으로 새로운 시

10) 김억, "유행가사관견", ≪매일신보≫(1933. 10. 19).
11) 김억, "수심가 들닐 제", ≪삼천리≫ 제76호(1936. 8). <긴아리>는 <자진아
리>와 더불어 대표적인 평안도 민요이다. <긴아리>로는 <용강긴아리>와
<강서긴아리>가 유명하다. 이창배, 『한국가창대계』(홍인문화사, 1976).

가 진작되어야 한다[12])고 했으며, "신시운동이 성공하려면 반드시 민요
를 기초로 삼아야 한다"[13])고 했다. 그러면서 그 역시 구체적으로 어떤
민요를 바탕으로 해야 할 것인지는 언급하지 않았다. 그도 그럴 것이
주요한은 13세 때 목사인 아버지를 따라 동경에 가서 유학생활을 했으
며, 그 이후에도 상해의 호강대학에서 수학하는 등 외지로 전전한 이
력을 갖고 있다. 따라서 그가 민요를 바탕으로 시를 창작해야 한다고
주장하면서도 그에 걸맞는 민요체험을 제대로 가지기 힘들었다고 생각
된다. 다만 주요한의 유년기 생활무대가 평양 도시이고, 귀국한 후 고
향에서 지내면서 나름대로 미약하지만 평양을 중심으로 불려졌던 잡가
에 대해서는 일정 부분의 이해가 있었으리란 생각을 하게 된다. 다음
의 글에서 주요한의 이러한 민요 이해의 한 단서를 찾을 수 있다.

> 나는 소리는 南道ㅅ 소리 - 륙자박이 가튼 것을 조하해요. 내 自身
> 은 平安道ㅅ 사람이지만 愁心歌는 너머도 哀調가 흘러서 덜 조하합니
> 다.[14])

남도잡가인 <육자배기>는 비교적 경쾌한 가락에 향락적 내용의 사
설로 이루어져 있으며, 서도잡가인 <수심가>는 유장한 가락에 애조를
띤 사설로 구성되어 있는 점이 특징이다. 주요한은 <육자배기>와 <수
심가>의 이런 대조적 특징을 염두에 두고 <수심가>보다 <육자배기>를
더욱 좋아한다고 했는 듯하다. 그런데 <수심가>든 <육자배기>든 모두
잡가에 속하는 것이니, 김억처럼 잡가를 두고 민요의 선호도를 말한
것일 뿐이다. 여기서 주요한이 김억과는 달리 애조적 경향의 잡가에
대해 어느 정도 비판의식을 가지고 있었다고 하겠으나, 결과적으로

---

12) 주요한, 시집 『아름다운 새벽』(경성: 조선문단사, 1924. 12)의 '책쯧헤'.
13) 주요한, "노래를 지으시려는 이에게", ≪조선문단≫ 제3호(1924. 12).
14) "문사방문기(1) -주요한 편", ≪조선문단≫ 제4권 2호(1927. 2), p.70.

<육자백이>와 같은 민요계 잡가에 민요인식의 근거를 두고 있는 점은 김억과 동일한 것이다. 다만 김억과 주요한의 잡가에 대한 취향의 차이는 두 시인의 시적 지향의 차이와 깊이 관련되는 것이기도 한데, 김억이 '애상성'을, 주요한이 '건강성'을 각각 시적 주조로 삼았던 사실을 해명하는 단서가 되기도 한다.

대표적인 민요시인이라 할 수 있는 김소월도 시 <무제>에서 "나는 태생이 서도로다/수심가나 부르리라"15)고 한 것처럼 일찍부터 서도잡가를 위주로 한 잡가의 체험을 바탕으로 시의 정체성을 마련해간 것으로 파악된다. 그의 유일한 시론 <시혼>에서 경기잡가 <양류가>로부터 착상한 수식어구들이 나타난다거나,16) 서간문 <무제> 중에서,

「세월아 네월아 가지를 말아라, 옥빈홍안이 다 늙어 가노나」하는 거릿 소년들의 타령이 깊이 깊이 첫 가을비를 바라보고 섰는 무명인 생(無名人生)의 가슴을 쓰라리게 합니다17)

라고 하여 함경도의 근대민요로 잡가화되기도 한 <애원성>18)에 대한 감동을 말한 것에서도 잡가 인식의 단면을 알 수 있다. 그리고 김소월은 영변에서 알게 된 기생 채란이의 이야기를 회고하면서 그녀로부터 들은 <팔벼개 노래>에 깊이 감동하는 바가 있었다는 내용을 남기고 있는데,19) 이 <팔벼개 노래>는 서도잡가의 전형적인 수심가토리로 불려

15) 김소월, "무제"(자필유고시). 김용직 편, 『김소월전집』(문장사, 1981), p.313.
16) 류철균, "1920년대 민요조 서정시 연구", 서울대 대학원 석사학위논문 (1993. 2), p.14.
17) 김소월, "무제" 서간문, 김용직 편, 앞의 책, p.371.
18) 전경욱, "함경도 민요 <애원성> 연구", 『월산임동권박사송수기념논문집』(동 간행위, 1986. 4). p.468에서 <애원성>이 경기잡가 <경복궁 타령>과 영향관계를 가진다는 점을 지적하고 있다. <애원성>은 또한 서도잡가 <병신난봉가>와의 수용적 측면도 가진다.
19) 김소월, "팔벼개 노래조", ≪삼천리≫(1934. 8).

지는 노래의 특징을 가졌음이 밝혀진 바 있다.[20] 이처럼 김소월은 그의 글 곳곳에서 서도잡가를 비롯한 잡가의 다양한 체험을 가진 바 있다는 사실을 확인하게 된다. 이러한 잡가 체험은 실제 그의 상당수 시 작품에서 구체적인 흔적으로 나타나는데, 가시적인 한 예로 <옷과 밥과 자유>, <배>의 2편이 처음 '서도여운'이란 제목으로 발표된 경우[21]를 들 수 있다.

이상에서 김억, 주요한, 김소월의 민요인식이 나타나는 글의 검토를 통해서, 이들이 기능요인 전승민요를 대상으로 민요인식의 계기를 마련한 것이 아니라, 서도잡가를 중심으로 한 잡가의 체험을 기반으로 민요인식을 마련했음을 파악했다. 여기에 한정동이 <강서긴아리>, 유도순이 <영변동대가>(또는 영변가)에 대한 인식과 공감을 바탕으로 시를 창작한 사실을 민요인식의 같은 맥락에서 덧보태어 이해할 수 있음은 물론이다.

(2) 유흥민요와 잡가의 비판적 인식, 항일·비판민요의 긍정적 인식

유흥민요와 잡가에 대해서 비판적으로 인식하면서, 세태를 비판하고 풍자하는 민요에 대해서는 매우 호의적으로 평가하며, 민요시 창작의 토대를 마련하고자 한 대표적인 시인이 김동환이다.

김동환은 "신시는 기교화하고 시조는 너무 고아화하고 한시는 난삽을 극하고 있을 때에 미덤즉한 것은 오직 야생적 그대로의 표현과 내용을 가진 민요뿐"[22]이라고 하면서 민요에 남다른 관심을 가지고 새로운 시창작의 기틀을 마련하고자 했다. 그런데 김동환은 김억, 주요한 등과 크게 다른 민요인식의 입장을 가지고 있었다. 그는 『신구잡가』,

---

20) 류철균, 앞의 글, p.16.
21) 《동아일보》(1925. 1. 1).
22) 김동환, "조선민요의 특질과 기 장래", 《조선지광》 제82호(1929. 1).

『유행잡가』의 잡가집에 실려 있는 <아리랑>, <홍타령> 등을 들면서 이
들이 민중의 생활감정과 어긋난 점이 있다고 하고, 이들을 '망국적 가
요'라 칭하면서 이를 일소할 신가요운동을 전개해야 한다고 했다.23)
말하자면 그는 유흥적 성격의 민요 및 잡가를 일체의 망국적 가요로
규정했는데, 그렇다면 그가 바람직하게 생각하는 민요의 특질과 그 범
주는 어떠한 것인가?

> 政治的, 社會的 不利한 地位에 노인 民衆의 一團이 自己 階級의
> 擁護로 들고 나선 武器이니 이로 보건대 民謠는 眞實로 被壓迫群 自
> 身이 지어서 純全히 自身이 불러온 것이라고 볼 것이다.24)

김동환은 이처럼 민요의 형성 주체를 계급적 관점의 피압박군인 민
중으로 보고, 민요를 계급적 집단의식의 산물로 규정하고 있다. 그는
이 점을 좀더 구체화하기 위해 <아리랑>, <농부가>, <배따라기>, <경복
궁 타령>, <신고산 타령> 등의 민요를 방증 자료로 삼아 설명하고자
했다. 물론 김동환의 이러한 민요인식은 당시 카프에 가담해 있었던
전력과 직접 연관이 있다고 하겠는데, 그만큼 민요를 민중주의의 계급
적 세계관의 기초 위에서 파악하고자 한 결과이다.25) 그런데 민요 논
의의 주요 대상 작품들이 잡가이거나 근대에 새롭게 형성된 신민요들
인데, 대체로 경기지역의 민요와 잡가이거나 함경도 민요들이다. 이는
그가 어린 시절을 고향인 함경도 경성에서 보내고 일본유학 후에는 주
로 경성 즉 서울에서 생활했다는 사실을 고려할 때, 그의 민요인식의
범주는 다른 시인의 경우와 같이 자신의 문화적 체험공간과 밀접한 연

---

23) 김동환, "망국적 가요 소멸책", ≪조선지광≫ 제70호(1927. 8).
24) 김동환, "조선 민요의 특질과 기 장래", p.73.
25) 김동환의 민요인식이 갖는 의의와 한계는 졸고, "한국 근대 민요시 연구",
    부산대 대학원 박사학위논문(1989. 2), pp.119~121에서 검토한 바 있다.

관을 가지는 것이라 하겠다. 그런데 김동환의 민요인식에서 중요한 점
은 유흥적인 잡가에 대하여 비판적으로 인식하고 근대의 사회비판적
성격의 민요에 대해서 긍정적으로 인식하면서 시적 수용의 태도를 결
정하고 있다는 사실이다. 물론 김동환의 이런 민요인식의 입장은 그다
지 오래 가지 않는다. 카프에서 제명된 후 그의 문학적 태도는 김억,
주요한과 같은 낭만주의적 입장으로 바뀌어 버린다.

카프에 소속한 시인 중에 김동환과 같은 민요인식을 보여준 시인은
사실 드물다. 한때 카프에 가담하기도 한 양우정이 김동환과 같은 입
장의 민요인식을 보여준 경우도 있으나,26) 카프 자체에서 공식적으로
민요를 바탕으로 한 시 창작의 경향에 대해서 비판적인 입장을 가지고
있었다. 이는 김기진이 김소월의 민요시 창작 경향을 비판적으로 평가
한 경우27)나, 권경완(권환)이 "우리들의 노래를 <아리랑>가튼 재래의
민요곡조로 지으면 되는 줄로 아러서는 안된다. 왜 그러냐면 민요는
봉건사회 뿌르사회의 영락퇴패한 자의 입에서 나온 만큼, 그 안에 포
재한 내용과 마찬가지로 그 형식 ─곡조도 애수적이고 퇴폐적이어서
읽고 듯는 자로 하여곰 신경이 무의식적으로 마비위축케 한다"28)고 한
경우에서 분명히 알 수 있다. 민요시 창작에 대한 이러한 극단적 부정
의 태도는 물론 당시 국민문학파와의 대립적 입장이 크게 작용한 것으
로 판단된다. 사실 프롤레타리아문학을 지향하는 카프의 기본 입장에
서 민중의 노래인 민요를 긍정적으로 인식하고 수용하고자 하는 태도
는 충분히 가능하고 바람직한 일임에도 불구하고, 이처럼 극단적 부정
의 태도를 보이는 것은 국민문학파와의 대립적 입장에서 말미암은 자
가당착을 보여주는 것이라고 말할 수 있다.

---

26) 양우정, "민요소고", ≪음악과 시≫ 창간호(1930. 8).
27) 김기진, "현시단의 시인", ≪개벽≫ 제58호(1925. 4).
28) 권경완, "시평과 시론", ≪대조≫ 제4호(1930. 7).

이런 측면에서 김기진이 제2차 방향전환기에 앞서서 예술대중화론을 펴는 가운데 민요를 바탕으로 한 창작방법을 긍정적으로 인식할 필요가 있다고 문제제기를 한 것은 주목할 만한 일이다. 김기진은 프로문학의 방향전환을 논의하는 자리에서, 프로시의 대중화를 위하여 임화의 시 <우리 오빠와 화로>와 같은 이른바 '단편 서사시'의 형식과 함께 "전해 내려오는 또는 유행하는 가곡"을 이용하여 프로시의 대중화를 시도할 수 있다고 주장했다.29) 여기서 "전해 내려오는 또는 유행하는 가곡"이란 물론 잡가를 지칭하는 것이다. 김기진은 이에 대해 <아리랑>이 <육자배기>, <난봉가> 등보다 보편성을 지녔다고 하면서 개량 정도에 따라 "素朴하고 무뚝뚝한 힘찬 感情을 表現할 수 있다"고 했다. 이는 김기진이 <육자백이>, <난봉가>의 잡가가 지닌 향락성과 퇴폐성을 배격하고 항일·비판민요로 은밀히 불려졌던 <아리랑>의 비판적 의식의 담론을 적극 긍정한 것이다. 그는 이러한 입장의 합당함을 거듭 강조하기 위해 공석정(孔錫禎)이 지었다는 <아리랑 노래>를 모범적인 민요시 창작의 예로 인용하기도 했다.

그러나 김기진이 민요 수용의 창작방법을 긍정하면서 제기한 프로시의 대중화론은 박완식(朴完植), 유백로(柳白鷺) 등 일부로부터 지지를 받았지만, 카프의 소장파들로부터 즉각적인 비판과 반론을 받아 뜻대로 확대되지는 못했다. 그러나 카프 내부에서 <아리랑>과 같은 현실비판과 항일의 민요를 계승한 시창작의 논의가 일어난 것은 매우 의미깊은 일이 아닐 수 없다. 또한 카프 내부의 민요시 창작에 대한 비판적 논의에도 불구하고, 당시 카프에 가담한 바 있거나 유사한 문학태도를 가진 상당수의 시인들에 의해 민요시 작품이 쓰여졌다는 사실에서 이론과 실제 시 창작 사이의 괴리를 느끼게 한다.

---

29) 김기진, "예술의 대중화에 대하여(4)", ≪조선일보≫(1930. 1. 7).

Ⅲ. 민요의 근대시 수용과 상호텍스트성

1. 유흥민요, 잡가의 긍정적 수용과 상호텍스트성

(1) 김억 시의 경우

1920년대 이후 김억, 주요한, 김소월 등 시인들이 유흥민요와 잡가의 긍정적 인식을 통해 시 창작의 바탕을 마련했다는 사실은 이미 밝혔다. 이러한 점은 당시 시인들의 민요시 텍스트들이 유흥민요 및 잡가 텍스트와 어떠한 상호텍스트성을 보이는지 검토해 보면 한층 구체적으로 파악할 수 있다.

먼저 김억의 시 몇 작품을 들어 이 점을 살펴보기로 한다.

　① 平壤에도 大同江 나간물이라
　　생각을 애에 말가
　　해도 그리워
　　다시금 요心思가 안타까워서
　　이가슴 혼자로서 쾅쾅 칩니다.

　　알밉다 말을할가
　　하니 알밉고,
　　그립다 생각하니 다시 그리워
　　生時랴 꿈에서랴 닛을길 없어
　　어굴한 요心思에 내가 웁니다.

　　空中을 나는새도 깃을 뒷길래
　　오갈제 山을 싸고

돌지 안튼가.
못닞어 원수라고 속이 상킬래
이가슴 혼자로서 부서댑니다.

－<無心> 전문30)

② a. 우리네 두사람이 연분이아니요 원수로구나 만나기 어렵고 리
　　별이 자자셔 나어니하나
　b. 남산이고와서 발아다보나 님계신곳이기 바라산하지 참하진정
　　님에화용이 그리워셔엇지사나
　c. 남산송쥭에 홀노안자우는 져법궁신야 님죽은혼녕이여든 네아
　　니불상탄말가 참하로님에싱각이간절하여 엇지사나
　d. 꿈에뎡녕허사련만은 혼사만사가 빅만사로구나 어제날몽중에
　　오셧든님이 간곳업구나

－<愁心歌>의 일절31)

　①의 <無心>은 특히 그 애상적 정서와 내용에서 ②의 <愁心歌>와
방불함을 느끼게 한다. 김억의 시 <무심>이 님과의 이별에 대한 애틋
한 그리움 또는 원망을 주제로 한다면, 서도잡가인 <수심가>도 동일한
주제를 노래하고 있다. <무심>과 <수심가>의 연계성은 주제의 형상화
방법에서도 드러난다. <무심>에서 님이 대동강을 사이에 두고 떠나간
님이라면, <수심가>의 님은 남산을 사이에 두고 떠나간 님이다. 그러한
님은 시의 화자에게 때로 얄밉고 원수같이 느껴지기도 하지만, 그래도
화자는 님을 꿈에서조차 잊지 못하고 괴로워하기는 두 텍스트에서 모
두 공통된다. 이렇듯 김억의 시 <무심>은 <수심가>와 강한 상호텍스트
성을 형성하고 있다.
　김억의 민요시 중에서 이렇게 잡가의 형식이나 내용을 바탕으로 창

30) 김억, 『민요시집』(한성도서주식회사, 1948), pp.131～132.
31) 김구희, 『가곡보감』(평양: 기성권번, 1928. 3), pp.95～98.

작된 듯한 작품은 이밖에도 여럿이 있다. 이를테면, 시 <두대백이>와
<방아타령>은 각각 잡가인 <배따라기>와 <방아타령>에서 착상을 얻고
있는 작품이라 하겠으며, 다음 시 <북관아씨>는 <엮음수심가>의 일절
을 바로 연상하게 한다.

① 여봅소 北關아씨
　永明寺 모란峰엔
　오늘도 넘는 해가, 빩앟게 불이 붙소.

　西山에 불이 붙고
　東山에 불이 붙고
　大同江 한복판에, 불빛이 붉소그려.

　여봅소 北關아씨
　열여듧의 내 몸엔
　하소연한 心思의, 불ㅅ 길이 타는구려.
　　　　　　　　　　　　　　　　－<北關아씨> 전문32)

② 의쥬에 통군뎡 붓는 불은 압록강이 시지로구나
　성천에 강선루 붓는 불은 비류강슈가 겻히로구나
　삼등에 황학루 붓는 불은 잉무쥬강이 시지로구나
　황쥬 월파루 붓는 불은 젹벽강슈로 다려 쓰려니와
　평양에 부벽루 련광뎡 붓는 불은 대동강슈로 쓰런이와
　이내 가슴에 시시썬썬로 붓는 불은 어늬 졍판(情伴)이 다 쩌주리란
　말가 답답ㅎ고 ㅁ옴 둘 더 업서 나 엇지 사노.
　　　　　　　　　　　　　　　　－<엮음수심가>에서33)

---

32) ≪동광≫ 제16호(1927. 8).
33) 한인석, 『정정증보 신구잡가』(광문사, 1915. 5), pp.117~118.

두 텍스트는 공통적으로 "~에 불이 붙고"의 반복적 구성을 보이면서, 화자의 이성에 대한 뜨거운 열정의 심사에 불이 붙는 것으로 시상을 옮겨 놓고 있다. 이는 시 <북관아씨>가 <엮음수심가>의 관용적 표현의 모형문장을 같은 방식으로 확대, 변형시켜간 확장(Expansion)[34]의 텍스트 생산방법에 의해서 이루어졌음을 알게 한다. 다만 <엮음수심가>가 엮음의 원리에 따라 사설 구성이 산문체의 담화로 이루어져 있어서 산만함을 준다면, 시 <북관아씨>는 전체 4음보 3연 3행의 정연한 형식과 율격을 보임으로써 한층 정서적 긴장미를 얻고 있다고 하겠다.

(2) 주요한의 시

주요한 시 역시 상당수의 시편에서 잡가 수용의 흔적을 찾을 수 있다. 그의 대표작의 하나로 꼽히는 <불놀이>를 <엮음수심가>의 일절과 비교해 보자.

① (a) 아아 썩거서 시둘지안는 꽂도업것마는, 가신님생각에 사라도죽은 이마음이야, (b) 에라 모르겟다, 저불길로 이가슴태와버릴가, 이서름살라버릴가, (c) 어제도 아픈발 끌면서 무덤에가보앗더니 겨울에는 말랏던꽂이 어느덧피엇다마는 사랑의봄은 쏘다시 안도라오는가, (d) 찰하리 속시언이 오늘밤이물속에……그러면 행여나 불상히 녀겨줄이 나이슬가……

　　　　　　　　　　　　　　　　　　　　－<불놀이> 제2연에서[35]

---

34) 리파떼르(M. Riffaterre)는 텍스트 생산의 방법에는 확장(Expansion)과 전환(Conversion)의 두 가지 방법이 있다고 했는데, 확장은 하나의 기호를 몇 개로 변형시키면서 변별적 자질을 가진 언어적 시퀀스를 끌어냄으로써 텍스트의 등가를 확립하는 방법이라 했다. Michael Riffaterre, 앞의 책, pp.83~84.
35) 주요한, 아름다운 새벽, p.154.

② (a) 꼿이라고 쯧어 니며/쥬야장텬 님의 생각 그려 못살겟네

  (b) 이내 가슴에 시시써써로 붓는 불은 어늬 정판(정반)이 다 쩌주
     란 말가

  (c) 부러진 다리를 찰으르 쓸면서 천리만리라도 님을 싸라 안이 갈
     수 업구나/온갓 화초는 만발을 ᄒ고 버들남게도 밈이도는디 인
     싱 흔번 죽어지면 다시 올길 만무로구나

  (d) 숨혼칠빅이 훗허질 젹에 어늬 귀천타인이 날 불샹타 ᄒ겟소
                                          ―<엮음수심가>에서36)

우선 위의 ②에서 (a)~(d)는 시 ①의 (a)~(d)에 상응한다고 생각되는
구절을 <엮음수심가>에서 작위로 뽑아본 것이다. 여기서 ①과 ②의 (a)
~(d)의 각 구절을 서로 비교해 보면 그 시적 발상과 표현에서 친연성
이 높다는 점을 알 수 있다. <불놀이>의 상당 구절이 <엮음수심가>의
구절로부터 차용, 변이된 셈이다. 물론 <엮음수심가>는 여음을 사이에
두고 그 사설이 매우 다양하고 길게 불려지는 것으로, <불놀이>와 같
이 나름대로 질서를 가진 의미연관성과 시상의 전개를 보여주지 않는
다. 위 ②의 (a)~(d)의 각 구절도 <엮음수심가>의 각 연에서 임의로 뽑
아진 만큼, ①에서 처럼 일정한 의미연관성과 유기성을 갖추고 있는
것이 아니다. 그러나 인용된 두 텍스트를 전체적으로 보았을 때 시상
을 이루는 표현어법이 상당한 유사성을 보여주는 것에서 <불놀이>의
텍스트를 보는 관점에 중요한 반성점을 찾을 수 있다.37) 그것은 지금
까지 <불놀이>를 프랑스 후기 상징파 시인인 폴포르와 같은 시인의 산
문시로부터 영향을 받아 이루어졌다는 견해38)에 다른 관점을 제시할
수 있다는 것이다. 물론 <불놀이> 전체가 <엮음수심가>의 영향으로부

---

36) 박영균, 『고금잡가편』(경성: 박문서관, 4판, 1917. 2), pp.98~103.
37) 주요한의 시 <불놀이>와 잡가 <엮음수심가> 사이의 상호텍스트성에 관해
   서는 먼저 류철균이 검토한 바 있다. 류철균, 앞의 글, pp.44~47.
38) 정한모, 『한국현대시문학사』(일지사, 1974), pp.312~315.

터 창작되었다고 말하기는 곤란하다. 다만 <불놀이>의 창작 배경에 설사 프랑스 상징파 시의 영향이 있다고 해도, 그것의 일방적 영향에 의해 이루어진 작품이기보다 <엮음수심가>와 같은 전통시가로서의 잡가의 영향도 함께 작용하면서 창작된 작품이라는 생각을 하게 된다.

주요한의 민요시 중에는 잡가의 수용 관계는 아니지만 비기능의 전승민요와 상호텍스트의 관계를 이루는 여러 작품을 찾을 수 있다.

> 뒷동산에 숯캐러
> 언니따라 갓더니
> 솔가지에 걸니어
> 당홍치마 찌젓습네
> 누가 행여 볼가하야
> 즈름길로 왓더니
> 오늘도 새 베는 님이
> 지름길에 나왓습네
>
> 쏭밧 녑헤 김 안매고
> 새베러 나왓습네
>
> ‍   ‍-<북그러움> 전문

위의 시 <북그러움>은 민요 <댕기노래>에 상응하는 작품으로 볼 수 있다. <댕기노래>는 처자가 널을 뛰다 댕기를 잃고, 그 댕기를 주운 도령의 엉뚱한 수작을 받는 노래인데,[39] <북그러움>은 이러한 <댕기노래>의 모티브와 공식적 표현을 빌어 가벼운 여성적 리리시즘을 표현했

---

[39] 참고로 <댕기 노래>의 일절을 들어 본다. "나하나는 사랑댕기/성안에서 널 뛰다가/성밖에다 빠추었네/뒷집에 김도령아/요내댕기 주섰걸랑/그댕기를 나를주소/댕길낙큰 주섰다만은/한솥에 밥을먹고/한방에서 잠을 잘때/고히고히 내어줌세". 임동권, 『한국민요집』Ⅳ(집문당, 1979), p.355.

다. 이밖에도 주요한의 시 <가신 누님>은 잡가 <황계사>나 민요 <다복 녀요>와 상호텍스트성을 갖는 작품이다.[40]

(3) 김소월의 시

김소월의 민요시 중에서도 잡가의 자취를 볼 수 있는 작품이 매우 많다. <넝쿨타령> 등 제목이 '~타령'으로 상당수의 작품이 이를 암시 하고 있으며, <항전애창(巷傳哀唱) 명주딸기>와 같은 작품은 제목에서 잡가의 영향을 직접 나타내고 있다. 그리고 이미 이루어진 연구에서 김소월의 시에서 님과의 이별을 노래한 많은 작품이 <수심가> 내지 <엮음수심가>의 구절과 상당 부분 시적 발상을 같이하고 있는 것으로 파악되었다.[41] 여기서는 그의 대표작인 <진달내꽃>의 경우만 파악해 보기로 한다.

> 나보기가 역겨워
> 가실째에는
> 말업시 고히 보내드리우리다
>
> 寧邊에 藥山
> 진달내옷
> 아름짜다 가실길에 쏠리우리다
>
> 가시는 거름거름

---

40) 주요한의 시 <가신 누님>과 민요 <다복녀요>와의 상관성은 졸고, "한국 근대 민요시 연구", pp.38~39에서 논의한 바 있다. 그리고 <가신 누님>을 십이가사의 하나인 <황계사>와 상호텍스트성의 관점에서 오세영이 검토했 다. 오세영, "문학사의 연속성에서 본 잡가와 근대시", 오세영 외, 『구조와 분석』I (도서출판 창, 1990. 3), pp.33~36.

41) 류철균, 앞의 글, pp.47~57, 59~62.

노힌그솟츨
삽분히즈려밟고 가시옵소서

나보기가 역겨워
가실째에는
죽어도아니 눈물흘니우리다

             -<진달내꽃> 전문[42]

  <진달내꽃>은 시의 배경과 주제에서 서도잡가인 <영변가>와 비교해 볼 만하다. <영변가>는 "아셔라 말아라 네가그리를말아/사롬에에 인정의괄세를 네그리말아"[43]라고 해서 님과의 이별에 대한 정한을 주제로 삼으면서, 남녀가 이별하는 배경이 진달래꽃이 만발한 영변의 약산동 대로 되어 있다. 이 점에서 <진달내꽃>은 <영변가>와 일맥상통한다 하겠는데, <진달내꽃>이 <영변가>에서 착상을 얻어 창작한 민요시로 볼 수 있다. 그러나 두 작품의 형상화는 현저히 다르다. <영변가>는 님과의 이별에 대해서 직설적인 원망으로 일관했다면, <진달내꽃>은 이별하는 님에 대한 자기 심정의 제어와 존재의 성찰을 통해 극복하는 정신을 형상화하고 있다. "나보기가 역겨워/가실째에는/죽어도아니 눈물흘리우리다"의 반어적 표현에서 보듯이, 실제로 떠나는 님이 원망스럽고 이별의 슬픔이 가슴을 메어지게 하지만, 시의 화자인 '나'는 애이불상(哀而不傷)과 원이불노(怨而不怒)의 중용(中庸)을 지키면서 스스로 인내하고 성찰하는 자세를 갖는다.[44] 김소월의 시가 비극적 사랑을 주

---

42) 김소월, 시집, 『진달내꽃』(경성:매문사, 1925. 12), pp.190~191.
43) <영변가>는 <약산동대가>라고도 하는데, 잡가집에 거의 빠짐없이 수록되어 있을 정도로 유행한 민요계 잡가이다. 자료의 인용은 남궁계, 『특별대증보신구잡가』(경성:유일서관, 1916. 2), p.22에서 했다.
44) 노재찬, "소월의 시와 전통의식", 『한국근대문학론고』(삼영사, 1981. 7), p.13. 여기서 소월의 시를 중용의 전통의식에 입각하여 풀이했다.

제로 하면서도 '존재 탐구의 시'45) 또는 '존재론의 시'46)로 논의될 수 있는 까닭이 여기에 있다.

2. 유흥민요, 잡가의 비판적 수용과 항일·비판민요의 계승

김동환은 여타 시인과 다른 시각에서 잡가를 창작시에 활용했다. 그는 기존의 잡가를 퇴폐적, 망국적 가요라 규정하고, 그 내용을 목적의식에 따라 개작해야 한다고 한 바 있다. 일례로 잡가인 <경복궁 打鈴>을 다음과 같이 재창작했다.

> 짓는다, 짓는다, 경복궁짓는다. 멋천년사자구 경복궁짓나 못살면 거미가 줄안치고 살리 랄랄라, 랄랄라, 경복궁짓네.

> 썩는다, 썩는다, 곡식단 썩는다. 부모처자먹일 곡식단 썩는다 썩어두 백성게라 내모른다네 랄랄라, 랄랄라, 경복궁짓네.

> (3연 생 략)

> 지어ー노흐면 누구가 사나 북악이 낫다고 소슨궁궐 어느분게실건가 담장이 천길이니 원성인들 들리리 대궐이 하깁흐니 세상이 보여지랴 랄랄라 랄랄라 그래도 경복궁짓네.

> 헐린다 헐린다, 경복궁헐린다 짓밟히든 자최가 헐려를간다. 지은지 멋해에 이터가 헐리나 한오백년간것두 긔적이랄가 랄랄라, 랄랄라, 이궁궐헐리네.

---

45) 오세영, "소월 김정식 연구", 『한국 낭만주의시 연구』(일지사, 1980), p.352.
46) 김재홍, "소월 김정식", 『한국현대시인연구』(일지사, 1986. 9), pp.37~38.

갈것이 가는데 누구가울랴 이집지은이는 썩한개 못먹엇네 마른쑥
마당에 차고 까치가 울드니 이집이가네. 랄랄라, 랄랄라, 힐리어가네.
－＜경복궁 打鈴＞[47]

김동환의 ＜경복궁 打鈴＞은 경기잡가인 ＜경복궁 타령＞의 형식과 율
격을 이용하고 사설을 개작해서 창작한 작품이라 하겠다. 잡가인 ＜경
복궁 타령＞은 경복궁과 관련한 사설을 일부만 갖추어 있고, 나머지는
이와 관련이 없는 여러 잡다한 내용의 사설을 "에～ 에헤에야에헤에헤
방애로구나"와 같은 여음을 사이에 두고 반복하는 형식으로 이루어져
있다. 그런데 위 시는 잡가인 ＜경복궁 타령＞과 현격한 차이가 있는 사
설과 후렴으로 구성되어 있다. 김동환은 경복궁이 민중을 탄압하고, 민
중과의 위화감을 조성하는 중세적 봉건주의 내지 유교적 권위주의의
상징으로 파악해서, 이를 민중의 입장에서 철저히 비판하는 입장에서
기존의 ＜경복궁 타령＞을 개작했다. 이는 제4연의 "담장이 천길이니 원
성인들 들리리 대궐이 하깁흐니 세상이 보여지랴"의 문맥이나 제5연의
"짓밟히든 자최가 헐려를간다"의 문맥에서 구체적으로 파악할 수 있
다. 김동환은 '경복궁에 사는 자'와 '경복궁을 짓는 자'를 가진 자와
못가진 자, 부리는 자와 일하는 자로 규정해서 이들 사이의 계급적 갈
등에 촛점을 맞추어 ＜경복궁 打鈴＞을 창작한 것이다.

그런데 김동환은 경복궁이 헐리는 일이 중세적 봉건주의와 권위주의
에 대한 민중의 승리란 차원에서만 생각하고, 일제에 의해 민족의 권
위와 상징이 허무러지는 일이었음을 생각하지 못했다. 일제가 국권을
강탈한 후 경복궁의 일부만 남기고 대부분 헐어서 그 자리에 총독부
청사를 지어서 온갖 침탈행위를 자행했다는 사실을 염두에 둘 때, 경
복궁의 파괴는 민족사적 견지에서 자못 중대한 일이었다. 그럼에도 김

---

47) 이광수·주요한·김동환, 『시가집』(경성:삼천리사, 1929. 10), pp.194～195.

동환은 이 점을 묵과하고 "지은지 멋해에 이터가 헐리나 한오백년간것 두 괴적이랄가"라고 하여 민족사의 비극을 찬양이나 하듯 노래한 것이다.

이미 지적했듯이, 잡가와 유흥민요는 일제가 우리 민족의 정신적 향락성과 허약성을 조장하여 식민지정책을 효과적으로 시행하기 위한 일환으로 유행한 일면이 있다. 따라서 1920년대 민요시인들의 잡가 및 유흥민요에 대한 인식과 그 시적 수용을 일정한 비판적 성찰을 통해 이해되어야 한다. 그것은 1920년대 이후 시인들이 '조선심(朝鮮心)' 또는 '조선혼(朝鮮魂)'을 내세우며 민요시 창작을 주장했다 해도, '조선심'이나 '조선혼'의 실체가 지극히 관념적이거나 피상적이고 무분별한 잡가 또는 유흥민요의 이해에 연관될 때, 민요시 지향은 문학사의 부정적인 측면을 내포하고 있다는 점을 유의해야 한다. 이 점에서 1920년대 이후 민요시 지향을 문학 전통의 재인식이나 민족시의 주체적 자각이란 관점에서 일방적으로 긍정될 수만은 없는 것이다.

그런데 근대 이후 새롭게 형성된 <아리랑>과 같은 항일민요를 계승한 시작품들이 일제 강점기 동안 상당수 발표되었다. 특히 민요 <아리랑>을 수용, 계승한 이른바 <아리랑>계 민요시[48]들이 10여편 이상 창작되고 있음은 주목할 필요가 있다. 잘 알려진 김석송의 <아이들의 노래>(개벽 제21호, 1922. 3)와 <그리운 江南>(별건곤, 1929. 4), 김동환의 <아리랑 고개>(조선지광 제83호,1929. 2) 외에도 여러 시인들의 시에서 민요 <아리랑>은 창작의 원천으로 작용했다. 다음 몇 작품을 들어 검토해 보자.

① 팟되나 먹을데 신작로나고

---

48) 졸고, "민요 <아리랑>의 근대시 수용 양상", ≪한국민요학≫ 제3집(한국민요학회, 1995. 11).

쌀되나 먹을데 털로길되네
　아리랑 아리랑 아라리요
　이짱엔 거지만 늘어간다

두리둥 둥둥둥 쇠북소리
불펑을 품은이 모여드네
　아리랑 아리랑 아라리요
　두주먹 쥐고서 내닫는다
　　　　　　　－<거지행진곡>(尹石重)의 1, 3연49)

② 아리랑 아리랑 아라리요
　아리랑 고개로 逃亡을 한다
　김잘매고 베잘짜는 맛며누리는
　洋갈보 바람에 逃亡을 한다
　암으럼 그럿치 그럿코말고
　정강치마 수통다리 꼴못보겠다
　　　　　　　－<新아리랑>(許三峯)의 4연50)

③ 아리랑고개는 돈만아라
　돈업슨사람은 꼭죽겟데
　아리랑아리랑 아라리요
　돈업다하여도 괄세마소
　　　　　　　－<春女의 노래>(全武吉)의 1연51)

　이상 ①～③의 민요시들은 민요 <아리랑>이 보여 주었던 현실 비판
의 시각을 그대로 유지하고 있다는 점에서, <아리랑>의 생명력을 거듭

---

49) ≪동아일보≫(1929. 5. 27).
50) ≪조선농민≫ 제5권 5호(1929. 8).
51) ≪조선일보≫(1929. 10. 4).

확인시켜 준다. ①의 <거지행진곡>에서는 문명화의 그늘에 가려진 삶의 궁핍함과 이를 극복하려는 민중의 의지를 표출시키고 있으며, ②의 <新아리랑>은 농촌의 피폐화로 타락해가는 여인의 가련한 모습을 묘사하고 있다. 그리고 ③의 <春女의 노래>는 황금만능에 매몰되지 않으려는 여인의 항거를 노래하고 있다. 이처럼 ①~③의 민요들은 일제가 '위험한 사상'으로 여긴 현실에의 비판적 내용을 담고 있다. 그런데도 이들 민요시가 일제의 검열 그물망을 빠져 나와 발표될 수 있었던 것은 현실비판의 심각성을 적절한 풍자와 해학으로 제어하고 있기 때문이라 생각한다.

<아리랑>계 민요시 이외에도 세태를 풍자하고 비판하는 민요시는 매우 다양한 양상으로 창작되고 발표되었다.

> ① 오리명 나리명 노래불으며
> 　이산고개 타고넘고 마흔두해반
> 　지게 목닥쑤다리고 울음울엇네
> 　지게 목닥쑤다리고 한숨쉬엿네
> 　서른세해 장가들어 내살림살레라고
> 　그것만 고대하고 살어왓드니
> 　점쟁이도 이세상엔 못미들네라
> 　다리굽엇네 허리굽엇네 에헤야-
> 　　　　　　　　-<나뭇군>(梁雨庭) 전문[52]

> ② 천리만리 구억만리 맞단곳까지
> 　넘어가자 우리우리 젊은사공아
>
> 　험한파도 우리압헤 밀려오나니

---

[52] 《중외일보》(1928. 7. 14).

사공아 험한파도 넘고쏘넘자

어린사공 뱃사공아 울지말어라
우리들은 이나라의 젊은이라네

어기어차 노저어라 닷줄감어라
님게신곳 차즈러 노저어가세
　　　　　　　　　－<사공의 놀애>(南宮琅)에서53)

①의 <나뭇군>은 <어사용> 또는 <산타령> 등으로 불리는 민요에 비
견되는 작품이다. <어사용>은 나뭇군이 산에 나무를 하러 가서 지게목
발을 두드리면서 자신의 신세를 처량하게 부르는 민요인데, 이 시도
기본적인 발상에서 맥락을 같이한다. 민중의 소리인 <어사용>의 가락
과 사설을 이용해서 민중현실의 모순과 당착을 대변하고 있는 것이다.
②의 시 <사공의 놀애>는 험난한 현실에 절망하지 말고, 세파를 헤쳐
나아가 새로운 미래를 개척하자는 의지를 민요 <뱃노래>의 경쾌한 가
락을 이용해서 표현한 작품이다. 본래 <뱃노래>는 2음보의 사설과 여
음을 주고 받는 형식인데, 이 시는 3음보의 경쾌하고 동적인 율격을 택
해 시적 대상인 '젊은 사공'의 희망적인 의지를 적절하게 표현했다.
시상의 전개는 매우 상투적인 수사로 이루어져 있다 하겠으나, 일제하
의 험난한 현실에 대응하는 의지를 비유적으로 나타내고 있음은 틀림
없다.
　이상의 민요시들을 통해서 <아리랑>을 비롯한 근대의 현실비판과
항일의 민요들이 1920년대 들어 새로운 시 창작의 원동력으로 작용했
음을 확인할 수 있었다. 1920년대 이후 이들 민요시들은 특히 역사와
현실에 대한 적극적인 반응체로서 역할을 담당하며, 민중시 내지 노동

53) 동아일보(1929. 9. 21).

시, 그리고 농민시 등의 새로운 문학적 위상을 가지며 전개되어 갔던 것이다.

Ⅳ. 결론

본고는 1920년대 이후 민요를 바탕으로 창작된 일련의 근대시 즉 민요시를 대상으로 민요의 수용 양상을 구체적으로 파악하고자 논의를 진행했다. 이를 위해 필자는 다음의 세 가지 사항을 주로 검토하고 논의했다. 첫째, 민요시 창작의 기반이 되는 선행 담론체로서의 민요는 어떠한 범주적 성격의 민요이며, 당대 시인들은 이를 어떻게 인식하고자 했는가 하는 점이다. 둘째, 민요와 민요시 텍스트 사이의 구체적인 비교를 통한 상호텍스트성에 관한 것이다. 셋째, 민요와 민요시의 상호텍스트성의 구명을 통해 이들의 담론적 차이를 밝힘으로써 민요시의 시학적 특성과 근대시로서의 의의가 무엇인가 하는 점이다. 이상 세 가지 사항에 관한 논의의 결과는 다음과 같이 정리할 수 있다.

1920년대 이후 민요시를 쓴 시인들의 민요인식의 대상은 크게 두 가지 범주로 파악될 수 있었다. 한 가지는 개화기 이후 폭넓게 확산되고 유행한 비기능의 민요와 잡가였으며, 다른 한 가지는 식민지시대의 역사현실에 반응하며 새롭게 형성된 항일·비판민요였다.

먼저 전자의 비기능 민요와 잡가는 개화기 이후의 유흥적인 분위기에 편승하여 폭넓게 확산되었는데, 특히 이들 노래는 전문적인 소리패에서 점차 기방의 기녀들 쪽으로 담당층이 확대되어 갔다. 당대의 시인들이 주로 접한 '민요'란 사실 생활현장에서 불려졌던 전승민요가 아니라, 기방의 기녀들로부터 듣고 알게 된 애상적이고 유흥적인 성격이 강한 잡가가 대부분이었다. 그리고 이들이 잡가 위주의 노래를 민요체험과 민요인식의 주요 대상으로 삼게 되었음은 그들의 문화적 체험공간과 밀접한 연관을 가진 것으로 파악된다. 특히 민요시인으로 잘 알려진 김억, 주요한, 김소월의 경우 자신들의 성장공간이기도 한 정주, 평양 등 서도지역이 문화적 체험공간으로서 중요한 작용을 했다. 즉 이들은 당시 서도지역의 고유한 노래로 향유되고 있었던 <수심가> 등의 서도잡가를 주로 기방을 통해 접하면서 '민요'로서의 시적 공감과 함께 민요인식의 근간을 형성했던 것으로 파악된다.

다음은 후자의 항일·비판민요에 대한 긍정적 인식과 수용의 경우이다. 이러한 민요인식은 그 대상적 민요가 항일·비판민요라는 점에서 자연스럽게 잡가를 비롯한 기존 민요가 지닌 애상적이고 유흥적인 성격에 대해서는 비판적일 수밖에 없다. 이는 항일·비판민요의 긍정적 인식이 곧 애상적이고 유흥적인 성격의 민요에 대해서는 부정과 비판의 태도를 견지하게 되는 것이기 때문이다.

이러한 민요인식은 시인 김동환의 경우에 잘 나타났다. 김동환은 애상적이고 유흥적인 성격의 민요와 잡가를 '망국적 가요'로 명명하고 비판하면서 이를 일소할 신가요운동을 전개해야 한다고 주장했다. 이는 물론 그가 당시 카프(KAPF)에 가담해 있었던 사정에 따라 민요을 철저히 계급주의의 관점에 의거하여 파악하고자 했기 때문이다. 그는 당대의 사회를 계급 모순이 심한 자본주의 사회로 규정하고, 정치적·사회적으로 불리한 위치에 있는 민중의 계급적 처지를 옹호하는 한편 사회비판적 성격을 갖는 민요가 진정한 가치를 지닌다고 보았다.

김동환과 같은 민요인식은 양우정 등 일부 카프 문학인들에 의해 견지되고 있었지만, 카프 지도부의 공식적인 입장은 한동안 민요에 대해 매우 경직된 관점을 보여주는 것이었다. 민요란 봉건주의 시대의 산물에 지나지 않으며, 자본주의 시대 아래에서 '조선혼' 등을 운운하며 민요를 재인식하자는 주장은 부르조와의 복고주의적 태도를 강변하는 것에 불과하다는 이유 때문이었다. 따라서 김억이나 김소월의 민요시 작품들에 대해서도 애상적이고 퇴폐적이란 이유로 비판했다.

그런데 카프의 제2차 방향전환기를 즈음해서 발표된 김기진의 예술 대중화론에서 보듯이, 잡가를 비롯한 기존의 민요가 지닌 향락성과 퇴폐성을 배격하는 조건을 전제로 민요의 전통적 가락을 이용한 항일·비판적 민요시의 창작은 긍정적으로 고려할 필요가 있다는 입장이 개진되기도 했다. 여기서 민요 <아리랑>은 이러한 입장 개진의 중요한 근거가 되었다. 물론 김기진의 예술대중화론은 소장파 문학인들에 의해 즉각 비판받음으로써 카프의 공식적 견해로 채택되지는 못했다. 그렇지만 애상적이고 유흥적인 성격의 민요와 잡가를 비판적으로 인식하는 가운데서도 항일·비판민요의 긍정적 인식, 그리고 민중적 공감대의 확보를 위해 전통적 민요가락을 이용한 시 창작의 주장은 김동환을 비롯한 여러 시인들에 의해 실천적인 국면으로 나타나기도 했던 것이다.

1920년대 이후 시인들의 민요시 작품들 역시 그들의 민요인식의 방향에 따라 잡가 또는 비기능 민요와 강한 상호텍스트성을 지니는 것과 항일·비판민요와의 상호텍스트 관계에서 동시대적 맥락을 형성하는 것으로 나누어 볼 수 있었다.

전자의 경우 김억, 주요한, 김소월의 시에서 서도잡가인 <수심가> 또는 <엮음수심가>와 그 시적 발상과 수사에서 강한 상호텍스트성을 형성하고 있는 작품들이 많았다. 김억의 시 <무심>과 <수심가>, 시 <북관아씨>와 <엮음수심가>, 주요한의 시 <불놀이>와 <엮음수심가>의 경우가 이러한 예의 대표적인 사례였다. 그리고 김소월의 <진달래꽃>은 서도잡가인 <영변가>와 여러모로 비교될 수 있는 작품이었는데, 그 시적 형상화의 방법이 <영변가>에서 보이는 님과의 이별에 대한 직설적 원망과는 달리 이별하는 님에 대한 자아의 심정적 제어와 극기의 존재론적 성찰을 보여준다는 점에서 시적 위상을 달리하고 있었다. 이처럼 근대 민요시 중 상당수의 작품은 서도잡가 등으로부터 직접, 간접으로 영향을 입으며 창작되었다고 하겠으나, 그 시적 위상은 민요의 단순한 차용이 아니라 다양한 형상화의 방법적 모색 가운데서 이루어진 근대시 작품으로서의 의의를 지니는 것이었다.

후자의 경우 민요시는 김동환을 비롯한 양우정, 허삼봉 등 여러 시인의 시작품을 통해 그 면모를 파악할 수 있었다. 여기에 김동환의 시 <경복궁 타령>은 잡가 <경복궁 타령>의 형식과 율격을 이용하되 '경복궁에 사는 자'와 '경복궁을 짓는 자' 사이의 계급적 갈등에 촛점을 맞추어 본래의 잡가 사설을 변화시켜 창작한 작품이었다. 그러나 이 시는 식민지 현실에서 경복궁이 갖는 민족적 자부심의 상징적 의미는 간과하고 있는 오류를 보여 주었다.

한편 민요 <아리랑>을 수용한 이른바 <아리랑>계 민요시는 항일·비판민요의 수용적 면모를 뚜렷이 보여주는 민요시였다. 김동환의 <아리랑 고개>, 김석송의 <아이들의 노래>, <그리운 강남>, 허삼봉의 <신아리랑>, 윤석중의 <거지행진곡> 등을 비롯한 <아리랑>계 민요시 작품들이 이에 해당하는 작품들이었는데, 이들 시는 민요 <아리랑>의 사설과 여음 구성을 다양하게 변주하고 있는 만큼 다양한 시적 담론을 형성하고 있었다. 이들 민요시들은 특히 역사와 현실에 대한 적극적인 반응체로서 역할을 담당하며, 농민시 내지 민중시, 그리고 민족시로서의 값진 문학사적 위상을 가지며 전개되어 갔던 것이다.

이상의 논의를 통해 근대의 민요시가 어떠한 범주적 성격의 민요를 바탕으로 형성되었는지를 한층 구체적으로 파악할 수 있게 되었다고 본다. 그러나 본고의 논의 내용이 매우 포괄적인 것이어서 개별적인 사항을 중심으로 한층 깊이있게 검토되어야 할 과제를 안고 있다고 생각하며, 이를 위한 자료 검토의 범위도 좀더 넓어져서 한다고 본다. 이러한 과제의 해결은 필자를 비롯해서 이 분야에 관심을 가진 연구자 모두에게 주어져 있는 것이다.

제2장
민요 〈아리랑〉의 근대시 수용 양상

Ⅰ. 서 론

  민요 〈아리랑〉[1]은 단순히 구비전승되기만 한 것이 아니다. 특히 근대 이후 민요 〈아리랑〉은 개인창작의 시는 물론이고 소설, 희곡, 영화 등의 여러 문학예술 장르에 걸쳐 창작의 중요한 바탕으로 작용했다. 본고의 논의 대상인 〈아리랑〉계의 여러 개인창작시들을 비롯한 현진건(玄鎭健)의 소설 〈고향(故鄉)〉(1926), 박승희(朴勝喜)의 희곡 〈아리랑 고개〉(1929), 유진오(兪鎭午)의 희곡 〈박첨지(朴僉知)〉(1931), 나운규(羅雲奎)의 영화 〈아리랑〉 (1926) 등의 작품들이 바로 이러한 사례들이다. 그런데 이런 사례들에서 민요 〈아리랑〉이 노래로 불려지는데 그치지 않고 근대의 문학예술 장르로 새롭게 수용되었다는 사실 자체도 중요

---

1) 여기서 '민요 〈아리랑〉'(또는 〈아리랑〉)이란 용어는 지역별로 고유하게 전승되고 있는 〈~아리랑〉 또는 〈~아라리〉는 물론 민요계 잡가인 〈아리랑 타령〉, 그리고 〈광복군 아리랑〉 등 여타 전승 〈아리랑〉을 총칭한 개념으로 사용한다. 그리고 '민요 〈아리랑〉'에서 유흥적 성격의 민요계 잡가인 〈아리랑 타령〉을 별도로 칭할 경우는 '〈아리랑 타령〉'으로 표기한다.

하겠지만, 이 과정에서 <아리랑>이 어떠한 인식의 바탕 위에서 수용되었는지, 그리고 그 수용의 결과가 어떤 모습과 양상으로 나타나면서 새로운 문학예술 장르로서의 위상과 역할을 해내고 있는지 하는 등의 문제가 더욱 중요하다.

지금까지 민요 <아리랑>은 '민족의 노래'로서 가지는 중요성 만큼이나 많은 조명을 받으면서 그 특질들이 밝혀져 왔다. 본고는 이러한 <아리랑>의 기존 논의에 어떤 이의를 제기하고 문제점을 들추고자 하는 것은 아니다. 전승민요로서 <아리랑>이 가지는 특성들에 대한 기존의 논의 성과에 힘입으면서, 다만 지금까지 별로 주목하지 못했던 <아리랑>의 근대시 수용 양상을 파악해봄으로써, <아리랑>에 대한 기존의 논의 영역을 확대시키는 동시에 근대시 논의에서도 새로운 관심을 환기시키고자 하는 데 목적이 있다.

그런데 민요 <아리랑>의 근대시 수용 문제는 구체적으로 다음과 같은 몇 가지 사항에 관한 검토를 필요로 한다.

첫째, 민요 <아리랑>이 근대시에 수용되게 된 배경과 과정에 관한 사항이다. <아리랑>이 정확하게 언제부터 불려졌는가는 알기 어렵지만, 개화기를 거쳐서 일제 강점기 이후부터 널리 전파되고 불려졌다고 말할 수 있다. 그런데 이 시기에 불려진 <아리랑>은 역사적 상황 등의 요인으로 기존의 사설과 여음이 변개되면서 새로운 의미내용을 담게 된다. 민요 <아리랑>의 이러한 사정은 당대 민요의 향유자이기도 했던 시인들의 <아리랑>에 대한 인식과 시창작의 수용 문제와 밀접하게 연관되어 있다. 따라서 당대 민요 <아리랑>의 전승과 변화의 구체적 모습과 이에 대한 시인들의 민요인식에 대한 논의가 필요한 것이다.

둘째, 민요 <아리랑>을 수용한 창작시는 전승민요에 대한 패러디(Parody)적 성격을 가지면서 민요와 창작시, 그리고 창작시의 개별 작품들 사이에 서로 상이한 담론(Discourse)을 형성하게 된다. 여기서 민요 <아리랑>을 수용한 창작시를 '<아리랑>계 민요시'라고 범칭할 수 있는데, 민요 <아리랑>과 <아리랑>계 민요시 사이의 담론적 차이를 구명함으로써 이들 시의 시학적 특성들이 어느 정도 밝혀질 수 있으리라 본다.

셋째, <아리랑>계 민요시는 민요 <아리랑>과는 그 성격과 위상을 달리 한다. 그것은 <아리랑>계 민요시가 이미 '노래로서의 성격'을 상실한 근대시로서의 새로운 문학사적 위상을 가질 뿐만 아니라, 1920년대 이후 민요시 창작의 전체적 맥락 속에 위치하고 있기 때문이다. 물론 <아리랑>계 민요시 중에는 민요처럼 노래로 불려지며 대중적 호응력을 갖기를 기도하며 창작된 작품이 있기는 하지만, 구비전승되는 민요와 본질적으로 구별되는 개인 창작시로서의 성격을 가진다는 점을 유념할 필요가 있다. 이런 점에서 <아리랑>계 민요시는 민요적 요소의 수용 문제와는 별도로 근대시로서의 새로운 맥락 속에 어떠한 성격과 위상을 가지는지를 주의깊게 파악해야 한다.

본고의 논의 내용은 바로 위와 같은 사항을 구체적으로 검토하는 방향에서 이루어질 것이다. 즉 첫째 사항의 검토에서 민요 <아리랑>의 전승과 수용의식, 그리고 그에 따른 민요시 창작의 형성기반을 파악할 것이며, 둘째와 셋째 사항의 검토를 통해 <아리랑>계 민요시들이 민요 <아리랑>과 자체의 작품들 사이에 어떠한 담론상의 특징과 차이를 보이는지, 그리고 결과적으로 이들 시가 근대시의 새로운 위상에서 어떠한 시학적 특징을 가지는지 밝힐 것이다.

우선 본론에 들어가기에 앞서 일제하에 창작된 <아리랑>계 민요시의 작품들을 발표순서대로 보이면 다음과 같다.

(1) 김석송(金石松), 아이들의 노래, 개벽(1922. 3).
(2) 김동환(金東煥), 아리랑 고개, 조선지광(1929. 2).

(3) 김석송(金石松), 그리운 江南, 별건곤(1929. 4).

(4) 윤석중(尹石重), 거지 行進曲, 동아일보(1929. 5. 27).

(5) 허삼봉(許三峯), 新아리랑, 조선농민(1929. 8).

(6) 전무길(全武吉), 春女의 노래, 조선일보(1929. 10. 4).

(7) 남궁랑(南宮琅), 아리랑 고개, 조선일보(1929. 11. 27).

(8) 공석정(孔錫禎), 아리랑 노래, 조선일보(1930. 1. 7).

(9) 이경로(李璟魯), 農村아리랑, 조선일보(1930. 3. 9).

(10) 김동환(金東煥), 아리랑, 삼천리(1930. 4).

(11) 김억(金億), 浿城商女의 노래, 별건곤(1930. 9).

(12) 김억(金億), 浦口의 夜半, 삼천리(1931. 2).

(13) 호연당인(浩然堂人), 新아리랑, 별건곤(1931. 7).

(14) 김복룡(金福龍), 새해마지 아리랑, 동아일보(1932. 1. 9).

(15) 이훈(李薰), 롱촌아리랑, 조선중앙일보(1932. 4. 17).

(16) 허수만(許水萬), 숫장사의 노래, 농민(1933. 10).

이상에서 보듯이, 일제 강점기의 문헌에서 찾을 수 있는 <아리랑>계 민요시 작품들은 대략 16편 정도가 된다. 이 외에도 <아리랑>과 연관된 시작품으로 일제 강점기 말기에 쓰여진 권환(權煥)의 <아리랑 고개>2)가 있으나, 이 작품은 아리랑 고개의 내력을 서사적 문맥으로 서술한 산문시로 구성되어 있으면서 친일적 성향을 드러낸다는 점에서 위 <아리랑>계 민요시와 성격이 다른 작품이다. 따라서 본고의 논의에서 권환의 <아리랑 고개>는 일단 제외한다.

그러면 이상 16편의 시를 일별할 때, 1920년대 이후 여러 시인들이 민요 <아리랑>에 관심을 가지면서 이를 바탕으로 한 민요시를 창작했으며, 그 중에서도 특히 김석송, 김동환, 김억이 주도적으로 <아리랑>계 민요시를 창작했음을 알 수 있다. 그리고 1920년대 초반에 발표된

---

2) 권환, 시집 『윤리』(성문당서점, 1944. 12).

(1)의 작품을 제외하면, 나머지 (2)~(16)의 작품들은 모두 1929년에서 1933년 사이, 즉 1930년을 전후한 시기에 집중 발표된 것으로 나타난다. 이는 이 시기에 민요시 창작의 기운이 본격화되고 있었던 사정과 맥락을 같이하는 것으로 당대의 시대적 상황과 관련하여 민요 <아리랑>이 그만큼 '민족의 노래'로 폭넓게 불려지고 있었음을 시사하는 것이기도 하다.

그런데 당시 민요 <아리랑>은 지역마다 고유한 노래로 전승되는 한편 때로는 지역을 초월해서 여러 가지 내용의 사설로 불려졌다. 위의 <아리랑>계 민요시 작품들도 사설과 여음의 구성에서 다양한 모습을 보여주면서 그 내용도 여러 가지이다. 이는 이들 작품들이 민요 <아리랑>에 그 근원을 두고 있으면서도 창작시로서의 새로운 위상을 보여주는 것이라 하겠다.

Ⅱ. 〈아리랑〉의 전승과 민요시의 형성 기반

민요시는 민요를 바탕으로 쓰여진 개인창작시로서, 민요와 개인 창작이 복합되면서 이루어진 혼합양식의 시이다. 따라서 민요시는 민요와의 교섭과정에서 어법, 율격, 구조, 내용 등의 측면에서 민요적 요소를 취하기 마련이다. 이러한 민요시는 우리 시가사상 폭넓게 존재해 왔다. 고전시가 중 특히 고려 속요(속악가사)나 사설시조는 민요와 깊은 친화관계를 맺고 있는 시가이며, 조선 후기의 민요 취향 한시, 개화기 시가 중 민요 개작의 시가들이 민요시 형성의 전사적 단계를 이루어 왔다. 이러한 전사적 단계에서 민요의 수용은 문학의 전통에 대한 재인식과 민중과의 상호교감을 마련하는 계기로 작용되어 왔다.

그런데 1920년대 이후 시단의 일대 경향으로 대두한 민요시의 창작은 어느 시기보다 중요한 시사적 의미를 지닌다. 그것은 당대 민요시의 창작이 집단적이면서 지속적인 경향으로 확산되면서, 식민지란 특수한 역사 현실의 배경 속에서 '우리 것'을 찾기 위한 문학적 대응 방식의 일환이자 민족적 삶의 현실에 대한 자각을 동반하는 것이기 때문이다. 물론 이러한 문제는 민요시 창작의 실상을 구체적으로 파악할 때 제대로 해명될 수 있는 사항이다.

본고의 민요 <아리랑>의 수용에 따른 <아리랑>계 민요시의 창작 문제는 바로 이러한 사항을 해명할 수 있는 중요한 입각점이 된다고 본다. 그런데 1920년대 이후 근대 민요시의 성격을 제대로 파악하기 위해서는 우선 민요시의 형성 기반에 관하여 구체적으로 검증할 필요가 있다. 그동안 민요시 형성의 외적인 배경으로서 삼일운동 이후 고조된 민족의식과 민중의식, 그리고 이에 따른 민요수집과 연구열은 누차 언급되었으나,[3] 민요시 창작의 직접적 동인이 되는 당대 민요와의 구체적인 관련성은 아직 충분히 해명되지 못하고 있다. 이에 특히 당대 민요의 전승과 변모 상황을 가능한 대로 파악하면서, 시인들의 민요 인식과 민요 수용의 구체적 관련성을 밝혀내는 작업이 요청된다.

본고는 따라서 1920년대 민요시가 형성될 시기를 전후해서 크게 유행한 유흥적 성격의 잡가[4]인 <아리랑 타령>과, 그리고 일제하에서 은밀하게 전승되면서 현실비판과 항일의 의지를 담아내었던 <아리랑>을 각별히 주목하고자 한다. <아리랑>계 민요시 작품들이 크게 보아 민요 <아리랑>의 이와 같은 두 양상에 직접적인 근원을 두면서 창작되었다고 보기 때문이다. 그리고 이러한 민요시 형성의 측면은 비단 <아리

---

3) 오세영, 『한국낭만주의시연구』(서울:일지사, 1980).
4) 잡가는 시조, 가사, 판소리, 민요 등과 폭넓게 교섭하면서 형성된 독특한 시가 양식이다. 따라서 잡가 전체가 민요의 성격을 지닌다고 말할 수는 없다. 그러나 잡가 중에서도 민요적 성격이 두드러진 이른바 '민요계 잡가'는 넓은 의미에서 민요에 포함시켜 이해할 수 있다.

랑>계 민요시에 만 한정되는 사항은 아니다. 민요 <아리랑>을 당대에 유행한 민요계 잡가 계통과 현실비판과 항일의 민요 계통으로 폭을 넓혀서 본다면, 바로 이 두 계통의 민요가 당대 민요인식의 중심적인 대상이 되면서 민요시 창작의 중요한 유인체로 작용했기 때문이다.5)

본고는 이상에서 제기한 문제인식을 토대로 일단 민요 <아리랑>을 중심으로 그 전승과 수용에 따른 민요인식의 양상을 검토하면서 <아리랑>계 민요시의 형성 기반을 파악하고자 한다.

1. 〈아리랑 타령〉의 인식과 그 수용

중세사회에서 근대사회로 이행되는 과정에서 생활방식이 크게 달라지고 문화교류가 빈번해지면서, 본래 노동, 의식, 유희의 전통적 생활방식과 밀착된 기능요들이 점차 기능성을 잃으면서 비기능의 유흥적 민요로 상당수 전환되었다. 여기에 조선 후기부터 서민의 속악가사로 형성된 잡가가 대중적 인기에 편승하여 점차 그 세력을 확장해 갔는데, 기존 민요와의 폭넓은 교섭을 통해 유흥적 성격을 강하게 지닌 시가로 정착되었다.

이러한 잡가는 특히 1910년대에 들어와서 인쇄활자의 보급 등에 힘입어 대단한 인기를 누리며 유행했다. 이는 당시의 잡가집 출판상황을 통해 잘 알 수 있다. 1910년대 초부터 1920년대까지 22종 정도의 잡가집이 출판되었으며, 이들 잡가집은 증정·증보·정선 등의 이름을 붙이거나 표제를 약간 달리해서 판을 거듭하며 출간될 정도였다.6) 그런

---

5) 졸고, "한국 근대 민요시 연구", 부산대 대학원 박사학위논문(1989), pp.74~126.
6) 자세한 사항은 정재호, "잡가고", 《민족문화연구》 제6집(고려대 민족문화연구소, 1972)과 최성수, "잡가의 장르성향과 그 수용양상", 성균관대 대학원 석사논문(1983)을 참고할 것.

데 이런 사정의 저간에 일제의 잡가 장려 정책이 중요한 요인으로 작
용했다는 사실을 유념할 필요가 있다. 잡가집의 편찬에 박승엽(朴承曄),
현공렴(玄公廉) 등 친일적 인사가 많은 활약을 했고, 일본인이 직접 가
담하기도 했던 것이다. 잡가의 내용상 주된 특징을 사랑, 무상(無常)과
취락(醉樂), 자연정취 등으로 파악할 수 있는데,[7] 일제는 국민의 정서
를 애상적이고 유흥적인 쪽으로 유도하고자 잡가의 이러한 성격에 주
목하여 잡가를 적극 보급, 유행시키려 했던 것이다. 물론 잡가집의 편
찬이 부정적인 쪽으로만 이루어진 것은 아니다. 이상준(李尙俊)과 같은
이는 잡가가 국민성을 반영하고 민족적 전통성을 보존하고 있는 시가
로 이를 재인식하고 정비하는 일이 중요하다고 하면서 잡가집의 편찬
에 적극 가담하기도 했다.

　그런데 이러한 잡가의 활자화를 통한 대중적 보급과 유행현상은 당
시의 음악계는 물론 문학계에도 상당한 영향을 끼친 것으로 파악된다.
특히 1920년대의 민요시 형성과정과 잡가의 대중적 유행은 밀접한 관
련을 맺고 있었던 것이 분명하다. 그것은 당시의 여러 민요론이나 실
제 민요시 작품을 검토했을 때, 잡가가 당대 문학인의 민요인식에 상
당한 비중을 차지하고 있음을 알 수 있다. 정작 민요시의 인식 기반이
되어야 할 전승민요는 1924년에 엄필진(嚴弼鎭)에 의해 『조선동요집』
으로 처음 출판되었다. 이는 구비시가의 문자화에 있어서 잡가가 전승
민요보다 앞서면서, 잡가집을 통한 시조, 가사, 판소리, 민요 등 전통시
가에 대한 이해가 한층 용이했음을 뜻하는 것이다.

　그러면 민요 <아리랑>의 경우는 어떠한가. <아리랑>이 언제부터 불
려졌는지 정확하게 말하기 어렵지만, 대체로 19세기 중반 경복궁 중수
공사 시에 각도에서 올라온 부역군들에 의해서 여러 지역으로 전파,
확산된 것으로 보고 있다.[8] 그런데 이러한 <아리랑>은 한편으로 잡가

---

7) 정재호, 앞의 글, p.191.

의 유행 기류에 편승하면서 잡가화되어 인생의 허무와 유흥을 주조로
하는 노래로 변조되기도 했다. 이것이 이른바 <아리랑 타령>이다. 이렇
게 잡가로 불리는 <아리랑 타령>은 역사적 현실에 대한 민중적 의미는
사상된 채 비극적 현실을 운명적인 것으로 체념하고 비애와 허무를 노
래하거나 현실 초월의 향략을 부추기고 있는 것으로 나타난다.9) 이는
민요 <아리랑>이 다른 한편으로 현실의 불합리성에 대항하면서 나름대
로 현실극복의 의지를 피력하는 노래로 민중들 사이에 은밀히 불리며
전파되면고 있었던 사정과는 크게 대조된다. 다음 <아리랑 타령>의 한
예를 보자.

> 아르랑 고기다 정거쟝짓고 전긔차 오기을 기다린다
> 아르랑 아르랑 알라리요 아르랑 씌여라 노다가세(후렴, 이하 반복)
> 룡안여지 당티초는 정든님 공경으로 다ᄂ간다
> ᄂ눈조아 ᄂ눈조아 정든친구가 ᄂ눈조아
> 전긔차는 가즈고 완고등을 트는디 정든님 잡고셔 락루흔다
> 정거수 여보 정거죰히쥬 우리집 셔방님 돈가질너갓소
> 남산밋헤 쟝츈단을 짓고 군악디 쟝단에 밧드러총만 흔다
> 아이고디고 통곡을마러라 쥭엇던 랑군이 스라를올가
> ᄂ눈가네 ᄂ눈가네 썰써거리고 ᄂ눈가아
> 인제가면 언제오느 오만흔이 일너쥬오
> 만경창파 기기등등 쩨ᄂ눈 비야 거기죰 닷주어라 말무러보즈
> 셰월도 덧업도다 도라간봄 다시온다
> 인싱흔몸 도라가면 움이ᄂ눈 쏙시ᄂ눈
> 친구가 남이연만 어이그리 유정흔가10)

---

8) 정우택, "'아리랑 고개'의 인식과정",《성대문학》제27집(성균관대 국어국문
    학과, 1990), p.274.
9) 이에 관한 구체적 논의는 정우택, "잡가집 소재 <아리랑>에 대한 연구",《성대
    문학》제28집(성균관대 국어국문학과, 1992)에서 이루어졌다.

이 <아리랑 타령>에서 보듯, '정거장', '전기차', '군악대 장단'과 같은 근대 문물를 배경으로 하면서도 이에 대한 구체적 인식은 나타내지 않고, 이를 단지 소품적 배경으로 삼아 님과의 이별에 대한 애상을 노래하거나 인생무상과 향락을 부추기는 내용의 사설 구성을 보이고 있다. 이러한 <아리랑 타령>의 사설 구성은 당시 잡가집에서 거의 고정적으로 나타나는데, "아르랑 아르랑 아라리요/아르랑 쒸어라 노다가세"로 변개된 후렴과 호응되면서 잡가 일반이 가진 유흥적 성격을 뚜렷이 드러내고 있다. 여기서 특히 민요 <아리랑>을 <본조(서울) 아리랑>을 기준으로 볼 때, 이 <아리랑 타령>의 후렴은 "아리랑 아리랑 아라리요/아리랑 고개로 넘어간다"란 <본조 아리랑>의 후렴11)과는 근본적으로 다른 담론적 의미를 지니게 된다. 말하자면 <아리랑 타령>의 후렴이 "아르랑 쒸어라 노다가세"로 변개되면서 <본조 아리랑>의 후렴이 지닌 '아리랑 고개'의 고난과 그 극복의 상징적 의미는 완전히 퇴색되어 버리고 순간적 향락의 의미만 전달하기 때문이다.

그러면 이러한 <아리랑 타령>이 당대 문학인들에게 어떻게 인식되고 또한 창작에 수용되었는가? 물론 <아리랑 타령>은 뚜렷한 비판의식 없이 수용될 수도 있고, 이와 반대로 수용될 수도 있다. <아리랑 타령>에 대한 이와 같은 상이한 인식과 수용 태도는 직접적으로 <아리랑>계 민요시 창작의 지향점 차이를 드러내는 것이면서 나아가 민요시 창작 일반의 지향점 차이를 밝힐 수 있는 중요한 근거가 된다.

여기에 먼저 주목되는 글이 잡가가 유행한 1910년대를 즈음한 시기에 발표된 <천희당시화>(天喜堂詩話)의 일절이다. 이 글은 비록 1920년대 이후 민요시 창작과는 직접적인 관련이 없지만, <아리랑 타령>을

---

10) 박승엽, 『무쌍신구잡가』(신구서림, 1919. 10), pp.83~84.
11) 이 <본조 아리랑>의 여음 구성은 민요 <아리랑>에서 가장 보편화된 여음 구성을 보여주는 것이다. 류종목, "아리랑 후렴의 변이 양상", 『청천강용권 박사송수기념논총』(논총간행위, 1986), p.58 참고.

비롯한 잡가에 대한 인식의 한 단면을 보여주면서 민요시 창작의 전사적 단계인 민요 개작의 문제인식을 담고 있다는 점에서 자못 관심을 끈다.

> 吾者가 萬一 詩界革命者가 되고자 할진대 彼 阿羅朗 寧邊東臺 等 國歌界에 向하야 其 頑陋를 改誦하고 新思想을 輸入할지어다.[12]

신채호(申采浩)의 글로 추정되는 이 <천희당시화>의 일절에서 국시개혁의 대상으로 제시된 <아라랑>(阿羅朗), <영변동대>(寧邊東臺) 등은 바로 <아리랑 타령>, <영변가>(또는 영변동대가> 등을 이르는 것으로 민요계 잡가에 드는 작품들이다. 여기서 신채호가 유행가요로서의 민요계 잡가를 고쳐 지어야 한다고 한 까닭을 두 가지 측면에서 생각할 수 있다. 한 가지는 이들 잡가계 민요가 비록 민중의 노래로 생겨나서 유행한다고 해도 그 내용이 지나치게 완루하다는 생각에 있었다. 말하자면 국시로서 갖추어야 할 조건에 부합되지 않는다는 것이다. 다른 한 가지는 이들 시가가 민중 사이에 폭넓게 불려진다는 사실의 인식에 있다. 신채호는 국시계의 혁명자가 되고자 하는 이는 이러한 두 가지 사실의 인식을 분명히 갖추어야 한다고 보았다. 이미 유행하고 있는 민중의 시가를 역으로 이용해서 '신사상'인 애국계몽의 사상을 나타내는 사설로 개작하여 이를 다시 민중들 사이에 널리 불려지게 한다면, 그것은 국시개혁의 작업을 매우 효과적으로 이룰 수 있다는 판단에서이다. 물론 이미 유행하는 민요를 인위적으로 개작하여 확산시킨다는 것은 그리 쉬운 일이 아니다. 민중들 사이에 자연스럽게 불려져 전승되는 것이 민요의 속성인데, 민요를 인위적으로 개작한다고 해서 기대한 만큼의 효과를 얻기는 어렵기 때문이다.

---

12) 신채호, "천희당시화"(天喜堂詩話), 《대한매일신보》(1909. 11. 21).

그런데 애국계몽기 시가에서 민요계 잡가를 비롯한 민요의 개작이나 민요 여음구의 수용 등을 통한 새로운 시적 모색은 <천희당시화>의 발표 이전부터 이미 이루어지고 있었다. 국문판 《대한민일신보》에 1907년 7월 5일부터 9월 13일까지의 기간 동안 <담박고타령>(1907. 7. 5)에서 <훈장타령>(1907. 9. 13)에 이르는 23편의 민요 개작 시가가 발표되었으며, 그리고 필명이 아양자(峨洋子)란 이가 《태극학보》 제23호(1908. 8)에 '가조'(歌調)란 표제로 역시 개작민요를 발표한 바 있다. 이 외에도 춘몽자(春夢子)가 《서북학회월보》 제1권 제16호～제18호(1909. 10～12)에 '동요'(童謠) 또는 '항요'(巷謠)라 하여 민요 수용 가사를 발표했다. 이렇듯 애국계몽기의 시가에서 민요개작과 민요 수용의 시가 창작이 상당한 만큼 이루어졌던 셈이다.13) 여기에 또한 이들 시가 창작과 관련하여 필명이 금혜(琴兮)란 이가 투고한 <가곡(歌曲) 개량(改良)의 의견(意見)>14)에서, <수심가>, <난봉가>, <아리랑>, <흥타령> 등이 모두 음담패설로 이루어져 폐해가 심각하다고 하면서 충효와 문명개화의 의식을 불어 넣은 가사로 개작되어야 한다고 주장한 바 있다. 이러한 금혜(琴兮)의 주장과 <천희당시화>의 주장은 <아리랑 타령>을 비롯한 당대 유행 잡가에 대한 비판적 인식과 이에 따른 민요 개작운동의 방향을 파악할 수 있는 근거가 되면서 이후 민요시 창작과 연관된 민요 인식의 전사적 맥락을 보여준다는 점에서 의의가 있다.

애국계몽기를 지나 민요에 대한 재인식이 본격 이루어지는 시기는 1920년대 중반 이후이다. 1920년대 중반기에 발표된 이광수(李光洙)의 <민요소고>15)는 본격적인 민요론의 시초이자 민요시운동의 방향성을

---

13) 애국계몽기의 민요개작운동에 관한 본격적인 논의는 임형택, "'동국시계혁명'과 그 의의", 『백영정병욱박사환갑기념논총』(신구문화사, 1982. 5)에서 했다.

14) 금혜(琴兮), "가곡 개량의 의견", 《대한매일신보》 (1908. 4. 10).

15) 이광수, "민요소고", 《조선문단》 제3호(1924. 12).

피력하고 있는 글로서 주목을 요한다. 그런데 이 글은 '잡가소고'로 일러도 될 만큼 민요로 예시하고 있는 작품들이 모두 잡가로 나타난다. 민요의 특징을 파악하는 방증 자료가 <아리랑 타령>, <홍타령>, <놀량>, <긴산타령> 등 모두가 이상준(李尙俊)이 편찬한 잡가집에 실려 있는 작품들이다. 이광수는 결국 전승민요가 아니라 <아리랑 타령>을 비롯한 민요계 잡가를 통해 민요인식을 마련하고 시 창작의 새로운 방향을 제시하고자 했던 것이다. 그런데 이들 잡가는 이광수의 표현대로 '수심많은 정조'를 나타내고 있는데, 그럼에도 민족적 감정의 요체가 여기에 담겨 있다고 본 것이다. 이는 일제가 우리 민요의 특색이 봉건적 윤리에 구속되어 있고 애조를 띠며 향락성이 짙다고 평가한 입장16)과 별로 다르지 않다. 이처럼 이광수는 민족성을 말하기 위한 요체를 <아리랑 타령>을 비롯한 잡가에 두면서 이에 대한 비판적 성찰을 가지지 못했던 것이다.

잡가를 통한 이러한 무비판적 민요인식과 시창작에의 수용 현상은 1920년대 상당수의 시인들에게 보편화된 것으로 나타난다. 김억(金億)은 1920년대 중반 이후 여러 차례 '조선심'을 역설하며 민요를 바탕으로 새로운 시 창작이 이루어져야 한다고 주장한 바 있다. 그런데 정작 그의 주장에 비길 만한 민요론은 발표하지 않았다. 다만 몇몇 산문의 구절을 통해 김억의 민요인식의 일단을 알 수 있을 뿐이다.

> 愁心歌로서 우리의 感情을 노래할 수도 업고 六字백이로써 늣긴 바를 表現할 수가 업스니 結局 우리에게는 우리의 思想과 感情을 表現할 길이 업습니다.17)

---

16) 이 점은 고교형(高橋 亨), "북선의 민요"(北鮮の 民謠),《朝鮮》(1933. 8)과 시산성웅(市山盛雄)이 편찬한 잡지《진인》(眞人)(1927. 1)의 부록인 <조선 민요의 연구>(朝鮮民謠の 硏究)를 참고하면 알 수 있다.

17) 김억, "명사십리서",《동아일보》(1925. 9. 14).

위의 구절에 나타난 <수심가>와 <육자백이>는 모두 잡가에 속하는 것이다. 이는 김억의 민요 이해가 잡가의 범주에서 벗어나지 못하고 있음을 시사하는 것이다. 그런데 김억은 이 잡가에서도 "우리의 사상과 감정을 표현할 길"이 없다고 해서 잡가에 대한 공감의 절실성을 마련하지 못하고 있다. 이러한 민요인식의 한계는 그의 민요시 지향이 절실한 민요체험의 바탕 위에서 추구된 것이 아님을 뜻하는 것이다. 김억은 뒤늦게 1927~8년 경 진남포의 어느 주흥에서 <긴 아리>를 감명깊게 들었다고 고백한 적이 있다.[18] 김억이 민요시의 창작을 주장한 시기가 1924년 전후인데, 1927~8년 경의 민요, 실은 잡가의 체험과 공감은 분명 어울리지 않는다. 이처럼 김억이 이해한 민요란 생활현장의 전승민요가 아닌, 기껏 주흥에서 흘려 들었던 잡가에 불과했으며, 이는 이광수의 <아리랑 타령>을 비롯한 잡가의 인식과 별로 다르지 않다.

주요한(朱耀翰)의 민요 이해도 김억의 경우와 유사하다. 일찍이 '민중에 가까울 수 있는' 시를 쓴다고 하면서 민요 및 동요를 바탕으로 새로운 시가 진작되어야 한다[19]고 했으나, 구체적으로 어떤 민요를 바탕으로 해야 할 것인지는 언급하지 않았다. 다만 다음의 글에서 주요한의 민요 취향을 엿볼 수 있다.

> 나는 소리는 南道ㅅ 소리 - 륙자박이 가튼 것을 조하해요. 내 自身은 平安道ㅅ 사람이지만 愁心歌는 너머도 哀調가 흘러서 덜 조하합니다.[20]

남도잡가인 <육자배기>는 비교적 경쾌한 가락에 향락적 내용의 사설로 이루어져 있으며, 서도잡가인 <수심가>는 유장한 가락에 애조를

---

18) 김억, "수심가 들닐 제", 《삼천리》 제76호(1936. 8).
19) 주요한, 『아름다운 새벽』(경성 : 조선문단사, 1924. 12)의 '책끗헤'.
18) "문사방문기(1) -주요한 편", 《조선문단》 제4권 2호(1927. 2), p.70.

띤 사설로 구성되어 있는 점이 특징이다. 주요한은 <육자배기>와 <수심가>의 이런 대조적 특징을 염두에 두고 <수심가>보다 <육자배기>를 더욱 좋아한다고 했는 듯하다. 그런데 <수심가>든 <육자배기>든 모두 잡가에 속하는 것이니, 김억처럼 잡가를 두고 민요의 선호도를 말한 것일 뿐이다. 여기서 주요한이 김억과는 달리 애조적 경향의 잡가에 대해 어느 정도 비판의식을 가지고 있었다고 하겠으나, 결과적으로 <육자백이>와 같은 민요계 잡가에 민요인식의 근거를 두고 있는 점은 김억과 동일한 것이다. 다만 김억과 주요한의 잡가에 대한 취향의 차이는 두 시인의 시적 지향의 차이와 깊이 관련되는 것이기도 한데, 김억이 '애상성'을, 주요한이 '건강성'을 각각 시적 주조로 삼았던 사실을 해명하는 단서가 되기도 한다.

김동환(金東煥)과 홍사용(洪思容)은 김억, 주요한의 경우와는 달리 잡가에 대한 비판적 인식과 함께 전승민요에 대한 직접적 이해를 보여준다. 김동환은 <망국적 가요소멸책>(≪조선지광≫ 제70호, 1927. 8)과 <조선 민요의 특질과 기장래>(≪조선지광≫ 제82호, 1929.1)등의 글에서 민요에 대하여 남다른 인식을 보여 주었다. 그는 당시 유행하고 있는 <흥타령> 등의 잡가가 민중의 생활감정과 어긋난다고 하여, 이를 망국적 가요로 규정하면서 새로운 가요운동을 전개해야 한다고 했다. 그러면서 <농부가>, <아리랑>, <배따라기>, <경복궁 타령>을 예로 들면서 민요의 중요한 특징이 피압박군의 집단적 성격에 있음을 강조했다. 김동환의 이러한 민요인식은 당시 카프에 가담했던 전력과 연관된 민중적 세계관의 기초 위에서 이루어진 것이지만, 중요한 점은 잡가에 대한 일정한 비판의식에서 민요인식과 시적 수용의 태도가 결정되고 있다는 사실이다.

홍사용도 <조선은 메나리 나라>(≪별건곤≫ 제12·13호, 1928. 5)에서 민요를 통칭하여 '메나리'로 부르면서, 민족의 가장 값지고 풍부한 유

산이 다름아닌 민요라고 주장했다. 그러면서 홍사용은 잡가와 유흥민
요가 제각기 그 뜻과 멋을 달리한 '메나리'로서의 특징을 지닌 것으로
파악했다. 그는 <김매기 노래>, <베틀가>, <산유화>, <쾌지나 칭칭나
네> 등의 기능, 비기능의 민요를 포함해서 잡가, 무가, 불가, 판소리,
민속극 등 구비문학의 전반에 걸친 폭넓은 인식을 보여 주고 있는데,
민요 <아리랑>에 대한 인식도 잡가가 아닌 지역별로 고유하게 전승되
는 <아리랑>에 두고 있다. 이 점은 기존에 <아리랑 타령>을 비롯한 민
요계 잡가를 대상으로 한 민요인식과 커다란 차이를 드러낸 것으로,
홍사용의 민요시가 주체적 각성에 따른 전승민요 자체의 인식을 기반
으로 창작되었음을 의미하는 것이다.

 이상의 경우를 통해 <아리랑 타령>을 위시한 잡가가 무비판적 또는
비판적 인식의 양면에서 이해되면서 당시 민요인식의 근저를 형성하거
나 민요시 창작의 중요한 유인체로 작용했음을 파악했다. 그런데 잡가
에 대한 무비판적 인식을 보인 민요시들이 강한 애상성을 띠면서 낭만
적 취향을 드러내는 쪽으로 나아갔음에 비해, 잡가에 대한 비판적 인
식과 함께 토착 전승민요에 대한 인식을 바탕으로 창작된 민요시들은
비판적 사실주의의 정신을 구현하는 쪽으로 나아갔음을 유념할 필요가
있다. 여기서 1920년대 이후 민요시인들의 잡가와 유흥민요에 대한 인
식과 그 시적 수용은 일정한 비판적 성찰을 통해 이해되어야 한다. 그
것은 김억, 주요한과 같은 시인들이 '조선심' 또는 '조선혼'을 내세우
며 민요시 창작을 주장했다 해도, '조선심'이나 '조선혼'의 실체가 지
극히 관념적이거나 피상적이고, 잡가와 유흥민요에 대한 무분별한 이
해에 연관될 때, 그들의 민요시 지향은 당대의 역사현실과 유리된 당
착과 모순을 내포하고 있다는 점을 유의해야 한다. 이 점에서 1920년
대 이후 민요시 지향을 문학 전통의 재인식이나 민족시의 주체적 자각
이란 관점에서 일방적으로 긍정될 수만은 없는 것이다. 앞서 언급한

바 있듯이, 일제는 유흥적인 분위기를 조장하여 비판적인 민족정신을 마비시키기 위해 <아리랑 타령>을 포함한 잡가집의 편찬과 보급에 친일인사들을 앞세우면서 이를 적극 권장하기도 했으며, 다른 한편으로 항일비판적인 민요 <아리랑>을 강력 탄압하면서 경우에 따라 자신들에게 유리하도록 사설을 변조하기도 했다[21]는 사실이 여기서 새삼 문제로 부각되는 것이다.

2. 〈아리랑〉의 항일·비판적 성격과 근대시의 수용

민요는 전승되면서 변모한다. 생활방식이 바뀌고 시대가 달라지면 민중의 소리인 민요는 이에 민감하게 반응하고 새롭게 창조된다. 개화기 이후 급격히 늘어난 것으로 보이는 유흥적인 비기능요나 잡가도 생활방식과 시대의 변화에 상응하여 나타난 민요의 한 양상이다. 그런데 민요의 전승과 변모가 유흥적인 쪽으로만 이루어진 것은 아니다. 일제강점기란 특수한 시대적 여건에서 전승되고 있던 민요는 한편으로 일제하에 민중이 겪는 삶의 고난과 시련을 실감나게 드러내면서, 그러한 현실을 풍자하고 비판하기도 했던 것이다. 이들 민요가 근대 이후 새롭게 형성된 항일·비판적 성격의 민요들이다.

근대의 항일민요들은 오늘날 쉽사리 찾을 수는 없다. 일제가 이런 민요를 부르는 것을 탄압하고, 의도적으로 민요를 조작하기까지 했기 때문이다. 항일의 노래로 우리 민족 사이에 은밀히 불려졌던 대표적인 민요가 바로 <아리랑>이었다. 고정옥(高晶玉)은 일찍이 <아리랑>의 이러한 성격을 고려하여 <아리랑>을 별도로 '근대요(近代謠)'로 분류하면서 "근대 시민계급과 노동자·농민의 생활상의 여실한 반영"으로 보

21) 김시업, "근대민요 아리랑의 성격 형성", 임형택·최원식 편, 『전환기의 동아시아 문학』(창작과 비평사, 1985. 5).

았다.22) 일제는 이러한 <아리랑>에 대해 '위험한 사상'만큼 '위험한 노래'로 간주했다. 김산(金山)의 증언에 따르면, 1920년대만 해도 '위험한' <아리랑>을 부르다 옥고를 치룬 사람이 여럿이었다 한다.23) 일제는 해가 갈수록 <아리랑>을 더욱 탄압했다. 1930년대 말기에 일제는 치안을 이유로 당시까지 발간된 도서 중 20여종의 문학서에 대하여 발행금지 처분을 했다. 여기에 김동환의 <아리랑 고개>가 실린 『시가집』과 역시 <아리랑>이 말미에 붙은 현진건의 단편 <고향>이 수록된 『조선의 얼굴』이 포함되어 있다.24)

일제가 <아리랑>을 비롯한 항일민요들을 탄압하면서 한편으로 그들에게 유리하도록 왜곡시키고 조작했다. 일제의 조선총독부에서 발간한 잡지 ≪조선≫ 총151호(1930. 5)에서 있지도 않는 <신아리랑>과 <비상시 아리랑>을 조작하여 소개하는가 하면, 1930년대 중반(1933~1935)에 제2차 민요조사25)를 실시하여 내선일체의 황국신민화정책을 찬양하는 노래로 변조된 <아리랑>을 실제로 불려지기나 한 듯이 내세웠다.

그러나 일제의 <아리랑> 탄압과 조작에도 불구하고 항일의 민족정신을 일깨우고 식민지 현실을 비판하는 민요 <아리랑>은 '민족의 지하방송'26) 같은 구실을 하면서 민족 사이에 은밀히 퍼져 나갔다. 글이 아니라 노래로 전승되는 <아리랑>을 막는 데에는 한계가 있었기 때문이다.

---

22) 고정옥, 『조선민요연구』(수선사, 1949), p.187.
23) Kim San and Nym Wales, 조우화 역, 『아리랑 *Song of Ariran*』 (동녘, 1984), pp.31~32.
24) ≪신동아≫ (1977. 1)의 부록으로 발간된 『일제하의 금서 33권』의 '일제하 금서목록'에 따르면 20여종의 문학도서들이 치안을 이유로 금서 처분을 당한 것으로 나타난다.
25) 일제의 민요 조사 자료집은 임동권이 찾아 『한국민요집』 Ⅵ(집문당, 1979. 10)에 재수록함으로써 학계에 알려졌다.
26) 조동일, 『한국문학통사』 5(지식산업사, 1988. 3), p.251.

① 산천초목은 젊어가고
　　인간의 청춘은 늙어간다
　　　　아리랑 아리랑 아라리요
　　　　아리랑 고개로 넘어간다(이하 후렴 생략)

　　성황당 까마귀 깍깍 짖고
　　정든님 병환은 날로 깊어

　　무산자 누구냐 탄식마라
　　부귀와 빈천은 돌고돈다

　　밭잃고 집잃은 동무들아
　　어데로 가야만 좋을까보냐

　　아버지 어머니 어서 오소
　　북간도 벌판이 좋다더라

　　쓰라린 가슴을 움켜쥐고
　　백두산 고개로 넘어간다

　　감발을 하고서 백두산 넘어
　　북간도 벌판을 헤메인다

　　원수로다 원수로다
　　총갖은 포수가 원수로다.
　　　　　　　　　－<신아리랑>에서[27]

② 말쎄나하는늠 裁判所가고

---

27) 성경린·장사훈, 『조선의 민요』(국제음악문화사, 1949. 2), p.5.

일째나하는늠 共同山가고
아아쌔나노을년은 갈보질가고
목도쌔나멜늠은 일분가고
新作路가상다리 아싸시야木은
自動車바람에 춤을춘다
아리랑 아리랑 아라-리-요
아리랑 고개다 날넘기주소
— <아리랑>28)

①의 <신아리랑>은 당시 서울·경기지방에서 널리 불렸는데, 망명지
북간도에서도 회자되는 노래였다고 한다.29) 그럴 만한 사정은 이 민요
의 사설을 보면 알 수 있다. 가난에 쫓겨 고국을 등지고 간도 등지의
이국땅을 떠돌 수밖에 없었던 민족의 고난을 새기면서 그러한 상황이
야기된 근본원인까지 지적하고 있다. 이는 특히 마지막 연에서 드러난
다. 즉 "원수로다 원수로다／총갖은 포수가 원수로다"라고 하여 밭과
집을 잃고 북간도를 유랑해야 했던 민족의 고난이 근본적으로 '총갖은
포수' 즉 일제의 침탈 때문에 비롯되었다는 것을 우회적으로 나타내고
있는 것이다. 이런 맥락에서 이 민요는 일제와 맞서 싸울 단단한 의지
를 감추고 있기에, 항일의 독립군 노래로 불려지며 민족의 노래로 생
명력을 가졌던 것이다.

②의 <아리랑>은 경남 창원에서 불렸다는 민요로 이른바 <밀양 아

---

28) 김소운,『언문조선구전민요집』(동경: 제일서방, 1933), p.323.
29) 이 민요는 독립군가보존회,『독립군가곡집 -광복의 메아리』(독립군가보존
    회, 1982), p.181에도 실려 있는데, 당시 분간도의 동포들 사이에 널리 불려
    졌다 한다. 이러한 사정은 최영한의 "조선민요론"(《동광》 제33호, 1932. 5)
    에서도 알 수 있다. 당시 간도에 거주했던 최영한은 이 <아리랑>의 일절을
    들어 "조선에서 경제적으로 파산을 당한 빈민이 서북 간도와 만주 방면에
    유랑하는 정세를 노래부른 것"이라 했다.

리랑>에 해당하는 것이다. <신아리랑>에 비해 항일의 농도가 덜한 편이지만, 일제하의 세태를 적절히 풍자하고 비판하고 있는 담론을 보여주고 있다. 일제하에서 민족 전체가 정상적인 삶을 찾지 못하고 파멸되어 가거나 유린당하고 있는 현실을 사실적 담론의 문맥을 통해 드러내면서 그 근저에 강한 현실비판의식을 깔고 있는 것이다. 1~4행의 사설이 이를 잘 나타내고 있다. 여기서 재판소, 공동산, 갈보질, 일본은 민족 유린과 파멸의 구체적인 현실공간이거나 행위 그 자체이다. 이와 유사한 민요가 현진건(玄鎭健)의 단편 <고향(故鄕)>(1926)과 유진오(兪鎭午)의 희곡 <박첨지(朴僉知)>(1931)에도 실려 있는 것을 보면, 이 민요가 당시에 널리 유포되어 민족의 고난을 은밀히 고발하고 울분을 삭히는 노래로 불려졌음을 알 수 있다.

　<아리랑>을 비롯한 현실 풍자와 항일의 민요는 단순히 구비전승의 차원에만 머물지 않고 근대시 창작의 새로운 원동력으로 작용했다. 이러한 점은 당시 카프(KAPF)에 속해 있었던 문학인들의 논의에서 부분적으로 찾을 수 있다. 앞서 언급한 바 있는 김동환(金東煥)의 경우, 그는 <아리랑>, <농부가>, <경복궁 타령>을 들어 이들 민요가 "피압박군의 노래이니만치 집단적"인 성격을 지닌다고 하고서 이를 토대로 새로운 가요운동을 전개시켜야 한다고 한 바 있다.[30] 그리고 김기진(金基鎭)은 프로문학의 방향전환을 논의하는 자리에서, 프로시의 대중화를 위하여 임화(林和)의 시 <우리 오빠와 화로(火爐)>와 같은 이른바 단편 서사시의 형식과 함께 "전해 내려오는 또는 유행하는 가곡" 즉 민요를 이용하여 프로시의 대중화를 시도할 수 있다고 주장했다. 김기진은 <아리랑>이 <육자배기>, <난봉가> 등보다 보편성을 지녔다고 하면서 개량 정도에 따라 "소박하고 무뚝뚝한 힘찬 감정을 표현할 수 잇다"고 했다. 그리고 이의 모범적인 예로 공석정(孔錫禎)이 지었다는 <아리랑

---

30) 김동환, "조선 민요의 특질과 기 장래", 《조선지광》 제28호(1929. 1).

노래>를 인용하여 그 합당함을 거듭 강조했다.[31] 김기진의 이러한 프로시의 대중화론은 박완식(朴完植), 유백로(柳白鷺) 등 일부로부터 지지를 받았지만, 카프의 소장파들로부터 즉각적인 비판과 반론을 받아 뜻대로 확대되지는 못했다. 그러나 카프 내부에서 <아리랑>과 같은 현실비판과 항일의 민요를 계승한 시창작의 논의가 일어난 것은 매우 의미깊은 일이 아닐 수 없다.

그런데 카프에 관계했건 관계하지 않았건 여러 시인들이 현실비판과 항일의 노래로 불려진 <아리랑>을 시 창작의 중요한 원동력으로 삼았다. 이미 서론에서 밝힌 16편의 <아리랑>계 민요시 중에서 (11)~(12)의 김억 시를 제외한 작품들이 바로 이에 해당한다. 이처럼 현실비판과 항일의 민요로 불렸던 <아리랑>은 유흥적 성격의 민요계 잡가인 <아리랑 타령>의 비판적 인식과 함께 근대 민요시의 중요한 형성 기반으로 작용한 것이다.

Ⅲ. 〈아리랑〉계 민요시의 담론구성과 그 양상

1. 운명론적 체념과 정한의 세계

<아리랑>계 민요시는 크게 보아 잡가의 <아리랑 타령>을 창작의 원천으로 수용하고 있는 경우와 항일·비판적 성격의 민요 <아리랑>에 맥락을 대고 있는 경우로 나누어 볼 수 있다. 전자의 경우에 김억(金億)의 민요시 작품과 호연당인(浩然堂人)의 <新아리랑>이 해당되며, 후자의 경우에 이들 작품을 제외한 모든 민요시 작품이 해당된다. 그런데

---

31) 김기진, "예술의 대중화에 대하여(4)", 《조선일보》 (1930. 1. 7).

전자의 경우에 해당되는 작품으로 김억의 시와 호연당인의 시는 그 성
격이 판이하다. 그것은 다같이 <아리랑 타령>을 바탕으로 창작되었다
고 해도, 김억의 시가 <아리랑 타령>에 대한 무비판적 긍정적 수용을
통해 창작된 것인데 비해 호연당인의 시는 <아리랑 타령>에 대한 비판
적 수용을 통해 창작된 작품이기 때문이다. 따라서 이들 시의 담론구
성과 의미는 서로 크게 다르다고 하겠는데, 호연당인의 시는 이런 점
에서 오히려 후자의 시들과 같은 범주에서 논의할 수 있다.

  그러면 김억의 민요시가 다른 <아리랑>계 민요시와 그 성격을 어떻
게 달리하는 것인지 구체적으로 검토해 보자.

        連자즌 어야데야 닷감는소리
        잔놋코 아리랑엔 밤도깁헛네
        아리랑 열두고갠 興에 넘어도
        설은離別 이고개 난못넘겟네

        바람부니 오늘도 꼿닙은지네
        덧업다 조흔時節 모다노치고
        붓잡나니 쓴期約 자최도업네
        맘과맘은 매즐길 바이업슬세

        이내생각 江물에 씌우랴해도
        바람불면 그대로 方向이 업고
        홀너서는 쏘다시 돌을길업네
        江기슭엔 노랑꼿 오늘도지네

        봄날에 지는꼿을 하욤업다리
        바람에 이시름은 날지도안네
        그대탓에 이날도 잡은이술잔

혼자로서 아리랑 내 노래하네
　　　　　　－<浿城商女의 노래> 전문32)

김억은 이 작품의 부기에서 "이것은 밝은 대낮의 번화롭은 世上을 꿈밧그로 지내가는 가나위의 노래"로 "쓴 身勢의 쓴 시름을 노래"하는 것을 읊은 것이라 했다. 이 작품의 이해를 시인 자신의 해설에 기댈 필요는 없지만, 시창작의 동기가 항구에서 술과 몸을 파는 여인네의 신세한탄을 읊조리는 노래에 공감되는 바가 컸기 때문이란 시인의 설명은 이 작품이 잡가인 <아리랑 타령>과 직접, 간접으로 연관될 수 있음을 시사한다. 물론 이 작품에서 <아리랑 타령>의 구체적 흔적을 찾기란 어렵다. <아리랑 타령>과는 달리 율격이 7·5조의 음수율로 정형화된 3음보로 이루어져 있으면서, 여음이 없는 각연 4행의 구조로 이루어져 있기 때문이다. 그러나 그럼에도 불구하고 잡가 <아리랑 타령>과 깊은 친화관계를 맺고 있다. 그것은 이 작품이 <아리랑 타령>이 가진 애상적 서정과 운명적 체념에 대한 정한의 주제를 공유하면서, 특히 "아리랑 열두고갠 興에넘어도/설은離別 이고개 난못넘겠네"란 구절을 통해 <아리랑 타령>에 나타난 "비관적 세계관의 발현, 불합리한 현실 극복 의지의 폐기"33)란 <아리랑 타령>의 담론 문맥을 그대로 드러내고 있기 때문이다.

김억의 또 다른 <아리랑>계 민요시인 <浦口의 夜半>(≪삼천리≫, 1931. 2)이나 <浦口의 夜話>(≪신동아≫, 1933. 5)의 작품은 사실 위에 인용한 시의 개작으로 이루어진 작품이다. 각연 4행, 5연으로 이루어진 처음의 작품이 이들 작품에서는 각연 4행, 3연으로 축약되면서, 그 주제도 막연한 신세한탄에서 님과의 이별에 대한 상사란 좀더 구체적인 주제로 변화되어 있다. 그리고 <포구의 야화>에서만 제1연의 3, 4행이 "아리랑 아라리는 열두나고개／설은이별 이고개 난못넘겟네"라 하여 부분적으로 문구를 수정하고 있다. 그러나 이들 작품은 개작에 의한 부분적인 변화에도 불구하고 <아리랑 타령>과 긴밀한 상호텍스트성 (Intertextuality)을 이루며 현실체념의 비관주의적 담론을 그대로 유지하고 있다.

이와 같이 <아리랑 타령>에 대해 일정한 비판의식을 갖지 않고 긍정적으로 창작시의 기반으로 수용한 민요시는 김억의 시 이외에 더이상 찾기 어렵다. 이는 일제하 <아리랑>계 민요시의 대부분이 당대 역사현실에 대한 자각과 비판의식을 담고 있는 것으로, <아리랑 타령>의 유흥적, 애상적 취향에 이끌리기보다는 오히려 그에 대한 비판적, 부정적 인식으로부터 민족의 노래, 민중의 노래로 불려졌던 <아리랑>에 정신적 공감대를 가졌기 때문이다. 그렇다면 김억의 <아리랑>계 민요시 작품은 다른 시인의 <아리랑>계 민요시와는 그 시적 바탕부터 성격을 달리하고 있는 것으로, 그의 민요시 일반이 그렇듯이 애상적 정조의 유흥적 잡가와 깊은 친화관계를 맺으며 출발된 것임을 단적으로 보여준 것이라 하겠다.

2. 농촌현실의 비판과 문명풍자

김억의 민요시와는 달리 다른 시인의 <아리랑>계 민요시 작품들은 직접적으로 일제하 <아리랑>의 수용 자취를 드러내면서 현실적 삶의 고난과 극복의 민중적 목소리와 항일비판적 민족의식을 새로운 시의 국면을 통해 나타내고 있다. 물론 이들 작품들을 작품의 구체적 문맥을 검토해 볼 때, 여러 다양한 담론구성과 의미를 나타내고 있다. 이 점을 고려하여 <아리랑>계 민요시에서 한 가지 두드러진 특징을 찾는

다면, 작품세계가 특별히 농촌의 현실을 담으면서 피폐화된 농촌현실
의 고난을 들추고 비판하는 한편, 농촌의 그릇된 세태와 문명화에 대
해 풍자적 태도를 취하고 있는 일군의 작품들이 있다는 것이다.

이 경우 일군의 작품을 농촌현실의 비판과 문명풍자의 시로 규정해
보자. 여기에 드는 작품이 허삼봉(許三峯)의 <新아리랑>(5), 이경로(李
璟魯)의 <農村아리랑>(9), 호연당인(浩然堂人)의 <新아리랑>(13) 등이다.
그리고 이훈(李薰)의 <롱촌아리랑>(15)은 문명비판의식에 의한 농촌현
실의 비판이란 시각과 거리가 있는 농촌계몽의지가 표현된 작품이지
만, 농촌을 배경으로 하면서 '아리랑 고개'가 표상하는 고난극복의 담
론 문맥을 보인다는 점에서 일단 위의 작품들과 같은 부류에 넣어서
이해할 수 있다.

그러면 이에 해당하는 작품을 구체적으로 살펴보자.

> 아리랑 아리랑 아라리요
> 아리랑 고개로 逃亡을한다.(이상 각연 반복)
> 물길으며 신기조튼 뫼투리집신
> 고무신 바람에 逃亡을한다
> 암으럼 그럿치 그럿코말고
> 신장사 金僉知는 밥굶어죽엇소.
>
> 三代째 나려오든 놋그릇대통
> 洋券煙 바람에 逃亡을한다
> 암으럼 그럿치 그럿코말고
> 洋卷煙 煙氣에 집날아간다.
>
> 김잘매고 베잘짜든 맛며누리는
> 洋갈보 바람에 逃亡을한다
> 암으럼 그럿치 그럿코말고

정강치마 수통다리 꼴못보겠다.

목숨줄기 부첫든 올벼직이는
新作路 바람에 逃亡을한다
암으럼 그럿치 그럿코말고
自動車 몬지에 눈못뜨겟다.
　　　　　　　　　　－<新아리랑>(許三峯)에서[34]

이 작품은 삼봉(三峯) 허문일(許文日)의 시편이다. 허문일의 문학적
이력은 자세히 알 수 없으나, '조선농민사'[35]의 시인 중에 가장 활발
한 문학활동을 보여준 시인이다. 그는 시 외에도 <농민시작법>, <농민
소설 짓는 법> 등의 문학론과 여러 편의 소설, 희곡을 발표하기도 했
으며, 임린(林麟)으로부터 "농부의 심리를 잘 아는 문학농민"으로 평가
받은 바 있다.[36] 허문일의 시는 이런 점을 감안하면, 농민현실에 대한
진지한 이해와 함께 시창작의 남다른 면모를 찾을 수 있다.

이 작품은 우선 민요 <아리랑>의 사설과 여음을 이용한 민요시의
형식으로 이루어진 점이 주목된다. 그런데 민요 <아리랑>에서 여음이
후렴으로 구성되는 것과는 달리 이 작품은 각연의 서두에 여음구를 반
복하면서 "아리랑 아리랑 아라리요/아리랑 고개로 逃亡을간다"라고 해
서 우선 여음구에서부터 관심을 끌게 한다. 여기서 '아리랑 고개'의

---

34) ≪조선농민≫ 제5권 제5호(1929. 8).
35) '조선농민사'(朝鮮農民社)의 농민시와 농민문학론에 관해서는 졸고, "한국
　　근대 농민시의 전개과정과 현실표상 연구 -'조선농민사'의 농민시를 중심
　　으로", ≪한국문학논총≫ 제14집(한국문학회, 1993. 11)과 "<조선농민사>의
　　농민문학론 연구", ≪어문교육논집≫ 제13·14합집(부산대 국어교육과, 1994.
　　10)에서 논의한 바 있다. 그리고 류양선의 『한국농민문학연구』(서광학술자
　　료사, 1994. 5)에서 '조선농민사'의 농민시, 농민소설, 농민문학론을 종합적
　　으로 고찰한 바 있다.
36) 임해창(임린), "농민시평", ≪농민≫ 제4권 제5호(1933. 5).

인식이 패배주의적 관념을 나타낸다고 오해할 수 있으나, 각연의 사설
구성과 연결지어 생각하면 비극적 세계인식의 비장함을 나타내고 있는
것으로 파악된다. 즉 제1연은 고무신과 짚신을, 제2연은 양권련과 놋그
릇 대통, 제3연은 양갈보와 농촌의 근면한 여인, 제4연은 신작로와 오
례논(올벼직이)를 각각 대응시키면서, 전자 때문에 결국 후자가 망조를
당한다고 표현하고 있다. 여기서 전자는 도시화, 문명화의 상징들이면
서 농민들에게 부정적으로 인식되는 대상들이며, 후자는 전통적 삶의
방식이나 가치를 상징하면서 농민들에게 긍정적으로 인식되는 것이다.
따라서 이 시는 농촌의 도시화, 근대화의 바람에 밀려서 전통적 삶의
양식과 가치가 파괴되고 있는 농촌의 비극적 현실을 환유와 비교의 담
론구성을 통해 묘사하고 있는 것이다. 따라서 각연마다 서두에 반복된
여음구는 농촌현실의 비극적 정황을 한층 고조시키면서 그에 대한 경
각심을 일으키게 하는 담론적 기능을 하고 있는 셈이다.

> ① 이동리 인구는 주러만가고
>   하이카라 멋쟁인 느러만가네
>   아리랑 아리랑 아라리요
>   아리랑 고개로 넘어간다(이하 각연 반복)
>
>   면장님 월급은 올나만가고
>   집신감 장마다 나려만가네
>
>   공부간 학생들 좃겨만오고
>   버리간 일꾼들 영영안오네
>
>   아리랑 고개가 그어디메냐
>   아리랑 아리랑 이고개라네
>   ―<農村아리랑>(李璟魯) 전문[37]

② 아리랑 아리랑 아라리요
   아리랑 얼시구 잘놀아난다
오늘의 아리랑 어데서왓나
아리랑 등살에 다놀아난다
   아리랑 아리랑 아라리요
   아리랑 얼시구 잘놀아난다

   저기가는 못된썰 다리갱이보소
   경북궁 대들보 어림도업네

   씨앗을 쎄여도 닷발은쌜걸
   저놈의 웅등판 왜저리노나

   쌜모자 금단추 칼날바지
   벼열섬 판것이 단요거라네

   녀학교 문압혼 걸직도하지
   쌜모자 학생이 파수를보고

   뎁쌜라 양당피 잡채통에
   압록강 철다리 척척휜다

   기름진 쌀밥은 뉘다먹고
   보리밥 조밥에 방구만풍풍

   천만에 말슴을 다하시지
   요래나 보여도 모쏜라네

---

37) ≪조선일보≫(1930. 3. 9).

요모로 저모로 다팔어먹고
남은건 콩팟에 공주나한밧
　　　　　-<新아리랑>(浩然堂人) 전문38)

위의 ①, ②는 문명비판적 시각에서 농촌현실에 대한 비판적 인식의 담론을 보여주고 있다는 점에서 공통된다. 그러면서 ①은 반복의 병치 구문에 의해 피폐화된 농촌현실을 두드러지게 묘사하고 있는 담론구성을 보여주고 있다. 즉 1~3연에서 '인구-주러만가고:멋쟁이-느러만가네', '면장님 월급-올나만가고:집신갑-나려만가네', '학생들-좃겨만오고:일꾼들-영영안오네'라는 대조적 상황의 묘사를 통해 당대의 농촌이 궁핍과 허영, 가난, 그리고 전망 부재의 현실로 추락하고 있음을 노정시키고 있다. 그리고 각연에 반복되는 <아리랑>의 여음은 그러한 농촌현실의 심각성을 제고시키면서 마지막 연의 "아리랑 고개가 그어디메냐/아리랑 아리랑 이고개라네"라는 구절에서 피폐화된 농촌현실의 현장적 의미를 '아리랑 고개'의 인식을 통해 부각시키고 있다. ②의 시는 농촌의 타락화 현상을 풍자하면서 역시 농촌의 피폐화 과정을 고발하고 있는 작품이다. 말하자면 농촌의 젊은 남녀들이 자신의 본분을 망각하고 허영과 방탕에 빠져 '못된 썰'(못된 거얼girl)과 '모쏘'(모던 보이 modern boy)로서 재산을 탕진하고 있는 타락화 현상을 비판적 거리를 두고 풍자하고 있는 것이다. 여기서 "아리랑 아리랑 아라리요/아리랑 얼시구 잘놀아난다"의 여음구는 민요계 잡가인 <아리랑 타령>의 여음구인 "아리랑 아리랑 아라리요/아리랑 뛰어라 놀다가세"를 전환(conversion)39)한 것으로 유흥의 조장이 아닌 유흥에 대한 경계와 풍자

---

38) ≪별건곤≫ 제6권 6호 (1931. 7).
39) 리파떼르(M. Riffaterre)는 시의 텍스트를 생산하는 방법은 크게 확장(Expansion)과 전환(Conversion)의 두 가지 방법이 있다고 했다. 이에 관한 자세한 내용은 미카엘 리파떼르, 유재천 옮김, 『시의 기호학』(민음사,

의 목소리를 형성하여 작품의 의미를 강화시키는 구실을 하고 있다.

3. 민중 화자의 현실비판과 민중의식 구현

<아리랑>계 민요시에서 또 다른 특징을 찾는다면 일군의 작품들이 민중적 시각에 기초하여 삶의 세계를 파악하면서 민중모순의 현실을 비판하고 민중의식을 강하게 투영하고 있다는 것이다. 말하자면 이들 작품은 민중주의의 이데올로기 담론을 가진 <아리랑>계 민요시라 하겠는데, 여기에 드는 작품으로 김동환(金東煥)의 <아리랑 고개>(2)와 <아리랑>(10), 윤석중(尹石重)의 <거지行進曲>(4), 전무길(全武吉) <春女의 노래>(6), 공석정(孔錫禎)의 <아리랑 노래>(8), 허수만(許水萬)의 <숫장사의 노래>(16) 등을 꼽을 수 있다.

다음 작품을 보자.

> 천—리 천—리 삼천리에
> 그립든 동무가 모와든다
>   아리랑 아리랑 아라리요
>   아리랑 고개로 어서넘자(이하 반복)
>
> 서울—장안엔 술집도 만타
> 불평—품은이 느는게지
>
> 싯치—안펏다 죽은나문가
> 뿌리는 사랏네 곳피겠지
>
> 약산—동대의 진달내곳도

_____

1989), pp.83~129에 나와 있다.

한폭이 먼저피면 따라피네

삼각산 넘나드는 청제비봐라
정성만 잇스면 어딀못넘어
　　—<아리랑 고개>(金東煥) 전문40)

　민요 <아리랑>은 <정선아라리>를 제외하고 대체로 3음보 2행의 사설에다 후렴을 붙여 연속해서 부르는 형식인데,41) 위 <아리랑 고개>도 민요 <아리랑>의 일반적인 형식을 따랐다. 그런데 <아리랑 고개>는 민요 <아리랑>의 전통을 이어받으면서도 민중적 시각에 의한 민중현실을 담고 있다는 점에서 주목된다. 카프(KAPF) 결성의 초창기에 동맹원으로 가담하여 활동한 바 있는 김동환(金東煥)은 <밤낮 땅파네>, <거지의 꿈> 등 일련의 시를 통해 카프의 문학이념이기도 한 계급의식을 나름대로 고취하고자 한바 있다. 이 시도 이러한 맥락의 연장선에 놓여 있는 작품이다.

　각 연별로 작품의 의미를 검토해 보자. 제1연은 삼천리 방방곡곡에서 '그립던 동무'가 모여든다고 해서 민중적 연대감에 의한 결집력을 나타낸 부분이다. 이것이 제2연에 이어지면서 민중의 결집 장소가 '서울 장안'의 술집이며, '그립던 동무'의 실체가 '불평품은 이'라고 해서 민중의 연대감과 결집이 계급적 불만에 의해 조성된 것임을 나타냈다. 그리고 제3연에서는 "쑤리는 사랏네 꽃피겠지"라는 비유적 표현을 통해 민중의 저력을 암시적으로 나타냈으며, 제4연은 제3연의 확장

----

40) 《조선지광》 제83호(1929. 2). 『시가집』, pp.192~193 재수록. 이 작품은 임동권, 『한국민요집 Ⅲ』(집문당, 1975), p.425에 원작자명 없이 서울지방의 <아리랑>으로 소개되어 있다. 이 작품이 민요로 오인되어 실린 경위를 알 수 없으나, 착오인 것이 분명하다.
41) <정선아라리>는 4음보 2행의 사설에 여음이 붙어 연속적으로 불려지는 것이 기본형식이다.

(expansion)에 의한 표현으로 "한폭이 먼저피면 짜라피네"라고 해서 민중의 저력이 한번 발산되면 일시에 큰 힘을 형성할 수 있음을 보이고 있다. 마지막 제5연은 비록 몸은 작아도 높은 산을 마음대로 넘나드는 '청제비'와의 비유적 상관진술을 통해 민중의지의 상승적 힘과 함께 민중의 현실 극복의 의지를 피력하고자 했다. 이처럼 <아리랑 고개>는 민중적 시각에 의해 현실의 모순적 상황을 비판하는 의식을 담으면서 민중의 연대의식과 결집을 통한 현실 극복의 의지를 고취하고자 한 작품이다. 여기서 "아리랑 아리랑 아라리요/아리랑 고개로 어서넘자"란 여음구는 계급모순의 민중현실('아리랑 고개')을 극복하기 위한 과제의 인식과 함께 그 시급성에 대한 선동적 의미를 함축하고 있다고 하겠다.

다음 시들도 김동환의 <아리랑 고개>와 같은 계열을 이루는 작품들이라 하겠는데, <아리랑 고개>와는 달리 각기 다른 민중적 처지의 고난상을 담고 있다는 점에서 관심을 끈다.

> ① 팟되나 먹을데 신작로나고
> 쌀되나 먹을데 털로길되네
> 　　아리랑 아리랑 아라리요
> 　　이쌍엔 거지만 늘어간다
>
> 두리둥 둥둥둥 쇠북소리
> 불평을 품은이 모여드네
> 　　아리랑 아리랑 아라리요
> 　　두주먹 쥐고서 내닫는다
> 　　　　　　－<거지행진곡>(尹石重)의 1, 3연[42]

---

42) ≪동아일보≫ (1929. 5. 27).

② 으스름 새벽별 처다보며
   麻天嶺 숫장사 숫고개넘자
      아리랑 아리랑 아라리요
      아리랑 숫고개 원수로세

   山峽길 五十里 돌아百里
   먼市街 거름은 피빨잣나
      아리랑 아리랑 아라리요
      아리랑 숫장사 웨생겻나

   발굽은 판나서 물방울치고
   졸라맨 허리는 줌안에드니
      아리랑 아리랑 아라리요
      아리랑 숫장사도 살겟는가
            -<숫장사의 노래 -아리랑曲>(許水萬) 1~3연[43]

③ 아리랑고개는 돈만아라
   돈업슨사람은 쏙죽겟데
   아리랑아리랑 아라리요
   돈업다하여도 괄세마소

   하구나할일이 다만흔데
   망할놈화류계 웨생겻나
   아리랑아리랑 아라리요
   이놈의돈버린 못할네라
            -<春女의 노래>(全武吉)의 1~2연[44]

---

43) ≪농민≫ (1933. 10).
44) ≪조선일보≫ (1929. 10. 4).

이상 ①~③의 <아리랑>계 민요시들은 각각 거지, 숫장자, 화류계 여인을 시의 화자로 하여 그들 삶의 비극적 현실을 표현하고 있다.

①의 <거지행진곡>에서는 근대화의 미명에 의한 농촌의 상대적 폐해 속에서 곤궁한 삶을 견디지 못해 유랑걸식의 거지신세로 전락할 수밖에 없는 현실을 비판하면서 이를 극복하려는 민중의 의지를 표출시키고 있다. 그리고 특히 각연의 여음구는 단순히 조흥적 기능을 하는 것이 아니라 "이쌍엔 거지만 늘어간다", "두주먹 쥐고서 내닷는다" 등의 의미있는 사설로 대치되어 각연의 의미를 결집하면서 연쇄적 의미망을 이루고 있다. 바로 이러한 점이 민요 <아리랑>을 수용하면서도 <아리랑> 자체와 구별되는 창작시로서의 위상과 특성을 보여주는 것이다.

이러한 여음구의 조성은 ②의 <숫장사의 노래>에서도 유사한 방식으로 나타난다. '아리랑 고개'의 추상성이 '아리랑 숫고개'의 구체적 현실로 표명되면서, "아리랑 숫장사 웨생겼나", "아리랑 숫장사 살겠는가"라고 하여 작품의 주제적 의미를 반복, 확대시키고 있다. 따라서 ②의 시는 이러한 여음구의 유의미화에 뒷받침을 받으면서 숫장사의 고통스런 삶의 현실을 그려내고 있는 것이다.

③의 <春女의 노래>도 여음구의 유의미화에 따라 작품의 주제적 의미가 한층 부각되는 작품이다. 돈만 아는 '아리랑 고개', 그것은 돈 없는 사람에게는 괄세와 천대를 받는 고통의 현실이다. 이 시의 화자인 화류계의 여인은 몸과 돈을 바꾸지 않으면 살아갈 수 없는 현실에 고통스러워하면서도, 그러한 현실에 매몰되지 않으려는 의지와 항거를 표명하고 있다.

이처럼 ①~③의 시들은 제각기 다른 처지의 민중을 화자로 삼으면서 그들 삶의 비극적 현실을 고발하고 또한 항거하는 민중의 의지를 반영하고 있는 것이다.

이상의 <아리랑>계 민요시는 기본적으로 민요 <아리랑>의 민중적 호응력 속에서 창작된 시작품들이라 하겠는데, 여러 민중의 계층적 처지와 현실을 사설과 여음의 다양한 변화를 통해 나타내면서 <아리랑>의 시적 공감대를 높이고 넓히는데 나름대로 기여했다고 볼 수 있다.

3. 민족 주체의 시각과 해방의지의 구현

민요 <아리랑>이 일제하에서 민족의 노래로 은밀히 불리며 민족의 울분을 토로하고 항일의 의지를 가다듬는 노래로 불렸던 것처럼, <아리랑>계 민요시 중에서도 민족의 주체의식을 바탕으로 현실세태를 비판하고 민족의 해방의지를 은밀히 구현하고자 한 작품들이 있다. 물론 이 경우에 드는 작품이 상대적으로 적은 비중을 차지하지만, 그런 만큼 김석송(金石松)의 <아이들의 노래>(1)와 <그리운 江南>(3), 남궁랑(南宮琅)의 <아리랑 고개>(7)의 작품들은 눈여겨 볼 필요가 있다.

김석송의 시부터 살펴보자.

여봐라 동모야 말듯거라
요사이 거리로 지날째마다
더벅머리 아이들이 쎄를지어
홍겨워 부르는 그노래를
동모야 들엇는가 말엇는가
　아리랑 아리랑 아라리오
　얼마나 치면은 쌔일는지(이하 반복)

시체나 자식들 꼴아지보소
저의집 신주는 개물어갓나
개스 가에 써다니는 나무신짝을

멀정한 신주라고 주서다가
말가케 씨처노코 절한다지

시체나 자식들 쏠아지보소
의부의 눈치밥 먹엇다고
한배형을 미워하는 아우녀석
돌이어 의부의 청지기라나

시체나 자식들 쏠아지보소
남보다 못한것 한탄은안코
남들이 저보다 나흔것만
엇잿든 미워서 날쮜다가
남짜지 끌고서 개천에싸져

시체나 자식들 쏠아지보소
명함엔 무엇무엇 주서써서
척보면 제바로 점쟌흐나
직함이 만흐면 만흘수록
뒤싹지 먹틔가 더욱만허

시체나 자식들 쏠아지보소
툭하면 아는체 혼자하나
배속엔 쑤세미 뭉테기
잡지ㅅ장 신문쪽 어더들은
날문자 함부로 지절대어

-<아이들의 노래> 전문45)

이상 김석송의 <아이들의 노래>는 언뜻 보면, 아이들을 나무라기만

---

45) ≪개벽≫ 제21호(1922. 3).

하는 사설을 잔뜩 늘어놓아 산만한 듯한 인상을 준다. 그러나, 문맥을
자세히 살펴 음미하면 의미심장한 뜻을 전달하고 있다. 제2연에서 "저
의집 신주"와 "개ㅅ 가에 써다니는 나무신짝"의 대비된 뜻을 염두에 두
고 문맥을 다시 짚어보자. "저의집 신주"는 다름아닌 한 핏줄로 이어
져 온 조상의 내력이자 역사를 상징하는 것이며, "개ㅅ 가에 써다니는
나무신짝"은 일본의 게다(けた) 즉 일본 제국주의의 화신이자 망령을
상징한다. 이렇게 문맥의 뜻을 따지면, 아이들을 무턱대고 질책하는 것
이 아니라 조상의 내력과 역사를 망각한 채 일제의 망령을 좇는 아이
들의 세태에 대한 심각성과 함께 이를 엄중히 질책하고 경고하는 시적
화자의 태도를 찾을 수 있다. 따라서 각연마다 "시체나 자식들 쏠아지
보소"라고 첫행을 구성하면서, 마지막 구절을 민요 <아리랑>의 여음구
를 "아리랑 아리랑 아라리요／얼마나 치면은 깨일는지"라고 의도적으
로 바꾼 이유가 여기서 드러난다. 표면적으로 당시 아이들을 질타하는
목소리를 내세워서 일제하 민족현실에 대한 비판적 의도를 감추고 있
는 것이다.

　제2연의 대조적 의미의 구성은 제3연 이후에도 그대로 이어진다. 제
3연은 한 핏줄을 타고난 형제인데도, 이를 잊고 의부 즉 일제의 눈치밥
을 먹은 아우는 턱없이 한배형을 미워하고 도리어 일제의 파수군이나
된 듯 행세한다는 내용이다. 제4~6연은 그러한 세태가 어떤 위선에서
조장된 것인지, 그리고 어떤 결과를 초래할 것인지를 비판하고자 했다.
한 민족끼리 시기하고 질투하여 그래서 결국 서로가 파멸하게 됨으로
써 비극적 상황에 직면할 수밖에 없다는 점을 김석송은 이 시를 통해
심각하게 경고하고 있다. 김석송은 현실의 심각성이, 따지고 보면 일제
에 의해 조장된 실속 없는 허세(직함)나 위장된 지식(날문자)에 영문도
모르고 빠져드는 오늘날의 세태에서 말미암은 것이라 지적했다. <아이
들의 노래>는 이처럼 동심의 동정이 아니라 민족 주체의 입장에서 그

롯된 동심을 질타하는 시, 나아가 현실을 비판하고 일제에 항거하는 시가 된 것이다.

김석송의 또 다른 <아리랑>계 민요시인 <그리운 江南>은 일제하의 현실에서 민족적 염원을 노래하고 있는 작품으로 민족의식을 강하게 투영하고 있다.

집집에 올달샘 저절로솟고
가시보시 맛잡아 질겨살으니
千年이 하루라 平和하다네

저마다 일하야 제사리하고
이웃과 이웃이 서로미드니
빼앗고 다툼이 애적에업네

하늘이 푸르면 나가일하고
별아래 모이면 노래부르니
이나라 일홈이 江南이라네
　　　아리랑 아리랑 아라리요
　　　아리랑 江南을 어서가세

그리운 저江南 두고못감은
三千里 물길이 어려움인가
이발목 상한지 오램이라네

그리운 저江南 언제나갈가
九月도 九日은 해마다와도
제비가 갈제는 혼자만가네

그리운 저江南 건너가랴면

　　　　제비쩨 뭉치듯 서로뭉치세
　　　　상해도 발이니 가면간다네
　　　　　　아리랑 아리랑 아라리요
　　　　　　아리랑 江南을 어서가세

　　　　　　　　　　　　　　－<그리운 江南> 2~3연[46]

　시인은 이 작품을 쓰면서 "<그리운 江南>은 나의 애인이오 나의 사상이오 나의 잊지 못하는 곳"[47]이라고 했다. 그렇다면 '江南'은 시인이 꿈꾸고 염원했던 이상적인 삶의 세계, 그리고 이에 나아가서 민족적 삶의 이상이 투영되는 동경의 세계를 상징한다. 이 점은 인용된 작품의 첫째 연에서 구체적으로 표상되고 있다. 그것은 평화와 사랑과 행복을 영속적으로 누릴 수 있는 세계이다. 그런데 문제의 심각성은 둘째 연에서 드러난다. 그리운 강남을 두고도 못가는 암담한 상황의 제시가 그것이다. 그런데 그렇다고 희망을 꺾고 좌절하는 것이 아니라 "그리운 저江南 건너가려면/제비쩨 뭉치듯 서로뭉치세/상해도 발이면 가면간다네"라는 구절에서 어떤 어려움과 고난이 닥쳐도 민족이 뭉치면 희망을 실현할 수 있음을 비유적으로 나타내고 있다. 여기에 "아리랑 아리랑 아라리요/아리랑 江南을 어서가세"의 여음구는 그러한 민족적 염원의 실현의지를 한층 강력하게 환기시키는 구실을 한다. 따라서 이 시는 일제하의 암담한 상황에서 민족해방의 염원과 현실시련의 극복의지를 비유와 상징을 통해 강하게 피력하고 있는 것이다.

　　　　아리랑 고개는 웨생겼다
　　　　슬푼놈 가슴만 미어진다

_____

46) ≪별건곤≫ (1929. 4).
47) 김석송, "<그리운 강남>은 나의 애인, 그를 작사하든 시절의 추억", 『김형원시집』(삼희사, 1979. 2), pp.275~276.

아리랑 아리랑 아라리요
아리랑 고개를 넘어가자(이하 후렴 반복)

　아리랑 고개는 열두나고개
　산넘어 들넘어 열두번넘어

　쌀되나 먹든논 뎡거장되고
　팟되나 먹는밧 신작로됏네

　담배대 털든이 쌍속에가고
　김서방 큰애기 청루로갓네

　그만튼 살림은 어듸로가고
　쏙박의 걸식이 이웬말이요

　청산과 록수야 변한대도
　우리들 맘을랑 변치말세
　　　　　　－<아리랑 고개>(南宮琅) 전문[48]

　민요 <아리랑>에서 '아리랑 고개'는 고난과 시련의 상황에 대한 인식을 표상한다. 그러면서 또한 새로운 각오와 다짐으로 고난과 시련을 함께 극복하자는 노래가 바로 민요<아리랑>이다. 그래서 <아리랑>은 역사의 시련기에 생겨나서, 현실의 모순을 시비하고, 비판하고, 항거하는 저항적인 노래가 되었다. 이 <아리랑 고개>는 이러한 <아리랑>의 형식과 의미를 상당 부분 차용하여 실제 불려졌던 <아리랑>과 방불한 모습을 보여준다. 그런데 민요 <아리랑>에서 각연의 사설이 일정한 유기성을 갖기보다 여음을 경계로 하여 각편의 독립적인 성격이 강한 데

---

48) 《조선일보》 (1929. 11. 27).

비해, 창작시에서 각연의 사설은 시인 나름의 의도에 따라 유기성을 갖도록 편성되어 있다. 이점이 구연되는 민요 <아리랑>과 창작시로서의 <아리랑>계 민요시가 갖는 위상과 성격의 중대한 차이라고 말할 수 있다.

시 <아리랑 고개>도 이런 점에서 <아리랑>의 각편으로 불리는 사설과 여음을 차용하면서도 또 다른 시적 의도에 따른 담론구성을 보이고 있는 것이다. 특히 이점은 마지막 연의 "청산과 록수야 변한대도/우리들 맘을랑 변치말자"라는 표현에서 분명히 드러난다. 그것은 농촌현실의 피폐화로부터 비롯된 비극적인 인생살이에 대해 절망하고 좌절할 것이 아니라, '변함없는 마음'의 단단한 의지로 고난의 현실을 극복하자는 다짐을 하는 것이다. 물론 여기서 '변함없는 마음'의 구체적 내용은 드러나 있지 않지만, 그것은 전후 문맥을 통해 암시되는 민중의 끈기있는 생명의지이자 민족현실의 회복을 위한 염원으로 해석될 수 있다.

이처럼 <아리랑>계 민요시는 민요 <아리랑>이 지닌 민중적, 민족적 공감대를 적극 수용하면서 때로는 농민이나 민중 본위의 시각에서, 때로는 민족의 전체적 입장인 주체적 시각에서, 일제 강점기의 모순된 현실을 비판하면서 그 시련과 고통을 담아내는 한편, 고난극복의 적극적 신념과 의지를 피력하기도 했다. 여기서 민요 <아리랑>이 지닌 민족시가로서의 줄기찬 생명력을 새삼 확인하면서, <아리랑>의 열린체계로서의 시적 담론이 민요 자체에 한정되지 않고 근대시 형성의 중요한 발전적 동력으로 기능하면서 민족시로서의 값진 결실을 거두고 있음을 알게 된다. 민요 <아리랑>이 민족의 대표적인 노래로 칭해진다면, <아리랑>계 민요시는 민족시의 새로운 탐구 노력 속에 근대시로서의 새로운 위상을 정립하는 데 커다란 기여를 했던 것으로 평가된다.

Ⅳ. 결 론

본고는 일제 강점기에 발표된 시작품들 중에서 민요 <아리랑>을 수용한 일련의 창작시 작품들이 있음을 주목하고, 이들 작품들을 <아리랑>계 민요시라 명명하면서 이들 시가 민요 <아리랑>과 어떠한 수용적 맥락, 즉 상호텍스트성을 가지면서 근대시로서의 새로운 위상을 보여주고 있는가를 집중 고찰했다.

우선 <아리랑>계 민요시의 형성은 민요 <아리랑>의 두 갈래 전개방향과 밀접한 관련을 맺고 있었다. 민요 <아리랑>은 한편으로 유흥적 성격의 민요계 잡가인 <아리랑 타령>으로 전이되고, 다른 한편으로 일제 강점기의 민족현실을 비판하면서 민족적 울분과 항일의지를 담아내었던 노래로 은밀히 전파되었다. 여기서 전자의 <아리랑 타령>은 이별의 정한 같은 현실체념의 비관적 인식을 주조로 하면서도 유흥적인 향락을 부추기는 내용의 노래로 크게 유행되었는데, 당시 시인들의 상당수가 이 <아리랑 타령>을 비롯한 잡가를 민요인식의 중요한 대상으로 삼으면서 이를 바탕으로 시를 창작하고자 했다. 그런데 여기에는 이들 잡가에 대해 일정한 비판의식 없이 민족적 형식이니 민족성이 반영된 노래이니 하면서 이를 시 창작의 중요한 근거로 삼고자 한 경우와, 잡가를 비판적으로 인식, 수용하는 한편 전승민요 자체를 더욱 중시하면서 새로운 시 창작의 발전적 동력으로 삼고자 한 경우의 두 방향이 있었다. 전자의 경우는 김억(金億), 주요한(朱耀翰)과 같은 시인의 민요인식과 민요시 창작으로, 후자의 경우는 항일·비판 민요인 <아리랑>의 인식과 병행하면서 김석송(金石松), 김동환(金東煥) 등 시인의 민요인식과 민요시 창작으로 연결되었다.

<아리랑>계 민요시에서 민요계 잡가인 <아리랑 타령>과 상호텍스트

성을 가진 작품은 김억(金億)의 시 <浿城商女의 노래>, <浦口의 夜半> 등이었다. 따라서 이들 김억의 시는 <아리랑 타령>이 가진 애상과 현실체념의 담론을 그대로 이어받고 있었다. 그런데 다른 시인의 <아리랑>계 민요시들은 현실비판과 항일의 노래로 은밀히 불렸던 <아리랑>에 텍스트의 근원을 두면서 역사현실에 대한 다양한 인식의 담론구성을 보여주었다.

첫째, 작품세계가 특별히 피폐화된 농촌현실을 담으면서 농촌의 그릇된 세태를 비판하는 한편 문명화에 대한 날카로운 풍자의 시각을 드러내고 있는 작품유형이다. 일제 강점기의 현실에서 농민문제가 무엇보다 심각한 당면의 관심사였던 만큼, 이에 토대한 <아리랑>계 민요시가 농민시의 범주에서 상당수 창작된 것은 매우 자연스러운 일이라 하겠다. 허삼봉(許三峯)의 <新아리랑>, 이경로(李璟魯)의 <農村아리랑>, 호연당인(浩然堂人)의 <新아리랑>, 이훈(李薰)의 <롱촌아리랑> 등이 이에 해당하는 작품들이다.

둘째, 최하층인 민중을 화자로 하여 이들이 처한 민중현실의 모순과 고난을 들추면서 이를 극복하기 위한 민중의지를 적극 피력하고 있는 작품유형이다. 김동환(金東煥)의 <아리랑 고개>, 윤석중(尹石重)의 <거지行進曲>, 전무길(全武吉)의 <春女의 노래>, 허수만(許水萬)의 <숫장사의 노래>, 공석정(孔錫禎)의 <아리랑 노래> 등이 이 유형의 민요시 작품들인데, 민중의 여러 인물군상에 따른 삶의 모순을 다양한 담론문맥을 통해 형상화하고자 했다. 민요 <아리랑>이 강한 민중적 호소력을 갖고 불려졌던 만큼, <아리랑>계 민요시 역시 그러한 호소력에 힘입으면서 민중의 노래와 시로 호응받기를 기대했다고 하겠다.

셋째, <아리랑>계 민요시 중에서 가장 주목되는 작품유형으로 민족본위의 주체적 시각에서 민족이 처한 역사현실의 모순을 비판하면서 일제에 대한 저항과 해방의지를 적극 고취하고자 한 작품의 경우이다.

김석송(金石松)의 <아이들의 노래>, <그리운 江南>, 남궁랑(南宮琅)의 <아리랑 고개>와 같은 작품이 이 경우에 해당하는데, 비록 적은 수의 작품이지만 민족시로서의 값진 성과를 보여주었다고 말할 수 있다.

그런데 <아리랑>계 민요시는 분명 민요 자체와는 구별되는 근대시로서의 새로운 위상 속에 형성된 것이다. 민요 <아리랑>이 대체로 일정한 창곡 아래 다양한 의미내용의 사설을 여음을 사이에 두고 붙일 수 있는 구성을 보이는데 비해, <아리랑>계 민요시 작품들은 각연의 사설 구성에서 일정한 의미론적 유기성을 보이며 여음구도 사설의 의미내용과 연관하여 다양한 변화를 보여주고 있었다. 이런 점이 근대의 개인 창작시로서 갖는 <아리랑>계 민요시의 가장 큰 특징이라 하겠다. 그러나 <아리랑>계 민요시의 상호텍스트 범주가 서울을 비롯한 경기, 서도지역에 널리 유포된 이른바 <본조(서울) 아리랑>에 거의 한정되어 있다는 점이 큰 특징이자 중요한 한계로 지적된다. 민요 <아리랑>이 여러 지역으로 전파되면서 다양한 곡조와 사설을 지닌 지역별 <아리랑>으로 발전되어간 추세를 <아리랑>계 민요시가 능동적으로 수용하지 못한 셈이다. 따라서 <아리랑>계 민요시의 대부분 작품이 3음보의 형식화된 율격을 고답적으로 답습하고 있으며, 민요 <아리랑>의 공식어구(formula)에 의한 사설 구성으로부터도 크게 벗어나지 못하고 있다. 이는 <아리랑>계 민요시가 근대시로서 새로운 율격 모델을 창조적으로 창안하는 데까지 이르지 못했을 뿐만 아니라, '열린체계'로서의 민요 <아리랑>이 갖는 사설 구성의 역동성을 제대로 살리지 못한 결과이다. 이런 점은 물론 <아리랑>계 민요시뿐만 아니라 근대 민요시의 대부분이 갖는 한계이기도 하다.

<아리랑>계 민요시는 일제 강점기의 시로 종결된 것이 아니다. 김구용, 유안진, 양명문, 고은, 신경림 등 현대의 여러 시인들의 시에서 민요 <아리랑>은 시적 상상력의 새로운 원천으로 생명력을 발휘하고 있

다.49) 본고의 <아리랑>계 민요시의 논의가 이러한 현대시의 영역까지
확대된다면 다각적인 측면에서의 특성이 한층 구체적으로 밝혀질 수
있으리라 본다.

---

49) 민요 <아리랑>이 문화예술의 다양한 영역에 걸쳐 수용되고 있는 사정은
    박민일, 『한국 아리랑문학 연구』(강원대학교 출판부, 1989), pp.43~65에 나
    와 있다.

〈찾아보기〉

1. 인명별

2. 사항별(용어, 도서, 작품 등)

한국 민요의 유형과 성격

인쇄일 초판 1쇄   1998년 05월 25일
      3쇄   2015년 04월 20일
발행일 초판 1쇄   1998년 06월 01일
      3쇄   2015년 04월 25일

지은이 박 경 수
발행인 정 찬 용
발행처 **국학자료원**
등록일 1987.12.21, 제17-270호

서울시 강동구 성내동 447-11 현영빌딩 2층
Tel : 442-4623~4 Fax : 442-4625
www. kookhak.co.kr
E- mail : kookhak2001@hanmail.net
ISBN 978-89-8206-256-8 (03810)
가 격 20,000원